소설과 영화, 매체의 수사학

이채원

국학자료원

Acknowledgements

본 저서는 2008년에 발표된 박사논문과 여러 학회에서 발행된 학회 논문들을 수정 보완하여 엮은 것이다. 박사논문과 학회논문들을 엮어서 한 권의 책을 낼 생각을 하면서부터 잠시 밀쳐두었던 연구 자료들과 나의 졸고들을 다시 꼼꼼하게 읽어볼 기회를 가지게 됨을 감사한다. 예전에 여러 번 읽고 무감각해졌던 글들이 새롭게 다가왔고 시각과 주장을 다소 수정할 수도 있었으며, 앞으로 더 해야 할 연구가 무엇인지에 대해서도 보다 확실하게 알 수 있었다.

박사논문과 학회논문들은 나와 같은 길을 가는 연구자들의 검색의 손끝에 의해 호출될 수 있겠으나, 보다 많은 사람들과 만나고 소통하기 위해 출판이라는 과정을 거칠 용기를 내기로 한다. 아직은 너무나 부족한 나의 연구들이 더 많은 사람들에게 읽혀지면서 더 훌륭한 연구를 위한 단서나마 제공할 수 있다면 더할 수 없이 기쁘겠다.

논문들을 다시 읽고 정리하는 작업이 생각보다 쉽지는 않았다. 여름에 마치려던 작업을 다시 한 학기동안 덮어두었다가 겨울이 되어서야 감사의 글을 쓰게 되었다. 논문들과 자료들을 다시 읽고 정리하고 수정하는 일은 나만의 고독한 작업이었으나 결코 나만의 힘으로 할 수 있었던 것은 아니었다. 내게 지혜와 용기와 힘을 더해 준 많은 사람들에게 감사한다. 특히 늘 곁에서 힘이 되어 준, 나의 동행자인 승희에게 고마움을 전한다. 때로 지겹게 느껴졌던 일의 마침표를 찍으면서 또 다시 새로운 각오가 생겨남을 느낀다. 더 진보된 연구, 더 훌륭한 글을 쓰고 싶다는 마음과 각오를 다지며 후배들에게 희망이 되고 싶다는 소망도 가져 본다. 오늘밤에는 영화를 한 편 보고 싶다. 연구를 위해서가 아니라 마음을 정갈하게 만드는 감동을 느끼기 위해. 그래서 또 다시 그 감동의 원천을 해석하고 분석하고 펼치고자 하는 욕망을 느끼게 된다면 자연스럽게 컴퓨터 모니터 앞에 앉게 될 것이다.

2012년 1월
저자 이채원

Contents

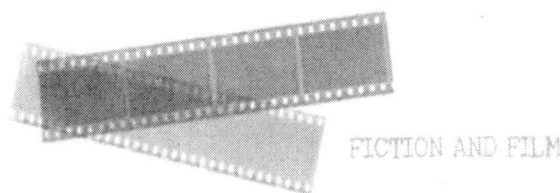

FICTION AND FILM

서 론

서 론

1. 연구 목적과 연구 대상

　먼저 쉽게 답을 찾을 수 있을 것 같지만 한 마디로 답하기 힘든 질문을 던지려 한다. 왜 소설을 영화화 하는가? 라는 질문이다. 이 질문은 '소설' 과 '영화'라는 장르와 매체의 문제 그리고 문화적 담론의 문제와 직결될 뿐만 아니라, 인류가 지속적으로 발전시켜 온 서사양식의 문제와 연결된다. 즉, 소설과 영화 각각의 표현양식의 차이에 관한 문제를 제기하며 텍스트의 구조와 기법을 다루는 서사시학의 질문들과 인식과 표현의 방법의 문제를 망라하는 수사학의 질문들을 포함하고 있다. 결과적으로 수용자와의 소통과 수용자에 대한 영향의 문제까지 내포하는 질문이 된다. 또한 여기서 매체 간 상호텍스트성의 문제 역시 제기된다.

　인류가 그림을 통해 이야기와 상징을 전달하기 시작한 이후로 다양한 양식을 통해 서사가 이루어져 왔으며, 다시 쓰기의 작업도 계속 진행되어 왔다. 여기서 '다시 쓰기'란 동일한 모티프, 소재, 이야기story의 다른 양식으로의 재생산을 의미한다. 신화와 민담은 다시 쓰기의 원형으로서 자리하며, 비교문학의 주요 테제였던 영향의 수수관계 역시 다시 쓰기를 함축한다. 상호텍스트성의 개념 역시 다시 쓰기의 문제와 연관되며, 소설의 영화화, 즉 '각색adaptation' 역시 다시 쓰기의 범주 안에 있다. 현재의 문화적 상황은 다양한 장르와 매체를 통해 상호 변주가 이루어지는 리메이크remake, 크로스 오버crossover, 시뮬라크르simulacre, 원 소스 멀티 유스one source multi-use 등의 용어로 설명할 수 있는데, 이 모든 것이 다시 쓰기의 범주 안에 있다고 할 수 있다. 여기에 "새로운 텍스트 속에 맡겨둔 이전 텍스트의 갖가지 흔적들"[1]이 존재하는데, 그 흔적은 암시적이기도 하고 명시적이기도 하다. 가장 명시적인 다시 쓰기, 즉, 가장 명시적으로 "이전 텍스트의 갖가지 흔적들"을 가지고 있는 것이 바로 '각색'이라고 통칭되는 소설과 영화의 매체 전이이다.

본 연구에서는 이미 수용자와 소통한 소설텍스트를 영화텍스트로 다시 쓰기 하는 것이 어떤 의미를 가지는지에 대해 심미적 지평의 측면에서 그리고 문화적 담론의 측면에서 분석하려 한다. 소설이 영화에 줄 수 있는 것이 무엇이며 영화가 소설에 줄 수 있는 것이 무엇인지 그리고 소설을 영화화 하는 양상들은 어떻게 결정되는지, 게다가 영화의 소설화나 소설과 영화의 동시 동반 창작 같은 새로운 매체 전이 양상들이 어떤 의미를 가지는지에 대한 질문들이 본 연구의 논의 과정에서 답을 찾아가야 하는 문제들이다. 또한 동일한 매체를 매개체로 하는 영화의 리메이크에서 분석할 수 있는 심미적 변주와 담론적인 변화 양상 역시 고찰할 것이다. 이것은 서사시학과 수사학, 매체미학 그리고 문화적 담론의 문제까지 포괄하는 연구이다.

소설에서 영화로의 매체 전이는 "문학의 상연staging이나 문학의 삽화illustration를 의미하는 것이 아니라 영화 언어로의 번역translation을 의미하는 것"[2]이다. 여기서 '번역translation'이란 단어의 함의에 주의할 필요가

---

1) 우찬제, 『텍스트의 수사학』, 서강대학교 출판부, 2005, 38쪽.
2) Jakob Lothe, *Narrative in Fiction and Film*, Oxford University Press, 2000, p. 8.

있다. 소설의 언어를 영화 언어로 번역한다는 것은 하나의 언어를 다른 나라의 언어로 번역하는 것과 다르다. 이는 문자언어를 영상 이미지와 사운드 트랙의 결합으로 바꾸는 작업이다. 또한 영화의 영상 이미지는 사진의 이미지와 회화의 이미지와는 다른 특성을 가진다. 영화의 영상 이미지는 동적動的 이미지이며 동적 이미지의 연쇄는 시간성을 획득한다. 즉, 사진, 회화 그리고 조각에서는 공간성만이 드러나지만3) 영화의 영상 이미지는 공간성과 시간성을 동시에 가지게 되며 이것이 영화를 서사텍스트로 만드는 결정적인 요인이 된다. 게다가 영화의 표현양식은 매우 복잡하다. 다음 장에서 자세히 논하겠지만, 영화는 다중 채널을 가진 매체이며 인간이 사용할 수 있는 모든 기호와 감각과 소통의 수단을 사용하고 그 모든 요소들이 때로는 상호 협력하고 때로는 상호 충돌한다. 때문에 영화의 수용이 소설의 수용보다 쉽다고는 할 수 없다. 이런 의미에서 에이헨바움Boris Eikhenbaum이 "영화의 이해는 새로운 종류의 지적 훈련"4)이라고 한 말이 설득력을 얻게 된다. "20세기의 문맹들은 펜을 모르는 것만큼이나 카메라에 대해서도 무지할 것"5)이라고 말한 라즐로 모흘리 나기의 말도 같은 맥락에서 이해할 수 있다. 때문에 소설과 영화의 매체 전이는 완전히 새로운 심미적 지평을 여는 작업이며 이에 대한 연구는 이러한 과정과 양상을 추적해야 한다.

한편 소설에서 영화로의 매체 전이를 문화 산업의 측면에서 보는 관점에서는 영화가 상업주의와 문학 작품에 대한 존경 사이에서 허구 서사의 보고寶庫, repository인 소설로 눈을 돌리게 됨을 지적하기도 했다.6)

---

3) 부언한다면 사진이나 회화 그리고 조각에서 시간의 흔적을 발견하고 그로 인한 이야기를 추론하는 것은 가능하다. 그러나 그것은 수용자의 몫이다. 사진, 회화 그리고 조각 그 자체가 시간성을 담보하고 있지는 않다.
4) Boris Eikhenbaum, *Literature and Cinema : A Collection of Articles and Texts in Translation*, ed. Stefan Bann and John Bowlt. Edinburgh University Press, 1973.
여기서는 Jakob Lothe(2000: 28)에서 재인용.
5) 루이스 자네티, 김진해 역, 『영화의 이해』, 현암사, 2007, 7쪽.

그러나 영화의 언어가 소설의 언어와 완전히 다르기 때문에 원작소설의 명성이 영화의 높은 완성도를 보장하는 것은 아니며, 원작의 유명세가 영화의 상업적 성공으로 반드시 이어지는 것도 아니다. 또한 소설을 영화화 하는 것은 오리지널 시나리오를 바탕으로 영화를 만드는 것보다 쉬운 작업이 결코 아니다. 여기서 각색의 어려움을 고백한 장 오렐의 말을 인용하기로 한다.

> 각색보다는 오리지널 시나리오를 만드는 쪽이 훨씬 쉬운 경우가 많다. 왜냐하면 책의 특질들이란 대부분 글쓰기 자체에 의해 좌우되기 때문이다. 특히 걸작품인 경우가 그러하다. 걸작들을 더 좋게 만드는 것은 어렵다. 왜냐하면 주제가 거기에 맞는 형식을 찾았기 때문이다. 각색이란 <모나리자>를 가지고 조각상을 만드는 것과 같다. 걸작이 아닌 경우 신문의 삼면 기사를 가지고 만들었다는 듯이 핑계를 댈 수 있다. 우리가 판단할 수 있는 재료를 가지고 있으면, 이 재료에 대해서는 이미 비판적인 시선을 가지고 있었다고 할 수 있다.[7]

그렇다면 소설에서 영화로의 매체 전이가 가지는 의의는 다른 관점에서 찾아야 한다. 먼저 생산의 의미에서 본다면 각색영화의 생산자는 원작소설의 독자이다. 때문에 소설에 대한 독서체험이 영화 생산의 모티브가 된다. 또한 이미 세상과 소통한 텍스트를 다시 쓰기 하는 것은 그 텍스트가 무한한 해석의 열린 공간을 가지고 더 소통될 여지가 있다는 얘기이다. 또한 다시 쓰기의 욕망을 불러일으킬 만큼 매력적이고 문제

---

6) 대표적인 예로서 브라이언 맥파레인은 "영화가 서사 오락물로 자신을 인식하자마자 이미 성립된 허구 서사의 저장고인 소설로 눈을 돌리게 된다. 영화 제작자들이 끊임없이 이렇게 하는 이유는 어리석은 상업주의와 문학작품에 대한 존경이라는 양 극 사이에서 배회하기 때문이다"라고 말한 바 있다.
McFarlane, Brian. *Novel To Film: An Introduction to the Theory of Adaptation*, Oxford: Clarendon Press, 1996, pp. 6~7.
7) 장 오렐, <카이에 뒤 시네마> 371–372호, 1985, 여기서는 안느 위에, 김도훈 역, 『시나리오』, 이화여자대학교 출판부, 2006, 59쪽에서 재인용.

적일 수 있는 텍스트라는 얘기이기도 하다. 이것을 "감독이나 제작자의 미학적 욕망"8)을 불러일으키는 텍스트라고 말할 수 있겠다. 이런 관점에서 본다면 소설에서 영화로의 매체 전이는 경험세계로부터 환영幻影의 세계를 만들어내는 창조의 본령에 있으며 단지 그 경험세계가 소설이라는 문자허구서사의 독해와 수용인 것이다. 때문에 각색영화는 원작소설을 바탕으로 생산된 것이 분명하지만 좀 더 엄밀히 말한다면 원작소설에 대한 영화감독의 미학적 체험과 그 해석에 바탕을 두었다고 보는 것이 좀 더 타당하다.

논의의 초점을 생산자가 아닌 수용자로 향해서 생각해본다면, 분명영화는 소설을 통한 독서체험과는 다른 심미적 체험을 하게 한다. 물론세부적인 상황들은 상황마다 조금씩 다르다. 소설에서 받은 감동을 영화를 통해 재현하려 하는 독자도 있을 수 있으며, 생산의 순서와는 달리영화를 먼저 보고 원작소설을 읽는 독자도 있을 수 있다. 또한 영상의 시대에 많은 문학연구자들이 염려하듯이 소설은 읽지 않고 영화만 보는경우도 있다. 그러나 어떤 경우이든 간에 분명한 것은 소설과 영화는 서로 다른 방식으로 수용자와 소통하며 때문에 같은 스토리를 공유하는소설과 영화라 할지라도 수용자에게 전혀 다른 세계를 체험하게 한다는것이다. 즉, 명시적으로 "이전 텍스트의 갖가지 흔적들"을 가지고 있다고 해도 선행 텍스트와는 전혀 다른 심미적 체험을 하게 되며 여기서 소설과 영화의 매체 전이의 의의를 찾을 수 있다.

여기서 소설과 영화의 매체 전이 양상을 연구하기에 앞서 먼저 소설과 영화의 관계에 대한 근본적인 질문을 던질 필요가 있다. 즉, 소설과영화는 역사적으로 왜 그렇게 많은 연관관계를 가지고 있으며 왜 그렇게 수많은 소설들이 영화화 되어왔는지, 소설과 영화 사이에는 어떤 관

---

8) 이형식 · 정연재 · 김명희 공저, 『문학텍스트에서 영화텍스트로』: 정연재, 「각색: 이론과 실제」, 동인, 2004, 17쪽.

계가 있으며 어떤 유사성과 차이점이 있는지에 대한 문제이다. 소설과 영화의 유사성을 이야기하는 많은 논자들[9]은 그 유사성으로서 소설과 영화의 서사성을 언급한다. 분명 소설과 영화는 서사성을 공유한다. 서사성을 공유하기에 소설과 영화의 이야기가 장르와 매체의 경계를 넘나들 수 있는 것이다.[10] 그러나 서사성을 공유한다는 사실을 소설과 영화의 '유사성'이라고 말하는 것은 적절하지 않다고 생각된다. 연극과 만화도 서사성을 공유하며, 심지어 <난타>와 같은 비언어적 공연물도 서사성을 공유하고, <톰과 제리>와 같이 대사나 자막이 전혀 없는, 즉 움직이는 이미지와 음악만으로 이루어진 애니메이션도 사건의 시퀀스, 즉 서사를 가지고 있다. 게다가 신문기사도 서사의 범주 안에 있다. 때문에 소설과 영화가 서사성을 공유하는 것이 소설과 영화의 유사성이라고 말할 수 없다면, 소설과 영화는 사실상, 유사성이라는 말을 엄밀한 범주에서 사용한다면, 유사점이 없다. 차이점만이 있을 뿐이다. 소설의 언어와 영화의 언어는 다르고 소통방식은 사실상 정반대이다. 추상적 상징기호로 이루어진 소설의 언어는 독자에게 심리적 이미지를 환기시키고 영화의 영상 이미지는 관객으로 하여금 언어의 고유 영역인 상징적 개념을 환기시킨다. 영상 이미지를 통한 시각적 체험은 시각적 체험에 머무르는 것이 아니라 인지적 수용을 함축한다. 제임슨Fredric Jameson은 영화의 시각적 특성을 포르노그래피와 응시의 개념으로 설명하려고 했는데 그는 "영화는 세계가 벗겨진 신체인 것처럼 우리로 하여금 그 세계를 응시할 것을 요구한다"[11]고 말한다. 문제는 이것이 전부가 아니라는 것이다.

---

9) 시모어 채트먼, 야콥 로테, 숄즈와 켈로그, 로버트 스탬, 로버트 리처드슨, 허버트 리드, 앙드레 바쟁 외 다수.

10) 소련의 전설적인 영화감독 세르게이 에이젠슈테인은 칼 맑스의 『자본론』을 영화화 하려 했으나 결국 하지 못했다. 채트먼은 이것에 대해 『자본론』에 서사성이 부재한다는 것에 그 원인을 돌린다.
시모어 채트먼, 한용환·강덕화 역, 『영화와 소설의 수사학』, 동국대학교 출판부, 2001, 91쪽.

관객은 스크린에 이차원으로 투영된 세계를 응시하기만 하는 것이 아니다. 비록 영화사의 초창기에 영화 관객을 관음증적 시선을 가진 수동적 구경꾼으로 규정했으나 영화의 관객은 수동적 구경꾼이 아니다. 영상 이미지를 통해 환기하는 상징적 개념은 관객의 배경지식과 심미적 이데올로기적 성향에 따라 달라진다. "순수한 시선regard innocent이란 존재하지 않는다"는 오몽Jacques Aumont의 말 역시 이런 의미에서 이해할 수 있다. 즉, "우리가 이미지를 파악할 때, 우리의 지각 위에 이미 만들어진 생각을 입힘으로써 짐작한다"12)는 것이다. 이와 같이 소설의 수용과 영화의 수용 모두 인지적 수용을 함축하지만 중요한 것은 소설과 영화가 각각 수용자와 소통하는 과정, 다시 말해서 수용자가 소설과 영화를 이해하고 재구성하는 방식이 정 반대라는 것이다. 언어의 수사학이 추상에서 구상으로 향한다면 영상 이미지의 수사학은 구상에서 추상으로 향한다. 이것이 소설과 영화의 수용에 있어서 결정적인 차이를 만들며 바로 이 차이가 소설의 영화화 그리고, 아직까지 드문 경우이기는 하지만, 영화의 소설화와 소설과 영화의 동시 동반 창작을 창조적인 작업으로 만들고 심미적 지평의 변화를 가져오게 한다.

소설과 영화의 이러한 차이점에도 불구하고 소설과 영화는 긴밀한 관계를 가져왔다. 이것은, 다음 장에서 자세히 언급하겠지만, 우선 문학사文學史와 영화사映畵史의 측면에서, 즉 상호영향을 주고받았던 역사를 통해 우선적으로 고찰되어야 할 문제이다. 영화의 기법을 영화의 탄생 이전에 소설에서 먼저 발견할 수 있다는 것과 영화의 탄생 이후로 영화의 주요 기법들이 소설에서 차용되었다는 것이 문학사와 영화사의 관점에서 행해진 소설과 영화에 대한 연구에서 밝혀져 왔다. 이러한 사적史的 관점에서의 고찰은 본 연구의 논의와 간접적으로만 관련되므로 다음 장

---

11) Fredric Jameson, *Signatures of the Visible*, New York & London: Routledge, 1992, p. 1.
12) 자크 오몽, 오정민 역, 『이마주L'image』, 동문선, 2006, 114쪽.

에서 상술하기로 한다. 사적 관점에서의 고찰이 소설과 영화를 함께 연구하는 데 있어서 중요하지 않은 것은 아니지만 사실 사적 관점에서의 연구에서 얻을 수 있는 결론은 소설과 영화가 역사적으로 기법상의 수수관계에 있었다는 것뿐이다. 즉 이런 저런 소설에서 몽타주나 이중노출의 흔적을 발견할 수 있고 영화의 체험이 소설의 장면화를 가속화시켰다는 식의 결론 외에는 달리 나올 새로운 결론이 없다. 그럼에도 불구하고 소설과 영화의 상호 연관의 역사는 분명 소설과 영화를 함께 연구하게 하는 하나의 동인動因이 된다.

역사적 상호연관관계 외에, 소설과 영화의 관계 양상을 연구하는 방법과 관점은 흔히 각색이라고 통칭되는 소설과 영화의 매체 전이 양상을 연구하는 것에 집결된다. 이에 대한 많은 연구가 진행되어 왔다. 그런데 소설을 영화화 한 경우, 각색된 영화가 소설로부터 뭔가 빚을 졌다고 생각하기 쉽다. 또한 문자언어로 구현된 허구세계를 영상의 언어로 완벽하게 재현하기를 기대하는 시각도 있을 수 있다. 그러나 그것은 소설과 영화, 그리고 소설과 영화의 매체전이에 대한 올바른 시각이 아니다. 이미 선행 연구자들이 지적했듯이 각색된 영화에는 원작소설에는 없는 그 무엇이 있다.13) 그 무엇은 원작소설의 공백, 즉 틈새에서 읽어낸 것이기도 하며 매체의 전이에 의해 필연적으로 설정된 미학적 거리에 의

---

13) 원작소설과 각색영화에 대해 가장 균형 잡힌 시각을 견지하고 있는 모리스 베자(Morris Beja)의 글을 여기서 인용하고자 한다.
   "물론 영화가 소설로부터 무엇을 얻어내느냐도 중요하다. 하지만 영화가 소설에 어떠한 영향을 가져올 수 있느냐도 중요하다. 헌신과 재능이(또는 운 좋게도 천재성이) 각색에 더해진다면, 앙드레 바쟁이 "영화에 의해서 더욱 풍성해진 소설"이라 부르는 결과를 가져올 수도 있다. 이러한 영화는 원작에 대한 단순한 배신, 모방, 예증, 이탈 등으로 간주되어져서는 안 된다. 각색영화는 하나의 예술 작품으로서 그 유래가 되는 원작소설과 관계되어 있지만 동시에 독립성을 지니며, 하나의 예술적인 업적으로서 원작과 기묘하게도 동일한 것 같으면서도 무언가 다르다. 영화는 원작보다 무언가 부족한 듯 보이면서 동시에 무언가 더 가지고 있다."
   모리스 베자, 『영화와 문학(Film and Literature)』, 1979, 여기서는 이형식 · 정연재 · 김명희 공저, 『문학텍스트에서 영화텍스트로』, 동인, 2004, 25쪽에서 재인용.

해 창조된 것이기도 하다. 미학적 거리는 다시 주제적 거리를 만든다. "영화적 형식이 원작의 문학적 내용을 바꾸어 놓을 수밖에 없다"14)는 자네티Louis Giannetti의 말처럼, 형식과 내용은 별개의 것이라고 할 수 없기 때문이다. 따라서 각색된 영화는 원작소설에 대한 해석의 망network과 의미창출의 망을 더 풍요롭게 할 수 있다. 즉, 소설을 영화화 했을지라도 그 관계가 일방적인 수수관계가 아니라는 것이다. 여기서 소설과 영화의 관계는 상호간의 해석의 지평을 넓힐 수 있는 대화적 관계라고 볼 수 있다. 이러한 관점을 가지고 본 연구에서는 소설과 영화를 함께 읽는 것이 생산자와 수용자에게 어떤 의미를 가지는지 구체적인 텍스트 분석을 통해 예증할 것이다. 소설과 영화를 함께 고찰하는 연구는 기존의 소설에 대한 연구 그리고 영화에 대한 연구에서 밝힐 수 없었던 소설과 영화의 미학을 좀 더 분명하게 드러낼 수 있는 연구가 되어야 한다. 지금까지의 선행연구에서는 이에 대한 인식과 연구가 미흡했다. 어떤 특정한 원작소설과 각색영화에서 스토리와 담론의 유사성과 차이점이 무엇인가 밝히려는 것에만 집착한 때문이라고 볼 수 있다.

여기서 새로운 지평을 구성하고 그로 인해 수용자에게 새로운 체험을 하게 할 수 있는 요인은 이야기story가 아닌 표현양식에 있으며 표현양식을 규정하는 것이 장르이고 매체라는 것을 주지할 필요가 있다. 그런데 소설과 영화의 표현양식의 차이만을 나열하는 것만으로는 충분하지 않다. 그러한 표현양식의 차이가 같은 스토리를 공유하는 각각의 텍스트의 주제와 미학을 어떻게 구성하며 그것이 수용자에게 어떤 심미적 체험의 변화를 가져오게 하는가까지가 본 연구의 연구대상에 포함된다. 이것을 밝히기 위해 소설과 영화의 매체 전이 양상을 수사학적 관점에서 연구하려 한다. 소설과 영화의 매체 전이의 양상이, 아직까지는, 소설에서 영화로 이루어지는 경우가 대부분이다. 때문에 본 연구에서 분석

---

14) 루이스 자네티, 앞의 책, 402쪽.

할 텍스트들도 원작소설과 각색영화가 많은 비중을 차지하지만 영화에서 소설로 매체 전이가 이루어진 경우와 작가와 감독의 긴밀한 상호협조 하에 소설과 영화가 동시적으로 동반 창작된 경우도 다룰 것이다. 또한 반세기의 시간적 경과를 두고 리메이크 된 영화들을 비교 분석할 것이다. 이는 심미적 지평의 전환이 이루어지는 과정과 양상과 메커니즘을 연구하기 위해서 뿐만 아니라 문화적 담론의 변화 양상까지 연구하기 위해서이다. 소설을 영화화 한 수많은 경우 그 각색의 양상 역시 매우 다양하므로 각각의 소설과 영화의 표현양식의 차이에 따라 유형화 하는 작업 역시 필요하다. 그렇다면 이러한 연구를 수사학의 관점에서 행한다는 것은 어떤 의미가 있는지 설명하기 위해 먼저 수사학의 관점에 대해 정리할 필요가 있다.

수사학은, 많이 오해받고 있는 것과 달리, 언어적 장식인 미사여구나 문체에 한정되지 않는다. 채트먼Seymour Chatman은 아리스토텔레스에서 조지 캠벨에 이르기까지 수사학의 기나긴 퇴보는 초점의 협소함 때문이라고 주장하면서 수사학은 텍스트의 부분 뿐 아니라 전체, 즉 구성의 모든 양상을 다룬다고 말한다.[15] 여기서 서사학의 관점과 수사학의 관점에 대한 혼동이 생길 수도 있다. 물론 펠란James Phelan의 "서사는 수사다"[16]라는 명제도 있지만 서사학의 관점과 수사학의 관점은 다소 다르다. 서사학의 관점이 텍스트의 구조와 기법 그리고 장치들을 밝히고 설명하는 데 목적이 있다면, 수사학은 그러한 텍스트의 구조와 기법, 장치들이 수용자에게 어떤 방식으로 소통되어 어떤 설득력을 가지며 어떤 영향을 줄 수 있는가 라는 질문까지 던지기 때문이다. 이러한 측면에서 채트먼은 수사학을 "목표지향적인 담론"[17]이라고 지칭한 것이다. 또한

---

15) 시모어 채트먼, 한용환 · 강덕화 역, 『영화와 소설의 수사학』, 동국대학교 출판부, 2001, 280쪽.
16) 제임스 펠란, 『수사학으로서의 서사』, 여기서는 우찬제, 『텍스트의 수사학』, 29쪽에서 재인용.

랜서Susan Snaider Lanser가 수사학에 대해서 "발화의 전략적인 함축적 의미와 관련"[18]된다고 언급했던 것도 같은 맥락에서 이해할 수 있다. 본 저서에서 전개될 소설과 영화의 매체 전이 양상에 관한 연구는 이러한 "목표지향적인 담론"으로서의 수사학의 관점에서 이루어질 것이다. "비유의 거장이 되는 것은 이해의 거장이 되는 것"이라는 수잔 갤리거의 말이 시사하듯이 수사학은 말의 치장이 아니라 존재에 대한 이해 혹은 인식의 방식과 깊이 관련되기 때문에 본 연구의 방향을 제시하는 관점으로 손색없으리라 생각한다.

이런 관점에서 소설과 영화의 매체 전이 양상을 분석하기 위해 우선 소설과 영화의 질료에 대한 고찰이 선행되어야 한다. 그리고 중개 양상과 구성 방식 역시 고찰되어야 한다. 즉, 소설에서의 서술방식과 영화에서의 서술방식의 차이에 대한 깊이 있는 이해가 전제되어야 한다. 이는 곧 매체에 대한 이해를 함축한다. 여기서 매체는 단지 도구 이상의 의미를 가진다. 즉 매체는 "현실이 지각되고 모사되는 수단이 아니라 현실을 임의적으로 산출할 수 있는 수단"[19]이 된다. 문학텍스트를 비롯한 서사텍스트 연구 그리고 문화 연구에서 매체의 문제가 가지는 중요성이 여기에 있다. 때문에 본 연구에서도 매체미학의 문제가 중요하게 다루어질 것이다. 소설은 문자언어만으로 구성되므로 소설에서의 이야기란 "언어적, 비언어적 사건의 언어적 등가물"[20]이다. 영화는 소설에 산포된 "언어적, 비언어적 사건의 언어적 등가물"을 영화적 표현양식으로 형상화해야 하며, 이때의 영화적 표현양식은 언어에 대한 의존도가 낮을

---

17) 시모어 채트먼, 위의 책, 304쪽.
18) "시학과 수사학은 같은 언화 활동을 바라보는 두 가지 방법이 된다. 수사학이 발화의 전략적인 함축적 의미와 관련되는 반면, 시학은 발화의 형식을 고찰한다."
   수잔 스나이더 랜서, 김형민 역, 『시점의 시학』, 좋은 날, 1998, 77~78쪽.
19) 헹크만 · 로터 엮음, 김진수 역, 『미학사전』, 도서출판 예경, 1998, 70쪽.
20) 제라르 주네트, 김동윤 역, 석경징 외 엮음, 「서술의 경계선」, 『현대 서술 이론의 흐름』, 솔, 1997, 11쪽.

수록 그 창의성이 빛을 발한다. 예를 들어, 많은 영화감독들이 보이스 오버 내레이션voice over narration의 과도한 사용을 자제하는 것도 그러한 이유에서라고 볼 수 있다. 즉, 카메라 워킹과 미장센, 배우의 표정연기, 편집과 몽타주, 영상 이미지와 음향 혹은 음악의 조화나 충돌 등이 비언어적 표현 양식이라고 볼 수 있다. 이러한 각각의 요소들이 하나의 영화텍스트를 이루는 방식 또한 무궁무진하며 강조점도 다르다. 소설에서의 언어의 사용이 다양하며 강조점도 다르듯이 말이다. 즉, 어떠한 서술양상을 채택하느냐에 따라서 소설텍스트의 주제와 미학이 결정되듯이 영화에서도 다양한 요소들이 어떻게 결합되고 충돌하느냐에 따라서 영화텍스트의 주제와 미학이 결정되는 것이다. 이러한 양상들을 밝히고 검증하기 위해 가능한 한 많은 텍스트 분석이 필요하겠지만 무엇보다 소설과 영화의 장르적 매체적인 특성이 두드러진 텍스트들을 분석하는 것이 보다 효과적인 연구가 되리라 생각한다.

따라서 본 연구에서 선택한 소설텍스트들은 서술자의 언어 사용의 양상, 즉 서술 양상에 따라 유형화 한 것이다. 미크 발Meke Bal은 "서사 텍스트 분석에 있어서 가장 중요한 개념은 서술자"[21]라고 말한 바 있는데 이때 미크 발이 지적한 서사 텍스트란 다름 아닌 문자 허구 서사 텍스트, 즉 소설이다. 본 연구에서는 공통적으로 서술자가 지배하는 소설의 장르적 특성과 인간의 사유를 메타적으로 설명할 수 있는 문자언어의 특성이 두드러진 소설텍스트들을 선택했다. 특히 인간의 내면으로 천착해 들어간 경우의 고백적 회고적 서술이나, 다른 인물의 심리와 행동까지도 분석하고 판단하는 논평적인 서술 그리고 서술자가 극도의 권위를 가지고 개입하며 서사를 지배해나가는 자의식적인 서술이 두드러진 소설텍스트들을 선택했으며, 고도로 시적詩的이고 상징적인 언어의 사용

---

21) Mieke Bal, *Narratology: Introduction to the Theory of Narrative*, University of Toronto Press, 1997, p. 19.

이 두드러진 소설텍스트도 선택했다. 이런 경우들은 모두 영화화하기가 쉽지 않다. 블루스톤George Bluestone이 언급했듯이 영화는 시공간적인 요약과 서사성이 있는 추상적 논평 그리고 인물의 사고와 느낌을 재현하는 데에서 상당한 난관에 봉착하게 되기 때문이다.[22] 그러나 그렇기 때문에 채트먼은 이러한 소설을 각색하는 것이 가장 도전적이라고 말한다. "명백히 드러난 화자, 해설자, 묘사자, 인물의 심리 상태에 관한 정보 제공자, 논평자, 철학적 설명자 등과 맞붙어 싸우는 영화 각색이 얼마나 지적인가?"[23]라고 채트먼은 역설하는데, 본 연구에서 선택한 소설과 영화들은 이런 의미에서 소설과 영화의 표현양식의 차이를 극명하게 보여주며 다시 쓰기의 창조성을 예증하는 텍스트들이다. 이러한 텍스트들의 분석을 바탕으로 소설과 영화의 표현양식의 차이가 좀 더 선명하게 드러날 것이며 이러한 표현양식의 차이가 각각의 텍스트의 주제와 미학을 구성하는 방식과 수용자의 심미적 체험이 달라지게 하는 양상 역시 드러날 것이다.

요약하면, 소설과 영화의 매체 전이 양상에 대한 수사학적 관점에서의 연구를 통해 소설과 영화의 표현양식의 차이를 보다 분명하게 밝히고 이로 인해 심미적 지평의 전환이 이루어지는 과정과 기제를 생산의 측면과 수용의 측면에서 논하고 더불어 현재의 문화적 담론을 진단하는 것까지 본 연구의 연구목적과 연구대상에 포함된다.

---

22) G. Bluestone, *Novels into Film*. 여기서는 채트먼, 『영화와 소설의 수사학』, 247쪽에서 재인용.
23) 채트먼, 위의 책, 249쪽.

2. 선행연구 검토

소설과 영화를 함께 분석하는 연구는 유럽과 미국에서 이미 오래 전부터 활발하게 이루어져 왔다. 그것은 이에 해당하는 텍스트가 너무도 많다는 데 그 일차적인 원인이 있다. 영문학의 고전들은 대부분(때로는 여러 번) 영화화 되었고, 현재의 베스트셀러들 역시 대부분 영화화 된다. 게다가 좋은 평가를 받은 많은 영화들 중 상당수가 원작이 있는 영화이다. 이차적인 원인은 앞서 언급한 서사성에 있다. 즉 서사이론을 가지고 소설뿐만 아니라 영화까지 설명하려는 많은 시도들이 있어왔던 것이다. 많은 서사이론가들이 소설텍스트를 주로 다루더라도 영화에 대한 별도의 언급을 했으며, 아예 소설과 영화를 같은 비중으로 다룬 경우도 있다. 또한 본격적으로 소설에서 영화로의 매체 전이에 관한 연구들이 이루어지기도 했다.

서사이론 중 특히 시점에 관련된 이론을 체계적으로 정리하며 초점화와 서술의 분리를 처음으로 주장했던 주네트Gerard Genette는 초점화focalization라는 용어에 대해 이 용어를 사진과 영화에서 가져왔음을 밝힌 바 있는데,[24] 이후 리몬 캐넌Shlomith Rimmon Kenan이나 미크 발Meke Bal 그리고 로테Jakob Lothe 등의 서사학자들도 '초점화'라는 용어를 사용했다.[25]

[24) Jakob Lothe, *Narrative in Fiction and Film*, p. 40에서 재인용.
[25) 사실상 "시점"이라는 용어 자체도 시각적 행위와 직접적으로 관련된다. 로테는 "문학 언어와 영상화 된 영화 언어 사이의 일반적인 차이점에도 불구하고, 시점은 문학을 가장 본질적으로 영화와 연결시켜주는 서사용어이다"라고 말한다. 특히 "『등대로』에서 버지니아 울프는 시각 예술가들에 필적할만한 방법으로 시점에서의 관습, 변별적 자질, 그리고 예술적 가능성들을 활성화시키면서 동시에 개척했다"라고 말한다.
Jakob Lothe, 앞의 책, pp. 208~209.
소설에서의 시점 혹은 초점화가 서술자의 '시선' 그리고 인물의 '시선'과 연결된다는 것은 분명하다. 그러나 이때의 '시선'은 철저하게 서술적인 의미에서의 시선이다. 다시 채트먼 역시 그의 저서『영화와 소설의 서사구조(Story and Discourse: Narrative Structure in Fiction and Film)』(1978)에서 소설에서의 서사이론들을 전개 하면서 영화에서의 시점에 대한 언급을 했으며, 후에『영화와 소설의 수 사학(Coming to terms: The Rhetoric of Fiction and Film)』(1990)에서 영화텍스 트 분석에 좀 더 비중을 두면서 이전의 자신의 저서에서의 주장을 수정 했다. 로테Jakob. Lothe는『소설과 영화에서의 서사(Narrative in Fiction and Film)』(2000)에서 서사소통, 서사시간과 반복, 사건, 인물, 인물화 등의 서사이론을 전개하면서 제임스 조이스James Joyce의『사자들(The Dead)』 과 존 휴스턴John Huston 감독의 영화 <사자들(The Dead)>, 콘래드Joseph Conrad의『어둠의 심연(Heart of Darkness)』과 프랜시스 포드 코폴라Francis Ford Coppola 감독의 영화 <지옥의 묵시록(Apocalypse Now)>, 버지니아 울 프Virginia Woolf의『등대로(To the Lighthouse)』와 콜린 그래그Colin Gregg 감 독의 영화 <등대로(To the Lighthouse)>를 비교 분석했다. 맥팔레인Brian McFarlane은 그의 저서『소설에서 영화로(Novel to Film: An Introduction to the Theory of Adaptation)』(1996)에서 소설을 영화화 하는 경우의 난제들 을 언급하면서 구체적인 실례들을 들고 있다. 이와 같은 시도들은 소설 과 영화를 서사텍스트로 규정하고 서사이론을 통해 분석하려고 한 경우 이다. 분명 의미 있는 연구업적들이고, 본 연구는 이들의 연구에 많은 부 분 빚지고 있으나, 소설에서의 서사이론을 가지고 영화텍스트를 연구하 는 것에 대한 한계를 그들 자신이 스스로 인정하면서도 극복하지 못했 다는 문제점이 있다. 이는 기호학적으로 영화를 연구한 메츠Christian Metz

---

말해서 이야기에 의해 구성되는 시선인 것이다. 영화에서의 시선은 말 그대로 시각적 의미에서의 시선과 서술적 의미에서의 시선이 조화를 이루거나 충돌하면서 구성된다. 조엘 마니는 "시각적이거나 재현적인 시점과 서술적인 시점 간의 복합적 유희는 영화 를 구성하는 주요 요소"라고 말한다.
조엘 마니, 김호영 역,『시점: 시네아스트의 시선에서 관객의 시선으로』, 이화여자대 학교 출판부, 2007, 99쪽.

의 업적에서도 마찬가지로 드러나는 문제점이다.

좀 더 소설과 영화의 서술양상의 차이점에 주목한 연구로는 바누아
Francis Vanoye의『영화와 문학의 서술학(*Récit écrit, Récit Filmique*)』(1989), 스
탬Robert Stam의『자기 반영의 영화와 문학(*Reflexivity in Film and Literature*)』
(1985), 스피겔Alan Spiegel의『소설과 카메라의 눈(*Fiction and the Camera
Eye: Visual Consciousness in Film and the Modern Novel*)』(1976), 고드로/ 조스
트André Gaudreault/ Francois Jost의『영화서술학(*Le Récit Cinématographique*)』
(1994), 발라즈Béla Balàzs의『영화의 이론(*Theory of the Film*)』(1952) 등이
있는데, 이들의 연구는 소설과 영화의 서술양상의 차이점에 대해서 비
교적 상세하게 밝히고 있으며 특히 소설에서의 서사이론을 가지고 영화
분석을 하는 데 그치지 않고 영화학의 이론들을 정립하면서 영화를 분
석했으나, 소설과 영화를 함께 읽는 것의 의미에 대해서는 언급하지 않
고 있다. 한편 영화비평가나 영화학자들에 의해 수행된 연구들에서도
소설의 영화화의 문제는 늘 거론되어왔다. 대표적인 경우가 바쟁André
Bazin, 리처드슨Robert Richardson, 자네티Louis Giannetti 등인데 그들의 연구는
각색에 대한 옹호나 부정적 견해 그리고 각색의 유형에 대한 대표적 연
구라고 볼 수 있다. 한편 패히Joachim Paech는 그의 저서『영화와 문학에
대하여』에서 소설과 영화의 서술 양상을 논하면서 특이하게도 영화를
소설화한 텍스트를 분석했다. 기호학자 중에서는, 앞에서 언급한 메츠뿐
만 아니라, 로트만Lurii Lotman, 티냐노프Lurii Tynianov, 에이헨바움Boris
Eikhenbaum, 야콥슨Roman Jakobson 등이 기호로서의 영화를 연구했다. 바르트
Roland Barthes 역시 영화에 대해 깊은 관심을 보인 기호학자이다. 또한 손탁
Susan Sontag 역시 그녀의 저서『해석에 반대한다(*Against Interpretation*)』에
서 소설의 영화화에 관한 자신의 견해를 위해 한 장chapter을 할애하고 있
으며, 시네마 시리즈로 유명한 들뢰즈Gilles Deleuze는 그의 철학적 사상을
영화에 접목시켰는데 그의 연구 역시 기호학적 측면에서 이루어졌다고

볼 수 있다. 그런데 이 모든 뛰어난 연구업적들 역시 소설과 영화를 함께 고찰하는 것이 어떤 의미를 가질 수 있는지에 대해서는 언급하지 않고 있을 뿐만 아니라 소설의 독자이자 영화의 관객, 즉 수용자가 경험하게 되는 심미적 지평의 전환에 대해서도 언급이 거의 없다. 본 연구에서는 이 점에 주목하려 한다.

한편 국내에서는 1990년대 이후 소설과 영화를 서사텍스트의 범주에서 함께 논한 연구들이 본격적으로 수행되기 시작했다. 사실 한국소설의 영화화가 1990년대에 이르러 활성화 된 것은 아니었다. 이미 1925년 이광수의 「개척자」가 영화화 된 것을 필두로 해서 20년대와 30년대에 근대소설의 영화화는 꾸준히 이루어져 왔으며[26], 1950년대에는 정비석의 신문연재소설 『자유부인』이 한형모 감독에 의해 영화화 되었고, 신상옥 감독은 이광수의 『꿈』, 현진건의 『무영탑』, 김동인의 『젊은 그들』 등을 영화화 했다. 1960년대에는 정부시책의 일환으로 소위 '문예영화' 라는 이름으로 많은 소설들이 영화화 되었다.[27] 또한 70년대와 80년대에 발표된 영화들 중 원작을 가지고 있는 경우가 부지기수였다.[28] 그럼

---

26) 대표적인 작품으로는 나도향 원작, 나운규 감독의 <벙어리 삼룡이>(1928), 이태준 원작, 나운규 감독, <오몽녀>(1937), 함대훈 원작, 신경균 감독, <순정해협>(1937), 이광수 원작, 박기채 감독, <무정>(1939), 정비석 원작, 이구영 감독, <성황당>(1939) 등이 알려져 있다.
27) 대표작으로는 이광수 원작, 권영순 감독, <흙>(1960), 이범선 원작, 유현목 감독의 <오발탄>(1960), 주요섭 원작, 신상옥 감독의 <사랑방 손님과 어머니>(1961), 박경리 원작, 유현목 감독, <김약국의 딸들>(1963), 오영수 원작, 김수용 감독, <갯마을>(1964), 손창섭 원작, 유현목 감독, <잉여인간>(1964), 김은국 원작, 유현목 감독, <순교자>(1965), 이광수 원작, 김수용 감독, <유정>(1966), 김승옥 원작, 김수용 감독, <안개>(1967), 김동리 원작, 김수용 감독, <까치소리>(1967), 김동리 원작, 김강윤 감독, <역마>(1967), 선우 휘 원작, 이만희 감독, <싸릿골의 신화>(1967), 이효석 원작, 이성구 감독, <메밀꽃 필 무렵>(1967), 황순원 원작, 유현목 감독, <카인의 후예>(1968), 이어령 원작, 이성구 감독, <장군의 수염>(1968), 김동인 원작, 김승옥 감독, <감자>(1968), 황순원 원작, 최하원 감독, <독 짓는 늙은이>(1969) 등.
28) 대표적인 작품으로는 최인호 원작, 이장호 감독, <별들의 고향>(1974), 최인호 원작, 하길종 감독, <바보들의 행진>(1975), 황석영 원작, 이만희 감독, <삼포 가는 길>(1975),

에도 불구하고 이에 대한 연구가 90년대에 들어서 비로소 시작된 것은 90년대 들어서 한국영화산업이 비약적으로 발전하고 또한 한국영화의 수준이 눈부시게 향상되었으며 사람들의 관심이 영화를 비롯한 각종 영상매체로 향하게 된 것과 무관하지 않다. 또한 90년대 이후 소설의 영화화는 이전과는 다른 방향으로 가게 된다. 즉, 80년대까지 소설을 영화화한 한국영화들은 거의 대부분 원작의 충실한 재현을 그 미덕으로 삼았으나,[29] 90년대 이후에는 다양한 양상들을 보이게 된 것이다. 즉, 소설과 영화가 분명 다를 수밖에 없으며 달라야 한다는 인식을 하게 되었고, 이는, 한국에서, 소설보다 상대적으로 대중적인 장르이며 매체라고 생각했던 영화의 예술로서의 지위가 급상승한 것과도 무관하지 않다.

이처럼 국내에서 90년대에 들어와서야 활발하게 진행된 소설과 영화의 관계에 대한 연구는 주로 각 학회의 소논문들을 통해 활성화되었다. 이 분야에 대한 학위논문이 그다지 많지 않다는 것은 이 분야가 여전히

조해일 원작, 김호선 감독, <겨울여자>(1977), 이청준 원작, 김기영 감독, <이어도>(1977), 윤흥길 원작, 유현목 감독, <장마>(1979), 박완서 원작, 주영중 감독, <휘청거리는 오후>(1979), 김성동 원작, 임권택 감독, <만다라>(1981), 조세희 원작, 이원세 감독, <난장이가 쏘아올린 작은 공>(1981), 전상국 원작, 임권택 감독, <우상의 눈물>(1982), 최인호 원작, 배창호 감독, <깊고 푸른 밤>(1984), 최인호 원작, 곽지균 감독, <겨울 나그네>(1986), 이문열 원작, 박종원 감독, <구로 아리랑>(1989), 이문열 원작, 장길수 감독, <추락하는 것은 날개가 있다>(1989), 한승원 원작, 임권택 감독, <아제아제바라아제>(1989) 등.

29) 예외적인 작품이 있다면 유현목 감독의 <오발탄>(1960), 김기영 감독의 <이어도>(1977), 배창호 감독의 <깊고 푸른 밤>(1984)을 들 수 있다. 영화 <오발탄>은 원작에서 형 철호에게 향했던 비중을 동생 영호에게 두면서 원작의 내용에 많은 변형을 가져왔으며, 영화 <이어도>는 원작과 다른 스토리를 구축하며 새로운 세계를 형상화했을 뿐만 아니라 영화기법의 측면에서도 매우 주목할 만한 영화이다. 원작소설에서는 천남석 기자의 삶과 죽음 그리고 그것의 의미를 파헤치려는 선우현과 양주호가 서사의 중심에 있었다면 영화에서는 섬에 남겨진 여인들이 서사의 중심에 있다. <깊고 푸른 밤>의 경우, 원작소설에서는 한국의 사회 정치 상황에 염증을 느낀 주인공(작가 최인호의 페르소나이기도 하다)이 미국의 길 위에서 절망하고 굴복하는 과정이 마치 로드무비와 같은 구성으로 전개되었으나, 영화 <깊고 푸른 밤>에서는 한국의 밑바닥 인생들이 미국에서 아메리칸 드림을 이루려다 실패하는 과정을 그리고 있다.

한국에서는, 유럽과 미국과 비교하여 상대적으로, 미개척 분야라는 반증이기도 하다. 먼저 각 학회의 학술지에 발표된 소논문들을 살펴보면 원작소설과 각색영화의 스토리와 담론을 비교분석하거나,30) 각색의 의

30) 김남석, 「1960년대 문예영화 시나리오의 각색과정과 영상 미학 연구」, 『민족문화연구』, 고려대학교 민족문화연구소, 2002.
   김명석, 「김승옥 소설 <무진기행>과 영화 <안개> 비교 연구」, 『현대소설연구』 23호, 한국현대소설학회.
   김명희, 「『어둠의 핵심』과 <지옥의 묵시록>: 희생제의 이론과 개성화의 관점으로」, 『문학과 영상』, 2002년 가을호, 문학과 영상학회.
   김중철, 「소설의 영상화가 갖는 시대반영성-<사랑손님과 어머니>를 중심으로-」『현대소설연구』 21호, 한국현대소설학회.
   _____, 「소설의 영상화에 따른 대중적 변모에 대하여-<삼포가는 길>을 중심으로-」, 『문학과 영상』 가을호, 문학과 영상학회, 2000.
   김형중, 「문학과 영화1: 소설의 외출」, 『문예중앙』 겨울호, 2006.
   박노출, 「대중의 반응양태로 본 문학과 영화-찰스 디킨스의『위대한 유산』을 중심으로-」, 『문학과 영상』 가을호, 문학과 영상학회, 2000.
   박유희, 「1960년대 문예영화에 나타난 매체전환의 구조와 의미-<오발탄>과 <사랑방 손님과 어머니>를 중심으로-」, 『현대소설연구』, 한국현대소설학회, 2006.
   서동훈, 「문화콘텐츠 서사의 모티프 변용 양상 연구-이청준의 <남도사람>연작과 임권택의 <서편제>를 중심으로」, 『배달말』 36호, 배달말학회.
   신영헌, 「문학적 영화읽기와 문화연구적 영화읽기: 영화 <장미의 이름>을 중심으로」, 『문학과 영상』 가을호, 문학과 영상학회, 2004.
   윤정헌, 「오발탄』을 통해 본 소설과 영화의 특성 연구」, 『한국문예비평연구』, 한국문예비평연구학회, 2002.
   _____, 「소설과 영화의 거리-<하얀 전쟁>의 경우-」, 『배달말』 23호, 배달말학회, 1998.
   이선미, 「북한소설 <불타는 섬>과 영화 <월미도> 비교 연구-서사와 장르인식의 차이를 중심으로-」, 『현대소설연구』, 한국현대소설학회, 2004.
   이형만, 「텍스트의 안과 밖:『주홍글자』의 영화 만들기」, 『문학과 영상』, 2000년 가을호, 문학과 영상학회.
   _____, 「소설 각색영화와 비평의 패러다임: 미국소설영상읽기」, 『문학과 영상』, 2003년 가을호, 문학과 영상학회.
   _____, 「환상과 현실의 경계-피츠제럴드의 <위대한 개츠비>-」, 『문학과 영상』, 2001년 봄호, 문학과 영상학회.
   장윤수, 「소설『서편제』의 영상적 변용의 패러다임」, 『문학과 영상』 봄호, 문학과 영상학회, 2002.
   _____, 「소설과 영화 <축제>의 장르적 소통과정의 연희화」, 『문학과 영상』 봄호, 문학과 영상학회, 2004.

의를 규명하거나,[31] 문화현상 속에서 각색의 작업을 바라보거나,[32] 소설과 영화 상호간의 영향관계의 역사를 서술하거나,[33] 소설과 영화의 기법상의 유사성을 설명하거나,[34] 매체의 문제에 집중하는 논문들[35]이 다수이다. 상호 수행적 역동성을 가진 수사적 상황에서 열린 텍스트로서 소설과 영화 그리고 회화 텍스트까지 함께 논한 논문도 등장했으

정광숙, 「소설과 영화 『영국인 환자』: 매체의 차이와 공존의 가능성」, 『문학과 영상』 가을호, 문학과 영상학회, 2000.

조정래, 「소설과 영화의 서사론적 비교연구-이미지와 서술」, 『현대문학의 연구』 22호, 2002.

조현일, 「소설의 영화화에 대한 미학적 고찰-60년대 문예영화 <오발탄>과 <안개>를 중심으로-」, 『현대소설연구』 21호, 한국현대소설학회.

한명환, 「소설 <우리들의 일그러진 영웅>과 각색영화의 비교-작품 수용과 관련한 영향의도의 비평적 분석을 중심으로」, 『비교문학』, 한국비교문학회, 2001.

황영미, 「일인칭 소설의 영화화-<우리들의 일그러진 영웅>을 중심으로-」, 『문학과 영상』, 2001년 봄호, 문학과 영상학회.

31) 윤성은, 「각색 영화 연구의 의의와 방향성에 관한 소고」, 『CINEMA Vol. 1』, 2005.
이영미, 「소설의 각색 과정에 나타나는 문제 고찰」, 『현대문학이론연구』, 현대문학이론학회, 2006.

32) 백문임, 「70년대 문화지형과 김승옥의 각색 작업」, 『현대소설연구』 29호, 한국현대소설학회.

33) 김경수, 「한국근대소설과 영화의 교섭양상 연구-근대소설의 형성과 영화체험」, 『서강어문』 15호, 1999.

34) 이상면, 「문학과 영화의 몽타쥬-에이젠슈타인의 몽타쥬 이론과 하이쿠의 관계」, 『비교문학』, 한국비교문학회, 2003.

35) 고위공, 「문학과 영화: '매체교체'의 양상」, 『미학예술학연구』, 한국미학예술학회, 2005.
김무규, 「뉴미디어와 매체미학」, 『독일언어문학』 29호, 한국독일언어문학회, 2005.
_____, 「영화와 성찰: 서사적 영상에서 성찰적 형상으로」, 『문학과 영상』, 2005년 가을호, 문학과 영상학회.
_____, 「문학을 바라보는 영화: 문학과 영화의 관계에 대한 한 가지 관점」, 『문학과 영상』, 2004년 가을호, 문학과 영상학회.
김영훈, 「영상시대로의 전환: 성격규명과 함의」, 『사회비평』 18호, 나남출판사.
김정남, 「소설과 미디어 환경에 관한 연구-비문자매체의 소설적 형상화와 기법적 수용의 문제-」, 『현대소설연구』, 한국현대소설학회, 2006.
양해림, 「매체의 해석학-맥루한의 『미디어의 이해』를 중심으로-」, 『해석학 연구』, 한국해석학회, 2006.

며,36) 문학교육에 있어서 영화와 영상의 자리매김을 논하는 논문들도 있다.37)

한편 소설과 영화를 함께 연구한 국내의 학위 논문들은 아직은 그리 많지 않다. 학위논문의 경우 소설의 영화화 과정에 대한 연구와 소설과 영화의 상호영향관계에 대한 사적史的 고찰이 주를 이루는데, 소설의 영화화 과정에서의 시점의 변화 등의 담론 분석연구와 스토리 차원에서 대중성의 강화 및 멜로드라마 양식의 강화 등을 고찰한 논문이 대부분이다. 소설의 독자성을 밝히려 하거나,38) 소설과 영화의 시점을 비교분석한 논문,39) 대중성과 멜로드라마 양식의 측면에서 소설과 영화를 비교분석한 논문들,40) 소설과 영화의 스토리와 담론을 비교 분석한 논문들,41) 소설과 시나리오를 비교분석한 논문,42) 소설과 영화의 상호텍스

36) 우찬제, 「수사적 상황의 상호 수행적 역동성과 열린 텍스트」, 『동아연구』 제 53집, 서강대학교 동아연구소, 2007.
37) 심경석, 「영화보기/읽기와 영문학 교육-문학과 영상의 밀월을 다시 돌아봄」, 『영미문학연구』, 영미문학연구회, 2002.
    한귀은, 「'각색'을 통한 문학과 영상의 통합 교육 방안」, 『현대문학의 연구』, 한국문학연구학회, 2006.
38) 방재석, 「소설과 영화의 관계양상 연구」, 중앙대학교 대학원 문예창작학과 박사논문, 2002.
39) 최명숙, 「소설과 영화의 시점 비교 연구」, 충남대학교 대학원 국어국문학과 박사논문, 2001.
40) 김중철, 「소설의 영상화 과정에 관한 연구-유홍종의 <불새>와 이문열의 <익명의 섬>을 중심으로-」, 한양대학교 대학원 국어국문학과 박사논문, 1999.
    임훈아, 「소설의 영화화 과정에 따른 멜로드라마적 요소 연구」, 연세대학교 대학원 국어국문학과 석사논문, 1993.
41) 이수현, 「원작 소설과 각색 영화의 비교 연구-이문열 소설의 영화화를 중심으로」, 고려대학교 대학원 국어국문학과 석사논문, 2006.
    박정미, 「소설과 영화의 이야기와 담론 비교 연구-소설『낯선 여름』과 영화『돼지가 우물에 빠진 날』을 중심으로-」, 한국교원대학교 대학원 국어교육전공 석사논문, 2005.
    김태관, 「소설의 영화화 과정에 관한 서사학적 요소의 연구-80년대 한국영화 분석을 통하여-」, 동국대학교 대학원 연극영화학과 석사논문, 1990.
42) 임승용, 「소설의 시나리오 각색 연구-「오발탄」을 중심으로」, 연세대학교 대학원 국어국문학과 석사논문, 1997.

트성을 연구한 논문[43] 등이 있다.

방재석의 논문은 영상의 시대에 문학의 위기에 대한 질문에서 시작한다. 때문에 논의의 방향도 소설만의 독자적 존재의의를 밝히려는 데 치중하고 있어서 때로 균형 잡히지 못한 시각을 보여준 것이 아쉬운 점이라고 볼 수 있다. 최명숙의 논문은 우선 서사학의 기본적인 시점이론들을 정리한 후 그 이론에 소설과 영화를 환원적으로 대입시켰다는 것이 한계로 부상한다. 소설에서의 시점이론을 가지고 영화를 분석할 경우 불충분한 분석이 될 수밖에 없다.[44] 김중철의 논문은 소설이 영상화 되면서 대중성이 강화된다는 결론을 도출했는데 김중철이 지적한 소설의 영상화 과정에서 시점이 변화하고 인물의 내면심리가 외현되어 형상화되는 것이 어떻게 대중성의 강화로 연결되는지에 대한 논리적인 연결고리가 없다. 게다가 단 두 작품만을 비교분석하고 내린 결론이라는 한계를 가진다. 소설이 영화화 되면서 멜로드라마적 요소가 강해진다고 결론을 내린 임훈아의 논문 역시 비슷한 한계를 보인다. 특히 "관람시 강렬한 동일화로 영상으로부터 일방적으로 주어지는 정보에 순응케 하는 현대의 가장 강력한 이데올로기 기구 중의 하나로서" 영화를 정의한 것은 영화에 대한 그리고 영화의 수용자인 관객에 대한 편향된 이해에 근

---

43) 현영권, 「『축제』의 상호텍스트성에 대한 연구」, 신라대학교 교육대학원 국어교육전공 석사논문, 2004.

44) 영화에서의 시점은 소설에서의 시점과 다르다. 영화에서의 시점은 카메라 워킹과 관련 있는데 이는 관객의 시선을 염두에 두고 철저하게 기획된다. 즉, 카메라와 피사체와의 거리 설정(롱 쇼트, 미디엄 쇼트, 클로즈업 등)과 카메라와 피사체와의 각도(하이 앵글, 로우 앵글, 아이 레벨 쇼트eye-level shot 등)는 그대로 관객이 피사체를 바라보는 거리와 각도와 연결되어 피사체에 대한 관객의 심리에 절대적으로 영향을 준다. 소설에서는, 시각에 의존하는 영상매체와 달리, 이러한 기제가 없다. 소설을 읽는 것은 시각적 행위가 아니다. 눈으로 활자를 읽든, 손으로 점자를 인식하든, 귀로 오디오 북을 듣든, 소설을 읽는 것은 특정 문자체계에 대한 지식을 바탕으로 머릿속에서 이미지들을 구성하고 재구성하는 작업이다. 때문에 시각적 의미에서의 시점은 소설에는 없으며, 영화에서만 중요하게 작용한다. 따라서 소설에서의 시점이론을 가지고 영화의 시점을 분석하려 한다면 불완전한 분석이 될 수밖에 없는 것이다.

거한다. 소설과 영화의 스토리와 담론을 비교 분석한 이수현과 박정미와 김태관의 논문 역시 소설과 영화의 매체 차이에 대한 인식이 부족한 상태에서 논의가 진행되었다는 한계를 보인다. 이수현의 경우 소설에서의 불확정성과 영화에서의 불확정성이 다른 메커니즘으로 결정됨에도 불구하고 단순 비교하려 했으며, 박정미의 경우는 소설과 영화의 매체 전이 양상이 다양함에도 불구하고 소설텍스트 한 편과 영화텍스트 한 편을 비교분석한 것으로 소설과 영화 모두를 정의하려는 다소 무모한 시도를 했다. 김태관의 논문 역시 소설에서의 담론의 요소와 영화에서의 담론의 요소가 분명 다름에도 불구하고 동일선상에서 논의를 전개했다. 때문에 소설과 영화의 독자성을 무시한 결론이 나오게 되었다. 소설과 시나리오를 비교분석한 임승용의 논문에서는 시나리오와 완성된 영화를 동일한 범주에 두고 혼용하고 있다는 것을 문제점으로 지적할 수 있다. 현영권의 논문은 들뢰즈의 논문을 바탕으로 소설『축제』와 영화 <축제>의 상호텍스트성을 분석하려했으나 이론을 바탕으로 작품분석이 이루어지지 못하고 이론에 대한 서술과 작품에 대한 분석이 따로 이루어져서 아쉬움을 남긴다.

1990년대에 본격적으로 시작되어 2000년대에 활성화 된 이러한 연구들은 위에서 언급한 한계와 문제점들에도 불구하고 한국문학 연구의 영역을 확장하는 시도를 했다는 점에서 충분한 의의가 있다. 아직은 부분적, 단편적으로 진행된 연구가 좀 더 체계적으로 심화되고 확장되리라 생각한다. 소설과 영화의 관계양상에 대한 연구는 광범위한 영역에서 다양한 학제 간 연구를 바탕으로 이루어져야 한다. 문제는 아직도 문학 연구자들의 피해의식이 연구의 저변에 자리하고 있는 경우가 있다는 것이다. 즉, 소설이 가지고 있던 주도권을 영화에 내주었다는 위기의식에서 소설만의 강점을 부각시키려 하다 보니 간혹 무리한 논의가 전개되기도 한다. 이러한 태도는 소설과 영화를 연구하는 데 있어 장애가 된다.

소설과 영화 모두 미학적 가치를 지닌 텍스트로서 그 속에 풍부한 인문정신을 담고 있다. 또한 소설과 영화의 상호 교류는 소설과 영화 모두를 더욱 풍성하게 만든다. 그것을 찾아내서 드러내는 것이 연구자의 몫일 것이다. 또 한 가지 부언해야 할 것은 소설을 영화화 한 경우에 있어서 각색영화가 원작을 망쳤다는 언급은 종종 있어왔으나 각색영화가 원작보다 더 주제적으로 풍성한 의미의 망들을 형성하거나 미학적으로 많은 것을 성취한 경우에도 영화가 원작을 능가했다는 언급을 하는 것에는 상당히 조심스러웠다는 것이다. 이는 기원original으로서의 원작에 대한 지나친 존중에서 기인한 것이기도 하며 소설과 영화의 매체전이에 대한 편협한 인식에서 기인한 것이기도 하다. 어떤 경우에도 각색된 영화가 원작을 망칠 수는 없다. 원작소설은 각색영화와는 상관없이 새로운 해석의 여지를 열어 둔 채 그 자리에 있다. 각색영화가 실패했다면 영화로서 실패한 것이지 원작을 망친 것이 아니다. 소설과 영화는 분명 다른 것이고 다른 텍스트이다. 또한 특정 소설을 원작으로 했을지라도 주제적 측면에서 그리고 미학적 측면에서 원작을 능가하는 영화가 충분히 있을 수 있다. 그렇더라도 그것은 그 영화가 영화로서 성공한 것이다. 많은 선행연구에서 발견되는 문제점들의 일차적 원인이 소설과 영화가 서로 다른 매체를 통한 미학적 성취임을 알면서도 기원에 집착하여 환원시키려는 데 있었다는 것을 지적하는 것은 본 연구의 논의전개 방법과 방향을 지시하는 것이기도 하다.

3. 연구방법과 연구방향

소설과 영화의 관계 양상을 연구하는 방법은 크게 두 가지로 유형화할 수 있다. 한 가지는, 앞서 잠시 언급했듯이, 사적史的고찰이다. 이는 문학사와 영화사를 관통하여 상호영향 관계의 역사를 고찰하는 연구라고 할 수 있다. 이때 빈번히 수행되는 연구 중 한 가지는 소설텍스트에서 영화적 기법을 탐색하는 것이다. 특히 이것은 영화사의 전사前史로서 문학사를 보는 시각과 밀접하게 관련된다. 영화사의 초창기에 영화적 기법의 획기적 발전을 이룩한 에이젠슈테인이나 그리피스가 그들의 몽타주 기법과 교차 편집 기법을 문학텍스트에서 발견했다고 고백한 것이 이러한 연구 방법의 촉매가 되었다.45) 한국문학의 경우, 특히 30년대 소

---

45) 1920년대 초 충돌의 몽타주 이론을 정립하고 실험했던 에이젠슈테인은 그가 표의문자인 한자의 구성원리와 일본의 단형시 하이쿠로부터 많은 암시를 받았음을 밝히고 있다. 에이젠슈테인은 하이쿠에 대해 "농축된 인상파의 스케치"라고 말하면서 하이쿠에서 두 개 이상의 다른 表象을 갖고 있는 구절이 연결되어 또 다른 이미지를 발생시킬 수 있다는 특징이 충돌의 몽타주 원리와 상통한다고 보았다.
이상면, 「문학과 영화의 몽타주」, 『비교문학』, 한국비교문학회, 2003 참고.
또한 에이젠슈테인은 플로베르의 『보봐리 부인』(1857)에서 교차 몽타주의 기법을 볼 수 있었음을 다음과 같이 말한다.
"가장 뛰어난 대사와 교차 몽타주의 실례를 제공하고 이를 더욱 예리하게, 관념을 표현하는 데 활용한 사람은 바로 플로베르였다. 여기에는 두 계열의 서로 다른 목소리가 교차하며 뒤엉켜 있다. 즉, 아래 광장에서 연설하는 남자의 목소리와 미래의 연인들의 대화가 그것이다. […] 절정에 이르는 과정은 항상 두 계열의 병치에 의한 교차 몽타주와 언어의 유희를 통해서이다. 문학에는 이러한 실례가 가득 차 있다. 이 기법은 플로베르의 후예들에게 갈수록 인기를 끌고 있다."
에이젠슈테인 선집 2, 이정하 편역, 『몽타주 이론』, 예건사, 1990, 86~87쪽.
한편 그리피스는 크로스 커팅(cross cutting) 기법에 대해서 문학적 서술의 전통에서 가져 온 것임을 밝힌 바 있는데, 그는 다음과 같이 말했다.
"나는 긴장을 고조시키기 위해 한 장면에서 다른 장면으로의 크로스 커팅을 사용하겠다는 생각을 도입했다. […] 그러나 그것은 절대 내 자신의 생각이 아니었다. 나는 그것을 디킨스의 작품들에서 발견했다. […] 우선 그는 많은 인물들과 사건들을 도입한

설에서 영화적 기법들을 읽어내려는 연구들이 속속 등장했다. 가장 많이 언급된 작가는 박태원이다.[46]

이와 비슷하지만 상반된 방향의 연구로는 많은 현대작가들이 영화의 영향을 받아 영화적 글쓰기를 한다는 것을 밝히는 일이다. 다시 말해서 이는 영화사의 전사前史로서 문학텍스트에서 영화적 기법의 선취를 연구하는 것이 아니라 영상의 시대에 영화의 영향으로 작가들의 글쓰기 방식이 달라졌다는 것을 밝히는 연구라고 할 수 있다. 특히 영화에서 시간과 공간을 다루는 독특한 방식이 현대소설에 영향을 주었음을 밝히는 연구가 대표적이다. 리처드슨Robert Richardson은 「영화와 현대소설」에서 현대소설이 영화의 기법으로부터 영향을 받은 예들을 소개한다.[47] 바쟁 André Bazin 역시 "현대소설, 특히 미국소설이 영화의 영향을 받았음을 단언하는 일은 거의 흔해빠진 이야기"[48]라고 말한다. 한국문학의 경우에

다. 그러고 나서 갑자기 중단하고 한 사건에서 다른 사건으로 넘어가고 마지막에서 그는 겉으로 보기에 얼핏 분리되어 있는 것 같은 결말들을 다시 합쳐 전체를 완성시킨다."
Griffith. Petri(1975), 요아힘 패히, 임정택 역, 『영화와 문학에 대하여』, 민음사, 1997, 75~76쪽 재인용.
46) 김경수, 「한국근대소설과 영화의 교섭양상 연구―근대소설의 형성과 영화체험」, 『서강어문』 15호, 서강어문학회, 1999.
이미경, 「『천변풍경』의 영화적 기법 연구」, 서강대학교 석사논문, 1990.
이호림, 「1930년대 소설과 영화의 관련양상 연구」, 성균관대학교 박사논문, 2003.
표정옥, 『서사와 영상, 영상과 신화』, 한국학술정보, 2007.
47) 피란델로의 소설은 영화 제작을 현대인의 조건의 메타포로 사용하고 있다. 영화 세계의 템포, 외향성, 기계성이 산문에 녹아들어 소설의 형태로 제시되지만, 영화 기법에 흠뻑 젖어 있는 것은 바로 소설 그 자체이다.
로버트 리처드슨, 이형식 역, 「영화와 현대소설」, 『영화와 문학』, 동문선, 2000, 118쪽.
프랑스 소설가인 로브 그리예는 영화가 세부와 외부적 표면을 잘 다루는 점에 착안하여 새로운 소설 이론을 세웠다. 인간의 의도, 동기, 반응 등 심리적인 면을 불신하는 로브 그리예는 오브제와 겉으로 보이는 모습만이 유효하다고 결론 내렸다.
로버트 리처드슨, 위의 책, 128쪽.
도스 패서스, 포크너, 헤밍웨이에서 현재에 이르기까지 시점의 엄격한 통제는 소설에서 점점 더 중요하게 되었다. 이것은 부분적으로는 영화 때문이다.
로버트 리처드슨, 앞의 책, 131쪽.

도 90년대 이후 등장한 젊은 작가들의 작품들에서 영화의 영향을 발견할 수 있다.[49)]

소설과 영화의 관계에 대한 이러한 사적史的고찰에서 더 확장하여 소설과 영화의 구조적 상동성을 연구하려는 시도도 있었는데, 스피겔Alan Spiegel은 "19세기 소설, 그 중에서도 후반기 소설에는 왜 보는 것이나 순수한 시각적 정보가 그렇게 많고, 그 이전 소설에는 적은가"라는 질문을 던지고 영화를 기계적 장치의 합슴 이상의 것으로 이해하기 시작하자마자, 영화와 어떤 유의 소설이 함께 존재한다는 것을 이해하기 시작했음을 말한다.[50)] 여기서 한 걸음 더 나아가 패히Joachim Paech는 소설 특히 19세기 시민소설과 미국 할리우드 영화에서 "사회구조와 서사구조 사이의 상응적 관계"를 읽어내는데, 그에 의하면 이러한 상응적 관계는 계급사회에서 관계되는 두 사회 계층의 평행성이 문학적 또는 영화적 서술구조에서 그대로 묘사되고 있다는 것이다.[51)] 한편 스탬Robert Stam은 소설과 영화에서의 자기 반영의 기법들과 전략들을 연구하면서 크리스테

---

48) 앙드레 바쟁, 박상규 역, 「비순수 영화를 위하여−각색의 옹호」, 『영화란 무엇인가?』, 시각과 언어, 1998, 121쪽.

49) 그런데 90년대 이후 한국문학에 나타나는 영화적 기법에 대한 연구는 대부분 문학연구자들에 의해 우려 섞인 문제의식에서 시작되었다. 도정일은 장정일과 박일문의 소설에서 플롯의 역순 배치, 설명 없는 장면 전환, 속도감 있는 단문 등을 지적하면서 소설이 그 자체의 서사법을 희생하면서 영화적 영상을 삽입하기 위해 불필요한 확장과 나열, 서사논리로부터의 이탈 등을 수행하고 마치 이것이 새로운 소설쓰기의 방법인 양 생각한다면 그것은 안방 내주고 사랑채로 뛰어드는 일과도 같다고 말한다.
도정일, 「90년대 소설의 영화적 관심과 형식문제」, 『세계의 문학』, 1993년 봄호, 89쪽. 여기서는 김형중, 「문학과 영화1: 소설의 외출」, 『문예중앙』 겨울호, 2006, 13쪽에서 재인용.
또한 김형중은 김경욱의 『바그다드 카페에는 커피가 없다』를 분석하면서 "90년대 중반부터 우리 소설에 유행처럼 번진 영화적 기법의 구사는 말 그대로 영화적 기법을 소설에서 차용했다는 새로움 외에 다른 효과를 만들어내지 못했다"고 말한다.
김형중, 위의 글, 14쪽.

50) 앨런 스피겔, 박유희 · 김종수 역, 『소설과 카메라의 눈』, 르네상스, 2005, 14~18쪽.

51) 요아힘 패히, 『영화와 문학에 대하여』, 78쪽.

바의 상호텍스트성 개념을 세분화시킨 주네트의 하이퍼텍스트성의 개념을 소설과 영화의 관계에 적용시켰다.[52]

소설과 영화를 함께 연구하는 방법 중 가장 많이, 또한 계속 이루어져 온 연구방법은 소설의 영화로의 각색(드물게는 영화의 소설화)을 연구하는 것이다. 그런데 각색에 대한 관점과 연구방법 역시 세분화 할 수 있다. 우선 각색에 대한 부정적인 견해를 피력한 경우와 각색을 옹호하는 두 가지 입장이 있는데, 이에 대해서는 다음 장에서 소개할 것이다. 여기서는 각색에 대한 부정적인 견해가 사실상 별다른 의미가 없음을 말하고자 한다. 왜냐하면 지금까지 수없이 소설의 영화화가 이루어져 왔고 지금도 이루어지고 있으며 앞으로도 이루어질 것이기 때문이다. 또한 영화의 소설화 역시, 그것이 문화산업의 측면에서이든 새로운 미학적 실험에서이든, 계속 이루어질 것이다. 따라서 소설과 영화의 매체 전이를 연구할 때 각색의 부정적인 측면에 매달리는 것은 생산적일 수 없다.

각색의 유형에 대한 연구 중 대표적인 것이 자네티Louis Giannetti의 연구이다. 이에 대해서 다음 장에서 상세히 설명할 것이지만, 여기서 간략히 언급할 것은 자네티가 원작에 대한 충실성의 정도를 기준으로 각색을 유형화 했다는 것이다. 또한 다른 연구자들의 각색의 유형에 대한 연구 역시 자네티의 연구와 대동소이한데 원작에 대한 충실성을 기준으로 원작과 각색영화 사이의 거리를 유형화 한 것이다. 분명 원작에 대한 충실성 혹은 소설텍스트와 영화텍스트의 주제적 거리를 기준으로 많은 텍스트들을 설명할 수 있다. 분명 특정 영화가 어떤 영화적인 방식으로 원작의 정신을 형상화 했는지 밝히는 것은 의미 있는 작업이다. 그런데 이것만으로는 그토록 많은 소설이 영화화 되는 이유와 그 양상들에 대한 충분한 설명이 될 수 없으며, 또한 심미적 지평이 전환되는 기제와 양상

---

52) 로버트 스탬, 오세필 · 구종상 역, 『자기 반영의 영화와 문학』, 한나래, 1998, 58~63쪽 참고.

을 설명할 수도 없다. 그렇다면, 원작에 대한 충실성 내지는 소설텍스트와 영화텍스트의 주제적 거리가 아닌 다른 연구의 기준이 필요하다면 어떠한 기준이 있을 수 있는가 라는 질문이 생기게 되는데, 이 질문은 본 연구에서의 연구방법과 텍스트 선정 기준과 직결된다. 즉, 소설과 영화의 매체 전이를 통해 심미적 지평이 전환되는 과정과 양상과 메커니즘을 연구하기에 적절한 방법론과 기준에 대한 질문이기도 하다.

이러한 질문의 답을 찾기 위해 먼저 2장에서는 소설과 영화가 역사적으로 어떤 상호 연관 관계에 있어왔는지 고찰할 것이다. 또한 기존의 선행연구에서 천편일률적으로 "각색"이라고 명명되었던 소설과 영화의 매체 간 상호텍스트성에 대해 기존 범주의 한계를 지적하고 그것을 극복하는 방안을 제시하려 한다. 또한 소설과 영화의 표현양식의 차이에 대해서 세밀하게 논할 것이다. 이를 위해 기호로서의 문자와 영상의 차이를 고찰하고 단일채널 매체인 소설과 다중채널 매체인 영화에 있어서 담론의 총체적 책임자라고 할 수 있는 서술자의 문제를 바탕으로 소설에서의 서술과 영화에서의 서술이 어떻게 다른 양상으로 이루어지는지 논할 것이다. 또한 본 저서에서는 기존의 선행연구들에서 그다지 논의되지 않았던 수용의 문제에 대해서도 논할 것인데 소설의 수용과 영화의 수용 역시 상이한 양상으로 이루어짐을 밝힐 것이다. 즉, 추상성과 구상성이 인지적 수용과 감각적 수용의 측면에서 어떤 양상으로 전치되는지, 그리고 문자언어의 선조성에 근거한 재구성의 과정과 영화에서의 동시적 포착과 재구성의 과정이 어떻게 이루어지는지 세밀하게 분석하고 소설에서의 수용방식과 영화에서의 수용방식의 차이가 심미적 지평 형성에 어떻게 영향을 미치는지 고찰할 것이다.

이를 바탕으로 3장에서는 소설에서 영화로 매체의 전이가 이루어진 텍스트들을 분석할 것이다. 여기서 텍스트들을 선정한 기준은 우선 원작소설에서의 상이한 서술양상이다. 서술자는, 명시적으로 드러나든 암시적으로 숨어있든, 소설텍스트에서 총체적인 담론의 책임자로서 서사 전체를 지배한다. 즉, 소설텍스트의 주제와 미학과 수용자와의 소통방식을 결정하는 것은 서술자의 언어사용 양상, 즉 서술양상이다. 때문에 채트먼은 "소설에서 서술자의 선택은 기본적으로 수사학적인 것"[53]이라고 말한 것이다. 소설에서의 서술자를 "담론적 행위자"[54]라고 볼 수 있다면 영화에서 소설의 서술자의 서술행위를 어떻게 영화적 표현양식으로 형상화하는지, 여기서 매체변수가 어떻게 작용하는지 분석하는 것이 소설의 영화화를 연구하는 데 있어서 핵심적인 연구과제가 된다.

소설에서 서술의 양상들을 구별하는 기준은 우선 크게 두 가지가 있다. 서술자가 어떤 식으로든 자신의 존재를 드러내는 서술과 자신을 드러내지 않는, 즉 극화된 서술이다. 극화된 서술의 전형적인 예는 헤밍웨이Ernest Miller Hemingway의 단편 「살인자들(The Killers)」인데, 사실상 한국 현대소설에서는 이렇게까지 극화된 서술자는 발견할 수 없다. 그런데 서술자가 자신의 존재를 드러내는 양상 또한 여러 가지이다. 독자(피서술자)를 직접 호명하며 자신의 존재를 드러내는 서술자도 있고, 인물의 심리와 그 배경까지 그리고 사건의 의미까지 분석하고 논평하는 서술자도 있으며, 인물의 내면에 밀착하는 고백적 서술자(주로 일인칭으로 드러난다)도 있다. 또한 분석과 논평과 고백을 배제하고 인물의 외모와 말과 행동만을 묘사하고 전달하는 서술자도 있다. 여기서 영화의 표현양식과 비교적 가까운 서술자는 물론 극화된 서술자나 분석과 논평과 고백을 배제한 서술자이다. 분석과 논평과 고백의 서술양상은 영화화하기에, 즉 영화서술로 옮기기에 쉽지 않으므로 이러한 서술양상들이 어떻게 영화미학으로 전이되는지 고찰하는 것이 보다 의미 있는 작업이라고 생각된다. 따라서 본 연구에서는 바로 이러한 텍스트들을 선택하기로

---

53) 채트먼, 『영화와 소설의 수사학』, 133쪽.
54) 채트먼, 위의 책, 181쪽.

한다. 즉, 소설텍스트에서의 분석과 논평의 서술양상이 어떻게 영화미학으로 전이되는지, 인물의 내면에 밀착한 고백적 서술양상이 어떻게 영화의 표현양식으로 형상화되는지 분석할 것이다. 또한 고도로 시적詩的이고 상징적인 언어를 사용하는 암시적 서술양상이 영화에서 어떻게 재현되는지 역시 분석할 것이며, 서술자로서 자신을 드러냈던 자의식적인 서술자가 사라진 영화에서 대신 부상하는 것은 무엇인지도 고찰할 것이다. 이러한 연구를 통해서 언어의 수사학과 이미지의 수사학의 차이를 보다 분명하게 밝히고 소설의 표현양식과 영화의 표현양식의 차이 역시 보다 광범위하게 드러낼 수 있으리라 생각한다. 또한 여기서 더 나아가서 심미적 지평의 전환이 이루어지는 과정과 양상 역시, 생산과 수용의 측면 모두에서, 논할 것이다.

이러한 관점에서 선택한 텍스트들은 이청준의 단편「벌레 이야기」와 이를 영화화 한 이창동 감독의 <밀양>, 이청준의 중편『이어도』와 이를 영화화 한 김기영 감독의 <이어도>, 최윤의 중편『저기 소리 없이 한 점 꽃잎이 지고』와 이를 영화화 한 장선우 감독의 <꽃잎> 그리고 구효서의 장편『낯선 여름』과 이를 영화화 한 홍상수 감독의 <돼지가 우물에 빠진 날>이다. 앞서 언급한 네 편의 소설텍스트들은 소설에서 보여 줄 수 있는 거의 모든 서술양상을 망라한다고 볼 수 있다. 먼저「벌레이야기」의 경우 사건의 요약적인 진술과 함께 사건과 인물의 내면심리에 대한 분석적이고 논평적인 서술양상을 취한다. 이때 수용자인 독자는 비교적 분명한 메시지를 전달받게 된다.『이어도』의 경우, 탐색과 추리의 서사구조를 취하는데 여기서 내포작가의 목소리를 대변하는 인물의 직접적인 발화 언술이 정보를 통제하며 신화적 세계에 대한 믿음을 역설한다. 이때 허구와 믿음은 사실 못지않은 권력이 된다. 이때 독자 역시 통제된 정보로 인해 사실에 대한 추구를 포기하고 신화적 세계에 대한 믿음의 이야기를 집중적으로 들어야 한다.『저기 소리 없이 한 점 꽃잎이 지고』의 경우 명시적인 서술자가 셋으로서 교차 서술하는데 정보의 직접노출을 지연시키며 고도로 상징적인 언어의 사용을 통해 암시적 서술양상을 이룬다. 때문에 수용자인 독자는 힘든 독해의 과정을 거쳐 계속해서 의미를 구성하고 재구성해야 한다. 『낯선 여름』의 경우에는 시간의 경과를 통한 이중의 고백적 서술양상으로 전개되는데 이때 수용자인 독자는 두 사람의 일인칭 서술자의 고백적 서술을 듣는 피서술자의 입장에 있을 뿐만 아니라 "공유적 자아"의 입장에 있게 된다. 이러한 서술양상들은 모두 영화화하기에 상당한 부담이 되며 도전이 된다. 논평과 고백과 암시와 정보의 통제 모두 카메라의 직접 재현 능력과 배치되며 영상은 언어와 달리 인물의 심리나 사고를 메타적으로 설명할 수 없기 때문이다. 때문에 인간의 사고와 심리를 메타적으로 설명할 수 있는 문자언어의 특성과 서술자가 서사를 통제하는 소설의 장르적 특성을 극명하게 드러내는 소설텍스트들을 선정하여 이러한 소설텍스트들이 어떤 양상으로 영화 미학으로 전이되었는지 분석하고 고찰하는 것이 소설과 영화의 매체적인 특성과 그로 인한 주제적 미학적 차이를 만드는 양상 그리고 수용자의 심미적 체험이 달라지는 방식을 보다 분명하게 드러낼 수 있다는 것이 3장에서의 텍스트 선정의 우선적인 이유이다.

또한 위에 언급한 소설텍스트들은 영화로의 매체전이를 거치면서 모두 다른 유형의 영화미학을 성취했을 뿐만 아니라 그 과정과 양상을 통해 본 연구에서 제기한 질문들에 대한 해답을 제시한다. 즉, 원작에 대한 충실성을 기준으로 혹은 원작과 각색영화 간의 주제적 거리를 중심으로 유형화 하여 각색을 논하는 것이 소설을 영화화 하는 이유에 대한 충분한 답이 될 수 없다는 것, 다시 말해서 새로운 심미적 지평을 구축하는 데 있어서 원작에의 충실성이나 원작과의 주제적 거리가 기준이 될 수 없음을 증명할 수 있는 텍스트들이다. 이에 대해 3장에서 자세히 논의할 것이나, 잠시 언급하자면, 영화 <밀양>의 경우 원작의 지배적인 메시지를 전복하지 않으면서도 영화적 표현양식에 의해 원작의 구심점을 오히려 전복할 수 있는 힘을 확보했다. 영화 <이어도>의 경우에는 원작에서 주요 모티프와 인물들을 그대로 가져왔으나 영화적인 방식으로, 원작에서 강력한 언술의 힘으로 구축한 신화적 믿음의 세계에서 벗어나서, 전근대와 근대가 융합하는 세계를 독특한 미장센으로 구축했으며 충격적인 섹슈얼리티를 재현했다. 영화 <꽃잎>의 경우에는 원작에 대한 충실한 독해를 바탕으로 원작의 사건들을 여러 가지 영화적 방식으로 구현했으나 매체적인 차이에 의해 전혀 다른 분위기의 텍스트가 되었으며 무엇보다 수용자에게 전혀 다른 독해방식을 요구한다. 영화 <돼지가 우물에 빠진 날>의 경우에는 의도적으로 원작과 다른 방향을 지향했음을 확연하게 보여준다. 즉 원작의 정신에 반역을 꾀하려 했으나 결국 원작에서의 구심점과 일치하는 지점이 발견된다. 왜 이러한 현상이 발생하게 되는지를 구체적으로 밝힐 수 있다면 소설과 영화를 함께 읽는 연구가 단지 유형화의 작업에 끝나지 않고 또한 원작소설과 각색영화의 스토리와 담론을 비교분석하는 데 머물지 않고 심미적 지평의 전환이 이루어지는 형성원리와 수용자의 심미적 체험의 변화 과정을 설명할 수 있을 것이다. 소설과 영화의 표현양식의 차이 역시 보다 분명하게 드러날 수 있을 것이다. 이를 통해 '왜 소설을 영화화 하는가?'라는 질문에 대해 좀 더 풍부하고 심화된 답을 할 수 있으리라 생각된다. 또한 소설과 영화를 함께 연구하는 것에 대한 의의도 보다 풍성해 질 수 있으리라 기대한다.

　4장에서는 다른 방향으로의 매체 전이의 양상으로서 영화에서 소설로 매체의 전이가 이루어진 국내에서의 첫 시도인 허진호 감독의 영화 <외출>과 김형경의 소설『외출』, 그리고 아직까지는 유일무이하게 소설과 영화가 동시적으로 동반 창작된 이청준의『축제』와 임권택 감독의 영화 <축제>를 비교 분석할 것이다. 여기서 영화의 소설화의 메커니즘을 분석하고 왜 영화의 소설화가 드물었는지 그럼에도 불구하고 현재의 문화적 상황에서 이런 시도가 어떤 의미를 가질 수 있는지 고찰할 것이다. 또한 소설『축제』와 영화 <축제>의 경우 시간의 경과를 전제로 한 원작의 흔적이 없이 동시적으로 상호텍스트성을 구현한 경우인데 같은 스토리 라인을 가지고 있음에도 불구하고 매체적인 차이에 의해 텍스트의 주제와 미학이 달라지는 기제와 양상 그리고 수용자의 심미적 체험이 달라지는 기제와 양상을 구체적으로 분석하고 밝힐 것이다. 이를 바탕으로 문화적 담론의 변화 양상을 논하려 한다.

마지막으로 한국영화사에서 기념비적인 작품으로 알려진 김기영 감독의 영화 <하녀>와 50년의 시간을 지나 리메이크 된 임상수 감독의 영화 <하녀>에 대한 비교분석을 통해 동일매체를 매개체로 한 다시 쓰기는 다른 매체를 통한 다시 쓰기와 어떻게 다른지 분석할 것이다. 여기서 매체변수의 문제와 더불어 시대의 변화와 담론의 변화가 우리가 선험적으로 알고 있는 것처럼 비례하는지의 문제도 제기될 것이다.

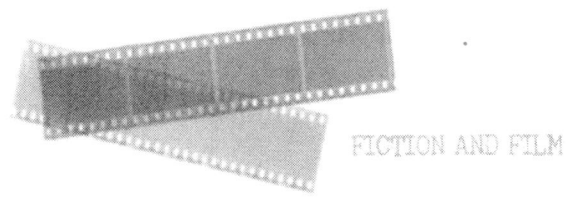

FICTION AND FILM

매체 간 상호텍스트성

매체 간 상호텍스트성

1. 상호텍스트성과 매체변수

매체미학과 서사시학 그리고 수용미학의 방법론들을 바탕으로, 앞서 언급한 "목표 지향적 담론"으로서의 수사학의 관점에서 텍스트 분석을 하기 위해 먼저 소설과 영화의 서술방식의 차이 그리고 이것을 기본적으로 규정하는 질료와 중개성의 문제를 세밀하게 다루어야 할 것이지만, 이보다 앞서 매개 변수로서 매체가 결정적인 역할을 하는 소설과 영화의 상호텍스트성에 대한 논의를 하는 것은 선행연구를 바탕으로 선행연구들이 남긴 난제들을 극복하고 좀 더 진일보한 논의를 진행하기 위해서이다. 즉, 1장에서 잠시 언급했던 소설과 영화의 상호교류의 역사와 양상 그리고 각색에 대한 기존의 패러다임과 그 한계의 핵심을 지적할 필요가 있다. 그 후에 소설에서의 서술방식과 영화에서의 서술방식의 차이 그리고 각각의 매체미학의 근간이 되는 질료와 구성의 문제에 대해 논할 것이다. 먼저 소설과 영화의 상호교류의 역사와 양상을 살펴보려 한다. 본 연구의 궁극적인 목적은 소설과 영화의 상호교류의 역사와 양상을 살펴보는 것에 있지 않다. 그럼에도 불구하고 사적史的관점에서 소설과 영화를 고찰하는 것은 본 저서의 논의와 간접적으로 관련되기 때문이다. 때문에 여기서는 본 연구의 본격적인 논점에 들어가기에 앞서 소설과 영화가 역사적으로 어떻게 상호 교류해왔는지 그 양상에 대해 고찰할 것이다.

1) 소설과 영화의 상호교류

영화는 리얼리즘 소설에서 추구하는 재현의 환영幻影에 해당하는 미학을 표현하기에 절대적으로 유리한 도구를 가지고 있다. 바로 카메라이다.[1] 그러나 카메라 워킹이 사실적 재현에만 한정되는 것이 아니었고 영화감독들은 카메라 워킹 자체를 전경화 시킴으로 인해서 영화에서의 자기반영적 기법들 역시 발전시켰다. 즉 소설사에서 볼 수 있는 리얼리즘과 모더니즘의 변증법적 역사는 그대로 영화사에서도 이루어져 왔다고 볼 수 있다. 영화는 대략 1908년부터 문학적 서술 전통, 특히 19세기 사실주의 소설의 서술 전통에 연계되기 시작했다.[2] 또한 앞서 언급했듯이 영화 고유의 기법이라고 여겨지는 몽타주나 교차편집 등과 유사한 기법을 소설에서 찾을 수 있음으로 해서 소설과 영화의 상호교류는 보다 복잡한 양상을 띠게 된다. 즉, 영화는 분명 이야기와 기법을 소설로부터 가져왔으나 곧 영화에 대한 체험이 소설의 서술방식에 영향을 끼치게 된 것이다.[3]

---

1) 몇몇 영화학자들은 카메라 속에 리얼리즘이 '내재'되어 있다고 추정하면서 그러한 추정을 환영주의 미학의 토대로 삼아왔다.
  로버트 스탬, 오세필 · 구종상 역, 『자기 반영의 영화와 문학』, 한나래, 1998, 41쪽.
2) 여기서 선구적인 작업을 한 사람이 미국의 영화감독 그리피스이다. 그리피스는 1908년 11월에 테니슨(A. Tennyson)의 『이녹 아덴(Enoch Arden)』(1864)이라는 소설을 모범으로 삼아 <수년 후(After many Years)>라는 영화를 만들었다.
  요아힘 패히, 임정택 역, 『영화와 문학에 대하여』, 민음사, 1997, 71쪽.
3) 이에 대해 패히는 "영화를 보는 독자들은 플로베르, 졸라, 폰타네 등의 19세기 소설에서

그런데 영화사의 전사前史로서 문학사를 보는 시각4)이 비록 타당하다고 하더라도 사실상 영화가 소설과 본격적인 관계를 맺게 된 것은 무성영화의 시대가 지난 후였다. 이때부터 발화된 언어와 내레이션은 영화의 서사를 구축하는 데 있어서 중요한 역할을 하게 된다. 그런데 역설적으로 여기서 소설의 언어와 영화의 언어의 차이점이 뚜렷하게 부각된다. 즉 소설에서 서술자의 언어는 언제나 과거의 일을 이야기한다. 인물이 발화한 시점과 그것을 전달하는 서술의 시점은 동시적일 수 없다. 그러나 영화에서 인물의 발화는 언제나 현재적으로 전달된다. 비록 과거의 일을 이야기하더라도 그러하다. 중요한 것은 영화 매체의 이러한 특성이 영화에서의 시간 구성을 소설과 다르게 만든다는 것이다. 영화에서 시간을 구성하는 방식은 문학과 철학 연구자들에게까지 많은 암시를 주었다.5) 소설에서 공간보다 시간을 우위에 두고 영화에서 시간보다 공

영화적 글쓰기 방식을 발견했으며 영화를 보았던 작가들은 그들의 영화적 지각을 문학적 글쓰기로 들여오기 시작했고 결국은 영화를 위해 시나리오 작품을 쓰기 시작했다"고 말한다.
요아힘 패히, 위의 책, 8쪽.
4) 여기서 특히 주목할 만한 연구는 요아힘 패히(Joachim Paech)의 연구이다. 패히는 인지와 소통의 산업화의 산물인 영화는 19세기 문학적 서술 전통의 정당한 상속인이라고 말하는데, 영화제작자들이 19세기 문학에서 기법들을 차용했을 뿐만 아니라 영화가 나오기 전에 문학이 문학적 서술에서 이미 영화적인 것을 선취했다는 것을 의미한다고 말한다. 또한 패히는 19세기 시민적 사실주의 문학의 특징은 눈에 보이는 것의 과잉이라고할 수 있으며, 20세기에 와서야 비로소 영화와 TV라는 적당한 매체를 갖게 되었다고 주장한다.
요아힘 패히, 앞의 책, 80~94쪽.
5) 이에 대해 하우저(A. Hauser)는 다음과 같이 말한다.
"베르그송의 시간 개념은 여기서 새로운 해석과 새로운 강조, 새로운 방향을 얻는다. 무엇보다 강조되는 것은 의식내용의 동시성이며, 또한 개인과 종족과 인류 전체, 과거의 현재성, 여러 가지 다른 시점들의 뒤섞임과 내면적 체험의 변화무쌍한 유동성, 영혼을 싣고 흐르는 시간의 흐름의 무한성, 시간과 공간의 상대성, 즉 주체가 그 속에서 움직이고 있는 여러 매개체들을 이제 더 이상 분별하거나 제약할 수 없다는 사실이다. 이러한 새로운 시간관 속에 현대예술의 소재를 이루는 실마리가 거의 전부 집약되어 있다. 소설 줄거리의 포기, 주인공 인물의 제거, 심리소설의 와해, 초현실주의의 '자동기술법', 그리고 무엇보다도 영화에서의 몽타주 수법 및 시간 공간을 혼합한 형식을 들 수 있다.

간을 우위에 두는 논자들도 있어왔으나 시간과 공간은 사실상 따로 분리되어서 존재하는 것이 아니다. 소설과 영화가 각각 시간과 공간을 형상화 하는 방식 나아가서는 시간과 공간을 인식하는 방식이 다른 것이지 소설에서 시간성이 강조되고 영화에서 공간성이 강조되는 것이 아니다. 영화에서 시간과 공간을 형상화 하는 방식 중 소설과 분명하게 구별되는 것은 시간과 공간이 동시적으로 재현된다는 것이다. 소설에서 공간에 대한 묘사가 시간을 완전히 배제하는 것이 아니고 또한 시간에 대한 묘사가 공간을 완전히 배제하지 않고 암묵적으로 함축하고 있다고 해도 언어의 선조성 때문에 시간과 공간이 동시에 재현될 수 없다는 것을 생각해 본다면 중요한 차이점이 아닐 수 없다. 영화는 "시간과 공간이 충분히 동등한 역할을 하는 유일한 곳"[6]이라는 마스트Gerald Mast의 말은 이러한 측면에서 이해할 수 있다.

바쟁은 무성영화 시대의 몽타주가 연출가가 말하고 싶다고 생각한 것을 관객에게 환기시켰다고 한다면 유성영화의 데쿠파주는 그것을 서술했다고 말하는데, 그로 인해 영화작가가 소설가에 필적하는 존재가 될 수 있었다고 주장한다.[7] 이는 유성영화에서 발화와 내레이션 등의 언어적 서술을 주목한 것이라고 볼 수 있다. 그러나 유성영화라고 해서 환기시키는 것이 아니라고 할 수 있는지는 논의의 여지가 있다. 다시 말해서

새로운 시간 개념의 기본 요소는 '동시성'이며 그 본질은 시간적 요소의 공간화인데, 이러한 시간 개념은 제일 나이 어린 예술이요 베르그송의 철학과 거의 같은 시기에 탄생한 장르인 영화예술에서 가장 인상적으로 표현되었다. 영화의 수법과 새로운 시간개념의 특징은 너무나 완벽하게 일치하는 것이어서 현대예술의 시간범주가 영화의 정신에서 태어난 것처럼 느껴지며, 현대예술에서 영화가 비록 질적으로 가장 풍부한 장르는 못 되더라도 스타일 면에서 가장 대표적인 장르라고까지 생각하게 되는 것이다."
아르놀트 하우저, 백낙청 · 염무웅 역,『문학과 예술의 사회사 4』, 창작과비평사, 1999, 301쪽.

6) Gerald Mast, *Film/Cinema/Movie: A Theory of Experience, Chicago*: University of Chicago Press, 1983, p. 10.
7) 앙드레 바쟁, 박상규 역,『영화란 무엇인가』, 시각과 언어, 1998, 110쪽.

영화에서의 서술방식이 유성영화의 등장으로 인해 언어적 서술을 그 한 축으로 가지게 되었지만 여전히 영상의 회화적 서술이 중요한 한 축에 있으므로 환기시키는 양상 역시 여전히 중요한 영화서술의 방식인 것이다. 중요한 것은 영화에서의 이중 서술(영상의 회화적 서술과 발화와 내레이션의 언어적 서술)이 부각된 것이 유성영화 이후부터였다는 것이다. 때문에 극도로 영화적인 것을 선호하는 일부 감독이나 영화이론가들은 무성영화를 진정한 영화로 인정하는 언급을 하기도 했지만,[8] 소련의 무성 영화 감독들(에이젠슈테인, 푸도프킨, 알렉산드로프)은 유성 영화에서 소리의 영화적인 사용을 주장하기도 했다. 즉, 소리의 활용이 연극을 기계적으로 모방하는 수준에 머물거나, 소리와 말을 설명적으로 사용하게 될 경향을 강하게 거부하면서 소리와 화면의 대위법을 제기한 것이다. 여기서도 가장 중요한 역할을 하는 것이 몽타주이다.[9]

한편 부스Wsyne C. Booth는 플로베르 이래로 많은 작가와 비평가들이 객관적, 비개인적, 또는 극적 서술 양식이 작가나 신빙성 있는 대변자의 직접 출현을 용납하는 어떤 양식보다도 우위에 선다는 것을 알게 되었다고 말하는데,[10] 이는 말하기telling보다 보여주기showing가 예술적이라고 보는 입장으로서 사실상 영화의 표현양상과 밀접한 관련을 보이는 대목이다.[11] 그런데 설령 소설에서 보여주기에 대한 강조가 영화의 영

---

8) 1920년대 말 유성영화의 출현은 큰 논쟁을 불러일으켰고, 채플린이나 르네 클레르 같은 영화 예술가들과 로사, 아른하임 등 이론가들을 비롯해 수많은 예술가들이 유성 영화를 격렬하게 반대했다. 그들은 유성 영화가 영화 예술을 자연주의적 환상으로 이끌게 하고 영화의 표현력을 축소시킨다고 생각했다. 사실상 첫 유성 영화인 <재즈 싱어>(1927)는 실제 유명한 뮤직홀 배우의 노래를 소개한 것이었다. 그 후 브로드웨이의 연극을 기계적으로 영화에 도입한 일련의 영화가 계속 만들어졌다. '소리'에 대한 이러한 사용 방식은 무성 영화의 성과를 말살하고 영화 예술을 '촬영된 연극'으로 후퇴시키는 것이었다. 이 사실은 당연히 무성 영화의 거장들을 분노시켰다.
에이젠슈테인 선집2, 이정하 편역, 『몽타주 이론』, 예건사, 1990, 167~168쪽.
9) 이정하 편역, 앞의 책, 167~171쪽 참고.
10) 웨인 C. 부스. 최상규 역, 『소설의 수사학』, 예림기획, 1999, 21쪽.
11) 필딩으로부터 톨스토이와 새커리에 이르기까지 작가가 모든 것을 논의하는 소설은 20

향이라고 볼 수 있다고 하더라도 소설에서의 '보여주기'가 영화에서의 '보여주기'와 유사한 것이 될 수는 없다. 이 역시 언어의 수사학과 이미지의 수사학의 차이로부터 기인한다.

한국소설과 영화의 관계에서 역시 마찬가지의 경향이 보이는데, 즉, 근대소설에서 영화의 기법의 흔적을 탐색할 수 있으며 한국현대소설에서 영화적 기법의 영향 역시 포착할 수 있다. 특히 한국문학과 영화의 관계에서 특징적인 것은 근대문학 형성기에 외국문학의 영향과 영화의 유입으로 인한 영향이 거의 동시에 이루어졌다는 사실이다.[12] 그러나 이러한 특수한 상황으로 인해 한국문학과 영화의 관계가 특별하게 다른 양상을 보이는 것은 없다. 다시 말해서 한국소설에서 몽타주나 이중노출 혹은 교차편집 등의 기법을 찾을 수 있다는 것이 외국문학에서 찾을 수 있는 영화의 기법과 유별나게 다른 것은 없다는 것이다. 이는 본 저서에서의 논의 방향을 지시하기도 하는데 한국현대소설과 영화의 매체 전이 양상을 연구한다는 것이 한국현대소설과 한국영화의 특수성을 언급한다기보다는 소설과 영화의 매체 전이 양상의 일반적 형성원리를 논하게 될 것임을 예측할 수 있다. 그러나 분명 한국현대소설과 영화의 관계 양상이 어느 시점에서 어떻게 달라지게 되었는지 그 특수한 상황은 수많은 텍스트들을 고찰하는 과정에서 알 수 있었다. 이에 대해서 3장과 4장에서 텍스트 분석과 함께 문화적 담론의 변화 양상을 언급하면서 함께 다룰 것이다.

이렇게 소설과 영화가 기법적인 측면에서 밀접한 상호연관을 가져왔다는 것 외에도 소설의 이야기가 영화의 기법을 통해 새로운 텍스트로

세기에는 대부분 사라졌고, 대신 완전히 극화된 소설이 등장했다. 콘래드는 "나의 목적은 독자들로 하여금 보게 하는 것"이라고 말한 바 있다.
로버트 리처드슨, 이형식 역, 『영화와 문학』, 동문선, 2000, 30~31쪽.
12) 이에 대한 논의로는 김경수, 「한국근대소설과 영화의 교섭양상 연구—근대소설의 형성과 영화체험」, 『서강어문』 15호, 서강어문학회, 1999 참고.

창조됨으로써 소설과 영화의 상호텍스트성에 대한 논의는 더욱 활발하게 전개된다. 소설의 영화화는 상호텍스트성을 명시적으로 보여 주는 작업임에 분명하다. 주네트는 상호텍스트성을 세분화하여 '각색'을 위한 자리를 따로 마련했다. 주네트가 세분화 한 상호텍스트성은 교차텍스트성transtextuality, 병렬텍스트성paratextuality, 하이퍼텍스트성hypertextuality인데, 주네트에 의하면 '각색'은 하이퍼텍스트성에 해당한다. 소설에 대한 각색영화는 기존의 하이포텍스트hypotext로부터 파생된 하이퍼텍스트hypertext인데, 이는 하이포텍스트인 원작소설을 선별, 강조, 구체화, 현실화 등의 작업을 통해 변형시킨 것이다.13) 그런데 기존의 상호텍스트성에 대한 연구에서는 매체의 전이에 대한 문제가 비중 있게 다루어지지 않았다. 즉, 대부분의 연구에서 같은 질료인 문자언어를 사용하는 문자텍스트들의 상호텍스트성을 위주로 논의를 전개했으므로 이러한 논의들을 가지고 소설과 영화의 매체전이 과정 혹은 양상을 설명하기에는 부족하다. 주네트의 경우도 '각색'을 위한 상호텍스트성을 따로 이름 지었으나 매체의 문제에 대해서는 거의 언급하지 않고 있다는 한계를 보인다. 다만 상호텍스트성의 개념과 대전제는 소설과 영화의 매체 전이의 기본 전제로서도 유효하다고 볼 수 있다. 예를 들어, 블룸Harold Bloom은 상호텍스트성을 논하면서 시인들이 이전의 시들이 지니고 있는 중심적 특성을 사용하지만 이미 쓰인 특성들을 새로운 방식으로 형태를 바꾸고, 다시 지시하고, 재해석해야 한다고14) 말한 바 있는데, 마찬가지의 메커니즘이 소설의 영화화 혹은 영화의 소설화에도 존재한다. 하지만 소설과 영화의 상호텍스트성은 매체의 전이에 의해 좀 더 복잡한 양상을 띠게 된다. 상호텍스트성의 문제를 논하면서 플렛Heinrich F. Plett은 "상

13) Genette, *Structuralist poetics, ed. G. Allen, Intertextuality, Routledge*, New York, pp. 101~107 참고.
14) H. Bloom, ed. G. Allen, 위의 책, p. 135.

호매체성intermediality"이라는 용어를 제안한다. 즉, 다른 매체를 통해 단지 기표만이 바뀌는 것이 아니라 주제, 모티프, 장면 심지어 양식들까지 변화하므로 이런 종류의 상호텍스트성은 상호매체성이라고 부르는 것이 적절하다고 말한다.15) 그러나 플랫은 소설을 영화화 한 경우의 상호매체성에 대해서는 언급하지 않았다. 플랫이 언급한 상호매체성은 언어기호와 시각기호 그리고 청각기호들 중 어느 기호를 사용하는가를 중심으로 유형화 한 것이므로 영화를 유형화의 한 부분에 위치시키기는 힘들었으리라는 추측을 해 볼 수 있다. 영화는 인간이 사용하는 모든 기호를 질료로 사용하는 매체이기 때문이다. 본 연구에서는 바로 이 점에 주목하려 한다. 문자언어를 질료로 하는 시詩나 소설 등의 상호텍스트성에 대한 연구와 소설의 영화화에서 드러나는 상호텍스트성에 대한 연구는 분명히 다른 각도에서 이루어져야 하기 때문이다. 소설의 영화화에 대해서 "문학텍스트를 이미지와 소리로 번역하는 일"16)이라고 정의할 수 있다면, 서로 다른 질료, 즉, 문자와 이미지와 소리가 파생시키는 의미와

---

15) 플랫은 상호매체성의 범주를 여섯 가지로 유형화 하고 예를 들고 있다.
　　(1) 언어기호에서 시각기호로(linguistic → visual signs), 예: 셰익스피어(Shakespeare)의 연극에서 퓨슬리(Henry Fuseli)의 그림.
　　(2) 언어기호에서 청각기호로(linguistic → acoustic signs), 예: 괴테(Goethe)의 파우스트에서 리스트(Franz List)의 교향악(*Eine Faust-Symphonie*).
　　(3) 시각기호에서 언어기호로(visual → linguistic signs), 예: 르네 마그리트(Rene Magritte)의 그림에서 알랭 로브 그리예(Alain Robbe-Grillet)의 소설『아름다운 포로*La belle captive*』.
　　(4) 시각기호에서 청각기호로(visual → acoustic signs), 예: 빅토르 하르트만(Victor Hartmann)의 그림에서 무소르그스키(Modest Mussorgsky)의 피아노 곡, 전람회의 그림 *Pictures at an Exhibition*.
　　(5) 청각기호에서 언어기호로(acoustic → linguistic signs), 예: 베토벤(Beethoven)의 소나타 크로이체르(Kreutzersonate)에서 톨스토이(Tolstoy)의 크로이체르 소나타*Kreutzer Sonata*.
　　(6) 청각기호에서 시각기호로(acoustic → visual signs) 예: 라벨(Maurice Ravel)의 볼레로(Bolero)에서 베자르(Maurice Bejart)의 발레 볼레로*Bolero*.
　　H. F. Plett, 'Intertextualities', ed. H. F. Plett, *Intertextuality*, Walter de Gruyter, Berlin, New York, 1991, p. 20.
16) 안느 위에(Anne Huet), 김도훈 역,『시나리오』, 이화여자대학교 출판부, 2006, 56쪽.

미학의 차이에 주목해야 할 것이며 따라서 소설과 영화의 상호텍스트성을 연구하는 데 있어서 먼저 소설과 영화의 매체적인 차이에 대한 이해가 선행되어야 한다. 소설과 영화라는 서로 다른 매체를 통해 구현되는 장르의 상호텍스트성에서는 매체의 문제가 결정적일 수밖에 없기 때문이다. 게다가 영화는 다중채널을 가진 매체이므로 소설의 영화화는 복잡한 변이의 과정을 거쳐야 한다. 때문에 상호매체성의 연구범위는 상호텍스트성의 확장을 요구할 뿐만 아니라 전혀 새로운 시각에서의 확장을 요구하는 것이다.

지금까지 소설과 영화의 관계 양상에 대한 사적史的 고찰과 상호텍스트성의 문제를 살펴보았듯이 소설과 영화의 교류는 일방적이지도 단선적이지도 않으며, 영화제작자들이 손쉽게 소재를 취하기 위해 문학의 이야기를 차용하는 단순한 수준의 것이 아님을 알 수 있다. 여기서 각색에 대한 기존의 논의들을 좀 더 세밀하게 고찰하고 문제를 제기하려 한다.

2) 각색(adaptation)의 의미

소설과 영화의 매체 간 상호텍스트성은 지금까지 주로 '각색'이란 명명 하에 연구되어 왔다. 또한 각색에 대한 개념 정의는 소설을 영화화 하는 것에 초점이 맞춰져 왔다. '각색'의 사전적 정의는 1) "소설, 서사시 등을 고쳐 각본으로 만듦. 2) 사실을 과장하여 재미있게 꾸미는 일"이라고 명시되어 있다. 영화용어해설집에서는 각색을 "연극, 소설, 자서전 등 기존의 여타 장르로 발표된 작품을 영화로 만들기 위해서 재창작 하는 일"[17]이라고 정의한다. 클라라 베런저는 각색에 대해서 "단편소설, 장편소설, 희곡 또는 다른 형식의 문학을 영화 형식으로 바꾸는 것"이라고

---

17) 이승구 외, 『영화용어해설집』, 영화진흥공사, 1990, 165쪽.

정의했다.[18] 사이드 필드는 "각색이란 더 나은 것을 만들기 위하여 구조나 기능 형태를 창조할 수 있도록 어떤 것을 변경하거나 적절하게 짜 맞추는 가능성"이라고 말한다.[19] 한편 안느 위에는 "각색이란 문학 텍스트를 이미지와 소리로 번역하는 일"이라고 말한다.[20] 이처럼 소설을 영화화 하는 작업을 각색이라고 잠정적으로 합의한다고 해도 혼동의 여지가 언제나 있어왔는데 시나리오의 단계까지를 각색이라고 하기도 하고 완성된 필름의 단계까지를 각색이라고 하기도 해 왔기 때문이다. 그러나 시나리오가 비록 문자텍스트이기는 해도 영화를 염두에 두고 쓰인다는 것을 감안한다면 각색이 매체의 전이를 염두에 두고 있는 작업임은 분명하다. 한편 영화의 소설화의 경우에도 각색이라고 할 수 있는지에 대한 문제가 제기될 수 있는데, 본 연구에서는 소설과 영화의 상호매체성의 관점에서 각색에 대한 기존범주와 그 한계에 대해 논하려 한다.

먼저 각색의 의의에 대해서 상반된 두 가지 입장을 살펴 볼 필요가 있다. 여기서 먼저 극단적인 거부의 입장을 소개하자면 로버트 리처드슨과 알랭 레네의 주장이 대표적이라고 할 수 있다. 로버트 리처드슨은 알랭 레네의 각색에 대한 부정적인 견해를 소개하면서 그 역시 부정적인 견해를 나타냈다. 알랭 레네는 "나는 소설의 각색본을 찍고 싶지 않다. 왜냐하면 작가는 소설의 형태로 자신을 완벽하게 표현했고, 그것을 영화로 만드는 것은 식사를 데워먹는 것과 마찬가지이기 때문이다"[21]라고 말했고, 로버트 리처드슨은 "훌륭한 희곡은 시로 다시 쓸 수 없고, 훌륭한 시를 소설의 형태로 바꿀 수는 없다. [⋯] 수많은 희곡과 소설, 심지어 시까지도 영화로 만들어졌고 많은 비평적 관심이 연극과 영화, 소설

---

18) 클라라 베런저, 정일몽 역, 『시나리오 작법』, 영화진흥공사, 1993, 16쪽.
19) 사이드 필드, 유지나 역, 『시나리오란 무엇인가』, 민음사, 1999, 170쪽.
20) 안느 위에 지음, 김도훈 역, 『시나리오』, 이화여자대학교 출판부, 2006, 56쪽.
21) Armes, Vol.2, p.95. 여기서는 로버트 리처드슨, 이형식 역, 『영화와 문학』, 동문선, 2000, 24쪽에서 재인용.

과 영화의 연관성에 기울여졌다. […] 그러나 이러한 연관성은 번역이라고 보통 불려지는 연관성에 지나지 않다는 것을 깨달을 필요가 있고, 또 번역이라는 것은 드라이든이나 로버트 로웰이 말한 '모방'에 반대되는 개념으로서 그 과정 속에서 필연적으로 무언가를 상실하게 된다"[22]고 길게 언급했다. 소설의 영화화를 "식사를 데워 먹는 것"에 비유한 레네의 말은 영화가 그 이야기의 원천을 소설에 의지하는 것에 대한 반발, 즉 영화작가로서의 자존과 독자성에 대한 집착에서 나온 것이라고 이해한다 해도 소설의 영화화에 대한 올바른 시각이 아님을 두 말 할 필요가 없다. 리처드슨의 말에서 생각해 보아야 할 것은 "상실"에 대한 부분이다. 분명 리처드슨의 언급대로 소설과 영화의 매체 전이의 과정에서 필연적으로 상실하는 부분이 반드시 있다. 그런데 그럼에도 불구하고 왜 소설과 영화의 매체 전이는 그토록 많이 계속해서 이루어지고 있는가? 그것은 분명 상실하는 것만 있는 것이 아니기 때문이라는 것이 자명하다. 상실하는 것이 있지만 새롭게 얻는 것이 있으며 상실하는 미학이 있다면 새롭게 창조된 미학이 있다는 얘기이다. 로버트 스탬은 "편견의 근원들(The Roots of a Prejudice)"이라는 제목 하에 각색에 대한 부정적인 견해의 근원들을 8가지로 나누어 설명한다. 그것은 1) 시간적으로 앞선 것에 대한 높은 평가the a priori valorization of historical anteriority and seniority, 2) 영화와 문학을 경쟁적인 관계로 상정하는 이원론the dichotomous thinking that presumes a bitter rivalry between film and literature, 3) 형상혐오iconophobia, 4) 문자애호 혹은 책에 대한 신앙logophilia, "religions of the book", 5) 反실체주의anti-corporeality, 6) 편의성의 신화the Myth of facility, 7) 계급적 편견class prejudice, 8) 기생론parasitism이다.[23] 소설을 영화화 하는 것에 대한 부정적인 견해의 근원을

---

22) 로버트 리처드슨, 위의 책, 23쪽.

23) Robert Stam & Alessandra Raengo ed, *Literature and Film: A guide to the theory and practice of film adaptation*, Malden, MA: Blackwell Pub. 2005, pp. 3~8.

대부분 설명한 것이라고 볼 수 있다. 여기서 형상혐오나 문자애호 그리고 反실체주의 모두 문자우월주의에 기반하며 영화와 문학에 대한 이원론은 계급적 편견과 밀접한 관계를 가지고 있다. 그리고 편의성의 신화는 기생론과 맥락을 같이 한다. 문자우월주의는 기표와 기의의 닮음에 기초한 도상기호보다 기표와 기의의 자의적 결합인 추상적 상징기호를 우위에 두는 뿌리 깊은 역사에 근원을 두고 있다. 그러나 앞서 1장에서 언급했듯이 영상 이미지의 도상기호는 그렇게 단순하게 이해할 수 있는 것이 아니다. 또한 시간적으로 앞선 것에 대한 높은 평가 역시 모든 텍스트는 독자적으로 존재하는 것이 아니라는 상호텍스트성의 대전제에 위배되며, 이미 세상과 소통한 소설텍스트를 영화화 하는 것이 창작 시나리오를 바탕으로 영화를 만드는 것보다 부담스럽고 어려운 일이 될 수 있음도 이미 언급했다. 각색에 대한 부정적인 견해들이 기반하고 있는 전제들이 편협하고 잘못된 고정관념일 수 있다는 것을 원작과는 다른 성취를 이룬 훌륭한 텍스트들이 예증한다. 또한 매체 전이를 거쳐 새롭게 탄생한 각색영화가 영화로서 뛰어난 예술적 성취를 이룬다면 그것은 매체 간 상호텍스트성의 관점에서 원작소설의 의미와 미학의 자장을 넓힐 수 있는 것이다. 본 연구에서는 여기에 주목하려 한다.

한편 각색에 대한 긍정적인 견해들은 계속 있어 왔다. 여기서는 대표적으로 앙드레 바쟁의 글을 인용하려 한다. 특별히 바쟁의 글을 인용하는 것은 그의 글이 각색에 대해 옹호하고 있을 뿐만 아니라 각색에 대한 기존의 개념과 선행연구자들이 유형화 한 각색 양상의 유형화 기준을 함축하고 있어서 다음 논의로 자연스럽게 진전할 수 있기 때문이다.

적어도 문학의 이름으로, 문학적 걸작이 스크린에 옮겨짐으로써 입는 피해에 대해 분개하는 일은 넌센스이다. 왜냐하면 각색영화는 그것이 아무리 원작으로부터 멀어졌다고 해도 원작을 알고 원작의 가치를 인식하고 있는 소수 사람들에게는 그 원작이 손상될 수 없으며, 원작을 알지 못하는 사람들에게는 다음 두 가지 중 하나, 즉 그들은 다른 영화와 확실히 우열을 가리기가 어려운 그 영화에 만족하든가, 아니면 원작을 알고 싶다고 생각게 되든가 중 어느 쪽이어서, 후자의 경우에는 문학으로서는 그만큼 소득이 되기 때문이다. 이 같은 추론이 옳다는 것은 영화화 된 뒤에 문학작품의 매상고가 상승함을 나타내는 출판사의 여러 통계에 의해 입증된다. 따라서 실제로는, 일반적으로 문화는, 그리고 특수적으로 문학은 이런 모험에서 잃어버리는 것이 아무것도 없다는 것이다.[24]

의심할 바 없이, 소설은 그 자체의 고유한 방법을 가지고 있으며 그 재료는 영상이 아닌 언어여서, 소설이 개개의 고립된 독자에게 주는 내밀한 효과는 영화가 어두운 영화관 내의 관객에게 주는 효과와 같지가 않다. 그러나, 바로 이런 이유 때문에, 양자의 미학적 구조의 차이가 등가적 표현의 탐구를 다시금 한층 미묘하고도 곤란하게 만드는 것이요, 진정 유사성을 열망하는 영화작가에게서 훨씬 더 큰 창의성과 상상력을 요구하고 있는 것이다. 언어와 문체에 관한 한, 영화에 있어서의 창조성은 직접 충실도에 비례한다고 주장할 수가 있다. 낱말 하나하나를 갖다 붙이는 축어적 번역이 전혀 무가치한 것이 되고, 또 너무 지나치게 자유스런 번역이 비난될 만한 것으로 여겨지는, 이같은 이유에서 좋은 각색은 문자와 정신의 본질을 복원하는 데 성공하는 것이어야 한다.[25]

영화는 수 세기가 경과하는 동안 인접한 예술들에 의해 그 주변에 무겁게 쌓인, 공들여 다듬은 제재들이라고 하는 이 기막힌 자본을 제 것으로 하는 것이다. 영화가 그것을 자신의 것으로 삼은 것은 영화에게 그것이 필요하기 때문이요, 또 우리가 영화를 통해 그들 예술을 재발견하고자 하는 욕망을 체험하기 때문이다.[26]

바쟁의 글에서는 각색의 여러 유형 중에서 '원작의 정신'을 충실하게 재현한 영화를 높이 평가하는 시각을 읽을 수 있다. 이것이 바쟁의 '각색에 대한 옹호'의 한계점이기도 하다. 우선 바쟁이 위의 글에서 언급한

24) 앙드레 바쟁, 박상규 역, 「비순수영화를 위하여─각색의 옹호」, 『영화란 무엇인가』, 시각과 언어, 1998, 127~128쪽.
25) 앙드레 바쟁, 위의 책, 131쪽.
26) 앙드레 바쟁, 앞의 책, 143쪽.

"문학이 잃을 것은 없다"는 주장은 물론 타당하다. 앞서 1장에서도 언급했듯이 특정 각색영화가 실패했다고 해도 그것은 그 영화가 실패한 것이지 실패한 각색영화가 원작소설의 명성에 흠집을 낼 수는 없다. 비록 많은 작가들이나 문학연구자들이 그러한 두려움을 가지고 있다고 해도 말이다. 바쟁이 언급한 또 하나의 "소득"은 문화산업의 측면에서 이해할 수 있는 것이기도 하고 또한 많은 작가들이나 문학연구자들이 우려하거나 자존감에 상처를 입을 수도 있는 대목이기도 하다. 즉 영화화 된 소설의 경우 영화의 성공에 따라서 사람들의 관심을 불러일으킬 수 있다는 얘기이다. 실제로 그런 예는 얼마든지 찾을 수 있다. 할리우드의 경우까지 가지 않더라도 국내에서도 황석영의 『오래된 정원』이나 이청준의 「벌레 이야기」는 영화화 된 후에 주목받았으며, 공지영의 『우리들의 행복한 시간』의 판매부수는 영화화 이후에 급상승했다. 이것이 문학이 얻은 "소득"인지 자존감에의 상처인지를 논하는 것은 사실상 별다른 의미가 없으며 본 연구의 연구대상도 아니다. 다만 여기서 주목할 바쟁의 논지는 "유사성에의 열망"이나 "영화를 통해 그들 예술을 재발견하고자 하는 욕망"이라는 어구에서 포착할 수 있다. 더 나아가서 바쟁은 "좋은 각색은 문자와 정신의 본질을 복원하는 데 성공하는 것이어야 한다"고 단언했는데 여기서 두 가지의 문제가 제기된다. 첫째는 문자와 정신의 본질이란 무엇인가? 라는 문제이고 둘째는 과연 좋은 각색의 기준으로 제기한 바쟁의 기준이 타당한가? 라는 문제이다. 문자와 정신의 본질은 무엇인가? 텍스트의 주제인가? 저자의 의도인가? 저자의 의도를 함부로 말할 수 없으며 저자의 의도가 텍스트의 주제와 같은 것이 될 수도 없다. 또한 텍스트의 주제 역시 쉽게 말할 수 있는 것이 아니다. 텍스트는 단일한 의미를 담고 있는 고정된 것이 아니며 독자와 맥락과의 상호작용에 따라 얼마든지 변형생성 될 수 있는 유기체와 같은 것이라고 말할 수 있다면 여기서 문자와 정신의 본질을 어떻게 규정할 수 있는가?

또한 그것을 누가 규정하는가? 여기서 바쟁의 글 역시 각색에 대해 부정적인 견해를 가지고 있는 사람들이 드러내는 오류를 내포하고 있다는 것이 포착된다. 소설을 영화화 한 각색영화를 보고 많은 사람들이 실망하고 분노하는 이유는 그 영화에서 자신이 구성했던 원작의 정신과 이미지를 발견하지 못했기 때문이다. 이러한 실망과 분노의 저변에는 각색영화는 원작의 정신과 이미지를 충실하게 영상으로 표현해야 한다는 생각과 함께 텍스트의 정신과 이미지가 하나 밖에 없다는 생각이 암암리에 전제되어 있는 것이다. 여기에 소설의 영화화 혹은 각색에 대한 오래되고 굳어진 편견이 존재함을 알 수 있다.

설령 문자와 정신의 본질이라는 것이 존재한다고 해도 그래서 원작소설의 문자와 정신의 본질을 영상이미지와 소리로써 훌륭하게 재현하는 데 성공한 각색영화가 있다고 해도 그것이 소설과 영화의 매체 전이의 절대적인 목적은 아니다. 여기서 각색의 유형에 대해 혹은 각색의 양상에 대해 정리할 필요가 있다. 각색의 유형을 정리한 선행연구들은, 알게 모르게, 앞서 언급한 바쟁의 논지와 유사한 출발점을 가지고 있다. 즉 원작에 대한 충실도를 기준으로 각색텍스트들을 구분하고 유형화 한 것이다. 여기서는 대표적으로 루이스 자네티Louis Giannetti의 논의를 살펴 볼 것이다.

지금까지 수행된 각색의 유형에 대한 연구 중 가장 보편적 준거가 되고 있는 것이 루이스 자네티의 연구이다. 먼저 자네티는 "어떤 측면에서는 소설이나 희곡을 영화화하는 것은 순수한 시나리오를 쓰는 것보다 더 많은 기술과 독창성을 요한다"[27]고 전제함으로써 각색이 단순한 번역이 아님을 강조한다. 자네티가 각색을 유형화 하는 준거는 다음 글에서 확인할 수 있다.

---

27) 자네티, 김진해 역, 『영화의 이해』, 현암사, 전면 개정 7판, 2007, 398~399쪽.

각색자가 직면하게 되는 문제는 문학 작품의 내용(content)을 어떻게 재현하는가가 아니라(이것은 불가능하다), 선택된 소재의 원천적인 자료에 얼마나 충실하게 근접하는가 하는 것이다.[28]

여기서 주목해야 할 것은 "선택된 소재의 원천적인 자료에 얼마나 충실하게 근접하는가"라는 어구이다. 바로 이것이 자네티가 구분하는 각색의 유형의 기준이다. 자네티는 "충실도"에 따라 각색을 세 가지로 유형화 했다. "대략적loose 각색", "충실한faithful 각색", "축자적literal 각색"이 그것이며 자네티는 실제로 대부분의 영화가 이 세 지점 사이에 어중간하게 있다고 말한다.[29] 자네티 외 다른 연구자들이 유형화 한 각색의 양상들도 사실상 모두 이 세 범주 안에 포함된다고 볼 수 있다. 여기서 몇 가지만 소개해본다면, 마이클 클라인Michael Klein과 길리안 파커Gillian Parker가 분류한 "축자적 각색literal adaptation", "비평적 각색critical adaptation",

---

28) 자네티, 위의 책, 399쪽.

29) 자네티에 의하면 대략적 각색은 하나의 아이디어, 상황 혹은 한 인물을 문학 작품에서 택하여 원작과는 독립적으로 영화를 전개시켜 나간다. 자네티가 든 예는 구로사와 감독의 영화 <란(亂)Ran>이다, 구로사와는 셰익스피어의 「리어 왕」에서 몇 가지 플롯적인 요소들을 따다 쓰고 있지만, 이는 셰익스피어의 원작을 전혀 다른 이야기로 변형시킨 것으로서 중세 일본을 배경으로 하고 있다.

또한 자네티는 충실한 각색에 대해서 말 그대로 가능한 원작의 정신에 접근하여, 원천으로 삼은 문학 작품을 영화의 입장에서 충실하게 재현하려 하는 것이라고 규정하는데, 이에 대한 예로서 리처드슨의 영화 <톰 존스>를 들고 있다. 소설의 플롯 구조를 그대로 가지고 있으며, 주요 사건과 대부분의 주요 인물을 그대로 등장시키고 심지어 재치 있는 전지적 화자까지도 그대로라고 자네티는 말한다. 그러나 필딩의 원작소설이 영화화하기에는 너무나 많은 사건으로 가득 차 있기 때문에 영화에서는 필딩이 가장 즐겨 쓴 메타포의 원천 중의 두 가지인 식사와 사냥을 확대시켰다는 것이다.

자네티는 축자적 각색에 대해서는 희곡을 원작으로 삼는 경우로 한정한다. 이 경우 감독이 롱 쇼트에 카메라를 두고, 편집 기법을 신(scene)을 바꿀 때에만 사용한다면, 그 결과는 원작과 유사하게 될 것이나 연극을 녹화하길 바라는 감독은 없을 것이며, 영화는 특히 클로즈업과 편집을 통한 쇼트의 병치에 의해 연극에 여러 차원을 부가할 수 있고 이런 기법은 무대에서는 볼 수 없는 것이므로 영화에서의 축자적 각색이라는 것도 원작과는 어느 정도 차이가 나게 마련이라고 말한다.

자네티, 앞의 책, 400~402쪽.

"자유로운 각색free adaptation"30) 역시 자네티의 분류와 대동소이하며 더들리 앤드류Dudley Andrew가 분류한 "차용borrowing", "교차intersecting", "변형transformation"31) 역시 유사한 분류기준에 의한 유형화라고 볼 수 있다. 즉, 대부분의 영화이론가들이 유형화 한 각색의 양상들은 모두 원작과의 주제적 거리 혹은 관계를 기준으로 고찰되었으며32) 여기서 결정적인 구심점은 바쟁의 용어로 말하자면 "원작의 정신"이라고 할 수 있다. 여기서 본 연구의 핵심적인 과제가 될 문제를 제기하고자 한다. 분명 구심점으로서 "원작의 정신"은 각색을 유형화 하는 기준이 될 수 있다. 어떤 각색영화라도 이 기준으로 어느 지점엔가는 위치하게 마련이다. 그런데 이것이 '왜 소설을 영화화 하는가?'라는 질문에 대한 해답을 제시하는 데에는 충분하지 않다. 다시 말해서 관객은 각색된 영화가 원작소설과 어느 정도의 거리를 두고 있는지 확인하기 위해 영화를 보는 것은 아니다. 원작소설의 독자였던 영화감독이 자신이 읽었던 소설을 영화로 만드는 궁극적인 목적 역시 분명 자신의 영화가 원작과 어떻게 유사하고 어떻게 다른지를 확인하는 것은 아닐 것이다. 새로운 텍스트의 창조는 새로운 미학의 창조를 의미한다. 소설의 이야기가 영화 매체를 통해 새로운 텍스트로 창조될 때 생산자인 영화감독과 수용자인 관객 모두 새로운 심미적 지평이 펼쳐지기를 기대한다고 가정한다면 그러한 새로운 심미적 지평을 만드는 것은 원작의 정신을 재현하느냐 아니냐에 달려 있는 것이 아니라는 것이 본 연구의 전제이다. 또한 그렇다고 해서 원작에서 거리가 멀어질수록 새로운 심미적 지평이 더 풍부하게 열리는 것

---

30) Edited by Michael Klein & Gillian Parker, *The English novel and the movies*, New York: Frederick Ungar, 1981.
31) 더들리 앤드루, 김시무 외 공역, 『영화이론의 개념들』, 시각과 언어, 1998.
32) 가장 극단적인 양극의 입장은 영화 <바람과 함께 사라지다>의 제작자인 데이비드 O. 셀즈닉의 "원작은 법이다"라는 언술과 미국의 시인이자 소설가인 존 업다이크의 "작가에게 지불하는 돈을 제외하면 영화제작자들은 원작자에게 아무런 빚도 없다"라는 언술에서 확연하게 드러난다.

도 아니라는 것 역시 본 연구의 전제이다. 즉, 새로운 심미적 지평을 여는 데 있어서 원작과의 거리 혹은 관계는 그다지 중요하지 않다는 얘기이다. 3장에서 구체적인 텍스트 분석을 통해 이것을 검증할 것이지만 여기서 잠시 언급한다면 분명 원작에서의 이야기story와 원작의 주제의식을 그대로 찾을 수 있는, 즉, 원작의 정신을 구현하려 한 영화텍스트에서 오히려 원작의 구심점을 전복해버리는 지점을 발견할 수 있다. 또한 의도적으로 원작과 전혀 다른 주제의식을 구현하려는 의지를 보이는 영화텍스트에서 결과적으로 원작의 정신에 다가가는 경우 역시 발견할 수 있다. 중요한 것은 이러한 양상을 만드는 것이 매체의 전이의 과정에서 소설과 영화의 표현양식의 차이 그리고 서술양상의 차이라는 것이다. 이를 설명하기 위해서, 구체적인 텍스트 분석에 앞서, 소설과 영화의 서술방식의 차이와 이를 규정하는 질료와 구성에 대한 논의들을 먼저 전개하려 한다.

2. 소설과 영화의 표현양식

소설과 영화의 매체전이 양상을 연구하는 데 있어서 가장 핵심적인 과제는 소설과 영화의 표현양식의 차이와 수용방식의 차이를 밝히는 것이다. 이를 바탕으로 심미적 지평이 전환되는 메커니즘과 문화적 담론의 변화 양상까지 논할 수 있다. 그런데 소설과 영화의 표현양식의 차이와 수용방식의 차이를 밝히기 위해서는 먼저 소설과 영화의 기본적인 질료와 구성방식의 차이에 대해 고찰해야 한다. 또한 문자언어만을 매개로 한 소설의 서술과 영상과 발화와 내레이션 그리고 음악과 음향, 자막까지 다양한 매개체를 가지고 있는 영화의 서술의 차이 역시 분석해야 한다. 여기서 소설의 서술자에 해당하는 영화에서의 '담론의 총체적 책임자'의 문제까지 생각해야 한다. 또한 선행연구들에서 논의되지 않았던 수용방식의 차이에 대해 고찰해야 한다. 소설과 영화의 표현양식이 다른 만큼 수용방식도 다르기 때문이다. 수용방식의 차이에 있어서도 질료의 문제 그리고 서술양상과 관련하여 추상성과 구상성의 교차와 전이의 문제 그리고 구성방식과 관련하여 선형적 수용과 동시적 포착이 이루어지는 문제에 대해 분석해야 한다. 사실상 질료의 문제와 서술의 문제와 구성의 문제 등은 따로따로 존재하는 것은 아니다. 추상성과 구상성에 대한 인지적 수용과 감각적 수용의 전치 그리고 선형적 수용과 동시적 포착의 문제도 따로 따로 존재하지 않는다. 가장 기본적인 질료의 문제부터 시작하여 논의를 확대해 나가는 과정에서 이 모든 양상과 기제들을 통합할 수 있을 것이다.

1) 소설의 서술과 영화의 서술

문자기호와 도상기호

인류의 문명과 문화의 전개과정에 있어서 문자의 역할은 지대했다. 무엇보다 문자는 인간의 감정과 사고 그리고 추상적인 개념을 메타적으로 설명할 수 있으며 소통의 기능과 더불어 기록의 기능을 가진다. 이로 인해서 인류의 문화유산은 후대로 전승될 수 있었다. 벨라 발라즈는 인쇄술의 발견이 시각적 정신을 가독성 정신으로 시각적 문화를 개념의 문화로 변화시켰으나 영화의 부상은 인간의 관심을 다시 가시적 문화로 옮겨가게 했다고 말한 바 있다.[33] 즉, 점차로 문자는 그 주도적인 역할을 일정부분 사진 혹은 영상에 넘겨주게 되었는데 사진과 영상은 그 시각적 특성에서 문자가 가졌던 기록의 능력을 압도한다. 사진과 영상은 문자를 통한 증언의 기록보다 더 큰 신뢰를 담보할 수 있는 명시적인 이미지로써 기록하게 된 것이다. 때문에 존 버거는 "사진은 기억 그 자체"라고 말한 것이다.[34] 여기서 좀 더 면밀하게 사진을 비롯한 시각이미지

---

33) "인쇄술의 발견은 인간의 얼굴을 점차로 읽을 수 없게 만들었다. […] 시각적 정신은 가독성 정신으로, 시각적 문화는 개념의 문화로 변화되었다. […] 지금 새로운 발명품, 새로운 기계가 인간의 관심을 가시적 문화로 돌려놓고, 그들에게 새로운 얼굴을 부여하는 작업을 하고 있다. 이 기계는 영화 촬영용 카메라이다. 인쇄기처럼 이 기계는 인간 정신의 산물을 증식하여 배포하는 기술적 장치이다. 그것이 인간의 문화에 끼친 영향은 인쇄기에 못지않다. […] 이것은 청각장애자들의 수화처럼 말에 대한 대용품으로서의 기호 언어가 아니다. 이것은 육체의 옷을 입은 영혼이라는 매개체가 필요 없는 시각적인 의사소통의 수단이다. 인간은 다시 가시적이 되었다."
벨라 발라즈, 이형식 역, 「가시적 인간」, 『영화의 이론』, 동문선, 2003, 42~45쪽.

34) 존 버거는 키케로의 "우리의 감각 중에서 가장 날카로운 것이 시각이다. 따라서 귀나 반성을 통해 받아들인 지각 내용은 눈을 거쳐 우리 마음 속에도 전달될 때만 무사히 보존될 수 있다"는 말을 인용하면서, "사진의 뮤즈신은 기억의 딸들 가운데 하나가 아니라 기억 그 자체다. 사진과 기억된 것은 둘 다 시간의 흐름에 의존하면서 똑같이 그것에 저항한다. 둘 다 순간들을 보존하며 그 안에서 모든 영상들이 공존하는 독창적인 동시성의 형식을 제시한다"고 덧붙인다.

와 기억 그리고 기록과의 관계를 고찰해본다면 "사진은 우리가 보았던 세상을 기억하는 매체가 아니라 우리가 볼 수도 있었던 것들의 기록"[35] 이라는 주장이 타당하다는 것을 알 수 있다. 여기서 사진과 영상의 "우리가 볼 수도 있었던 것들을 기록"하는 능력은 앞서 언급한 발라즈의 "가시적 문화"로의 복귀를 가져오는 원인이 되었다고 볼 수 있다. 이는 또한 앞서 언급했던 "리얼리즘을 내재하고 있는" 카메라의 능력에서 기인한 것이기도 하다. 그런데 문자 그리고 독서의 역사를 고찰하는 과정에서 문자를 시각 언어로 규정하는 경향이 있어왔는데[36] 이는 구어口語와의 대비에서 이해할 수 있을 뿐 사실상 문자언어를 시각 매체로 보기는 어렵다. 문자를 눈으로 읽는 행위는 오디오북을 듣거나 촉감을 이용해서 점자를 인식하는 것과 사실상 같은 독해의 과정이다. 자신이 모르는 외국어가 인쇄된 책을 보게 되는 경우를 생각해본다면 문자언어를 읽는 과정이 시각적 행위가 아님을 이해할 수 있다.

소설의 기본적 질료인 문자언어는 사회적 약속인 추상적 상징이며 따라서 인습기호에 해당한다.[37] 반면 영상은 도상기호에 해당한다. 도상

존 버거 · 장 모르, 이희재 역, 『말하기의 다른 방법』: 존 버거, 「이야기들」, 눈빛, 1993, 272쪽.

35) 남수영, 「이미지,' 그 보이지 않는 현실의 기록: 하룬 파로키의 <세상의 이미지와 전쟁의 기록>에서의 이미지 (재)인식」, 『문학과 영상』 2007년 8권 2호, 103쪽.

36) M. B. Parkes는 그의 글 「중세초기의 텍스트 읽기와 모사(模寫), 그리고 해석(Reading, Copying and Interpreting a Text in the Early Middle Ages)」에서 "시각 언어로서의 씌어진 단어(The Written Word as Visible Language)"라는 소제목 하에 "문자 자체는 사물에 대한 기호이다. 쓰기는 문을 통해 정신으로 직접 신호를 보낼 수 있는 시각적 언어이다"라고 말한다.

Edited by Guglielmo Cavallo and Roger Chartier, Translated by Lydia G. Cochrane, *A History of Reading in the West*, University of Massachusetts Press, Amherst & Boston, p. 93.

37) "기호는 두 부류−인습기호와 그림 기호로 나뉜다. 각 언어 안에서 모든 단어의 형태는 역사적으로 조건 지어졌다. 단어는 인습 기호의 가장 전형적이고 문화적으로 의미 있는 실례이다. 그림 또는 도상기호는 의미가 그것에 선천적으로 고유하여 단일한 표현을 갖는 것을 전제로 한다. 가장 일반적인 예가 그림이다. 인습기호로 제시된 메시지는 그것을 이해하기 위해서는 특별한 부호에 대한 지식이 요구되는 약호의 형태를 띠게

기호에서 기의와 기표의 결합은 자의적이 아니라 어느 정도 유사성에 의거한 결합이라고 할 수 있다. 기호로서의 문자는 일차적으로 외연적 명시적 의미denotation를 가지며 이것은 대상을 개념화 하고 한정한다. 그런데 기호로서의 문자는 외연적 의미에 한정되지 않는 함축적 의미 connotation를 만들며 여기서 문학 언어의 시적詩的 기능이 발생한다. 즉, 기호로서의 문자는 한정하는 동시에 확산하며 여기서 언어의 예술적 성취가 이루어진다. 또한 추상적 상징적 기호인 문자는 개념을 규정하는 데 그치지 않고 심리적 이미지를 환기시킨다. 반면 영상의 도상기호는 문자기호와 정 반대의 과정을 거친다고 할 수 있다. 우선 영상 이미지는 기본적으로 개념을 규정하지도 한정하지도 않는다. 즉, "발화적 언어에 해당하는 영상언어는 존재하지 않고 따라서 분리될 수 있는 영화적 의미작용의 최소단위도 없다."38) 그럼에도 불구하고 영상의 도상기호가 서사를 구성한다. 즉, 영상의 도상기호가 서술할 수 있다는 얘기이다. 그것은 도상기호를 가지고 직접 서술한다기보다는 서술상황을 만들고 그것을 보여준다는 얘기이다. 로트만Lurii Lotman은 "기호의 성격 자체가 서술의 도구가 될 수 있게 창조되지 않은 그림을 가지고 인간은 항상 말을 하려고 시도한다"39)고 했는데, 오몽Jacques Amount 등이 "대상을 표상하고 보여준다는 것은 이 대상에 대해 어떤 것을 말하고자 하는 과시적인 행위"40)라고 말한 것도 같은 맥락에서 이해할 수 있다.

또한 영상이 분절되지 않는 도상기호임에도 불구하고 분명 특정한 추상적 상징과 개념을 환기 시킬 수 있다. 여기서 '환기 시킨다'는 어구의

된다."

유리 로트만, 유리 티냐노프 · 보리스 에이헨바움 · 로만 야콥슨 · 유리 로트만 공역, 「영화 기호학과 미학의 문제」, 『영화의 형식과 기호』, 열린책들, 1995, 115~117쪽.

38) 주디스 메인, 강수영 · 류제홍 공역, 『사적소설/공적영화』, 시각과 언어, 1994.
39) 로트만, 앞의 책, 120쪽.
40) J. 오몽 · A. 베르가라 · M. 마리 · M. 베르네 공저, 강한섭 역, 『영화학, 어떻게 할 것인가Esthetique du Film』, 열린책들, 1992, 97~98쪽.

함의에 주목해야 한다. 즉, 소설에서의 문자언어가 개념화하고 한정하는 언어의 기본적인 특성을 바탕으로 그 특성을 넘어서는 함축적 의미를 생산하며 수용자로 하여금 심리적 이미지들을 환기시킨다면, 영화에서의 회화적 서술은 도상기호의 구체적 이미지들을 바탕으로 추상적인 의미들을 만들어낸다. 이때의 추상적 의미는 단어처럼 한정할 수 있는 것이 아니다. 다만 환기 시킬 뿐이다. 영상 이미지를 기호로서 연구한 많은 연구자들의 논의 중 특히 로트만의 연구가 이를 잘 설명한다. 로트만의 논의는 추상적인 상징기호인 문자(로트만의 표현에 의하면 "자연어")와 구체적인 도상기호인 영상의 차이뿐만 아니라 이 두 기호가 어떻게 서로 얽혀 들어가는지에 대해서도 명확하게 논증하고 있기 때문에 특히 영화에서의 이중 서술을 설명하기에 적합하다. 로트만은 영화 기호의 특수성을 언급하는 데 있어서 쇼트의 양식과 몽타주, 그리고 인간 육체의 상징성 등에 주목한다.

영화 기호를 그것이 지시하는 직접적이고 물질적인 의미에서 분리하여 보편적인 내용의 기호로 바꾸는 것은 주로 강하게 표현된 쇼트의 양식으로 얻어진다. 그래서 영화에서 클로즈업으로 찍힌 대상은 은유로 지각된다(자연어에서 그것은 환유로 지각될 것이다). […] 1920년대 소비에트 영화는 대상의 형상을 추상적 개념의 언어로 전환시키는 몽타주의 방법을 발견했고, 에이젠슈테인의 <10월>은 이에 대한 많은 실험을 보여 주었다. […] 영화의 단어들 세계에서 그 중심은 인간의 형상이 차지한다. 인간의 형상은 복합적인 문화적 기호의 완전한 세계로서 영화 예술에 도입된다. 그 한쪽 극에 각 문화의 의미를 함축한 인간 육체의 상징성이 놓이고, 반대쪽 극에 관객과 소통하는 특정한 기호적 수단인 배우의 연기라는 문제가 놓인다. […] 쇼트의 연결로 형성되는 영화의 서술은 소설의 작가 서술에 상응하는 역할을 영화 속에서 한다.[41]

41) 유리 티냐노프 · 보리스 에이헨바움 · 로만 야꼽슨 · 유리 로트만 공저, 오종우 역, 『영화의 형식과 기호』: 유리 로트만, 「영화 기호학과 미학의 문제」, 180~182쪽.

여기서 주목할 것은 도상기호인 영상 이미지가 서술 상황을 만들며 추상적 개념을 환기시킬 수 있는 기제는, 하나의 쇼트에서도 물론 가능하지만, 쇼트의 연결에 있다는 것이다. 이것은 바로 영화 미학의 핵심이라고 할 수 있는 몽타주의 문제와 연결되며, 카메라 워킹과 함께 영화의 완성을 이루는 편집의 문제와 연결된다. 따라서 텍스트 분석에 들어가기에 앞서, 소설의 구성, 즉, 플롯과 영화의 구성이라고 할 수 있는 편집의 문제를 다룰 필요가 있다. 그런데 그 이전에 단일채널과 다중채널에 대해 먼저 논하려 한다. 문자기호만을 매개로 하는 소설과 영상이미지를 주된 매개체로 사용하지만 발화와 내레이션과 음악과 음향과 자막까지 매개체로 사용하는 영화에서의 서술양식의 차이에 대해 논하기 위해서이다. 또한 여기서 소설에서의 서술자와 영화에서의 담론의 총체적 책임자의 문제까지 논할 것이다. 이 문제는 소설과 영화의 매체 전이에 있어서 매체변수가 결정적으로 작용하는 문제이며 또한 수용자의 심미적 체험의 변화와도 직결되는 문제이다. 또한 4장에서 논의할 영화에서 소설로의 매체전이 그리고 소설과 영화의 동시 동반 창작에서 심미적 지평의 변화 그리고 문화적 담론의 변화 양상의 문제와도 깊은 연관이 있다.

단일채널과 다중채널

소설에서 서술의 재료는 문자언어이다. 스토리 층위에서 인물의 발화의 재료와 담론의 층위에서 서술자가 사용하는 재료 모두 문자언어인 것이다. 영화에서는 소설에서의 인물의 발화와 서술자의 서술 모두 영화적 표현양식으로 형상화해야 하는데 영화가 다중채널을 가진 매체이므로 여기서 복잡한 문제가 발생한다. 영화가 다중채널을 가진 매체라는 것은 어렵지 않게 이해할 수 있다. 영상과 대사(발화), 음악과 음향 그리고 문자(자막)가 상호 협력하고 충돌하여 영화에서의 서술을 이룬다. 그런데 이러한 다중채널을 주관하는 주체가 무엇인가에 대한 질문을 던지게 되면, 다시 말해서, 소설에서 문자서술의 담론적 책임자인 서술자와 영화에서 시청각적 다중 서술의 담론적 책임자의 근본적인 차이점을 파고들게 되면 어렵고 복잡한 문제에 봉착하게 된다. 조엘 마니가 "'누가 말하는가'의 문제는 이미 문학적 서사에서도 매우 복잡한 것이 되었지만, 영화적 서사에서는 이따금씩 아예 풀어낼 수 없는 것이 되기도 한다"[42]라고 언급한 것은 영화에서 서술의 담론적 책임자를 규정하는 문제의 어려움을 토로한 것이라고 볼 수 있다. 게다가 영화에서의 서술은 그 다중채널로 인해 극히 우발적인 의미발생으로 향할 가능성이 있다. 그럼에도 불구하고 이러한 다중채널을 통제하고 영화에서의 서술을 주관하는 주체는 누구인가? 혹은 무엇인가? 다시 말해서 소설에서의 서술자에 해당하는 영화에서의 담론의 총체적 책임자는 누구인가? 혹은 무엇인가? 이에 대해서 많은 선행연구자들이 고민한 흔적을 찾을 수 있는데, 여기서는 본 연구의 논지전개를 위해 핵심적인 논의들을 분석하려한다.

먼저 대부분의 연구자들이 어떤 식으로든 영화에서 서술자에 해당하는 존재를 상정한 데 반해서 영화에서 서술자의 개념을 거부한 대표적이론가는 데이비드 보드웰이다. 여기에 채트먼은 반기를 들었다. 그는 영화에 '서술'이 있다는 점을 인정하지만 서술자의 존재는 인정하지 않았던 보드웰의 주장을 비판하면서 모든 서사물에는 서술자가 존재하고 그 서술자가 반드시 인간일 필요는 없다고 주장했다. 그런데 채트먼 역시 영화에서의 서술자가 누구인지 혹은 무엇인지 명확히 하지 못하고 있다. 채트먼은 "보여주기를 하는 전체적인 행위자"[43]를 영화에서의 서

---

42) 조엘 마니, 김호영 역, 『시점: 시네아스트의 시선에서 관객의 시선으로』, 카이에 뒤 시네마 영화이론 4, 이화여자대학교 출판부, 2007, 50쪽.

술자로 지칭했는데 이러한 개념 규정의 문제점은 영화에서의 서술자를 카메라로 한정할 위험이 있다는 것과 또한 영화에서의 서술을 영상서술에 한정할 위험이 있다는 것이다. 채트먼 자신이 영화가 다중 채널을 가진 매체임을 도식화 했음에도 불구하고 말이다. 채트먼은 스스로 이러한 한계를 인식한 듯하다. 때문에 채트먼은 영화에서는 소설에서보다 더 내포저자의 존재가 필요하다고 역설했다. 그러나 채트먼 스스로 인정했듯이 소설에서와 마찬가지로 영화에서도 서술자와 내포저자는 다르며,44) 내포저자는 절대로 정보를 제공하는 존재가 아니다. 다만 채트먼이 영화에서의 내포저자의 존재에 특히 집착했던 것은, 비록 그의 저서 어디에서도 영화에서의 이중서술의 문제에 대해 언급하고 있지는 않지만, 영화에서의 이중서술에 대해 인식했던 것 같다. 하지만 채트먼은 이중서술에서 각각의 서술자를 구분하지도 않았으며 그들을 통제하는 상위의 서술자에 대한 언급도 하지 않았다. 영화서사에서 영상과 언어의 이중서술뿐만 아니라 쇼트 내에서의 서술과 쇼트와 쇼트의 연결이 만들어 내는 두 층위의 서술까지 본격적으로 논의된 것은 프랑스의 영화학자 앙드레 고드로Andre Gaudreault와 프랑수아 조스트Francois Jost에 의해서이다. 여기서 그들의 논의를 인용하기로 한다.

---

43) 시모어 채트먼, 『영화와 소설의 수사학』, 205쪽.
44) 채트먼은 부스에 의해 제시된 개념인 내포저자를 전적으로 옹호하면서 이에 대해서 길게 서술한다. 또한 영화에서의 내포저자에 대해서도 강한 신뢰감을 보인다. 또한 채트먼은 소설에서뿐만 아니라 영화에서도 내포저자를 서술자와 혼용하는 것을 경계했다.
"소설처럼 영화에서도 스토리 제시자로서의(담론의 구성 요소인) 서술자를 스토리와 담론의 창조자, 즉 근본적 원인인 전기적인 인간으로서가 아니라 창조적 책무를 부여받은, 텍스트 내부에 존재하는 원칙으로서 내포저자와 구분해야 한다."
『영화와 소설의 수사학』, 204쪽.
"내포저자는 '목소리'를 갖지 않는다. 내포저자는 다른 사람에게 '발화'할 수 있도록 할 뿐이다. 내포저자는 정보의 말없는 근원이다. 내포저자는 아무 것도 '말하지' 않는다."
위의 책, 133쪽.

영화는 '말'하지 않고서도 행위를 '보여' 줄 수 있다는 점에서 소설과 전혀 다르다. […] 사건들은 마치 스스로 이야기되는 것 같다. 하지만 이것은 물론 잘못된 인상이다. 무엇이 되었든 사전적인 매개가 없다면 영화도 없을 것이며, 우리는 그 어떤 사건도 볼 수 없을 것이기 때문이다.[45)

영화서술을 소통하는 책임을 맡은 기본 서술자는 영화 표현의 다양한 재료들을 조정하면서, 이들을 배열하고, 그 유출을 조직하고, 그 움직임을 조정하여 관객에게 여러 서술 정보들을 제공하는 심급이다. […] 서술성의 첫 번째 층은 미장센과 프레임화를 결합한 작업의 결과로 이른바 제시행위에 한정될 것이다. […] 제시행위보다 상위에 있는 두 번째 서술성의 층은 시간적 조정에 대해 많은 가능성을 가진다는 명목만으로도 서술행위에 해당한다. 이 두 번째 서술성의 층은 쇼트와 쇼트의 연결에 위치하는 것 같다. 이 두 서술성의 층은 적어도 두 개의 상이한 심급, 각각의 심급을 책임지는 제시자와 서술자의 존재를 전제하는 것 같다. […] 보다 상위의 층에서 이 두 심급들의 '목소리'는 사실상 영화라는 거대 서술을 책임지는 영화의 거대 서술자라는 기본 심급에 의해 조정, 규정되는 것 같다.[46)

영화에서 '누가 이야기 하는가'의 문제가 얼마나 복잡한 문제인지 잘 보여주는 논의이다. 여러 서술 정보를 제공하는 심급과 더불어 쇼트와 쇼트의 연결에 관계하는 심급 그리고 이들을 통제하는 상위의 심급까지 고려해야 하는데 문제는 여기서 그치지 않는다. 영화에서 사용되는 기호가 너무도 많기 때문이다. 특히 이것은 소설과 영화의 매체 전이에서 복잡한 문제로 작용한다. 소설에서는 인물의 언어와 서술자의 언어가 서로 다른 층위에 있으나 재료는 같다. 즉 문자언어를 재료로 사용하는 것이다. 그런데 이것이 영화로의 매체 전이를 거칠 때, 즉, 다중채널로 전환되어야 할 때 필연적으로 서술자의 목소리가 상당부분 카메라의 눈으로 전이되어야 한다. 또한 서술자의 목소리가 영화에서의 보이스 오버 내레이션으로 전이되는 부분도 있다. 또한 쇼트와 쇼트의 이질적인

45) 앙드레 고드로·프랑수아 조스트, 송지연 역, 『영화서술학』, 동문선, 2001, 63쪽.
46) 앙드레 고드로·프랑수아 조스트, 앞의 책, 86~87쪽.

결합인 몽타주로서 재현되어 전혀 다른 미학적 이데올로기적 지평을 열기도 한다. 게다가 최종적인 편집 과정에서 많은 변이가 일어난다는 것을 생각해 볼 때 편집과정까지 주관하는 상위 서술자의 개념을 설정하는 것은 더 어렵다. 실제 영화작가의 의도 내지는 선택의 문제까지 언급해야 하기 때문이다. 그러나 실제 영화작가의 의도나 선택의 문제가 영화에서의 상위 서술의 층위에 관여한다고 인정한다 해도 실제로 완성된 영화필름에서 실제작가의 의도가 그대로 반영되는 것은 아니다. 이것은 전적으로 수용자에게 달려 있는 문제이다. 때문에, 비록 많은 비판을 받았고 이론의 여지가 있으나, 영화에서 최종 의미의 완성을 수용자에게 돌리며 영화에서의 서술자의 존재를 부정한 보드웰의 주장이 일면 수긍되기도 한다. 그러나 영화에서 다중채널로 인해서 우발적이고 우연적인 의미의 발생이 일어날 수 있는 가능성이 많다는 것을 인정하지만 그럼에도 불구하고 역시 서사전체를 통괄하는 서술자의 존재는 상정할 수밖에 없을 것이다. 그것을 "상위 서술자"라고 하든지 "거대 서술자"라고 하든지 말이다. 본 연구에서는 이러한 전제 하에서 이 모든 양상들을 구체적인 텍스트 분석을 통해 논하면서 소설과 영화의 표현양식의 차이가 각각의 텍스트의 주제와 미학을 어떻게 구성하고 그것이 수용자에게 어떤 영향을 주는지 예증할 것이다. 여기서는 먼저 소설에서의 서술양상과 영화에서의 서술양상의 가장 기본적이고 결정적인 차이점에 대해서 논하려 한다.

소설에서의 서술양상과 영화에서의 서술양상의 가장 큰 차이는 시각성의 존재유무에 있다. 앞서 잠시 언급했듯이 소설을 읽는 것은 시각적인 행위가 아니다. 즉, 흰 종이 위에 인쇄된 검은 활자를 읽는다고 해서 소설을 읽는 것을 시각적인 행위라고 할 수 없으며 시각적 의미에서의 시점이 소설에는 없다는 것을 다시 한 번 강조할 필요가 있다. 반면 영화의 이중 서술 혹은 다중 채널에서 영화의 가장 영화다운 특성을 나타내는 것은 역시 영상의 동적動的 시각 이미지의 연쇄이다. 바로 이 차이가 소설과 영화의 서술양상에 있어서 가장 큰 차이이며 이것은 소설과 영화의 심미적 지평을 달라지게 한다. 이에 대해서 '목소리'와 '눈'의 차이를 명료하게 예중한 자네티의 글을 인용하기로 한다.

소설에서 화자의 '목소리'에 해당하는 영화적 기법은 카메라의 '눈'으로서, 이 차이는 중요하다. 문학에서 화자와 독자의 구분은 확실하다. 문학에서 독자는 마치 친구가 하는 이야기를 듣는 것과도 같다. 그러나 영화에서 관객은 렌즈와 자기 자신을 동일시하여, 영화의 화자와 자신을 결국 동일시하게 되는 것이다. 영화에서 일인칭 화자를 만들기 위하여 카메라는 모든 행동을 한 인물의 시야를 통해서 기록해야만 할 것이며, 그것은 결국 관객을 주인공으로 만들게 될 것이다. […] 전지적 서술은 영화에서는 거의 불가피한 것이다. 문학에서 일인칭 서술과 전지적 서술은 상호배타적이다. 만약 어떤 인물이 우리에게 자기의 생각을 직접 말한다고 해도, 그가 타인의 생각마저 정확하게 우리에게 말해 줄 수는 없기 때문이다. 그러나 영화에서 일인칭 서술과 전지적 서술의 결합은 흔하다. 감독이 카메라를 움직일 때마다―한 쇼트 내에서 움직이거나 혹은 쇼트와 쇼트 간에 움직이거나―우리는 새로운 시점을 제공받는 셈이며, 그 새로운 시점에서 신을 평가하게 될 것이다. 영화감독은 주관적인 시점 쇼트(일인칭)에서 여러 가지 객관적 쇼트로 쉽게 커트하여 전환할 수 있다.[47]

문학에서 일인칭 서술과 전지적 서술이 상호배타적이라는 자네티의 주장은 일견 옳지만 한편으로는 그렇지 않다. 문학에서 일인칭 서술은 그 안에 상충하는 속성을 가지고 있기 때문이다. 이것은, 주네트에 의하면, "극단적인 중개extreme mediation인 동시에 극도의 직접성utmost immediacy"[48]인데, 이와 같은 특성은 일인칭 서술자가 스토리 세계 내에 존재하는 인

---

47) 루이스 자네티, 『영화의 이해』, 395~396쪽.
48) G. Genette, *Narrative Discourse*, Translated by Jane E. Lewin, Basil Blackwell · Oxford, 1980, pp. 168~169.

물이면서 이야기를 전달하는 서술자의 역할을 맡고 있기 때문에 발생한다. 일인칭 서술자는 원래 다른 인물의 심리를 알 수 없다. 따라서 일인칭 서술자는 원칙적으로는 제한적 서술자이지만 동시에 폭군적인 서술자이기도 하다. 모든 사건과 다른 인물들이 일인칭 서술자의 주관적 관점에 의해 굴절되어 전달되기 때문이다. 따라서 소설에서의 일인칭 서술자는 인물과 사건을 여과하고 해석하고 판단하여 전달하는 힘을 가지며 서사를 전적으로 관장한다는 의미에서 전지적 서술자와 그다지 다를 것이 없다. 또한 앞서 인용한 자네티의 글에서 언급한 영화 서술의 특성인 시점 쇼트와 전지적 서술 사이의 자유로운 이동은 소설에서도 흔히 발견할 수 있다. 이를 영화적인 글쓰기라고 하더라도 그러하다. 이러한 오류를 지적한다 해도 자네티의 글에서 소설과 영화의 서술방식의 중요한 차이를 포착할 수 있는데 바로 '목소리'와 '눈'의 차이, 즉 들려주기와 보여주기의 차이이다. 소설에서의 서술은 전적으로 서술자의 목소리에 의한 중개를 통해 이루어진다. 카이저는 서사적 근원 상황에 대해 "서술자가 일어난 일을 피서술자에게 이야기 한다"[49]라고 한 문장으로 요약하는데, 이때의 서술자는 서술하는 이야기와 어느 정도 거리를 두고 존재하며 카이저의 견해로 보자면 이 거리로 인해 서사시와 서정시 사이에 근본적인 차이가 생긴다. 반면 영화의 경우에는 인물의 발화를 시간과 공간의 거리를 두고 전달하는 서술자의 존재가 필요 없다. 영화에서 인물의 발화는 그대로 현재형으로 바로 그 자리에서 전달된다. 이러한 차이가 소설에서의 인물과 영화에서의 인물의 기능의 차이를 만들며 소설과 영화 각각의 인물이 수용자와 소통하는 방식에서 차이를 만든다. 영화에서 배우가 체현하는 인물은 서술자의 매개 없이 수용자와 직접 소통하기 때문에 소설에서의 인물의 기능과 더불어, 상당부분, 서술자의 등가물이 된다. 이 때 배우의 에토스와 연기는 서사적 기능을 가지는

---

49) Jakob Lothe, *Narrative in Fiction and Film*, p. 14에서 재인용.

것과 더불어 수사적 기능도 가지게 된다. 또한 여기서 중요한 것은 소설에서의 목소리가 영화에서의 동적 시각적 이미지의 연쇄인 영상으로 전이될 때 일대일 대응이 불가능하다는 것이다. 이것은 각 영상에 의해 잠재적으로 전달되는 문장이 다수라는 사실 때문[50]에 그러하다. 이러한 차이는 소설을 영화화 할 때에도 그리고 영화를 소설화 할 때에도 각각의 텍스트의 주제와 미학을 구성하는 데 있어서 중요하게 작용할 뿐만 아니라 심미적 지평을 결정하는 불확정성의 문제와 연결된다. 이렇게 소설과 영화의 서술은 질료와 매개체의 차이에 의해서 분명하게 달라지는데 이것은 또한 소설과 영화의 구성방식의 차이로 이어진다.

소설에서의 서술이 문장들과 단락들의 연결과 그것으로 인한 시간과 공간의 재배치로 이루어진다면 영화에서의 서술은 분절된 쇼트들의 연결과 그것으로 인한 시간과 공간의 재배열로 이루어진다. 전자를 소설에서의 플롯의 문제라고 한다면 후자는 편집의 문제라고 할 수 있다. 소설에서 플롯은 소설을 소설답게 만드는 핵심적인 개념이다. 플롯을 "일련의 연속적인 인간적 활동을 말로써 모방하기 때문에 필연적으로 주어지는 종합을 뜻하는 것"[51]이라고 규정할 수 있다면 플롯은 "말로써 모방하는" 언어서사체에 있어서 필연적인 것이다. 허구서사체인 소설에서 플롯이 가지는 의미에 대한 탁월한 설명과 플롯이 독자에게 주는 호소력에 관한 논의는 숄즈Robert Scholes와 켈로그Robert Kellogg에 의해서 제시되었다.

> 이야기들이 그렇게 오랫동안 인간에게 호소력을 갖고 있는 이유 중의 하나는 이야기들의 단정함(neatness)에 있다. 서사체의 독자는 일종의 평형 상태, 즉 모든 정열이 다 소모된 마음의 평정 상태에 접근한 그 어떤 상

---

50) 앙드레 고드로 · 프랑수아 조스트, 『영화서술학』, 44쪽.
51) R. S, 크레인, 김병욱 편 · 최상규 역, 「플롯의 개념」, 『현대 소설의 이론』, 예림기획, 1997, 244쪽.

태를 이룬 지점에서 자신의 독서가 끝나기를 기대할 수 있다. 독자가 그 어떤 서사체에 의해서 이런 느낌에 휩싸인다면, 그 서사체는 플롯을 가지고 있다고 말할 수 있을 것이다.[52]

즉, 시작과 끝이 없이 산만한 현실에서의 리얼리티와 소설에서의 리얼리티가 대비되는 지점이 바로 플롯에 의해 결정된다. 다시 말해서 현실에서의 산만하고 지루한 이야기는, 혹은 그것이 극적인 이야기라 할지라도, 플롯을 통해 정제되고 미학적 구조를 갖춘 소설의 이야기가 될 수 있는 것이다. 또한 소설에서 시간의 배치에 결정적으로 관여하는 것이 바로 플롯인데, 이는 이야기story시간과 담론discourse의 시간을 구별하게 한다. 사실상 시간의 배치와 관련된다는 점에서 플롯은 텍스트를 텍스트답게 만드는 요소라고 해도 과언이 아니다.[53] 중요한 것은 문자언어의 선형성이 소설의 서술과 영화의 서술의 일차적인 차이를 만든다는 것이다. 소설에서 서술되는 시간은 그것이 역전analepsis이든 예시prolepsis이든 선조적으로 구성될 수밖에 없다. 이에 대해서 리몬 캐넌은 다음과 같이 설명한다.

> 관례적으로 텍스트-시간이라고 불리는 텍스트 내의 제반 요소의 배열 관계는 단일 방법적이고 역전 불가능할 수밖에 없다. 왜냐하면 언어란 기호의 선조적 배열을 명하고, 따라서 사물에 대한 정보의 선조적 제시를 명하기 때문이다. […] 텍스트-사건은 어쩔 수 없이 선조적이어서 사실상의 스토리-시간의 다선성과 일치할 수가 없다.[54]

반면 영화에는 언어기호의 선조성을 극복할 수 있는 여러 장치들이

---

52) 로버트 숄즈·로버트 켈로그 공저, 임병권 역,『서사의 본질』, 예림기획, 2001, 277쪽.
53) 채트먼은 "'텍스트'는 독자나 청자의 반응을 시간적으로 조절하는 소통이라는 의미를 담고 있다"고 말한 바 있다.
   시모어 채트먼, 한용환·강덕화 역,『영화와 소설의 수사학』, 19쪽.
54) S. 리몬 케넌, 최상규 역,『소설의 현대 시학』, 예림기획, 1999, 84~85쪽.

있다. 우선 영화에서는 하나의 쇼트에서 여러 인물들과 그들의 행동을 카메라가 동시에 포착할 수 있다. 심지어 화면분할에 의해서 다른 공간에 있는 다른 인물들을 동시에 보여줄 수도 있다. 그러나 소설에서의 서술은 그렇게 하는 것이 불가능하다. 같은 공간 안에 두 인물이 있을 때조차 소설의 서술자는 반드시 한 인물을 먼저 묘사하고 다른 인물을 묘사해야 한다. 여기서 영화의 회화적 서술이 많은 정보를 동시에 수용자에게 준다는 것을 알 수 있다. 즉, 소설에서는 배경묘사를 먼저 하고 인물을 묘사하거나 반대로 인물을 먼저 묘사하고 배경을 묘사할 수 있지만 영화에서는 인물과 배경이 동시에 재현되는 것이다.[55] 또한 소설에서의 서술은, 예시를 제외하고는, 행동 후에 일어난다. 이런 의미에서 채트먼은 "회상은 근본적인 서사적 행위"[56]라고 말한 것이다. 그러나 영화에서의 서술은 행동과 동시적으로 일어난다. 비록 영화에서의 현재성이 환영幻影이라 할지라도[57] 영화는 분명 현재시제로 존재한다. 영화에서 시간을 형상화 하는 방식은 과거를 현재화 하고 미래조차 현재화 한다. 이것을 가능하게 하는 것이 편집인데 영화텍스트의 완성에 있어서 편집이 가지는 비중이 너무 커서 많은 설명이 필요하겠으나 본 저서의 3장과 4장에서 텍스트 분석 시 필요할 때마다 언급하고 여기서는 핵심적인 개념과 논의들을 소개하는 수준에서 만족하려 한다.

---

55) 채트먼은 "회화는 총합적(holistic)으로 스스로를 드러내고, 언어 서사물은 선형적으로 스스로를 드러낸다"고 말한 바 있는데, 비단 회화뿐 아니라 영상 이미지 역시 총합적으로 스스로를 드러낸다고 볼 수 있다.
채트먼, 『영화와 소설의 수사학』, 20쪽.
56) 시모어 채트먼, 김경수 역, 『영화와 소설의 서사구조』, 민음사, 1999, 92쪽.
57) 이 역시 영화에서 카메라의 중개성과 관련하여 이해해야 할 문제이다. 따라서 연극과의 비교에서 쉽게 그 의미를 파악할 수 있다. 이에 대해서 고드로와 조스트의 글을 인용하기로 한다.
"연극배우는 관객의 수용활동과 현상학적으로 '동시적인' 연기를 한다. 따라서 배우와 관객은 현재의 시간을 공유한다. 반대로 영화는 관객에게 완전히 지나간 행위를 중계하여 '이전에' 일어난 일을 '지금' 제시한다."
앙드레 고드로 · 프랑수아 조스트, 『영화서술학』, 43쪽.

영화에서 "편집이란, 영화의 시청각적 요소들을 서로 병치시키거나 서로 연속시키는 조직, 결합, 그리고 지속시간을 결정짓는 원리"[58]이다. 영화를 비롯한 영상매체의 매체적인 특성은 편집에서 극대화된다. 편집은 고도의 기술이며 동시에 영화텍스트의 예술적 성취를 완성하게 한다. 때문에 영화에서의 편집을 "메타포의 원천"[59]이라고 했을 때, 편집은 단지 연결에 그치는 것이 아니다. 편집이 관여하는 범주는 무궁무진하지만 우선 앞서 언급한 시간 구성의 문제에 대해 좀 더 고찰할 필요가 있다. 소설텍스트에서의 시간의 재현과 영화텍스트에서 시간의 재현을 다르게 만드는 결정적인 요인이 편집의 미학에 있기 때문이다. 시간의 역전에 의한 과거 회상의 경우, 소설텍스트에서는 서술하는 자아와 서술된 자아를 분리할 수 있고 현재의 목소리로 과거의 일들을 서술하며 초점화와 서술이 분리된다. 이와 유사한 양상을 보이는 영화에서의 기법은 보이스 오버 내레이션voice over narration이다. 즉, 화면 밖의 목소리는 현재에 속하지만 영상으로 보이는 화면은 과거에 속하는 경우에 해당한다. 이때의 영상 이미지가 과거의 사건을 재현한다는 너무도 확실한 지시에도 불구하고 그것은 수용자인 관객에게 현재화 되어 제시되며 관객은 그 과거를 현재형으로 체험하는 것이다. 반면 소설에서는 문자언어의 선조성 때문에 과거가 현재화 되지 않는다. 또한 소설에서 묘사는 담론의 시간과 스토리 시간의 불일치를 확실하게 보여준다. 묘사를 하는 동안 스토리 시간은 멈추지만 담론의 시간은 멈추지 않기 때문이다. 반면 영화에서는 스토리 시간과 담론의 시간의 불일치가 소설에서처럼 분명하지 않다. 스토리 시간의 완전한 정지란 사실상 영화에서 보기 힘들다. 예를 들어, 에이젠슈테인 감독의 영화 <전함 포템킨>의 전설적인 장면인 오데사 계단에서의 학살 장면 시퀀스에서 클로즈업 쇼트들의 몽

58) J. 오몽 · A. 베르가라 · M. 마리 · M. 베르네 공저, 『영화학, 어떻게 할 것인가』, 66쪽.
59) 자네티, 『영화의 이해』, 390쪽.

타주들은 분명 실제 스토리 시간을 순간적으로 멈추게 하지만 그럼에도 불구하고 소설에서의 묘사처럼 완전한 휴지休止가 되지는 않는다. 이에 대해서 채트먼의 설명과 비유를 인용하기로 한다.

소설에서는 움직임과 사건들은 기껏해야 그들로부터 종류가 다른 추상적인 상징 언어로부터 상상된 구조물들인 반면에, 화면 위의 움직임들은 그렇게도 조형적이고, 그들이 모방하고 있는 실제의 삶과 그렇게도 유사하여서 시간 경과의 환상은 그들로부터 절대 분리될 수가 없다. 그 환상적인 이야기 시간이 일단 영화 속에 결정이 되면, 죽은 순간들, 아무 것도 움직이지 않는 순간들까지도 시간적 전체의 일부로 느껴질 것이다. 우리가 교통 체증 속에서 안절부절 못하고 앉아 있는 동안에도 택시의 요금 계산기가 계속 올라가는 것처럼.[60]

이렇듯 시간의 구성에 관여한다는 것만으로도 편집이 영화텍스트를 서사텍스트로 만드는 결정적인 작업임을 알 수 있다. 카메라 워킹에 의해 촬영된 쇼트들은 분절되어 있다. 쇼트와 쇼트의 연결은 "서사적 연결을 지향"[61]하는데 이때 서사적 연결은 담론의 층위에서의 시간의 구성이며 이에 관여하는 것이 편집인 것이다. 또한 영화를 영화답게 만드는, 즉, 영화에서의 시공간 구성의 특수성이 결정되는 것도 바로 편집에 의해서이다. 편집을 주제적 측면, 즉, 이데올로기적 측면에서 고찰한다면 이는 사실주의와 표현주의가 갈라지는 지점이기도 하고, 바쟁의 표현대로 한다면 "현실을 신뢰하는" 입장과 "이미지를 신뢰"[62]하는 입장이 갈라지는 지점이기도 하다. 전자의 경우에는 편집의 기법이 전경화 되지 않는다. 쇼트들의 분절, 즉 비연속성을 연속성으로 위장한다. 바쟁은 몽

---

60) 주네트 · 리쾨르 · 화이트 · 채트먼 외 지음, 석경징 외 엮음, 『현대 서술 이론의 흐름』: 시모어 채트먼, 「소설적 서술과 영화적 서술」, 솔, 1997, 331~332쪽.
61) 요아힘 패히, 『영화와 문학에 대하여』, 29쪽.
62) J. 오몽 · A. 베르가라 · M. 마리 · M. 베르네 공저, 『영화학, 어떻게 할 것인가』, 48쪽.

타주에 대해서 영화감독이 영화를 만들 때 채택할 수 있는 많은 기교 가운데 하나에 불과하다고 주장했으며 대부분의 편집이 한 신의 효과를 사실상 파괴한다고 믿었다.[63] 바쟁과 반대의 입장에 에이젠슈테인이 있다. 에이젠슈테인에게 영화는 현실에 대한 환영이 아니라 "현실의 구상적 특징을 참조할 뿐인 분절되고 단언적인 담화"[64]이다. 때문에 "1920년대 소련 영화는 이야기의 세계를 구성하는 확고한 시공간의 표지를 제공하지 않으며 소재들은 명백하지만 동시에 공백이 있고 추상적이다."[65] 여기서 수용자인 관객은 리얼리즘의 환영을 즐기기보다는 공백에서 추상적인 담론들을 유추해내야 한다. 이 또한 영화의 수용에 있어서 중요한 한 축을 이루는 것이다.

이상에서 논의한 바와 같이 소설과 영화의 표현양식은 완전히 다르다. 본 저서의 3장과 4장에서 텍스트 분석을 할 때 이러한 표현양식의 차이가 분명하게 예증될 것이다. 그러나 본 연구는 단지 표현양식의 차이를 나열하는 데 그치지 않는다. 이러한 표현양식의 차이가 매체의 전이를 거치면서 텍스트의 주제와 미학을 어떻게 구성하고 수용자에게 어떤 심미적 지평을 체험하게 하는지 까지 분석할 것이다. 표현양식의 차이를 만드는 기본적인 질료의 문제, 서술의 문제 그리고 구성의 문제 모두 텍스트 분석에 있어서 배경지식이 될 뿐만 아니라 방법론이 될 것이고 이를 바탕으로 심미적 지평의 전환과 문화적 담론의 변화 양상을 논하게 될 것이다. 특히 소설에서 서술자의 다양한 서술양상이 영화 미학으로 바뀌는 지점에서 작용하는 기제를 논하는 데 있어서 그리고 다중채널 매체인 영화텍스트가 단일채널 매체인 소설텍스트로 전이될 때 드러나는 양상을 설명하는 데 있어서, 또한 소설과 영화가 동시적으로 동

63) 루이스 자네티, 『영화의 이해』, 168쪽.
64) J. 오몽 · A. 베르가라 · M. 마리 · M. 베르네 공저, 『영화학, 어떻게 할 것인가』, 93쪽.
65) 프란시스 바누아 · 안 골리로 레테 공저, 주미사 역, 『영화분석입문』, 한나래, 1997, 38쪽.

반 창작된 경우에 서로 다른 주제와 미학을 구성한 이유를 설명하는 데 있어서도 표현양식의 차이를 결정하는 질료와 서술과 구성의 문제는 중요한 기반이 될 것이며, 이에 따라서 소설텍스트와 영화텍스트에서 구축하는 주제와 미학이 어떤 관계양상을 맺게 되는지 고찰하는 데 있어서도 중요한 전제가 될 것이다. 또한 소설에서의 시간과 공간이 영화에서 어떻게 형상화 되는지, 소설에서의 인물화와 영화에서의 인물화가 어떻게 달라지는지 그리고 소설에서 서술자의 서사지배력이 영화에서 어떻게 해체되어 어떤 형상화 방식으로 구현되는지 분석하고 논하는 과정에서 소설과 영화의 질료와 서술방식과 구성방식의 차이는 중요하게 작용한다. 본격적인 텍스트 분석에서 이 모든 문제들을 보다 상세히 다시 다루게 될 것이다.

2) 소설과 영화의 수용미학

앞서 상술한 소설과 영화의 표현 양식의 차이는 수용자에게도 다른 수용 방식을 요구한다. 그런데 선행연구들에서 소설과 영화의 수용 방식의 차이에 대해서는 거의 주목하지 않았다. 때문에 매우 안이하고 편협한 전언들이 나오기도 했는데, 예를 들어, 소설의 독자보다 영화의 관객의 수준이 더 낮게 책정된다거나 영화관객을 수동적인 구경꾼으로 규정한다거나 영화의 수용에서 상상력을 발휘할 여지가 적다거나 나아가서 영화의 관객을 상품의 소비자로 보는 언급들이 대표적이다. 이러한 오해는 소설과 영화의 수용 방식의 차이를 면밀하게 고찰하지 못한 데에서 발생한 것이다. 또한 소설과 영화의 매체 전이로 인해 심미적 지평의 전환이 이루어지는 과정에서도 수용방식의 차이는 중요하게 작용한다. 그런데 이러한 문제 역시 선행연구들에서 거의 언급되지 않았다. 본 연구에서는 이점에 주목하여 소설의 수용과 영화의 수용이 어떻게 다른 과정과 양상으로 이루어지는지 분석하고 논할 것이다.

추상성과 구상성

앞서 소설과 영화의 표현 양식의 차이를 논했으며 표현 양식의 차이는 수용 방식의 차이로 연결됨을 언급했다. 다시 한 번 말하지만, 소설의 수용은 시각적 행위가 아니다. 비록 "문맹", "까막눈" 등의 시각에 비유하는 언급을 하긴 하지만 이는 비유적인 언급일 뿐이다. 흰 종이 위에 인쇄된 검은 활자를 읽는다고 해서 소설의 독해가 시각적 행위인 것이 아님을 다시 한 번 언급하는 이유는 소설텍스트의 수용이 감각적 수용이 아니라 인지적 수용이라는 것을 강조하기 위해서이다. '초점화' 혹은 '시점'이라는 용어도 시각성을 환기시키지만 소설에서의 '초점화'는 "이야기에 의해 채택된 인지적 시점"[66]이다. 소설텍스트의 수용은 특정언어의 체계를 이해하는 것에서 시작한다. 이때의 특정언어란 기표와 기의의 자의적 결합인 문자언어이고, 문자언어의 종류는 국가의 종류보다 더 많다. 굳이 바벨탑까지 언급하지 않더라도 특정한 언어 체계를 이해하는 것이 소설의 수용에 있어서 첫 과제라는 것은 너무나 자명하다. 기호로서의 영상은 이와 다르다. 즉, 영화를 수용할 때에는 감각적 수용과 인지적 수용이 거의 동시에 일어나게 된다. 이때의 감각적 수용이란 영상의 시각이미지와 사운드의 동시적 수용을 의미한다. 인지적 수용은 영상과 사운드에 의해 환기되는 의미와 발화와 내레이션에 의해 이루어지는 언어적 서술에 대한 수용이다. 그런데 이러한 감각적 수용과 인지적 수용은 상호교차하면서 서로 영향을 주게 되는 데, 이는 앞서 논한 문

---

66) 조엘 마니, 김호영 역, 『시점: 시네아스트의 시선에서 관객의 시선으로』, 이대출판부, 91쪽.

자기호가 의미를 구성하는 방식과 영상기호가 의미를 환기시키는 방식과 깊이 연관된다. "시각적이거나 재현적인 시점과 서술적인 시점 간의 복합적 유희가 영화를 구성하는 주요 요소"[67]라고 한다면 영화텍스트의 수용 역시 시각적 시점과 서술적 시점 간의 복합적 유희를 향유하는 과정이라고 볼 수 있다. 여기서 소설과 영화의 수용 방식이 정 반대의 순서로 정 반대 방향으로 향해 간다는 것을 알 수 있다.

즉, 소설을 독해한다는 것은 사회적 약속이며 자의적 상징기호인 문자언어에 대한 지식을 바탕으로 이해한 상징적 개념에서 심리적 이미지를 환기시키는 과정이라고 볼 수 있고 반면 영화의 독해는 구상적 도상기호인 영상에 대한 감각적 수용을 바탕으로 추상적인 상징을 만들어내는 과정인 것이다. 앞서 언어의 수사학이 추상에서 구상으로 향하고 이미지의 수사학이 구상에서 추상으로 향함을 언급했다. 영화의 수용자가 도상기호를 통해 상징적 개념을 유추하는 데 있어서 특히 중요한 장치는 편집에 의한 몽타주이다. 몽타주는 현실세계의 모습을 그대로 담고 있는 듯 보이는 쇼트들의 결합을 통해 상징과 은유를 발생시키기 때문에 영화언어에서 핵심적인 위치를 차지한다. 이때 수용자의 지각 역시 구상에서 추상으로 향하며 감각적 수용에서 인지적 수용으로 향하는 것이다. 때문에 소설은 내러티브를 통해 수용자와 소통하지만 영화에서는 내러티브에 앞서 이미지로 먼저 수용자와 소통한다. 소설의 수용에서 수용자의 머리 속에서 구성되는 이미지는 내러티브에 종속된다. 다시 말해서 내러티브에 의해서 구성되는 이미지이다. 그런데 영화에서 영상의 시각 이미지는 때로 내러티브를 압도한다. 내러티브를 구성하면서 내러티브와 충돌하기도 하는 것이다. 이러한 영상의 시각 이미지의 특성이 소설과 영화의 매체 전이에 있어서 중요한 변수로 작용한다. 문자기호의 개념화하고 한정하는 특성에 의해 규정된 의미가 영상의 시각

---

67) 조엘 마니, 앞의 책, 99쪽.

이미지로 전이되면서 전혀 다른 주제와 미학을 발생시키게 된다. 여기서 또한 이미지에 의한 불확정성의 공간이 생기는데 이것은 소설의 영화화뿐만 아니라 매체 전이의 새로운 양상인 영화의 소설화의 문제에 있어서도 수용자가 인지하고 느끼는 심미적 지평을 변화시키는 데 결정적인 역할을 한다.

영상기호의 도상성은 또한 영화의 강력한 리얼리티의 환상을 만들어내는데 일조하는데 이는 기의와 어느 정도 닮은 기표를 가지고 있는 도상기호의 특징과 더불어 카메라의 중개성과도 관련되며 시각 이미지를 신뢰하는 수용자의 성향과도 관련된다. 즉, 카메라의 중개를 통해 관객의 눈앞에 펼쳐진 영상은 실제 세계와 너무도 닮아 있어서 흰 종이 위에 검은 활자로 구현되어 반드시 독자의 머릿속에서 재구성되어야 하는 세계와는 다른 특성을 가지는 것이다. 사실상 영화의 수용자는 그러한 현실세계의 환영幻影을 즐기고 싶어 하기도 한다. 영화의 관객이 현실감을 수용하는 기제에 대해 로트만은 다음과 같이 말한다.

> 영화는 영화와 현실의 자연스런 유사성과 싸워서 영화의 장면을 보고 생긴 감정과 실제 사건을 보고 체험한 인상을 동일시하려는 관객의, 비극적인 진짜 광경에서 강한 감정적 충격을 바라는 천박한 욕구에 가까운 순진한 믿음을 파괴하면서 동시에 영화의 장면을 진짜라고 생각하는 순진한, 아주 순진한 믿음을 보존하기 위해서 분투한다.[68]
>
> 영화가 예술이 되는 데 필수적인 현실감, 즉 현실과 닮았다는 느낌은 직접적인 지각으로 얻어지는 초보적인 감각이 아니다. 현실감은 복합적인 예술적 통일체의 구성 요소이며, 사회의 예술적·문화적 경험과의 무수히 많은 관계를 매개로 생겨난다.[69]

---

68) 유리 티냐노프·보리스 에이헨바움·로만 야꼽슨·유리 로트만 공저, 오종우 역, 『영화의 형식과 기호』: 유리 로트만, 「영화 기호학과 미학의 문제」, 134~135쪽.

69) 유리 로트만, 앞의 책, 145쪽.

여기서 "현실감"에 대한 보다 세밀한 고찰이 필요함을 알 수 있다. 허구서사에서의 리얼리티는 실제 세계에서의 리얼리티와 분명 다르다. 실제 세계에서의 리얼리티는 우연성이 지배하는 경우가 많지만 허구서사에서의 리얼리티는 필연성이 지배하고 그 필연성의 기반은 로트만이 위의 글에서 언급한 "사회의 예술적 문화적 경험과의 무수히 많은 관계"에 있다고 볼 수 있다. 때문에 영화에서의 "현실감" 혹은 핍진성은 기록영화 혹은 실화를 바탕으로 한 영화라고 해서 더한 것이 아니고 공상과학영화라고 해서 덜한 것이 아니다. 영화의 수용자는 현실에서 실제로 일어나지 않을 일에도 안타까워하며 몰입하게 된다. 사실상 이것은 허구서사를 수용하는 수용자의 관습이기도 하다. 즉, 허구서사를 감상한다는 것은, 잠시 동안이라도, 그것이 실제로 존재한다고 믿는 것을 가정하는데 이것은 물론 가장된 믿음이다.[70] 이러한 기제는 소설의 수용과 영화의 수용에 있어서 크게 다를 바 없으나 실제 이미지를 직접 보여준다는 측면에서 영화에서 좀 더 강력하게 작용한다. 실제세계와 유사하면서도 다른 영화의 세계를 매개하는 것이 바로 영상의 시각 이미지인 것이다. 이렇게 소설과 영화의 기본적인 질료의 차이는 표현 양식의 차이와 이어지며 수용 방식의 차이와 연결된다. 즉, 소설과 영화의 매체 전이를 통해 소설텍스트와 영화텍스트의 주제와 미학을 구성하고 심미적 지평의 전환을 가져오는 데 있어서 가장 기본적인 매체변수가 되는 것이다.

앞서 기호로서의 문자와 영상의 특성에 따라 수용 방식이 달라짐을 언급했다. 여기서 추상성과 구상성의 수용과 전치는 질료의 문제와도 연결되지만 소설의 서술과 영화의 서술의 차이에 따라서 즉, 단일채널을 가진 매체인 소설과 다중채널을 가진 영화의 매체적인 차이에 의해서 복잡하게 상호작용하게 된다. 왜 언어의 수사학이 추상에서 구상으

---

70) Kendall L. Walton, "On Pretending Belief", ed. Lilian R. Furst, *Realism*, Longman, London and New York, 1992, p. 218.

로 향하고 이미지의 수사학은 구상에서 추상으로 향하게 되는가? 그것
은 질료로서의 문자와 영상의 특성에도 기인하지만 소설에서 서술자의
언어로 매개되는 서술양상과 영화에서 다중채널로 매개되는 서술양상
의 차이와도 깊게 관련되는 것이다. 여기서 소설의 서술과 영화의 서술
양식에 따라 달라지는 수용 방식에 대해 논하려 한다.

앞서 소설텍스트에서 서술자가 가지는 비중에 대해서 상세히 언급했
다. 서술자의 서술양상에 따라 수용자의 독서 방식도 달라진다. 이때 서
술자의 맞은편에 상정된 피서술자의 문제를 생각해 볼 필요가 있다.71)
피서술자는 서술자가 말을 거는 대상이지만 사실상 소설텍스트에서 분
명하게 지시되는 경우는 흔하지 않다. 또한 피서술자가 독자와 같은 것
도 아니다. 그럼에도 불구하고 피서술자에게 요구되는 것은 독자에게
요구되는 것과 일맥상통하는데, 가장 중요한 것이 서술자의 언어를 이
해하는 것이다.72) 서술자의 언어를 이해한다는 것은 사실상 단순한 측
면에서 파악할 성질은 아니다. 서술자가 사용하는 특정언어의 체계를
이해함은 물론이고, 외연적 의미뿐만 아니라 함축적 의미를 이해해야
한다. 또한 서술자가 주는 정보를 통해 서술자가 말하지 않은 것, 즉 암
시된 의미까지 포착해야 한다. 여기서 나아가서 독자는 서술자가 주는
정보의 신뢰성 여부를 판단해야 한다. 즉, 문자언어라는 단일한 매개체

---

71) 프랭스(G. Prince)는 모든 서술은, 그것이 구어적인 것이든 기술된 것이든, 그것이 실제
  사건을 이야기하든 상상의 사건을 이야기하든, 그것이 스토리를 말하든 시간의 흐름
  에 따른 행위들의 단순한 연속을 이야기하든, (적어도) 하나의 서술자뿐만 아니라 (적
  어도) 하나의 피서술자를 전제하는데, 피서술자란 서술자가 말을 거는 대상이라고 말
  한다.
  Gerald Prince, *Introduction to the study of the narratee*, edited by Jane P. Tompkins,
  Reader−Response Criticism, The Johns Hopkins University Press: Baltimore and London,
  1980, p. 7.
72) 프랭스는 영도의 피서술자(the zero-degree narratee)라는 개념을 설정하고 영도의 피서
  술자는 랑그와 서술자의 언어를 알고 있다고 말한다. 또한 랑그를 안다는 것은 의미
  (명시적 의미)를 안다는 것을 말한다고 덧붙인다.
  Prince, 앞의 글, p. 10.

로 이루어진 소설텍스트의 독해는 작가와 독자, 서술자와 피서술자 사이에서 문자언어를 매개로 이루어지는 기투와 피투의 과정이라고 볼 수 있다. 이때 추상적 개념의 독해는 추상적 개념의 이해에서 끝나지 않는다. 특히 문학텍스트에서 그러하다. 중요한 것은 추상적 개념에 대한 이해가 전제되지 않으면 이미지를 그려내는 것 역시 불가능하다는 것이다. 이것이 언어의 수사학이 추상에서 구상으로 향하게 되는 기제이다. 또한 앞서 언급했듯이 인지적 수용이 선행되어야 이미지를 구성해 낼 수 있는 것이다. 이것이 소설의 수용과정이다.

앞서 영화가 다중채널을 가진 매체임을 설명했다. 때문에 영화에서 서술자의 존재를 설정하는 문제의 난점을 언급했으며 서술자의 목소리 혹은 서술자가 주는 언어적 정보의 비중이 영화에서 어떻게 약화되는지 언급했다. 여기서 영화의 수용 방식이 소설의 수용 방식과 달라진다. 영화는 다중채널을 가진 매체이기 때문에 영화의 수용자는 영상 이미지에 의한 서술과 발화와 내레이션이라는 언어적 서술이 주는 정보를 동시에 수용해야 한다. 때문에 로트만의 말처럼 "영화의 영향력은 복합적으로 구성되고 축조된, 그리고 극도로 농축된 정보의 다양성 내에 존재한다."[73] 여기서 영화의 수용은 인지적으로 이루어지기 이전에 먼저 감각적으로 이루어짐을 알 수 있다. 영화의 수용자는 인물의 발화에 앞서 인물의 시각 이미지를 먼저 수용하고 그에 따라 판단한다. 여기서 영화의 사운드 트랙은 시각 이미지가 주는 수사적 효과를 배가시킨다. 이러한 과정이 감각적 수용인데 영화의 수용자는 감각적 수용에서 인지적 수용으로 아주 짧은 시간동안 전이해야 한다. 때문에 많은 정보를 함축한 영화일수록(이것이 미장센의 밀도와 꼭 일치하지는 않는다) 수용자에 의해서 선택되는 정보와 더불어 배제되는 정보도 있게 마련이다. 여기서 영상 이

---

73) 유리 티냐노프 · 보리스 에이헨바움 · 로만 야콥슨 · 유리 로트만 공저, 오종우 역, 『영화의 형식과 기호』: 유리 로트만, 「영화기호학과 미학의 문제」, 174쪽.

미지에 의한 서술과 대사 혹은 내레이션으로 이루어지는 언어적 서술이 서로 충돌할 경우 수용자는 영상 이미지에 의한 서술을 신뢰하게 된다. 앞서 소설에서의 서술과 영화에서의 서술의 가장 큰 차이는 시각성의 존재 유무에 있다고 언급했다. 이러한 차이점은 수용자의 수용 방식을 결정하는 데 있어서도 결정적이다. 앞서 자네티의 글을 인용해서 '들려주기'에 의한 서술과 '보여주기'에 의한 서술이 소설텍스트와 영화텍스트의 서술양상을 다르게 하고 시점을 다르게 함을 언급했는데 이러한 표현 양식의 차이는 그대로 수용자가 소설과 영화를 수용하는 방식을 완전히 다른 것으로 만든다. 소설의 서술과 영화의 서술의 가장 큰 차이점 즉, '들려주기'와 '보여주기'의 차이가 수용자에게 얼마나 다른 체험을 하게 할 수 있는가에 대한 좀 더 즉각적이고 생생한 설명을 위한 예를 들자면 축구경기를 라디오를 통해 듣는 것과 TV 화면을 통해 보는 것의 차이와 같다고 할 수 있다. 라디오를 통한 축구경기의 수용은 전적으로 캐스터와 해설자의 언어에 의지해야 한다. 그들의 언어를 이해하지 못하면 수용이 불가능하다. 수신자가 발화자의 언어를 이해한다면 머리 속에서 이미지를 그려내는 것이 가능하다. TV를 통한 축구경기의 수용에서 수용자의 눈과 카메라의 눈은 동일시된다. 카메라가 따라가지 않는 움직임은 수용자도 포착할 수 없다. 여기서 연극(경기장에 직접 가서 축구경기를 보는 메커니즘과 같다)과 영화의 차이점도 드러난다. 카메라의 눈과 일체가 된 수용자의 눈에게 캐스터와 해설자의 언어적 설명은 부차적인 것이다. 이러한 차이를 인식하는 것은 소설과 영화의 차이를 이해하는 데 우선적인 전제가 된다. 즉, 소설에서 전체 서사를 주관하는 서술자의 목소리는 절대적이지만 영화에서 서술자의 언어적 정보 혹은 서술자의 서사적 목소리는 서사전체에 대한 지배력을 대부분 카메라의 눈에게 넘겨줘야 한다. 때문에 소설에서의 기본적 언표행위는 내 말을 듣고 믿고 이해하라는 것[74]이지만 영화에서는 듣고 믿고 이해하는 것이 아니라 보는 동시에 믿고 이해하게 되는 것이다. 이것이 소설과 영화의 수용에 있어서 결정적인 차이를 만들며 소설과 영화의 매체 전이를 통해 새로운 심미적 지평을 만드는 기제가 된다.

선형적 구성과 동시적 포착

앞서 소설에서 시간과 공간을 형상화 하는 방식과 영화에서 시간과 공간을 형상화 하는 방식이 다름을 언급했다. 이 차이를 만드는 것은 문자언어의 선조성임도 언급했다. 시간과 공간은 분명 따로 존재하는 것이 아니지만 소설에서는 반드시 선형적으로 서술해야 한다. 인물화에 있어서도 마찬가지이다. 같은 시간 같은 공간에 있는 인물들도 소설에서는 순차적으로 묘사하고 서술할 수밖에 없다. 따라서 소설의 수용은 선형적일 수밖에 없다. 하지만 영화에서는 시간과 공간이 반드시 동시에 재현되며 동시에 여러 인물들이 제시될 수 있다. 때로는 수많은 군중들이 한 화면에 포착되기도 한다. 때문에 관객이 영화를 수용할 때 우선적으로는 동시적으로 포착하게 된다. 한 화면에 나온 두 인물을 동시에 포착하며 시각 이미지와 사운드를 동시에 포착한다. 또한 시간과 공간도 동시에 포착하게 된다. 그런데 영화의 수용이 동시적 포착에서 머무르는 것이 아니다. 쇼트의 연결에 의한 구성과 재구성에서 동시적 수용과 선형적 수용이 함께 이루어진다. 이에 대해 좀 더 세밀하게 분석할 필요가 있다. 기본적으로, 있었던 일을 들려주는 소설에서 수용자는 구성과 재구성을 통해 반추하는 방식으로 소설을 독해한다. 영화의 독해에 있어서도 물론 구성과 재구성의 반추의 작업이 이루어지지만, 소설에 비해서 상대적으로, 그 비중이 줄어드는데 그것은 영화가 현재성의 환영幻影을 가지고 시간과 공간과 인물들을 동시적으로 재현한다는 데 그

---

74) 수잔 스나이더 랜서, 김형민 역, 『시점의 시학』, 좋은날, 1998, 295쪽.

원인이 있다. 이는 문자언어의 선조성과 다른 표현양식으로 영화텍스트가 구성되기에 파생되는 필연적인 결과이다. 소설은 어떤 경우에도 그 선형적 구조에서 벗어날 수 없다. 아무리 영화적 글쓰기를 하려 한다 해도 마찬가지이다. 이는 소설과 영화의 수용에 있어서도 그대로 적용된다. 영화의 수용자는 한 쇼트 안에 포착된 두 인물을 동시에 볼 수 있지만 소설의 수용자는 반드시 한 인물에 대한 정보(그것이 묘사이든 서술이든)를 먼저 접하고 다른 인물에 대한 정보를 순차적으로 접하게 된다. 때문에 반추와 재구성의 작업은 아무래도 소설의 수용자에게 더 요구되기 마련이다. 즉, 소설에서 수용자는 수용대상을 순차적으로 그리고 통시적으로 포착하는 반면 영화에서 수용자는 수용대상을 동시적으로 포착한다. 여기서 선형성과 동시성을 구성하는 중요한 요인은 문자언어의 선조성과 영화에서 쇼트가 제시되는 방식에 기인한다. 이것은 또한 구성의 문제와도 연결되는데, 즉, 문자언어의 선조성을 배치하고 구성하는 플롯의 문제와 쇼트들의 배치와 구성과 관련된 편집의 문제와 연결되는 것이다.

지금까지 소설의 수용과 영화의 수용이 근본적으로 얼마나 다른지 고찰했다. 이러한 논의가 바탕이 되어서 3장과 4장에서 텍스트 분석을 통해 소설과 영화의 표현 양식의 차이와 수용 방식의 차이가 소설과 영화의 매체 전이를 어떻게 창조적인 작업으로 만들 수 있는지 논할 것이다. 여기서 수용자의 심미적 체험에서 가장 중요한 문제인 불확정성의 문제에 대해 잠시 언급하려 한다. 소설에서 서술자가 사용하는 문자언어는 의미를 규정하고 한정함을 앞서 언급했다. 그러나 영상의 시각 이미지는 인간의 사유와 심리를 메타적으로 설명할 수 없음도 언급했다. 이것은 소설과 영화의 매체 전이에 있어서 서로 다른 주제와 미학을 구축하는 데 결정적인 매개변수가 된다. 예를 들어 김승옥의 소설 「무진기행」의 마지막 문장 "나는 심한 부끄러움을 느꼈다"를 그대로 영화에 옮길 수 있는 방법은 자막이나 내레이션 밖에는 없다. 어떤 영상 이미지로도, 즉, 어떤 뛰어난 배우의 표정연기로도 혹은 극도로 잘 구성된 미장센으로도 인물이 현재 느끼는 감정이 "심한 부끄러움"이라는 것을 관객에게 강요할 방법이 없다.75) 때문에 인물의 내면 심리에 대한 고백적 서술이나 판단하고 해석하는 논평적 메타적 서술이 영화서술로 전이될 경우에는 물론이고 비교적 영화화하기에 쉽다고 여겨지는 장면의 묘사의 경우에도 영상 이미지로 전이될 경우에 다양한 변주가 이루어지게 된다. 그리고 영상 이미지가 재현하는 서술상황에서 의미를 구축하는 것은 수용자의 몫이 된다. 영화에서 생산자와 수용자 사이에 얼마나 많은 주제적 미학적 변주의 장치들이 자리하는지 그리고 여기서 얼마나 많은 우발적 의미가 발생하게 되는지 설명하기 위해 이언 매큐언Ian McEwan의 소설『속죄(Atonement)』의 한 부분을 인용하기로 한다.

> 제본이라는 말만으로도 희곡을 쓰기로 결심하면서 포기해버린 그 질서정연하고 통제 가능한 글쓰기 형식에 애틋해졌다. 소설은 직접적이고 단순해서, 그 어느 것도 작가와 독자 사이에 끼어들 수 없었다. […] 상상하고 바라던 대로 글을 쓰기만 하면 그 자체로 완벽한 세상이 탄생했다. […] 종이 위에 잉크로 기호를 적어내려감으로써 그녀는 마음에서 나온 생각과 느낌을 독자에게 전달할 수 있었다. […] 문장을 읽는 것과 이해하는 것 사이에 어느 것도 끼어들지 못했다.76)

이언 매큐언의 원작소설을 각색한 영화 <어톤먼트>의 경우에는 사

---

75) 김승옥이 직접 집필한 영화 <안개>(김수용 감독, 1967)의 시나리오에서는 이 문장이 그대로 나온다. 그러나 시나리오는 영화가 아니다. 무진을 떠나는 인물의 얼굴을 미디엄 쇼트로 재현한 영화 <안개>의 라스트 신에서 영상 이미지가 전달하는 인물의 심리는 '부끄러움'이라고 한정할 수 없게 된다. 기본적으로 문자언어와 일 대 일 대응시킬 수 있는 영상 이미지는 존재하지 않는다. 기호의 성격이 다르기 때문이다.
76) 이언 매큐언, 한정아 역,『속죄』, 문학동네, 2003, 62쪽.

랑의 이야기에 많은 방점을 두고 있으나 사실상 『속죄』는 예술가 소설의 범주에 속할 수 있다. 위에 인용한 글에서 작가 지망생인 열세 살 소녀를 통해 작가 자신의 소설관이 엿보인다. 여기서 주목할 것은 소설의 경우에는 생산자와 수용자 사이에 문자기호 외에 다른 것이 끼어들지 않는다는 언급이다. 이는 소설과 영화의 차이를 더욱 분명하게 한다. 소설이 "질서정연하고 통제 가능"한 장르이고 매체라면 영화는 그 다중채널로 인해서 통제가 어려워진다. 그 다중채널을 통제하는 서술자의 존재를 상정한다 해도 그러하다. 때문에 데이비드 보드웰이 영화에서의 서술자의 존재를 부정하면서 최종 의미의 완성은 관객의 몫이라고 한 말이, 비록 많은 비판을 받고 있으나, 어느 정도는 수긍할 수 있는 대목이며 여기서 소설과 영화의 수용 방식의 차이도 분명하게 드러난다. 소설의 수용에서 "문장을 읽는 것과 이해하는 것 사이에 어느 것도 끼어들지 못하는" 반면 영화의 수용에서는 수많은 매개변수가 끼어든다. 이는 앞서 언급했듯이 영화가 다중채널을 가진 매체라는 데에서 기인한다. 영화 <어톤먼트>의 수용에 있어서 우선 수용자는 빠르게 돌아가는 카메라 이동을 통해 주어지는 시각적 정보와 사운드의 강렬함을 먼저 감각적으로 수용하면서 인지적 수용을 거의 동시에 수행해야 한다. 그러나 소설 『속죄』의 독해에서는 사실상 감각적 수용은 존재하지 않는다. 영화의 수용에 있어서 가장 강렬한 것은 영상 이미지에 대한 수용인데 영상 이미지가 내포하는 문장이 다수임으로 인해서 수용자는 각자의 배경지식과 심미적 이데올로기적 성향에 따라 의미를 구성하게 된다.

그러나 영화텍스트 수용에 있어서 서술자의 통제가 없다고 할 수는 없다. 우선 영화에서 서술자의 일차적 통제는 카메라의 눈에 달려 있다. 카메라의 눈은 수용자의 눈과 동일시되고 수용자의 눈은 카메라와 피사체와의 거리 그리고 각도의 설정에 의해 통제된다. 그리고 쇼트와 쇼트의 연결에 의해 이차적으로 통제된다. "플롯성은 서술자가 자신의 재량에 따라 이야기의 일정한 요소들을 얼마나 바꿀 수 있는가에 달려 있다"[77])라고 본다면 소설에서의 서술자에 해당하는 영화에서의 서술자는 사실상 쇼트와 쇼트의 연결에 관여하는 편집 차원에서 존재한다고 볼 수 있다. 영화의 수용에 있어서 영화의 다중채널 그리고 이중서술이 중요한 변수가 되지만 그럼에도 불구하고 편집 차원에서 쇼트와 쇼트의 연결을 주관하는 영화의 "상위 서술자" 혹은 "거대 서술자"의 존재를 인정한다면 그러한 상위 서술자가 의미 전달에 있어서의 통제의 어려움을 어느 정도 제어할 수 있는 장치가 될 수 있다. 그러나 영화가 "복합적으로 구성된 정보의 응결체"[78])인 이상 우발적인 의미를 파생시킬 가능성은 언제나 농후하다. 영상의 시각 이미지에만 한정해서 본다 해도 그러하다. 바르트가 주장하듯이 "이미지는 하나의 체계의 보관소가 아니라, 체계들의 생성단계"[79])라고 할 수 있다면, 이미지는 결코 완성된 의미를 지시할 수 없기 때문이다. 여기서 수용자는 이미지가 지시하는 의미를 수용하는 것이 아니라 스스로 의미를 구성해 간다. 소설의 수용자 역시 스스로 의미를 구성해가지만 문자언어의 일차적 특징은 지시성에 있기 때문에 우선은 개념화하고 한정하고 제한하게 되는 것이다. 그러나 그렇다고 해서 소설의 수용자보다 영화의 수용자에게 언제나 더 많은 잉여의 공간이 제공되는 것은 아니다. 이 문제는 정말 중요한데, 바로 불확정영역의 문제와 직결된다. 소설텍스트에서 불확정성의 문제는 서술자의 서술양상과 상당한 관련이 있으며, 영화에서의 불확정성은 영상 이미지에 대한 수용, 즉, 이미지의 구상성을 통해 추상성을 구축해나가는 문제와 관련된다. 따라서 소설과 영화의 불확정성의 문제는 단순 비교할 수 있는 성질의 것이 아니다. 이에 대해서는 3장과 4장에서 텍스트

---

77) 유리 티냐노프 · 보리스 에이헨바움 · 로만 야꼽슨 · 유리 로트만 공저, 오종우 역, 『영화의 형식과 기호』: 유리 로트만, 「영화기호학과 미학의 문제」, 227쪽.
78) 유리 로트만, 앞의 글, 257쪽.
79) 롤랑 바르트, 김인식 편역, 『이미지와 글쓰기』, 세계사, 1993, 13쪽.

분석을 통해 예증할 것이다.

　수사적 상황에 있어서 수신자는 단순히 정보를 전달받는 수동적 입장에 있는 것이 아니라 의미생산에 적극적으로 참여하는 행위자이다. 그런데 특히 소설과 영화의 매체 전이에 있어서 수용의 문제가 중요한 것은 선행텍스트의 수용자가 후행텍스트의 생산자가 된다는 측면에서도 그러하고 소설의 수용과 영화의 수용이 전혀 다른 메커니즘으로 진행됨으로 인해서 새로운 심미적 지평이 형성될 수 있기 때문이다. 본 저서의 3장과 4장에서 구체적인 텍스트 분석을 통해 소설과 영화 각각의 표현 양식의 차이뿐만 아니라 수용 방식의 차이 역시 텍스트의 주제와 미학을 구성하는 데 있어서 그리고 심미적 지평을 형성하는 데 있어서 결정적인 역할을 한다는 것이 세밀하게 검증될 것이다.

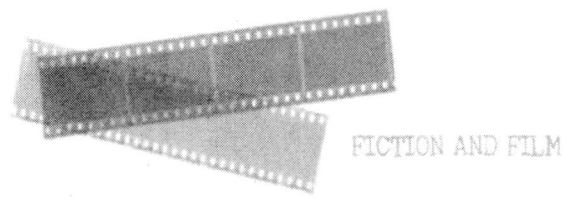

FICTION AND FILM

소설에서 영화로,
변주의 다양한 양상

소설에서 영화로,
변주의 다양한 양상

2장까지의 논의를 바탕으로 3장에서는 소설에서 영화로 매체 전이가 이루어진 양상들을 분석할 것이다. 소설과 영화의 매체 전이 양식은, 아직까지는 대부분, 소설에서 영화로 이루어진다. 이것은 문자에서 영상으로, 단일채널에서 다중채널로, 소설의 서술에서 영화의 서술로 전이됨을 의미한다. 이에 따라 원작소설에서 문자언어의 선조적인 특성에 따라 그리고 서술자의 서술양상에 따라 이루어졌던 선형적이고 인지적인 수용과정이 이미지에 대한 감각적 수용과 인지적 수용이 상호 교차하고 유희하는 과정으로 전이된다. 즉, 동시적 포착과 감각적 수용은 다시 선형적 재구성과 인지적 수용으로 향하며 여기서 추상적 개념 역시 환기되는 것이다. 이러한 기제를 통해 원작소설의 흔적을 어떤 형태로든 간직한 영화텍스트가 생산되고 수용된다. 본 연구에서는 소설에서 영화로 매체 전이가 이루어진 양상을 원작소설에서의 서술양상에 따라 네 가지로 유형화 했다. 앞서 언급했듯이 본 연구에서 선택한 소설텍스트의 서술양상은 모두 영화화하기가 어려운 경우이며 인간의 내면과 사유를 설명할 수 있는 문자언어의 특성과 서술자가 지배하는 소설의 장르적 특성을 탁월하게 보여주는 경우이다.

소설텍스트의 주제와 미학을 결정하는 것은 서술자의 서술양상이며 서술양상에 따라 수용자와의 소통방식도 달라진다. 이에 대해서 구체적인 텍스트 분석을 통해 예증하고, 상이한 서술양상들이 매체 전이를 거치면서 어떤 메커니즘을 거쳐 어떤 양상으로 새로운 텍스트의 주제와 미학을 구성하게 되는지, 즉, 문자가 영상으로 전이되면서 어떤 변화가 일어나고 소설텍스트에서 서사를 지배하는 서술자의 목소리가 영화텍스트에서 어떻게 해체되고 어떤 양식으로 전이되는지 이에 따라 수용자의 심미적 체험이 어떻게 달라지는지 분석할 것이다. 이를 바탕으로 심미적 지평의 전환이 이루어지는 형성 원리에 대해 논할 것인데 특히 단일채널에서 다중채널로 전이될 때 어떤 변화가 일어나는지 밝힐 것이다.

1. 논평적인 언어와 환유적인 이미지

논평적인 언어를 위주로 서술된 자의식적[1] 서술양상은 서술자가 서사를 구조화하고 지배함을 스스로 인식하고 드러내는 데 그 특징이 있다. 이때 서술자는 인물의 내면심리와 배경을 세밀하게 분석하고 설명하고 논평하며 사건의 경과를 전달할 뿐만 아니라 그 의미까지 해석한다. 이를 수용의 측면에서 보자면 수용자의 상상과 해석의 여지를 많이 차단한다고 볼 수 있다. 이와 같은 서술양상은 수용자인 독자에게 내포작가의 메시지를 확실하게 전달하며 강하게 호소한다는 데 그 수사적 특징이 있다. 여기서 사용되는 서술자의 언어는 지시적이며 한정적이다. 모호하지 않고 함축적이지 않다. 이러한 지시적이며 한정적이고 분석적이며 논평적인 언어를 어떻게 영상으로 옮길 것인가? 서술자의 강력한 서사지배력을 어떻게 다중채널로 전이시킬 것인가? 사건의 요약적 서술과 인과성에 근거한 플롯을 어떻게 쇼트의 연결로 전환시킬 것인가? 자의식적 서술 양상을 통해 분석과 논평의 수사학을 구축한 이청준의 소설 「벌레이야기」의 수용자였던 이창동 감독은 이것을 환유적인 영상 이미지의 수사학으로 전이시켰다. 결과적으로 원작의 메시지를 수용하면서도 원작의 구심점을 전복했다. 여기서 수용자는 전혀 다른 심미적 체험을 하게 된다. 이러한 양상과 과정과 기제를 분석하려 한다.

---

[1] 웨인 C. 부스는 자신들을 작가로서 의식하고 있는 자의식적 서술자(self-conscious narrator)로서 『톰 존스』, 『트리스트럼 샌디』, 『바체스터 탑』, 『호밀밭의 파수꾼』 등을 들고 이러한 서술을 작품을 쓴다고 하는 일에 대해서는 전혀 말이 없거나, 극히 적게 말하거나, "반영"하고 있다는 것을 전혀 의식하지 않고 있는 것으로 보이는 서술자나 관찰자와 구별한다.
웨인 C. 부스, 최상규 역, 『소설의 수사학』, 예림기획, 1999, 213쪽.

1) 분석적인 서술양상: 이청준 「벌레이야기」

인물의 목소리를 전유한 서술자

이청준의 단편 「벌레이야기」(1985)[2]는 서술자가 지배하는 소설의 장르적 특성과 인간의 심리와 사고를 메타적으로 설명할 수 있는 언어의 특성을 분명하게 보여주는 소설텍스트이다. 여기서 사용되는 문자언어는 함축적 의미보다는 지시적 의미를 향하며 개념화하고 한정하는 일차적 특징을 보여준다. 또한 전적으로 서술자에 의해 지배되고 구조화되는 양상을 보인다. 이때 서술자는 분명하게 자신의 시선과 목소리를 드러낸다. 시간구성은 선형적이며 묘사보다는 요약적 진술이 주를 이룬다. 또한 스토리 전개보다는 분석과 논평이 서사의 중심에 있다. 때문에 사건에 대해서는 극도로 요약적 진술을 하고 있으며 사실상 스토리는 논평을 위해 존재하는 양상을 보인다.

이청준의 소설들 중 상당히 많은 수의 텍스트에서, 혹은 거의 대부분의 텍스트에서, 부스의 용어로 말한다면 "자의식적 서술자self-conscious narrator"에 의해 서사가 전개된다. 때문에 서술자의 목소리에 대한 가청도가 높다. 「벌레이야기」의 서술양상은 전지적 일인칭 서술자에 의해 전적으로 서사가 주관되는 독특한 양상을 보인다. 여기서 전지적 일인칭 서술이라는 용어에 대해 설명이 필요하다. 앞서 소설의 시점과 영화의 시점의 차이를 설명한 자네티의 주장에 대한 오류를 지적할 때 잠시 언급했던 것처럼 원칙적으로 일인칭 서술자는 제한적인 서술자이지만 그 한계를 뛰어넘는 경우가 있는데 「벌레이야기」에서의 서술양상 역시 그러하다.

2) 이청준의 단편 「벌레이야기」는 1985년 계간 《외국문학》 여름 호(제5호)에 처음 발표된 후 1988년 단행본으로 출판되었으며, 2002년 이청준 문학전집에 수록되었다. 영화 상영 후 2007년 열림원에서 다시 단행본으로 출판되었다. 본 저서에서 인용한 쪽수는 2007년 열림원에서 출판된 단행본이다.

유괴당하여 살해당한 아이의 어머니의 고통과 절망과 배신감을 전달하는 데 있어서 그녀가 일인칭 서술자가 되어서 자신의 고통과 절망과 배신감을 전달하는 것이 아니라 그녀의 남편이 일인칭 서술자인 '나'로 등장하여 그녀의 내면 심리와 그 근거를 분석하고 설명하고 논평하고 전달하는 것이다. 때문에 「벌레이야기」의 서술자는 일인칭 대명사로 자신을 지칭하는 일인칭 서술자이지만 사실상 전지적 입장에 있다. 이때의 전지적 입장은 "증언"에 신빙성을 부여하는 수사적 장치가 된다.

> 이 이야기는 애초 아이가 희생된 무참스런 사건의 전말에 목적이 있는 것이 아니라(어느 무디고 잔인스런 아비가 그 자식의 애처로운 희생을 이런 식으로 머리에 되떠올리고 싶어하겠는가. 그것은 내게서 아이가 또 한 번 죽어 나가는 아픔에 다름 아닌 것이다). 알암이에 뒤이은 또 다른 희생자 아내의 이야기가 되고 있는 때문이다. 범인이 붙잡히고 사건의 전말이 밝혀진 다음에도 내 아내에겐 그것으로 사건이 마감되어질 수가 없었기 때문이다. 그리고 무엇보다 그 아내의 희생에는 어떤 아픔이나 저주를 각오하고서라도 <u>내 증언</u>이 있어야겠기 때문이다.[3]

(밑줄 인용자)

아내의 고통과 희생에 대한 증언자로서 일인칭 서술자인 '나'는 소설 「벌레 이야기」에서 서사를 이끌어가는 역할을 맡고 있다. 모든 사건은 그에 의해 초점화되고 여과되며 요약 전달된다. 그는 아내의 심리를 세밀하게 파악하고 해석하고 전달하고 논평하는데 이는, 전통적인 서사시학의 입장에서 보자면, 일인칭 서술의 한계를 벗어난 것이라고 볼 수 있다. 그러나 일인칭 서술자가 기본적으로 전지적 서술자와 크게 다르지 않음을 앞서 설명했다.[4] 소설에서 일인칭 서술자는 인물과 사건을 여과

---

3) 이청준, 「벌레이야기」, 열림원, 2007, 38쪽. 이후로는 쪽수만 표시함.
4) 여기서는 이를 뒷받침할 수 있는 서사시학의 최근 논의를 소개하려 한다. 메센트(Peter Messent)는 피츠제랄드(Francis S. Fitzgerald)의 『위대한 개츠비』(The Great Gatsby)를 "자기중심 서사의 좋은 예"로 규정한다. 그에 의하면 초점화와 서술을 맡고 있는 닉 캐러웨

하고 해석하고 판단하여 전달하는 힘을 가지며 서사를 전적으로 관장한다는 점에서 전지적 서술자와 크게 다르지 않은 것이다. 이청준의 「벌레이야기」에서 아이를 잃은 어머니의 비통함과 배신감은 그녀의 언술로써 전달되는 것이 아니라 일인칭 서술자인 남편의 언술로써 전달된다. 그녀는 자신의 생각을 해석하지도 설명하지도 설득하려 하지도 않는다. 해석과 판단과 설명과 설득의 주체는 일인칭 서술자인 남편인 것이다. 그렇다면 처참한 고통을 겪은 그녀 자신의 언술이 아니라 남편의 언술로 그녀의 심경이 전달될 때의 수사적 효과는 무엇인가? 역설적이게도 지나치게 냉정하고 분석적인 남편의 언술을 통해 오히려 그녀의 말로 표현할 수 없는 비탄과 그 근거가 효과적으로 그리고 경제적으로 전달된다는 것이다. 「벌레이야기」가 단편임을 감안한다면 서술자의 언술의 경제성은 중요한 서사적 장치라고 할 수 있다.

> 그런데 아내는 쓸데없는 욕심을 부리기 시작했다. 그것이 아내의 마지막 비극을 불렀다.
> [⋯]
> ─제가 교도소로 면회를 가서 그 사람을 한 번 만나봐야겠어요. [⋯]
> 이를테면 아내는 그것으로 마음을 깨끗이 정리할 수 있는 구체적인 계기를 삼고 싶어진 것이었다. [⋯] 한마디로 그에게서 자기 용서의 증거를 구하려는 것이었다.5)

> 하지만 나는 이제 그것으로 아내의 그간의 지옥 같은 절망의 정체를 알아차릴 수 있었다. 비로소 그 참담스런 절망의 뿌리를 들여다 볼 수 있게 된 것이었다. 아내는 한마디로 그의 주님으로부터 용서의 표적을 빼앗겨

이(Nick Carraway)는 믿을 수 없고 정치적으로 의심스러운 위치에 있지만 독자는 그렇지 않다는 표지가 텍스트에 명백히 있지 않는 한 그의 말을 신뢰한다.

Messent, Peter. *New Readings of The American Novel: Narrative Theory and Its Application.* Tuscaloosa, Alabama: The University of Alabama Press, 1998, pp. 10~18 참고.
5) 이청준, 「벌레이야기」, 74~75쪽.

버린 것이었다. 그리고 그의 용서의 기회를 잃어버린 것이었다. 아내에겐
이미 원망뿐 아니라 복수의 표적마저 사라지고 없었다. 뿐만 아니었다. 그
녀가 용서를 결심하고 찾아간 사람이 그녀에 앞서서 주님의 용서와 구원
의 은혜를 누리고 있었다.

　[…] 아내의 배신감은 너무도 분명하고 당연한 것이었다. 그리고 그 절
망감은 너무도 인간적인 것이었다. […] 아내의 심장은 주님의 섭리와 자
기 '인간' 사이에서 두 갈래로 무참히 찢겨 나가고 있었다.6)

　아이를 유괴하여 살해한 범인을 만나서 용서하겠다는 아내의 결심의
배경이 일인칭 서술자인 남편에 의해 전달될 뿐만 아니라 해석되고 논
평된다. 즉, 아내의 내면 심리에 대한 인식과 전달의 주체가 아내가 아니
라 남편인 것이다. 「벌레이야기」의 서사 전체가 그렇게 구성된다. 여기
서 일인칭 서술자는 아이의 죽음을 전달할 때에도 아내의 고통과 자살
을 전달할 때에도 지나치리만큼 분석적이고 이성적이다. 때문에 이청준
의 「벌레이야기」에서 서술자가 사용하는 언어의 수사학은 극도의 요약
적 제시와 이성적인 논평에 있다. 이것은 극도로 절제되고 분석적인 언
술을 통해 용서의 권리는 신神보다 피해자에게 먼저 있음을 조용히 항변
할 수 있는 효과적인 기제가 된다. 나아가서 좀 더 철학적이고 초월적인
질문을 던지는 데 효과적인 언어의 수사학이 된다. 신神의 무한한 사랑
이라는 미사여구가 가지고 있는 균열의 틈을 포착하고 "주님의 섭리"와
"자기 인간" 사이에서 "주님의 섭리"를 따를 수만은 없는 근거가 일인칭
서술자의 분석과 논평의 언어로 제시되는 것이다. 분석과 논평은 언어
만의 특성이다. 다시 말해서 이미지로도 음악으로도 표정과 눈빛으로도
분석과 논평을 할 수는 없다. 또한 분석과 논평의 언어는 시적이고 함축
적인 의미를 생산하는 것이 아니라 지시적이고 명확한 개념의 의미를
생산한다. 이러한 언어의 사용은 수신자보다는 발신자 쪽에 무게를 두

---

6) 이청준, 위의 책, 93~94쪽.

게 마련이다. 즉, 수용자의 영역은 축소된다.

선형적 이해와 인지적 수용

소설 「벌레이야기」에서 요약적 진술과 논리적인 분석을 통한 설명은 아내의 심리와 그 배경을 효과적으로 전달할 수 있으나 수용자인 독자에게 아내의 심리를 유추할 여지를 주지 않는다. 독자는 서술자의 진술과 분석에 동조하거나 그것에 거부감을 가질 수 있으나 아내의 행동의 배경이 되는 내면심리를 상상하려 하지는 않게 된다. 이미 서술자가 자세한 설명과 논평으로 독자의 적극적인 참여를 제한했기 때문이다. 이때 독자는 서술자의 설명과 분석에 따라 인물의 심리를 이해하고 판단하게 된다. 여기서 가청도가 큰 서술적 목소리를 통한 설명과 논평은 작가의 전언이 강할 때 이루어지는 경우가 대부분이다. 역시 수신자보다는 발신자 쪽에 무게중심이 향하게 된다. 즉 「벌레이야기」에서의 일인칭 서술자는, 앞서 언급했듯이, '자의식적 서술자'라고 볼 수 있는데 이때의 자의식은 (내포)작가의 전언에 그 기원이 있다. 여기서 "사람의 존엄성과 섭리자의 사랑"이라는 제목을 붙인 작가 서문을 인용하기로 한다.

작품을 쓰기 얼마 전 서울의 한 동네에서 어린이 유괴살해 사건이 있었다. 범인은 결국 붙잡히고, 재판을 거쳐 사형수로 집행을 기다리는 신세가 됐지만, 아이를 잃은 부모의 슬픔과 고통은 굳이 이를 바 없는 일이었다. 그런데 범인이 형 집행 전 마지막 남긴 말이 '나는 하나님의 품에 안겨 평화로운 마음으로 떠나가며, 그 자비가 희생자와 가족에게도 베풀어지기를 빌겠다'는 요지였다. […] 그것은 내게 그 참혹한 사건보다 더 충격이었다. […] 그것이 진정 그들을 위한 마음이었을까. 그에게 그럴 권리가 있을까. 하나님 또한 그를 정말 용서했고, 그럴 권리가 있을까! 그 섭리자의 사랑 앞에 사람은 무엇인가. 인간의 존엄과 권리란 무엇인가! 이 소설은 사람의 편에서 나름대로 그것을 생각하고 사람의 이름으로 그 의문을 되새겨본 기록이다.

　[…] 지금에도 나는 여전히 제 울음소리조차 낼 수 없는 피투성이 인간의 영혼과 다시 마주하게 된다.[7]

　여기서 "제 울음소리조차 낼 수 없는 피투성이 인간의 영혼"의 울음소리를 드러내고 알리고 그 근거를 제시하고자 하는 의도가 곧 「벌레이야기」의 서술자의 서술양상의 당위성을 담보한다. 즉, 무소불위 그리고 무차별적 "섭리자의 사랑"이 오히려 인간에게 고통이 될 수도 있고 인간의 존엄과 권리를 해칠 수 있다는 메시지를 독자에게 강하게 호소하기 위해 선택한 텍스트의 전략이 일인칭 서술의 한계를 넘어선 전지적 일인칭 서술자의 요약적 진술과 침착하고 논리적인 분석과 논평인 것이다. 때문에 일인칭 서술자가 아내의 자살의 원인을 전달하면서까지 왜 그렇게 냉정한 어조를 견지할 수 있었는가가 설명된다. 독자는 아이를 잃고 가해자를 용서할 권리도 빼앗긴 한 인간의 처절한 심경을 서술자의 절제된 언술을 통해 이해하며 그 문제의식에 공감할 수 있는 것이다.

　소설 「벌레이야기」의 서술양상의 근간을 이루는 인간의 내면심리에 대한 분석적 설명과 논평의 언어는 인간의 감정과 사고 그리고 추상적 개념을 메타적으로 설명할 수 있는 언어만의 특징이라고 볼 수 있으며, 여기서 파생되는 수사적 효과는 독자를 향한 호소와 설득에의 의지에 있다고 볼 수 있다. 이때의 서술자는 다분히 자의식적일 수밖에 없는데, 신의 위치에 있던 서술자 그리고 계몽주의적 서술자의 맥을 잇는 자의식이 강한 서술자는 내포작가의 메시지를 분명하게 전달한다. 여기서 독자는 비교적 분명한 메시지를 전달받기에 스스로 의미를 재구성하는 정도는 미약하다. 그럼에도 불구하고 수사적 상황에서 독자는 일방적 수신자가

---

7) 이청준, 「벌레이야기」, 4~5쪽.

아니라 의미 구성에 참여하는 적극적 생산자이기도 함을 영화 <밀양>의 탄생을 통해서 알 수 있다. 즉, 소설의 수용자가 영화의 생산자가 됨으로써 원작소설의 의미의 자장이 확대되는 것이다. 여기서 소설과 영화는 서로를 조명하고 서로를 구성하며 주제와 미학을 확장시킨다.

소설 「벌레이야기」가 너무도 확실한 서술자의 전언으로 채워지고 있음에도 불구하고 이창동 감독은 「벌레이야기」를 '80년 5월 광주'에 관한 이야기로 읽었다고 고백한다.

> 청문회 열기가 한창이던 1988년 ≪외국문학≫이란 계간지에서 이청준 선생의 「벌레이야기」라는 소설을 읽었다. 소설을 읽으면서 즉각적인 느낌은 '이게 광주 이야기구나'란 것이었다. 청문회에서는 광주학살의 원인과 가해자를 따지고 있었지만, 정치적으로는 이제 화해하자는 공론화 작업이 동시에 이뤄지고 있었다. 「벌레이야기」에는 광주에 관한 내용이 암시조차 없었는데도 나는 광주에 관한 이야기로 읽었다. 그 소설이 독자에게 이렇게 묻는 것 같았다. 피해자가 용서하기 전에 누가 용서할 수 있느냐, 라고. 그리고 가해자가 참회한다는 것이 얼마나 진실한 것이냐, 그리고 그것을 누가 알 것이냐. 다른 한편으로는 이청준 소설의 큰 미덕인데, 그 이야기를 넘어서는, 초월적인 것을 느꼈다. 어찌 보면 되게 관념적인 이야기인데 그게 늘 내 마음 속에 있었던 것 같다.[8]

위에 언급한 이창동 감독의 고백에서 알 수 있듯이, 수사적 소통 상황에는 발신자만이 아니라 콘텍스트와 수신자 개인의 경험의 맥락이 자리하여 텍스트의 의미 형성에 크게 관여한다는 것을 알 수 있다. 수사학자인 하트Roderick P. Hart는 수사적 상황에서의 구성요소로서 화자 변수speaker variables, 청자 변수audience variables, 화제 변수topic variables, 설득 장說得場; persuasive field, 배경 변수setting variables, 매체 변수media variables, 수사적 관습rhetorical conventions 등을 들고 있는데,[9] 소설에서 영화로의 매체 전이

---

8) 이창동 감독 · 영화평론가 허문영 대담, ≪씨네 21≫ 602호, 2007, 72쪽.

에 있어서는 매체 변수와 함께 원작소설의 독자이자 영화의 생산자인
청자의 변수가 중요하게 자리하고 있음을 알 수 있다. 앞서 분석했듯이
원작소설인 「벌레이야기」가 수신자보다는 발신자 쪽에 훨씬 무게중심
을 둔 텍스트였음에도 불구하고 매체 전이를 거쳐서 새로운 텍스트로
탄생할 때 원작의 수용자의 비중은 커질 수밖에 없는 것이다. 엄밀히 말
하면 영화 <밀양>은 이청준의 단편 「벌레이야기」를 기반으로 하고 있
다기보다는 「벌레이야기」에 대한 이창동 감독의 해석을 기반으로 하고
있다고 할 수 있다.10) 또한 사회적 맥락, 하트의 용어로는 "배경 변수"가
중요하게 자리하고 있음도 알 수 있다. 이 모든 변수들이 소설에서 영화
로의 매체 전이를 통한 다시 쓰기의 작업을 복합적인 재창조의 과정으
로 만들며, 새로운 텍스트를 통해 수용자와 다시 소통하게 하는 것이다.

앞서 언급했듯이 서술자의 요약적 진술과 분석과 논평은 영화화하기
에 쉽지 않다. 물론 서술자의 목소리를(요약, 분석, 논평을 포함하여) 그
대로 옮기는 영화적 장치가 아주 없는 것은 아니다. 대표적인 것이 자막
과 보이스 오버 내레이션인데 사실상 이것은 그다지 영화적인 방식이라
고는 볼 수 없으며, 자막과 보이스 오버 내레이션이 영화언어에서 차지
하는 비중은 그다지 크지 않다. 더구나 「벌레이야기」처럼 서사전체가
서술자의 요약적 진술과 분석과 논평으로 채워져 있는 소설을 영화화
하면서 그 모든 요약과 분석과 논평을 자막과 내레이션으로 처리할 수
는 없을뿐더러 사실상 그렇게 영화를 만들고 싶은 감독 역시 없을 것이
다. 소설의 영화화가 그런 것이 아님을 이미 앞서 자세히 언급했으므로
여기서는 영화 <밀양>이 어떻게 영화적인 방식으로 한편으로는 원작

---

9) 여기서는 우찬제, 『텍스트의 수사학』, 38~42쪽 재인용.

10) 로테(Jakob Lothe)는 레이몬드 카버가 쓴 9편의 단편 소설과 산문시를 바탕으로 영화화
된 로버트 알트만 감독의 영화 <숏컷>(1993)을 예로 들면서 이 영화는 카버의 단편소
설 뿐만 아니라 카버의 소설에 대한 알트만의 해석에 토대를 두고 있다고 말한다.
Jakob Lothe, *Narrative in Fiction and Film*, pp. 88~89.

에서의 주제적 지향점을 염두에 두면서 매체의 전이에 의해 그리고 바로 그 매체의 속성으로 인해 어떻게 원작과는 다른 방향으로 나아갔는지 자세히 분석하려 한다. 가장 중요한 관건은 「벌레이야기」의 서술자의 목소리와 시선을 어떠한 영화적 방식으로 처리하는가이다. 「벌레이야기」의 서술자는 일인칭으로 지시되지만 사실상 체험 주체는 아니다. 다시 말해서 절망과 배신감을 체험하는 주체는 아이의 어머니이지만 그녀는 전혀 자신의 목소리를 내지 않음으로 인해서 「벌레이야기」의 서사는 상당히 독특한 양상을 띤다. 유괴된 아이의 어머니는 「벌레이야기」에서 주인물主人物이면서도 사실상 주인공이 아니다. 때문에 그녀에게는 이름도 없다. 하지만 영화 <밀양>에서는 아이의 어머니가 실제 주인공이며 체험 주체이자 표현의 주체이다. 그녀는 영화적인 방식으로 서술의 목소리를 내게 된다. 「벌레이야기」에서 서사 전체를 주관했던 일인칭 서술자의 목소리는 영화에서 완전히 해체된다. 원작소설에서의 서술적 목소리를 영화적 표현 양식으로 형상화 하는 방법으로 이창동 감독은 보이스 오버 내레이션을 선택하지 않았다. 보이스 오버 내레이션은 분명 영화에서의 언어적 서술의 한 부분을 담당한다. 그러나 영화 <밀양>에서는 서술자의 목소리를 직접 드러낼 수 있는 보이스 오버 내레이션이 단 한 번도 나오지 않는다. 때문에 「벌레이야기」에서 인물과 서술자의 관계는 영화 <밀양>에서 완전히 전복된다. 영화 <밀양>에서는 아이의 어머니가 직접 자신을 표현하는 서술의 주체가 되어 서사적 기능과 동시에 수사적 기능을 가지게 된다. 즉, 인물화Characterization의 방식이 완전히 달라진다.[11] 여기서 원작소설과 다른 영화의 표현 양식과

---

11) 로테(Jakob Lothe)는 사건과 인물 그리고 인물화를 설명하면서 조셉 콘래드의 중편소설 『그림자 선Shadow line』(1916)과 이를 영화화 한 안제이 바이다(Andrzei Wajda)의 영화 <그림자 선Shadow line>을 비교한다. 철저하게 일인칭 서사를 구축한 콘래드의 소설과 달리 바이다의 영화에서 서술자의 정체성은 불분명하며 결과적으로 서술자의 존재론적 위치도 불확실하다고 말한다. 결정적으로 바이다의 영화는 주인공에 초점을

그로 인한 영화 미학이 원작의 구심점을 전복할 수도 있는 지점을 발견할 수 있다.

2) 이미지가 만드는 잉여의 공간: 이창동 <밀양>

영상 이미지로 전이된 서술

앞서 고찰했듯이 소설 「벌레 이야기」에서 유괴되어 살해된 아이의 어머니의 고통과 절망의 심경은 남편의 언술로 해석되고 전달된다. 이때 남편은 '증언'의 역할을 맡고 서사 전체를 관장하는 서술자이다. 그러나 영화 <밀양>에서 유괴된 아이의 어머니인 신애에게는 남편이 부재한다. 영화는 서술자의 언어가 지배적인 장르가 아니며 모든 사건을 현재적으로 보여줘야 하는 영상매체의 특성 때문에 서술자의 증언이 필요없다. 때문에 서술자의 증언의 언술이 부재하며 이것은 영화 <밀양>에서 남편의 부재로 이어진다.[12] 대신 고통과 절망을 온몸으로 표현해내

맞추고 있다고 로테는 지적한다.
Jakob Lothe, *Narrative in Fiction and Film*, p. 90.
유사하게, 소설 「벌레이야기」에서는 일인칭 서술자에 의한 서사를 구축한 반면 영화 <밀양>에서는 서술자의 존재론적 위치가 불확실할 뿐만 아니라 흔적도 없어지고 대신 주인공에 초점이 맞추어졌다.

[12] 사실상 모든 영화에서 소설에서의 일인칭 서술자의 논평을 삭제하는 것은 아니다. 이문열의 『우리들의 일그러진 영웅』(1987)을 영화화 한 박종원 감독의 영화 <우리들의 일그러진 영웅>(1992)에서는 원작소설에서 일인칭 서술자의 논평의 목소리를 완전히 삭제하지 않고 상당부분 보이스 오버 내레이션으로 처리한다. 이런 경우는 흔한 것이다. 즉, 유성영화에서 보이스 오버 내레이션은 영화에서의 언어적 서술의 한 부분으로 자리하며 대부분 영화 속 인물에 의해 회상의 시점에서 사용된다.
로테 역시 소설에서 일인칭 서술자의 논평적 서술에 대한 영화에서의 표현 양식으로 보이스 오버 내레이션 사용에 대한 예를 들고 있다. 로테는 영화 <바베트의 만찬>의 감독인 가브리엘 악셀(Gabriel Axel)의 선택이 원작인 카렌 브릭센(Karen Blixen)의 단편 「바베트의 만찬」에서 정보를 제공하고 논평하는 서술자에서 영감을 얻은 것이라고 말한다. 이때 여성의 보이스 오버 내레이션은 원작소설에서의 일인칭 서술자와 동등한 역할을 수행한다고 말한다. 로테는 여기에 덧붙여서 영화의 보이스 오버 내레이션

야 하는 배우의 비중이 커졌다. 영화 <밀양>에서 배우가 급부상한 것은 결코 우연이 아니다. 영화 매체의 매체적인 속성에서 이미 그 단초가 마련되어 있었던 것이다. 여주인공 신애의 옆에서 그녀의 고통의 과정을 지켜 본 종찬 역시 그녀의 고통을 이해하지만 속속들이 그 의미를 알지 못한다. 그는 신애의 고통에 대한 증언의 역할을 맡은 서술자가 될 필요가 없기 때문이다. 때문에 영화의 수용자는 소설의 수용자와 달리 배우의 연기를 통해 고통의 현상뿐만 아니라 더 근본적인 원인까지도 유추해야 한다. 이때 전제가 되는 것은 "내부의 감정과 그 외면적 현현과의 사이에 명료하고도 필연적인 인과관계가 존재한다"[13]는 사실이다.

너무도 큰 고통에 울 수조차 없었던 신애는 부흥회에 갔다가 통곡을 하게 되고, 어느 정도는 최면에 걸린 듯한 상태에서 신앙을 가지게 되고 교회에 열심히 나가게 된다. 그러다가 아이를 죽인 범인을 용서하기로 하고 교도소에 면회 가기로 한 것이다. 가는 길에 들꽃까지 한 묶음 꺾어서 범인 앞에 마주 선다. 그러나 범인은 평화로운 표정으로 자신도 주님

은 삼인칭 서술자의 목소리 같은 방식으로 비개성적일 수 없다는 것을 강조한다.
Lothe, 앞의 책, pp. 92~93.
반면 채트먼(S. Chatman)은 영화에서도 이종서술이, 드물지만, 가능하다고 말한다. 채트먼은 소설에서의 이종서술과 영화에서의 이종서술의 중요한 차이를 다음과 같이 설명한다.
"소설의 서술자는 모든 이야기를 이야기하고, 우리가 읽는 모든 것을 전해준다. [⋯] 우리는 서술자의 지속적인 개입을 가정한다. 그러나 영화에서 서술자의 등장은 단지 그가 혹은 그녀가 말하는 순간에만 두드러진다. 반면에, 설명적 영상과 사운드 이미지가 결합된 힘이 주도하면서 사건이 바로 우리 앞에서 벌어지고 있다는 인상을 준다."
Seymour Chatman, "ew Directions in Voice-Narrated Cinema" ed. David Herman, *Narratologies: anew perspectives on Narrative Analysis*, Ohio State University Press, 1999, pp. 327~329.
영화에서 이종서술이 영화서사 전체를 통제하는 예로는 이디스 워튼(Edith Wharton)의 『순수의 시대 *The Age of Innocence*』를 영화화 한 마틴 스코세지(Martin Scorsese) 감독의 영화 <순수의 시대>를 들 수 있다. 그러나 물론 앞서 채트먼이 언급했듯이 소설에서의 이종서술이 주는 서사적 그리고 수사적 기능과는 많은 차이를 보인다. 그럼에도 불구하고 영화 <순수의 시대>에서의 이종서술 보이스 오버 내레이션은 마치 소설에서의 삼인칭 서술과 같은 효과를 상당부분 가져온다.
13) 앙드레 바쟁, 박상규 역, 『영화란 무엇인가?』, 시각과 언어, 1998, 123쪽.

을 영접했으며 주님에게 용서를 받았다고 말한다. 그때 신애가 느끼는 복잡한 심경을 설명하고 분석하고 논평해 줄 서술자가 영화에는 존재하지 않는다. 때문에 영화에서는 "하나님이 죄를 용서해 주셨다구요?"라고 말하는 신애의 떨리는 작은 목소리를 들려주고 굳어진 신애의 얼굴을 보여줄 뿐이다. 동행한 종찬 역시 돌변한 신애의 행동을 이해하지 못한다. 주님으로부터 용서를 받고 평화를 얻었다고 말하는 유괴범을 바라보는 신애의 얼굴과 신애의 뒤에 있는 종찬의 얼굴이 한 쇼트에 담길 때 관객은 신애의 복잡하고도 얼이 빠진 것 같은 표정을 볼 수 있지만 종찬은 신애의 표정을 보지 못한다. 즉, 종찬이 증언자나 논평자의 역할을 할 수 없는 미장센이다. 때문에 신애가 직접 자신의 행동의 근거를 표현해내야 하는 것이다. 배우의 에토스나 배우의 연기는 영화언어에서 아주 중요한 요소이다. 영화에서 배우는 소설에서의 인물뿐만 아니라, 상당 부분, 서술자의 '등가물'이 될 수 있다. 앞서 분석했듯이, 소설에서는 서술자의 언술로 인물의 내면심리까지 설명할 수 있으나 영화에서는 인물의 내면심리를 표현하기 위해서 상당 부분 배우의 연기에 의존해야 하기 때문이다. 또한 배우의 역할은 인물의 내면심리를 표현하는 데 그치지 않는다. 영화에서 배우의 기능은 서사적 기능에 한정되지 않는 것이다. 즉, 수용자인 관객과 감정적으로 소통하는 수사적 기능을 가지게 된다. 영화 <밀양>은 배우가 어떻게 소설에서의 인물 뿐 아니라 서술자의 '등가물'이 될 수 있는지 그리고 배우가 어떻게 서사적 기능과 더불어 수사적 기능을 가질 수 있는지 여실히 보여주는 텍스트이다. 이 점은 수용의 측면에서도 아주 중요한 차이를 가져온다. 소설 「벌레이야기」의 수용자는 일인칭 서술자인 남편의 시선을 통해서 아내를 바라보게 된다. 즉, 서술자인 남편의 이야기를 듣고 남편의 언술을 통해 아내의 심리를 이해하는 것이다. 그러나 영화 <밀양>에서 수용자인 관객은 카메라의 눈을 통해 배우가 체현하는 인물을 바라보며 그 내면심리와 근거를 해석하고 판단하게 된다. 여기서 소설 「벌레이야기」에서 서술자가 지배했던 서사의 영역을 영화 <밀양>에서는 카메라의 눈과 배우의 연기 그리고 관객의 유추까지 협력하고 충돌하여 구축해간다는 것을 알 수 있다. 원작 「벌레이야기」에서 서술자의 요약적 진술과 분석과 논평을 대체하는 영화 언어로서 배우의 연기와 배우의 에토스 외에 또 한 가지 중요한 수사적 장치가 있다. 그것은 '햇볕'이라는 환유적인 상징물이다. 여기서 햇볕은 신애가 스스로 만들어 온 '아버지의 이름'을 상징한다. 영화 <밀양>은 원작과 주제적인 지향점이 일치하지만 인물이 스스로 구축하고 저항하게 된 환유적인 상징물로 인해 원작의 구심점을 전복하는 서사를 구성하게 된다. 이에 대해서 세밀하게 분석하려 한다.

밀양으로 오던 날 신애는 종찬에게 '밀양'의 뜻을 이야기 한다. 뜻을 보고 사는 게 아니라 그냥 산다는 종찬과 달리 신애는 '비밀의 햇볕'이라는 뜻에 큰 의미를 부여한다. 밀양은 죽은 남편의 고향이며 따라서 비밀의 햇볕인 밀양은 그녀에게 부재하는 남편의 존재를 느끼게 하는 상징적 등가물이었다. 남편은 그녀가 늘 추구해온 '아버지의 이름'을 가진 기표이다. 남동생의 발화에 의해 남편이 신애를 배신했음이 언급되지만 신애는 남편이 자신과 아들 준이만을 사랑했다면서 스스로 자기최면을 건다. 남편이 부재하는 상태에서 그녀에게 '아버지의 이름'을 가진 또 하나의 존재는 아들 준이다. 아들 준은 남편의 분신이면서 남편의 코고는 소리를 흉내 내는 유사 남편 그리고 유사 아버지이다. 아들 준이마저 잃고 났을 때 신애가 자기최면에 빠지게 된 대상은 '하나님 아버지'이다. 여기서 햇볕은 '하나님 아버지'에 대한 환유적인 상징물로서 작용한다. 신애가 자신에게서 용서할 기회를 빼앗아 가버린 '하나님 아버지'에게 정면 도전하려 할 때 햇볕이 상당히 상징적인 장치가 되는데, 그것은 신애를 교회로 이끈 집사의 남편이자 교회의 장로를 유혹할 때 전경화 된다. 차 안에서 관계를 가지려는 장로를 굳이 밖으로 유혹하여 누운 신애를 카메라는 하이 앵글로 초점화 한다. 신애의 얼굴에 햇볕이 쏟아지고, 신애는 하늘을 보며 "잘 보이냐구"라고 말한다. 신애의 그러한 행동은 신神에 대한 원망과 도전이며 하늘에서 쏟아지는 햇볕은 신神과 등가물이 된다. 신애가 하늘을 올려다보며 "난 너한테 안 져"라고 말했을 때에도 하늘은 신神과 등가물이 되며, 신애가 자신의 손목을 칼로 그으면서 천장을 올려다 볼 때에도 천장은 하늘을 대신해서 신神과 등가물이 된다. 야외에서 누운 신애를 조명하는 부감 쇼트와 신애가 하늘과 천장을 올려다 볼 때의 앙각 쇼트 모두 신神과 인간의 권력 관계에 대한 전형적인 장치이다. 이때 신神은 '아버지의 이름'이며 '상징계의 질서'가 된다. 때문에 신神과 인간의 권력관계에서 신神에 대한 인간의 도전은 언제나 실패로 귀결된다. 상징계의 질서에서 이탈하여 정상적인 생활을 할 수 없게 되거나 다시 상징계의 질서로 돌아올 수밖에 없기 때문이다. 이것은 정신병원에서 퇴원한 신애가 미용실에서 범인의 딸과 마주치고 뛰어나와 햇볕이 내려쬐는 하늘을 분노와 원망에 찬 표정으로 올려다 볼 때 암시된다. 그러나 영화 <밀양>은 여기서 원작소설과는 다른 의미를 파생하기 시작한다. 그리고 이것은 영화적인 기법을 통해 형성되며 여기서 형상화 된 영화 미학은 원작으로부터 미학적 거리를 설정할 뿐만 아니라 주제적 거리도 만들게 된다. 이러한 미학적 주제적 형상화가 가장 돋보이는 장면은 라스트 신이다.

신애는 스스로 '아버지의 이름'을 만들며 '아버지의 말씀'을 따르려 했으나 용서의 권리를 빼앗긴 순간 '아버지의 이름'을 버리고 '아버지의 말씀'에 도전했다. 여기서 원작소설에서 서술자의 전지적이고 확고한 언어의 힘에 의해서만 자신의 내면을 표현할 수 있었던 인물과의 거리가 암시되며 영화 <밀양>이 원작과 달라지는 지점이 암시된다. 이것은 배우에 의해 체현될 뿐만 아니라 <밀양>의 라스트 신에서 카메라에 의해 포착된 시각 이미지로 재현된다. 라스트 신에서 햇빛이 비치는 조그마한 양지위에 흔들리는 풀꽃의 그림자가 이 영화에서 가장 중요한 이미지의 수사학을 구성한다. 집으로 돌아 온 신애는 마당에 거울을 놓고 자르다 만 머리를 자르기 시작한다. 카메라는 신애의 잘린 머리카락이 떨어진 땅과 그 땅위에서 바람에 날리는 풀들의 그림자를 만드는 햇볕을 조명한다. 여기서 햇볕이 드는 조그마한 양지 위에 바람에 흔들리는 풀의 그림자가 포착된다. 이것은 매우 영화적인 언어이다. 카메라가 조그마한 양지와 그 위에 드리워진 바람에 흔들리는 풀의 그림자를 조명한 것은 '아버지의 이름'과 '아버지의 말씀' 안에서 자신의 존재를 드러내며 도전한 신애의 모습에 대한 영화적인 표현 양식이다. 이때 바람에 흔들리는 풀의 그림자의 이미지는 소설에서의 분석적인 서술처럼 강력한 메시지를 직접적으로 전달하지는 않지만 그 이상의 강한 파토스를 수용자에게 불러일으킨다. 원작 「벌레이야기」에서 문제를 제기하는 방식이 서술자의 직접적인 언술이었다면 서술자의 서사지배력이 약화된 영화에서 문제를 제기하는 방식은 직접적인 언술일 수 없다. 영상은 문자와 달리 인간의 사유를 메타적으로 설명할 수 없기 때문이다. 또한 영화에서는 내러티브에 앞서 이미지로 수용자와 소통한다. 즉, <밀양>이 성역聖域에 도전하며 질문을 던지는 방식은 언어의 수사학에 의해서가 아니라 이미지에 의한 수사修辭로써 이루어진다. 이미지는 설명하지도 해석하지도 논평하지도 않는다. 다시 말해서 이미지에 의한 수사는 언어의 수사학과 달리 한정하거나 규명하지 않는다는 얘기이다. 이미지에 의한 수사의 바로 이러한 특성이 영화 <밀양>으로 하여금 원작인 「벌레이야기」와 다른 길을 갈 수 있게 했다.

영화 <밀양>은 원작인 「벌레이야기」에서의 서술자의 강력한 메시지 자체를 전복하지는 않는다. 즉, 용서의 권리가 피해자에게 먼저 있으며, 그것은 신神조차 빼앗을 수 없는 인간의 권리라는 메시지를 그대로 담고 있다. 그럼에도 불구하고 영화 <밀양>에서는 원작에는 없는 다른 장치들로 인해 다른 의미들이 파생된다. 신애는 상징계적 질서의 단단한 구축점인 '아버지의 이름'을 찾다가 그 이름을 거부하고 그 이름에 도전하여 정신병원(상징계에서 벗어난 장소라고 생각되는)에 머물다가 다시 '아버지의 이름'의 거대한 힘과 대면하게 되지만, 그 속에서 바람에 흔들리는 풀꽃처럼 생을 이어나가는 끈질긴 생명력을 보여 준 것이다. 이것은 원작에서 서술자의 분석적인 언술로 요약된 '자살'과는 다른 의미의 망들을 만든다. 이러한 다른 의미의 망들은 영화적인 표현 양식을 통해 형성된 것이다. 여기서 영화 <밀양>이 원작인 「벌레이야기」의 구심점을 전복할 수도 있는 지점을 발견 할 수 있다. 앞서 언급했듯이, 「벌레이야기」에서 유괴되어 살해된 아이의 어머니의 내면 심리와 생각들은 그녀 자신의 언술이 아니라 남편의 언술로 해석되고 판단되어 전달된다. 그녀 자신은 해석과 판단과 전달의 주체가 아니다. 여기서 서술자의 언어는 절대적인 권력을 가지고 서사를 지배한다. '말씀인 법'과 '법인 말씀'이 '아버지의 이름'의 다른 모습이라고 생각할 수 있다면 서술자로서 남편의 언술의 강력한 언어적 힘은 또 다른 '아버지의 이름'이 될 위험이 있는 것이다. 그러나 영화 <밀양>에서 부재하는 남편은 신애가 허위적 상상력으로 구축한 '아버지의 이름'일 뿐이다. 그 이름은 그녀가 진실에 직면했을 때 그 균열의 틈을 드러내게 된다. 영화 <밀양>에서 신애는 자신을 표현하는 주체이면서 거대한 '하나님 아버지'에게까지 저항한다. 바람에 흔들리지만 자신의 생명력을 끈질기게 이어나가는 새로운 인물로 탄생한 것이다. 이렇게 원작의 주제의식에 충실하면서도 원작의 구심점을 전복할 수 있는 힘이 소설에서 영화로의 매체 전이 과정에 존재함을 알 수 있다. 또한 여기서 소설과 영화의 미학적 주제적 거리는 언어의 수사학과 이미지의 수사학의 차이점에 근거하는데, 논평적이고 메타적인 언어 사용이 가져오는 수사적 효과와 배우와 환유적인 상징물이 재현하는 이미지의 수사적 효과가 수용자에게 전혀 다른 정서적 미학적 체험을 하게 함을 알 수 있다.

감각적 수용과 인지적 수용

영화 <밀양>에서 이미지에 의한 수사를 가능하게 한 또 하나의 장치
는 신애의 얼굴을 향한 빈번한 클로즈업 쇼트이다. 클로즈업된 신애의
얼굴은 서사적 정보도 주지만 서사적 정보로 한정할 수 없는 잉여의 의
미를 전달하며 그것은 더 큰 밀도의 심미적 울림의 파장으로 관객에게
다가온다. 신애가 교회에 나가게 되었을 때 첫사랑을 하는 소녀의 얼굴
처럼 행복한 웃음을 머금고 있는 그녀의 얼굴을 향한 클로즈업 쇼트는
신애가 스스로 비극을 불러왔음을 암시한다. 때문에 수용자인 관객은
그녀의 웃는 얼굴을 바라보며 그로부터 여러 가지 의미를 구성해 낸다.
즉, 감각적이고 감정적인 수용으로부터 인지적 수용으로 향하게 되는
것이다. 이때의 인지적 수용은 원작소설에서 서술자의 확고한 목소리를
듣고 이해하는 인지적 수용과는 다른 양상을 가지게 된다.

신애는 언제나 '아버지의 이름'을 만들어 왔고 그것이 신애의 삶에 균
열을 만들었다. 남편에게 배신당하고 아들 준마저 잃은 신애는 "주님 말
씀" 즉 '아버지의 법'에 의해 또 다시 배신당하게 되었다. 그 균열의 틈
을 직시하는 순간 신애는 더 이상 상징계의 질서 속에 있을 수 없다. 마
치 실성한 사람처럼 숟가락으로 자기 머리를 때렸던 아버지와 자신의
음악적 재능을 포기하게 했던 남편을 저주하고 곧 이어서 하늘을 노려
보며 '하나님 아버지'를 향해 "난 너에게 안 져"라고 말하고 집에 돌아와
손목을 칼로 그은 것이다. 신애가 손목에 칼을 대는 순간 카메라는 신애
의 손목을 클로즈업하는 것이 아니라 천장을 올려다보며 '하나님 아버
지'에 대한 힘겨운 도전을 시도하는 신애의 얼굴을 클로즈업 한다. "봐?
보여?"라고 말하며 천장을 올려다보는 신애의 얼굴은 눈물과 함께 웃음

을 머금고 있다. 그 웃음은 자조나 냉소 혹은 체념 섞인 분노라는 한정적 개념의 언어로 표현할 수 없는 의미의 파장들을 가지고 있다. '말씀인 법 그리고 법인 말씀' 모두 의미를 한정하고 제한한다. 이 때 클로즈업된 신애의 얼굴은 언어에 의해 그리고 '아버지의 법'에 의해 한정되고 억압되었던 것들을 부상시킨다. 신애의 얼굴을 담은 쇼트는 아무 것도 설명하지 않는다. 또한 아무 것도 논평하지 않는다. 이미지에 의한 수사로써 수용자와 소통하는 것이다. 이때 수용자는 이미지가 만드는 잉여의 공간을 감각적 수용과 인지적 수용의 교차를 통해 유희하며 추상적 의미를 구성한다.

그런데 영화 <밀양>에서 인물의 얼굴을 조명하는 방식에서 독특한 양상이 눈에 띈다. 그것은 즉각적인 시점 쇼트를 피한다는 것이다. <밀양>의 첫 신에서 청명한 하늘과 구름이 조명된 후에 차창을 통해 그것을 바라보는 준의 얼굴이 포착된다. 즉, 준의 시점쇼트라고 생각되기도 하지만 일반적인 시점쇼트와는 달리 준의 얼굴을 먼저 보여 주고 하늘을 보여 주는 것이 아니라 하늘을 먼저 보여 주고 그 하늘을 바라보는 준의 얼굴을 보여 주는 것이다. 이런 방식은 이후에도 계속 되는데 준의 시신을 확인하러 간 신애가 타고 있는 경찰차의 차창 밖으로 역시 청명한 하늘과 구름이 조명된 후에 비극을 대면하기 직전 거의 비극을 예상하고 있는 신애의 얼굴이 클로즈업 된다. 하늘을 바라보는 신애의 시점쇼트이면서 즉각적인 시점쇼트를 쓰지 않은 것이다. 또한 신애가 혼자 서서 밥을 먹는 뒷모습이 미디엄 쇼트로 잡힌 후에 뭔가 아직 가슴에 막힌 것이 있는 듯한 신애의 얼굴이 클로즈업 되며, 아무 의식 없는 듯 기계적으로 과일을 씻는 신애의 뒷모습이 미디엄 쇼트로 잡힌 후에 신애의 얼굴이 클로즈업 된다. 앞서 언급한 라스트 신에서 역시 머리를 자르는 신애의 뒷모습이 먼저 포착된 후에 거울을 통해 신애의 얼굴이 조명된다. 이러한 모든 장면들에서 어떠한 언어적 설명도 부가되지 않는다. 순수한 시각 이미지만으로 그 의미를 유추해야 하는데 즉각적인 시점쇼트를 피함으로써 얻을 수 있는 수사적 효과에 대해서 생각해본다면 우선 인물에게 지나치게 동일화의 시선을 가지는 것을 차단하는 장치라고 볼 수 있다. 앞의 두 쇼트에서는 인물의 시선으로 하늘을 바라보기 전에 관객이 먼저 그 하늘을 바라본다. 인물의 시선에서 피사체가 된 대상을 보기 이전에 관객이 먼저 그 대상을 바라본다면 관객은 인물의 입장에서 그 대상을 바라보는 것을 피할 수 있으며 따라서 인물과 지나치게 동일화 되지 않을 수 있다. 원작에서 서술자의 명료한 언술로 수용자에게 인물의 심리의 배경을 전달하려 했던 방식과는 차별화되는 전략이라고 볼 수 있다. 또한 뒷모습을 먼저 미디엄 쇼트로 제시한 후에 얼굴을 클로즈업시키는 것은, 앞서 언급한 지나친 동일화를 차단하는 효과 외에도, 인간의 얼굴 표정이상으로 뒷모습이 많은 것을 말할 수 있다는 것을 보여준다. 우선 뒷모습은 얼굴보다 많은 불확실성을 담보한다. 불확실성의 수사는 불안의 수사와 연결된다. 이것은 원작소설에서의 확고한 논평적인 언술과 분명하게 대비되는 지점인데 원작에서 논평적인 언술이 추구하는 수사는 확실한 현상과 그에 대한 원인을 분석하는 논리적 명료성의 수사였다면, 서술자의 언술이 사라진 영화 <밀양>에서 직접적인 시점쇼트의 차단과 뒷모습의 미디엄 쇼트에서 얼굴의 클로즈업으로 이어지는 카메라 이동과 편집의 기법은 불안과 불확실성의 수사로 향한다. 이는 수용자에게도 다른 체험을 하게 하는데 소설 「벌레 이야기」의 독자는 인물의 심리를 이해할 뿐 불안과 불확실성을 체험하지는 않는다. 그러나 영화 <밀양>의 관객은 인과성에 근거한 인물에 대한 직접적인 이해를 지연시키며 불안과 불확실성의 파장을 체험하게 되는 것이다. 불안과 불확실성 역시 '아버지의 이름' 혹은 '아버지의 법'이라는 확고함과 배치되는 지점에 있으며 영화 <밀양>이 궁극적으로 추구하는 주제적 미학적 지평도 여기에 있다고 생각된다. 결론적으로 영화 <밀양>은 원작에서 서술자의 분석적인 언술로 구축한 주제의식 자체를 거부하지 않았으며 오히려 주제적 지향점이 일치했지만 영화적인 방식으로 영화만의 미학을 구축하면서 원작의 구심점인 서술자의 강력한 언어적 힘을 전복시키며 다른 의미의 자장들을 구축한 것이다. 때문에 원작 「벌레이야기」의 수용자가 분석과 논평의 수사학의 확실성과 명료함을 이해하고 수용했다면, 영화 <밀양>의 수용자는 이미지가 만드는 잉여의 공간을 향유하게 된다. 이 역시 영화의 매체적인 특성으로 인해 구성된 미학적 특징으로 인한 결과이다.

지금까지 이청준의 단편 소설 「벌레이야기」에서 서술자의 언술의 양상을 분석하고 그것이 어떤 수사적 효과를 가지고 독자와 소통하는지 그리고 이를 영화화 한 이창동 감독의 <밀양>이 어떻게 영화 미학을 이루며 원작과는 다른 의미를 파생하는지 고찰했다. 그런데 여기서 반드시 부언해야 하는 이야기는 이청준의 단편 소설 「벌레이야기」만으로 언어의 수사학을 모두 설명할 수는 없다는 것이다. 「벌레이야기」는 사건을 요약적으로 서술할 수 있는 언어서사의 순차적이고 선조적인 특성과 함께 인물의 내면 심리를 설명하고 분석하며 논평하는 메타언어의 특성을 보여주고 있으나 언어의 수사학이 이에 한정되지는 않기 때문이다. 특히 시적詩的 언어의 사용에서 그러하다. 시적 언어는 독자에게 강렬한 심리적 이미지를 환기시키며 의미의 모호함에서 파생되는 다의성을 담보할 수 있는 반면, 논평적인 언술이 가지고 있는 언어의 수사학은 무엇보다 수용자를 향한 직접적이고도 강렬한 호소에 의의가 있다. 반면 <밀양>에서 보여주는 시각 이미지의 수사학은 직접적이고 강렬한 호소의 언술과는 다른 수사적 효과를 가지는데, 여기서 원작과는 다른 새로운 의미의 망들이 파생된다. 새로운 의미의 파생은 기획된 것일 수도 있으나, 그 기획을 배반한 우발적이고 우연적인 의미의 파생도 가능하다. 물론 <밀양>의 경우 몽타주에 의한 은유보다 환유적인 상징물을 배치했으므로 그 수사적 의미가 보다 분명하게 포착될 수 있겠으나 그것이 의미의 완성 내지는 확정을 뜻하는 것은 아니다. 「벌레이야기」와 <밀양>은 각각 이러한 언어의 수사학과 이미지의 수사학의 분명한 단면을 보여주며 수용자의 심미적 체험의 변화양상을 보여주는 텍스트이다. 또한 소설과 영화의 매체 간 상호텍스트성의 관점에서 소설의 수용자가 영화의 생산자가 되어 소설에서 영화로 매체의 전이를 이루는 과정에서 문자매체와 영상매체의 매체적인 차이가 어떻게 다른 심미적 지평을 만드는지를 확연하게 보여준다.

여기서 소설과 영화의 매체 전이 양상에 관해 한 가지 중요한 결론을 얻을 수 있다. 비록 각색영화가 원작의 주제의식을 충실히 재현한 경우에도 매체의 전이에 의해 무엇보다 원작에서의 서술자의 서사지배력을 분산시키는 영화의 다중채널의 충돌로 인해 오히려 원작의 구심점을 전복시키는 결과를 가져올 수 있다는 것이다. 이러한 결과는 소설과 영화의 표현 양식의 차이와 수용 방식의 차이에 근본적인 원인이 있는데 무엇보다 소설에서 서사를 통제하는 서술자의 서사지배력이 영화에서 해체되어 배우가 체현하는 인물화와 환유적인 상징을 매개하는 영상 이미지로 전이되는 과정에서 원작의 구심점인 서술자의 언어의 힘을 전복할 수 있었다는 것을 알 수 있다. 또한 소설 「벌레이야기」와 영화 <밀양>을 함께 분석함으로써 분석과 논평의 언어가 사라진 자리에 이미지가 만드는 잉여의 공간이 자리함으로 인해서 수용자가 의미를 구성해가는 영역이 커졌음을 알 수 있다.

2. 설득의 언어와 그로테스크한 영상 미학

이청준의 소설 「이어도」(1974)는 탐색과 추리의 서사구조를 가지고 있으며 설명과 설득의 언어로 자의식적인 서술양상을 통해 허구의 존재 의의에 대해 강력하게 호소한다. 반면 김기영 감독의 영화 <이어도>(1977)는 원작인 소설 「이어도」에서 주요 모티프를 가져왔으나 완전하게 다른 분위기의 텍스트로 재창조되었다. 소설 「이어도」의 서사를 지배했던 서술자의 강력한 언술의 힘이 영화에서 해체되어 그로테스크한 미장센을 구성하는 이미지에 의한 상징으로 대체되었고, 원작소설에서 남성 인물의 시선과 언술에 의해 묘사되고 설명되었던 여인들이 영화에서는 표현과 전달의 주체로서 전경화 되었다. 이는 원작의 수용자였던 감독의 미학적 선택과 함께 매체의 특성, 즉 표현양식의 차이가 결정적으로 작용한 결과이다. 이에 대한 분석을 통해 소설 「이어도」와 영화 <이어도>가 주제적 미학적 변주를 이루면서 서로 다른 세계관을 구축하고 이것이 수용자의 텍스트 이해와 향유의 지평을 더욱 풍부하게 함을 알 수 있다. 여기서 소설 「이어도」와 영화 <이어도>는 구심력과 원심력의 역학관계를 보이며 매체 간 상호텍스트성을 이루게 된다.

소설 「이어도」에서는 형이상학적이고 신화적인 세계에 대한 인간의 사유와 믿음을 설명과 설득의 언어로 서술했으며, 영화 <이어도>에서는 독특한 미장센을 구성하는 시각이미지를 통해 무속의 주술적 삶을 생생하게 재현했다. 즉, 각각의 매체적인 특징을 잘 드러내고 있는데, 인간의 추상적인 사고와 초월적 세계에 대한 믿음을 메타적으로 설명할 수 있는 문자언어의 특성과 기의와의 유사성에 근거한 기표로써 상징을 만들어내고 그것을 통해 사유하는 이미지의 특성을 잘 보여준 것이다.

또한 인물화characterization에 있어서 남성인물과 남성적 서술자의 시선과 서술에 의해 초점화되고 묘사된 여성인물이 서술자에 의해 전유된 언술이 사라질 수밖에 없는 영화에서 표현의 주체로서 스스로를 드러내는 양상과 그에 따라 달라진 의미를 통해 소설에서의 서술과 영화에서의 서술이 어떻게 달라지며 그러한 변화가 텍스트의 주제와 미학 그리고 수용자의 체험을 어떻게 달라지게 하는지 그 극명한 차이를 예증한다. 또한 영화 <이어도>는 원작소설에서 주요 인물들과 사건들 그리고 '이어도'라는 가상의 섬을 모티브로 가져왔으나 전혀 다른 분위기의 텍스트로 재창조되었다. 즉, 영화 <이어도>는 원작에의 충실성fidelity이라는 각색영화의 전통적인 명제에서 벗어나 표현양식의 변화 즉 매체의 전이가 미학적 주제적 변화를 가져올 수 있을 뿐만 아니라 구심점에서 이탈하고 구심점을 전복할 수 있음을 여실히 예증하는 텍스트이다. 여기서 상호텍스트성, 특히 매체 간 상호텍스트성의 의미와 의의를 보다 분명하게 밝힐 수 있으리라고 기대한다. 이것은 더 나아가서 과거부터 현재까지 왜 소설의 영화화가 끊임없이 이어지고 있는지에 대한 하나의 해답이 될 수 있다.

1) 자의식적인 서술양상: 이청준 「이어도」

신념을 호소하는 목소리

「이어도」는 이청준의 대표작들 중 하나이며 여러 시각에서 계속 다시 읽혀져 왔다. 김지원은 신화론적 문학관을 바탕으로 「이어도」를 해석했으며,14) 현길언은 문제탐색을 위한 다층적 플롯의 관점에서 「이어도」를

---

14) 김지원은 가상의 섬 이어도의 의미에 대해 "현실과의 관계에서 끊임없이 정직한 마찰과 갈등을 빚는 가운데, 그의 관념적 사고는 끝내 「이어도」에 와서 존재의 실체를 확

분석했다.[15] 또한 이승준은 정신분석학적 관점에서 "위안과 화해 가능성으로서의 환상"이라는 의미를 섬 '이어도'에 부여했다.[16] 양진오는 "과학적 합리주의가 철저하게 맹신되는 오늘날의 왜곡된 인간 정신을 준엄하게 비판하는 문명비판의 소설"[17]로서 「이어도」를 읽었다. 이러한 기존 연구들은 모두 가상의 섬 '이어도'의 의미를 탐색하려는 시도였으며 나름대로의 의의를 가진다. 본 연구에서는, 기존 논문들과 시각을 달리 하여, 작가 이청준이 올곧게 견지해 온 '허구에 대한 신념', 다시 말해서 '허구서사인 소설에 대한 신념'의 연관선상에서 가상의 섬 '이어도'에 의미를 부여할 수 있음을 논증하려 한다. 또한 이러한 신념을 역설하

인한 듯하다. 작가 자신은 여기에서 환부 없는 아픔이 현실을 초탈한 원초적 차원에서만 치유될 수 있다는 사실을 발견한 게 아닌지 모르겠다……그 자신의 관념과 현실이 박진하게 일치되지 않는 공허한 고뇌 속에서 헤매던 그는 마침내 「이어도」에 와서 그처럼 갈구하던 시원적 세계와의 우주적 동화를 체험하고 있는 것 같다"라고 말한다.

김병익 · 김현 편, 『이청준』: 김지원, 「원형의 샘」, 도서출판 은애, 1979, 102쪽.

15) 현길언은 "천남석이 다시 썰물에 떠밀려 섬으로 찾아온 결구를 통해서, 서두에서 제시한 문제 '이어도의 실체'는 해명된다. 그토록 천 기자가 찾아 헤매었던 이어도는 다른 곳이 아니라, 바로 제주섬 <여기>라는 해답이다. 그렇다면 이제, 여인이 이어도를 떠나지 못하는 이유나, 천 기자 자신이 이어도를 그토록 저주하면서 사랑한 이유가 해명된다. 이 해명을 위해 지금까지 플롯이 봉사해온 것이다. 이점에서, 이 소설은 바로 플롯이 주제의 몫을 감당하고 있다"고 말한다.

현길언, 「문제 탐색을 위한 다층적 플롯」, 『이청준論』, 삼인행, 1991, 226쪽.

16) 이승준은 천남석의 이어도에 대한 복합심리의 근원을 유년시절의 회고에서 찾고 있는데, "정신분석적 측면에서 바다는 무의식을 나타내거나 어머니의 상징이 되기도 한다. 또한 섬은 지나치게 강한 어머니에 대한 애착을 의미하기도 한다. 이렇게 본다면 천남석에게 이어도는 유아적 자아의 모성에 대한 동경을 의미한다고 할 수 있다……어린 천남석에게 그 이어도 노랫가락이 어머니가 아버지를 부르는 소리처럼 들렸던 것은 주목을 요한다……결국 천남석에게 이어도는 어머니에 대한 대리표상이며 어머니의 이어도 노랫가락은 아버지를 부르는 어머니의 아버지에 대한 소망의 표현이 된다"라고 보고 있다. "따라서 천남석의 자살은 어머니에 대한 본능충동과 오이디푸스적 죄책감에 의한 자기처벌의 성격이 강하며, 그것은 결국 갈등 해소의 방편이고 자기구원의 방식"이라는 것이다.

이승준, 『이청준 소설 연구─정신분석학적 관점에서』, 한국학술정보, 2005, 94~100쪽.

17) 양진오, 「섬, 바다, 강 그리고 인간의 운명」, 『이청준 문학전집 이어도』, 열림원, 1998, 358쪽.

는 방법으로 쓰인 언어의 수사학과 서술양상에 주목하려 한다.

「이어도」에는 많은 인물이 등장하지 않는다. 천남석 기자와 선우 현 중위, 양주호 편집국장, 그리고 고유명사로 호명되지 못한, 천남석의 어머니와 아버지 그리고 천남석의 여자가 등장인물의 전부이다. 또한 사실상 서사를 이끌어가는 것은 선우 현 중위와 양주호 국장과의 대화이다. 그런데 두 사람의 대화는 동등한 입장에서 이루어지지 않는다. 양주호 국장은 이미 모든 것을 알고 있고 선우 현 중위는 그에게서 정보를 얻고 비밀을 캐내야 하는 입장이다. 또한 양주호 국장은 선우 현 중위의 생각을 변화시키려 하고 결국 선우 현 중위는 양주호 국장의 언술과 그가 꾸민 일련의 사건들로 인해 변화를 겪는 인물이다. 두 사람은 처음에는 서로 반대쪽 입장에 있었다. 선우 현 중위는 사실을 중시하고 사실을 밝히려는 입장이었다. 반면 양주호는 사실에 의미를 부여하기보다는 오히려 허구 쪽에서 진실을 만날 수도 있다고 말한다.

> 보다 중요한 것은 그 사실 자체였다. 무슨 일에 대해서나 명확한 사실을 근거로 해야 하는 선우 중위의 사고방식은 그것이 곧 그의 주장이자 공인다운 미덕이었다. 사실에의 봉사는 언제나 중위를 즐겁게 했다. 사실을 밝혀야 했다. 그는 적지 아니 사명감마저 느끼고 있었다. 사실을 알지 못하면 천기자의 자살은 믿을 수 없었다.18)

> "하지만 이번 경우는 그 사실이라는 걸 단념하십시오. 사람들은 때로 사실에서보다는 허구쪽에서 진실을 만나게 될 때가 있지요. 그런 때 사람들은 그 허구의 진실을 사기 위해 쉽사리 사실을 포기하는 수가 있습니다. 꿈이라고 해도 아마 상관없겠지요. 천남석이 이어도를 만난 것도 아마 그 사실이라는 것을 포기했을 때 비로소 가능했을 것입니다. 그의 주변의 가시적 현실을 모두 포기해버렸을 때 그에게 섬이 보이기 시작했단 말입니다. 당신도 아마 그것을 포기하고 나면 보다 쉽게 천남석의 자살을 믿을

---

18) 이청준, 「이어도」, 『이청준 문학전집 이어도』, 열림원, 1998, 75쪽.

수가 있게 될 것입니다. 그리고 아마 어젯밤부터 내가 당신에게 뭔가 해드리고 싶은 일이 있었다면 당신에게서 바로 그 사실에 대한 집착이나 욕망을 포기시키는 일이었을 것입니다."19)

누구보다 사실을 중시하고 사실에 근거한 진술을 해야 하는 신문사의 편집국장이 이렇게 사실을 부정한다는 것이 역설적이지만 바로 여기에 가상의 섬 '이어도'의 존재 의미, 나아가서 주술과 신화와 종교의 존재 의미, 그리고 허구서사인 소설의 존재 의미가 있다. 그런데 소설 「이어도」에서 가상의 섬 '이어도'의 존재 의미는, 그것이 부정적인 것이든 긍정적인 것이든, 양주호의 해설적이고 설득적인 언술을 통해 직접적으로 드러난다. 여기서 주술과 신화와 종교의 존재 의미까지도 유추할 수 있게 된다. 또한 이것을 허구서사인 소설의 존재 의미와 연결시킬 수 있는 근거는 작가 이청준의 또 다른 저작들을 통해 일관되게 드러나는 진술을 통해 발견할 수 있다. 이 모든 것이 '허구에 대한 신념' 혹은 '허구에 대한 의미부여'로 연결되는데, 소설 「이어도」에서 이러한 내포작가의 목소리를 대변하는 인물이 바로 양주호 편집국장이다. 양주호는 선우 현을 향한 언술을 통해 허구에 대한 신념을 전달하고 선우 현을 강하게 설득 하려 한다. 양주호가 사실에 대한 절대 신봉자였던 선우 현을 술집 '이어도'와 천남석의 집에 데려가서 일련의 사건들을 체험하게 한 것 역시 선우 현에게 사실에 대한 집착을 버리고 허구에서 진실을 만날 수 있음을 깨닫게 하려는 의도였음이 그의 언술을 통해 드러난다. 이때의 허구는 가상의 섬 '이어도'에 대한 믿음이다. 또한 가상의 섬 '이어도'에 대한 믿음은 곧 신앙이 되고 종교가 된다. 섬사람들의 '이어도'에 대한 믿음은 주술적 종교적 성격을 가지는데, 모든 주술이나 종교는 허구에 대한 신념에 기반을 둔다. 그것은 때로 고단한 현실에서의 삶을 위로하기

---

19) 위의 책, 121쪽.

도 하고, 두려움을 극복하게 하며, 불가해한 일들을 이해하게 하고 의심하지 않게 한다. 때로는 현실에서의 부당함이나 불편함을 참고 견디게 하는 역기능을 가지고 있기도 한데, 천남석의 부모와 천남석의 여자의 삶을 통해 이것을 알 수 있다. 자신의 부모와 여자의 삶을 못 견디하며 이어도를 저주했던 천남석도 결국은 섬사람으로서 이어도에 얽매이게 된다. 양주호는 이 모든 것을 관망하며 이 질서 안으로 선우현조차도 끌어들이려 하는 것이다.

> 언젠가는 그 섬으로 가서 저승의 복락을 누리게 된다는 희망 때문에 이 승에선 어떤 괴로움도 달게 견딜 수가 있노라고 말입니다.[20]
> 처음에는 물론 이어도를 그지없이 두려워들 하는 게 사실이지요. 하지만 사람들은 이내 그 이어도를 사랑하고 이어도를 노래하기 시작합니다. 이어도가 없이는 이 섬에선 삶을 계속 할 수가 없다는 걸 배우게 되기 때문입니다. 그리고 그러다 마침내 어느 날은 그 이어도를 만나 이어도로 떠납니다. 그것이 이 섬사람들의 숙명이자 구원인 것입니다.[21]

그들의 이어도에 대한 집착은 비이성적으로 보일 수 있다. 또한 숙명론자의 무기력함으로 보이기도 한다. 그러나 거센 바다와 폭풍우에 몸을 맡겨야 하는 섬사람들이다 보니 스스로 이어도에 대한 신앙을 만들어 낼 수밖에 없었다. 즉, 이어도가 실제로 존재하느냐 아니냐는 중요하지 않다. 이어도에 대한 믿음이 중요한 것이다. 그들을 위해 이어도는 존재해야 했다. 사실의 문제가 아니라 당위의 문제이고 믿음의 문제였던 것이다. 그런데 그 당위와 믿음은 사실 못지않게 권력이 된다. 섬사람들의 위안을 위해 존재해야 했던 당위가 기정사실화 되면서 그 당위는 섬사람들의 삶을 지나치게 구속하고 지나치게 무기력하게 만들었고 지나

---

20) 이청준, 위의 책, 71쪽.
21) 이청준, 위의 책, 117쪽.

치게 견디게 만들었다. 천남석이 그러한 사실을 간파하고 있으면서도 결국 부정하려 했던 아버지의 삶을 부정하지 못했다는 것은 '이어도가 존재해야 한다'는 당위가 얼마나 거부할 수 없는 큰 힘이었는지를 보여준다. 그러나 양주호도 선우 현도 이러한 또 하나의 진실을 말하지 않는다. 여기서 내포작가의 '허구에 대한 신념'과 '허구가 가지는 진실의 힘에 대한 강한 소망'을 읽을 수 있다. 허구에서 진실을 만날 수 있다는 양주호의 언술은 소설 「이어도」에서 가장 핵심적인 주제의식이며 사실상 많은 저작들 속에서 일관되게 견지해온 작가 이청준의 전언이기도 하다. 이청준은 작가노트에서 다음과 같이 말한다.

> 바라건대 우리에게 더 많은 이어도가 있어줬으면 좋겠다. 그것은 이어도가 실재 아닌 허구에 불과한 것이라 하더라도 우리는 때로 가시적인 사실에서보다는 그 허구 쪽에서 오히려 더 깊은 진실을 만나게 될 때가 있으며, 자유로운 정신의 모험을 꿈꾸는 한 개인의 내면사와 그와 실존하고 있는 현실과의 갈등 속에 우리는 가장 절실한 우리 삶의 참 모습을 발견할 수 있기 때문이다.[22]

허구서사인 소설을 집필하는 소설가로서 허구에서 발견할 수 있는 진실에 대한 열망을 담은 그의 언술은 이후에도 계속 이어지는데, 「이어도」가 발표된 지 20여년 후인 1996년 발표한 장편 『축제』에서도 이청준은 그의 페르소나인 준섭의 언술을 빌어 같은 이야기를 한다.

> 앞에서도 이미 말씀을 드렸고, 감독님께서도 분명히 경험해 오셨듯이, 세상사 가운데는 때로 허구가 얼마나 더 진실되어 보이고, 사실과 실제가 얼마나 더 비현실적으로 부자연스러워 보일 때가 많습니까.[23]

---

22) 이청준, 「작가노트―〈이어도〉의 실재와 허구의 의미―작품의 무대공연에 즈음한 사족」, 위의 책, 125쪽.
23) 이청준, 『축제』, 열림원, 1996, 34~35쪽.

결국 「이어도」를 허구서사인 소설의 존재 의미에 관한 이야기로 읽을 수 있는 데, 가상의 섬의 존재가 사실상 현실세계에 존재하는 사람들의 삶을 지배하고 규정하고 있는 것에 대한 이야기를 통해 인간의 삶을 지배하고 있는 것이 '사실'이 아니라 '허구'이며 '허구에 대한 신념'이라는 것을 말하기 때문이다. 이러한 신념을 전달하기 위해 사용된 서술양상이 바로 양주호의 확신에 찬 설명적이고 설득적인 언술이다. 또한 설득의 대상은 일차적으로 선우 현이지만 결국 그 설득의 의지는 독자를 향하게 된다.

독자를 향한 직설적 전언

허구에 대한 신념이라는 내포작가의 메시지를 효과적으로 전달하기 위해 사용된 설명적이고 설득적인 언술은 궁극적으로 수용자인 독자를 향한 전언이며 호소라고 볼 수 있다. 가시적 사실만이 진실이 아니라는 전언과 호소는 인간과 세계에 대한 깊은 통찰에서 나오는 것이지만 이는 또한 더 이상의 질문을 허락하지 않는 독선으로 향하게 될 위험도 내포하고 있다. 가시적인 사실이 설명해 줄 수 없는 불가해하고 불가사의한 일들에 대한 질문에서 생겨난 허구에 대한 신념은 주술이나 종교와 맥락을 같이 한다. 힘을 얻게 되었을 때 더 이상의 질문을 허락하지 않는 것이다. 선우 현의 질문을 양주호가 봉쇄했던 것처럼 믿음과 주술과 종교는 그것이 있어야 한다고 하면 있는 것이고 있다고 하면 있는 것이 되어 버린다. 처음에는 그런 믿음과 주술과 종교가 사람들에게 위안이 되겠으나 곧 구속이 되고 억압이 될 수 있다. 종교의 독선과 배타성도 여기서 파생된다. 소설 「이어도」에서의 설명과 설득의 수사학 역시 이러한 특성을 가지고 있다. 이러한 특성은 특히 다음 장에서 분석할 영화 <이어도>와 비교해서 더욱 분명하게 드러난다.

소설 「이어도」에서는 설명적이고 설득적인 언술로 가상의 섬 '이어
도'의 존재의미를 독자에게 강력하게 호소할 뿐만 아니라, 인물화
characterization에 있어서도 설명과 단정적인 중개의 언술이 중요한 서사장
치가 된다. 천남석의 여자가, 분명 사건 전개에 있어서 중요한 인물임에
도 불구하고, 고유명사조차 부여받지 못한 채 그리고 스스로 인식과 전
달의 주체가 되지 못한 채 선우 현의 시선과 양주호의 언술에 의해 수용
자인 독자에게 전달되고 있다는 것이 여성인물 스스로 표현과 전달의
주체로서 전경화 되고 있는 영화 <이어도>와 결정적으로 다른 점인데
이는 소설과 영화의 매체적인 특성의 한 단면을 잘 보여준다. 여기서 양
텍스트의 미학과 주제가 달라지며 수용자의 심미적 체험의 양상도 완전
히 달라진다.

> 그녀는 방금 전에 양주호와 함께 선우 중위가 술집 <이어도>에서 헤
> 어지고 나온 그 암무당의 외동딸 같은 이어도의 여자였다. ……여자는 다
> 시 선우중위를 보고도 놀라거나 당황해 하는 빛이 전혀 없었다. 처음부터
> 그가 집을 찾아와 있을 줄 알고 있었기라도 하듯 그를 보고도 표정이나 거
> 동이 더 한층 침착하고 정연했다. 그녀는 마치 첫날밤을 맞은 신부처럼 가
> 지런한 몸짓으로 말없이 방문을 들어섰다. 그리고는 아직도 표정이 어리
> 벙벙해 있는 선우 중위 앞으로 조용히 몸을 접어 앉았다.[24]

인물의 이름이 인물화characterization 기능을 가진다면[25] 고유명사 없이
'천남석의 여자', '이어도의 여자', '여자'라고만 호명하는 것은, 특히 영
화와의 비교에서 두드러지게, 중요한 의미를 가진다. 영화에서는 개별
인물을 통해 인물화 하는 방식이 필연적이므로 고유명사를 거부하는 식
의 인물화는 형상화 할 수 없다. 영화의 언어는 추상적인 용어가 아니라

---

24) 이청준, 앞의 책, 98~99쪽.
25) Jakob Lothe, Ibid, p. 82.

구체적인 언어이며 특정한 때에 특정한 곳에 있는 대상과 일치해야 하기 때문이다.[26] 소설 「이어도」에서 '여자'는 인식과 전달의 주체가 아니다. 여자 스스로 자신의 생각과 느낌을 전달하지 않는다. 수용자인 독자는 선우 현의 시선과 언술을 통해서만 그리고 양주호의 언술을 통해서만 여자를 볼 수 있다. 반면 영화 <이어도>에서는 천남석과 그리고 선우 현과 관계를 가지게 된 여자는 천남석과 선우 현과 마찬가지로 카메라의 피사체로서 수용자인 관객과 직접 소통하게 된다. 관객의 눈은 카메라의 눈과 동일시되어 선우 현을 보는 것과 마찬가지로 여자도 보게 된다.[27] 이는 수용자의 심미적 체험을 완전하게 다른 것으로 만든다.[28]

---

26) 예를 들어, 문자언어로는 '나무'라는 보통명사의 형상화가 가능하다. 그러나 영화에서는 사실상 보통명사로서의 '나무'를 묘사하기는 힘들다. 카메라의 피사체로서 조명된 나무는 그것이 소나무이든 은행나무이든 자작나무이든 특정한 형상과 속성을 지닌 고유명사일 수밖에 없다. 마찬가지로 영화에서는 '여인'이나 '여자'라는 보통명사를 형상화하기 어렵다. 대상은 언제나 구체적인 형상과 이미지로서 포착되기 때문이다.

27) 소설이 영화화 될 때 인물의 인물화가 매체적인 차이에 의해서 변화하고 이것이 텍스트의 주제와 미학과 수용자의 심미적 체험을 달라지게 할 수 있는 것이 작가의 선택 이전에 매체의 특성에 의한 필연적인 결과임을 예증하기 위해 다른 작가 다른 감독의 텍스트를 잠시 예로 들려 한다. 김승옥의 「무진기행」(1964)에서 여성 인물 하인숙은 스스로를 표현하지 않는다. 일인칭 서술자인 윤희중의 시선과 언술에 의해 묘사된다.

"그 여자는 개성 있는 얼굴을 가지고 있었다. ……전체로 보아서 병약한 느낌을 주고 있었지만 그러나 좀 높은 콧날과 두터운 입술이 병약하다는 인상을 버리도록 요구하고 있었다. 그리고 카랑카랑한 목소리가 코와 입이 주는 인상을 더욱 강하게 하고 있었다(김승옥, 「무진기행」, 『한국소설문학대계45 김승옥』, 동아출판사, 163쪽)."

이때 독자는 윤희중의 시선과 언술을 통해서만 하인숙을 볼 수 있다. 여기서 윤희중은 시모어 채트먼의 용어로는 "필터(filter)"가 된다. 그러나 무진기행을 영화화 한 <안개>(1967)에서 수용자인 관객은 배우에 의해 체현된 하인숙을 직접 보게 된다. 윤희중 역시 하인숙과 마찬가지로 관객에게 재현된다. 하인숙은, 소설에서와 달리, 스스로를 드러내고 표현하며 수용자는 그에 따라 인물의 성격을 구성한다.

28) 소설의 독자가 서술자의 언어로 묘사된 인물에 대해 이미지화 할 수 있으나 반드시 그렇게 하는 것은 아니다. 채트먼은 소설의 몇몇 독자들은 책을 읽을 때 정신적으로 영상화 하지 않는다고 말한다. 그러나 영화에서는 보지 않는 것이 불가능하다. 채트먼이 영화에서의 언어(발화)를 "제2바이올린 연주"에 비유한 것은 영화의 수용에서는 시각적 영상에 의한 수용이 우선적이라는 것을 시사한다.

또한 여자는 선우현의 시선과 언술에 의해 표현되는 것이 아니라 스스로를 직접 드러낸다.[29] 이에 따라 영화 <이어도>는 원작소설 「이어도」와 전혀 다른 분위기의 텍스트가 될 수 있었다. 다른 표현 양식은 다른 의미의 망들을 형성하게 되고 결국 구심점을 전복하는 지점에까지 이르게 된다. 이에 대해서는 다음 장에서 좀 더 상세하게 고찰할 것이다. '이어도'라는 가상의 섬이 현실세계 사람들의 삶을 억압하고 구속하고 있다는 것을 간파했던 천남석도 결국 그 가상의 섬에 집착하고 종속되는

Seymour Chatman, "ew Directions in Voice—Narrated Cinema" ed. David Herman, *Narratologies: a new perspectives on Narrative Analysis*, Ohio State University Press, 1999, pp. 327~328.

29) 이 같은 양상은 앞서 분석한 이청준의 단편소설 「벌레이야기」(1985)와 이를 원작으로 한 이창동 감독의 영화 <밀양>(2007)에서의 변용양상과 아주 유사하다. 「벌레이야기」에서 유괴당해 살해된 아이의 어머니의 감정과 생각은 일인칭 서술자인 남편에 의해 해석되고 논평되어 전달된다. 그러나 영화에서는 이러한 서술상황이 사실상 불가능하다. 때문에 아이의 어머니인 '신애'가 직접 온 몸으로 자신의 감정과 생각을 표현해내야 했다. 이러한 표현 양식의 차이는 텍스트의 미학구축에 있어서 지대한 차이를 가져왔으며 결말에서의 차이까지 가져왔다. 원작소설에서는 아이의 어머니의 자살의 경과와 그 원인이 남편의 논평적이고 해설적인 언술로 전달되었으나 영화에서 신애는 자신의 고통을 표현하고 드러내며 신(神)에게까지 도전하다가 끈질기게 살아남는 생명력을 보여준 것이다. 결국 매체의 차이에 의한 인물 형상화 방식의 차이는 텍스트 전체의 분위기뿐만 아니라 미학적 주제적 변주를 가져왔다. 또한 작가 이청준과 영화감독 임권택의 동시 동반 창작 텍스트인 소설 『축제』와 영화 <축제>의 비교분석에서도 동일한 양상을 발견할 수 있다. 소설 『축제』와 영화 <축제>는 어머니의 죽음과 장례의 과정을 통해 삶과 죽음에 대한 사유 그리고 효와 가족의 의미를 형상화 한다. 같은 주제의식과 같은 스토리라인을 공유한다. 그러나 역시 매체적인 차이에 의해 서술양상이 달라지고 이에 따라 수용자의 심미적 체험이 확연하게 달라진다. 소설 『축제』에서는 삼인칭 서술을 택했음에도 불구하고 모든 사건과 다른 인물들이 준섭의 시선과 언술로 조명되고 전달되지만 영화 <축제>에서는 준섭 역시 카메라의 피사체로 포착될 수밖에 없다. 결과적으로 소설 『축제』의 독자는 준섭의 언술을 통해 인물과 사건과 그 의미에 대해 자세한 설명을 듣게 된다. 그러나 영화는 본질적으로 의미를 설명하는 매체가 아니다. 영상은 설명하지 않고 보여준다. 영화에서의 대사 역시 설명을 위해 존재하지 않는다. 영화에서의 내레이션에 설명의 기능도 있지만 이것이 전체 영화 서술에서 차지하는 비중은 크지 않다. 따라서 소설 『축제』에서 어머니의 삶과 죽음에 대한 준섭의 의미부여와 해설이 서사의 주된 축을 이루고 영화 <축제>에서는 용순의 언행이 일으키는 갈등과 갈등의 해소가 서사의 주된 축을 이루게 된 것은 매체의 특성에 의한 필연적인 결과이다.

모습을 보였고, 선우 현과 양주호와의 대화에서도 일방적으로 양주호가 선우 현을 설득하는 서사가 이어졌다. 결국 존재 후에 인식되는 것이 아니라 인식과 신념을 통해 존재하는 섬 '이어도'는 허구서사인 소설의 본질뿐만 아니라 인문학의 대전제까지도 암시한다. 그것은 사물이나 진실이 존재하는 대로 우리가 그것을 인식하는 것이 아니라 우리가 인식하는 대로 사물이나 진실이 존재한다는 것이다. 이를 역설하기 위해 채택된 텍스트의 전략이 설명적이고 설득적인 언어의 수사학이며 여기서 서술자는 서사를 전적으로 관장한다. 이러한 서사전략은 그 효율성과 장점 못지않게 치명적인 한계를 가지고 있는데, 확고한 언술과 정보의 통제는, 앞서 언급했듯이, 더 이상의 질문을 허락하지 않기 때문이다. 그럼에도 불구하고 텍스트가 의미가 고정된 것이 아니며 수용자가 적극적인 의미의 생산자가 될 수 있음을 소설 「이어도」를 원작으로 해서 탄생한 영화 <이어도>를 통해 알 수 있는데, 다시 말해서, 매체의 전이를 통한 상호텍스트성의 양상을 영화 <이어도>를 통해 조명할 수 있다. 그렇다면 소설 「이어도」의 서사를 강력하게 지배했던 서술자의 설득적인 언어가 영화에서 어떻게 해체되어 변형생성 되는지 결과적으로 소설텍스트 「이어도」와 영화텍스트 <이어도>가 어떻게 서로를 조명하며 매체 간 상호텍스트성을 이루는지 분석하려 한다.

2) 이탈과 전복: 김기영 <이어도>

이미지들이 구성하는 상징

김기영 감독이 영화화 한 <이어도>는 소설 「이어도」에서 중요한 모티프를 가지고 왔으나 완전히 다른 텍스트로 재창조 되었다. 즉, 가상의 섬 '이어도'의 존재와 천남석 기자의 실종과 시신의 귀환 그리고 천남석의 죽음의 원인을 캐려는 선우 현의 탐색과 술집여인과의 관계라는 주요 사건들을 기본적으로 가져오지만 추가되고 변형된 스토리와 더불어 담론의 차원에서도 다른 의미를 구성한다. 결과적으로 수용자에게 색다른 심미적 지평을 경험하게 한다. 1960년대의 문예영화들을 비롯하여 그때까지 소설을 원작으로 각색된 영화들이 대부분 원작의 충실한 재현을 미덕으로 여긴 것과는 판이하게 다른 태도이다.[30] 이는 일차적으로 원작의 수용자이자 영화의 생산자인 감독의 미학적 선택에 의한 것이며, 영화매체의 매체적인 특징을 의식한 것이기도 하다. 원작소설에서 허구에 대한 신념을 역설하기 위해 선택된 서사전략인 서술자의 강력한 언어적 힘이 영화에서 해체되어 영화적인 표현 양식으로 변환되면서 미학적 변주와 함께 주제적 변주도 이루어진 것이다. 원작에서 선우 현과 양주호의 대화로 이어진 설명적이고 설득적인 서술은 영화에서 사라지고 대신 충격적인 에로티시즘과 무속의 주술적 삶이 전면에 재현되며, 소설에서 천남석의 실종 당시 그의 행동을 전달했던 선우 현의 증언의 언술 역시 영화에서는 천남석의 행동으로 직접 재현되었다. 영화 매체 자체가 증언의 언술이 필요하지 않다. 모든 사건을 현재적으로 보여줘야 하는 영상매체이기 때문이다. 또한 원작에 없었던 이야기인 전복양식에 대한 야심이 환경오염으로 인해 실패하게 된 이야기가 서사의 한 축에 자리하여 전근대와 근대의 서사가 혼용하는 양상을 보인다. 무엇보다 원작소설에서 고유명사조차 부여받지 못했던 여인들이 영화에서는 주체적이고 능동적으로 서사를 이끌어간다. 영화 <이어도>는 원작소설과는 다른 스토리를 구축하며 새로운 세계를 형상화 했을 뿐만 아

---

30) "원작자인 이청준은 김기영 감독의 영화 <이어도>를 보고 "이렇게 바꿀 수도 있구나"라며 놀라움을 감추지 못했다고 한다. 김기영은 다른 영화에서도 원전을 뒤틀어버리기로 유명했다. 김기영의 영화는 원작을 만신창이로 만들었지만 그가 보여준 재해석을 향한 작가적 야심은 한국영화지형도에서 전례를 찾아볼 수 없는 성격의 것이었다."
허지웅, 「김기영의 마술적 리얼리즘을 회상하다. 김기영 감독 8주기를 맞이하며」, 『필름 2.0』, 2006.2.20.

니라 영화기법의 측면에서도 주목할 만하다. 조명과 필름의 색채 사용은 암울한 시대에 대한 암시적 수사修辭로써 기능하며, 계속되는 플래시백으로 인한 시간구성은 전근대적 주술의 삶과 근대적 이익추구의 삶을 효과적으로 대비시키고, 하나의 소우주를 연출한 미장센과 클로즈업 된 배우들의 표정과 눈빛 연기가 돋보인다. 여기서 '허구에 대한 신념'을 전달하는 추상적인 언어는 힘을 잃고, 삶 자체와 종족보존에 대한 끈질긴 집착이 구체적으로 재현된다. 즉, 영화 <이어도>는 담론의 측면에서도 소설「이어도」와 완전히 다른 길을 간다.

영화 <이어도>는 선우 현이 제주 앞바다에 있는 여자들만의 섬에 내리는 것으로 시작한다. 선우 현의 보이스 오버 내레이션voice-over narration을 통해 그 섬은 인습과 배타로 살아가는 여자들만의 섬이었고 이제는 다들 섬을 떠났지만 섬에 남아 있는 사람이 있다는 정보를 준다. 그리고 선우 현은 곧 빨랫줄에 널려 있는 붉은 치마에 눈길을 준다. 그것이 어떤 의미인지 아직까지 관객은 알 수 없다. 이후 플래시백이 이어지는데, 계속해서 대과거와 과거와 현재를 자유롭게 넘나들면서 반전을 거듭한다. 영화의 특성상 플래시백으로 넘어간 후 과거의 사건들은 언제나 현재진행형으로 화면에 제시되어 관객은 시간에 대한 재구성을 계속해야 한다. 영화 <이어도>에서 복잡한 시간의 재구성을 위해 친절함을 보인 기법이 있다면 인물의 얼굴을 클로즈업 한 후에 플래시백 된다는 것이다. 이때의 클로즈업은 시간 구성 전환의 신호이므로 분명 내러티브 구성의 한 역할을 담당하지만 반면 오히려 내러티브의 흐름을 잠시 끊는 역할을 하기도 한다. 그리고 클로즈업 쇼트 자체가 기호로서 작용하며 수용자인 관객에게 상당한 심미적 충격을 준다. 즉, "내러티브가 스펙터클로 전환"[31]되는 영역에 클로즈업이 존재하는 것이다. 이 지점이 영화

---

31) Laura Mulvey, *Fetishism and Curiosity*, Indiana University Press: Bloomington and Indianapolis, 1996, p. 40.

<이어도>의 독특한 영상미학이 전경화 되는 지점이면서 소설 「이어도」와 다른 표현양식으로 다른 분위기와 다른 미학적 주제적 지평이 펼쳐지는 지점이기도 하다. 소설 「이어도」에서 선우 현의 시선과 언술을 통해 걸러 진 '여자'에 대한 정보를 통해 독자는 '여자'를 이미지화 할 수도 있고 하지 않을 수도 있다. 하지만 영화 <이어도>에서 플래시백 되기 전에 카메라를 정면으로 응시하는 무당과 민자(술집여인)의 얼굴과 눈빛 클로즈업 쇼트는 원작소설에서 스스로를 표현하지 못한 채 타자의 시선과 언술을 통해서만 존재가 인지되었던 여성인물의 인물화를 달라지게 하며 이에 따라 작품 전체의 분위기와 주제까지 달라지게 한다. 여기서 수용자의 심미적 체험 역시 분명하게 달라진다. 소설 「이어도」의 독자가 해설적이고 설득적인 서술에 대해, 동의하든 거부하든, 인지적 수용을 이루는 반면 영화의 수용자는 직접적이고 감각적인 수용과 동시에 그것의 의미를 유추하게 되기 때문이다. 영화 <이어도>에서의 주요 사건과 시간 구성을 개략적으로 정리해 보면 다음과 같다.

섬을 다시 찾아 온 선우 현(현재, 액자틀)
이어도로 향하는 배를 탄 선우 현과 천남석 그리고 천남석의 실종(과거)
천남석의 고향을 찾은 선우 현(과거)
천남석의 소년시절의 에피소드(대과거)
섬의 무당은 굿을 해서 천남석의 시신을 섬으로 부르겠다고 장담한다(현재).
전복양식사업을 시작한 천남석(과거)
술집여인(민자)과 관계를 가진 천남석(과거)
천남석의 시신을 불러들이기 위한 굿이 시작됨(현재)
천남석은 이어도의 환상을 보게 되고, 술집여인(민자)에게 자신이 보내 준 남자와 사랑하라고 말한다. 술집여인은 이어도 노래를 부르기 시작한다(과거).
바닷가에 천남석의 시신이 밀려오고, 술집여인(민자)은 어린 시절 천남석의 어머니가 자신의 손목에 새긴 문신을 보여주며 자신과 천남석의 어머니와의 약속을 상기시킨다(현재).

시신이 눕혀지고 시신위의 천이 걷혀진다. 술집여인(민자)은 천남석의 시신과 성교한다. 등 뒤에 무당이 있고, 앞에는 돌하루방이 있다. 박여인이 무당의 등에 칼을 꽂는다(현재).

섬을 다시 찾아 온 선우 현 앞에 술집여인(민자)이 아이를 데리고 나타난다. 그 아이가 선우 현의 아이임이 암시되고 선우 현은 배를 타고 떠난다(현재, 액자틀).

이처럼 영화 <이어도>는 원작에서 이어도라는 가상의 섬과 천남석의 실종과 시신의 귀환을 모티프로 가져왔을 뿐 전혀 다른 텍스트가 되었다. 섬이라는 폐쇄공간에서 무속의 주술적 힘에 의해 살아가고 종족 번식을 하려는 여인들의 적극적인 몸부림이 계속된다. 이 과정에서 영화 <이어도>는 독특한 에로티시즘을 구현해낸다. 대표적인 것이 네크로필리아necrophilia인데, 시간屍姦 또는 시체애호증이라고 불리는 네크로필리아는 흔히 변태성욕적인 것으로 치부되었으나 영화 <이어도>에서는 종족 번식에 대한 욕망을 표출한 것으로서 주술적이고 강렬한 에로티시즘으로 승화되었다.32) 민자(술집여인)가 천남석의 시신과 성교하는 장면에서 배후에는 무당이 서 있고 앞에는 돌하루방이 서 있다. 상당히 상징적인 미장센이며 주술적인 세계관을 보여준다. 그러나 엔딩에서의 반전은 영화 <이어도>가 단순한 텍스트가 아님을 시사한다.33) 시신의 귀환

---

32) "영화에서 본능과 번식의 이미지는 줄에 걸린 여성들의 치마에서 서서히 시작하여, 굿 도중에 소환한 신령과 섹스하는 무당을 통해 점차 파동을 확장해, 마지막에 죽은 천남석의 성기에 관을 꽂은 채 시간하는 장면으로 최고조가 된다. 마치 이 영화가 시간(屍姦) 장면을 위해 존재하는 것처럼 충격적이다."
이길성, 「이어도 작품론」, 『김기영 컬렉션 해설집』, 한국영상자료원, 2008, 30쪽.

33) 김소영은 영화 <이어도>가 한편으로는 주술적 담론에 의지하지만 한편으로는 근대적 담론에 의지하고 있음을 이야기한다. 인간과 비인간의 생식에 관계된 생물학적 지식, 관광산업에 의한 자연의 상품화, 전복양식업에서 보이는 천남석의 기업가적 성향 그리고 생태계의 파괴 등. 근대와 전근대의 담론을 다루면서 영화는 근대의 담론에는 지식의 영역을 전근대의 담론에는 믿음의 영역을 배치한다. 하지만 영화가 진행되면서 그 둘은 분리 불가능한 것이 되고 동시적으로 작용한다. 전근대와 근대는 화간하는

은 원작소설의 결말부분에서도 제시되었다. 그러나 거기서 끝이었다. 소설 「이어도」에서는 "기이한 일", "신기하고도 불가사의한 조화"라는 서술로써 섬으로 흘러들어온 천남석의 시신을 묘사하는 것으로 끝맺는다. 여기서 주술적 사고는 과학적 합리적인 사고보다 우세하다.

> 밤사이 바닷가에 불가사의한 일이 한 가지 일어나 있었다. ……이어도로 갔다던 천남석이 동지나해에서 그 밤 파도에 밀려 홀연히 다시 섬으로 돌아와 있었던 것이다. 기이한 일이었다.
> 그런데 더욱더 신기하고 불가사의한 조화는 그 여러 날 동안의 표류에도 불구하고 천남석의 육신은 그 먼 바닷길을 눈에 띄는 상처 하나 없이 고스란히 다시 섬을 찾아 온 것이었다.[34]

영화 <이어도>에서도 시신의 귀환이나 시신과의 성교는 주술적 사고의 우세를 보여주지만 태어난 아이는 시신 천남석의 아이가 아니라 선우 현의 아이였으므로 주술적 사고가 과학적 합리적 사고를 완전히 장악하지는 못한 것이다. 존재 자체보다는 존재한다는 신념을 우위에 둔 원작소설과 구별되는 지점이다.

극화(劇化)된 인물의 삶

영화 <이어도>는 서사의 구성방식과 담론에 있어서 원작과 다른 길을 갔을 뿐만 아니라 여성의 인물화characterization에서 완전히 달라진 양상을 보인다. 이 지점에서 특히 영화의 매체적인 특성이 잘 드러난다. 원작소설에서 남성인물들의 언술을 통해서만 묘사되는 여성인물들은 섬

듯하다가 서로를 밀어내고 또다시 예상치 못한 방식으로 결합했다가 분리된다.
김소영, 「김기영과 쾌락의 영역」, 『판타스틱 한국영화 근대성의 유령들』, 씨앗을 뿌리는 사람, 2000, 106쪽.
34) 이청준, 앞의 책, 123쪽.

에 종속될 뿐만 아니라 남성에게 종속된 존재였다. 천남석의 어머니가 그러했고 천남석의 여자가 그러했다. 그들에게는 고유명사인 이름도 없다. 또한 그들은 어떤 능동적인 행동도 하지 않는다. 어머니는 밭의 돌만 골라내고 이어도 노래만 부를 뿐이었고, 천남석의 여자는 천남석과 선우 현의 가학적인 행동을 그저 견디기만 할 뿐이었다. 그러나 영화 <이어도>에서 중심인물은 천남석이나 선우 현이 아닌 여성들이다. 무당과 민자와 박여인이 천남석과 선우 현을 때로는 조롱하고 때로는 소유하며 종족번식을 이어나간다. 민자의 아이는 민자가 선우 현과 관계를 갖고 무당과 돌하루방 앞에서 천남석의 시신과 관계를 가져서 낳은 아이이다. 다시 말해서, 과학적이고 합리적인 사고와 주술적 사고의 교합의 결과인 것이다. 민자에게는 아이의 아버지가 선우 현이든 천남석이든 그것은 중요하지 않다. 섬의 여인들 모두 종족보존을 욕망하지만 아이의 아버지가 누구인가는 상관없는 것이다. 여성 인물들에 대한 인물화가 원작과 판이하게 달라진 것은, 물론 감독의 작가적 선택도 있었겠으나, 앞서 설명했던 매체적인 속성과 크게 관련이 있다. 소설에서는 천남석의 여자가 고유명사를 부여받지 못한 채 선우 현의 시선과 언술에 의해 그리고 양주호의 해설적인 언술에 의해 설명되고 묘사되었다. 그녀는 혼자 존재할 수 없었다. 독자는 선우 현의 시선과 언술에 의해 투사된 그녀의 모습을 볼 수 있을 뿐이다. 하지만 영화에서는 이러한 서술양상이 불가능하다. 주요 인물은 관객에게 직접 재현되어야 하고 인물 스스로 자신을 드러내고 표현해야 한다. 소설 「이어도」에서는 천남석의 여자가 선우 현과 관계를 맺게 되는 과정이 전지적 서술자의 언술로 해설된다.

그리고 천남석이 여인에게 길들인 두 번째 작업은 그녀의 미래의 운명에 관한 것이었다. 여자가 언젠가 자기 사내인 천남석이 다시 섬으로 돌아오지 못하게 되는 일이 생길 땐 반드시 그 소식을 가지고 오는 남자에게

옷을 벗도록 해놓고 있었다.[35]

위와 같은 이야기가 영화 <이어도>에서도 그대로 나온다. 그런데 그 양상이 소설과는 아주 다르다. 영화에서는 이 부분이 천남석과 민자와의 직접 대화로 재현되었는데 자신이 보내준 남자와 사랑하라는 천남석의 말에 민자는 자신이 왜 그런 관습을 따라야 하냐고 반문한다. 중요한 것은 후에 민자가 선우 현과 관계를 가질 때 보여준 적극성이다. 영화에서 그녀의 행동은, 소설에서와 달리, 다른 인물의 언술 또는 서술자의 서술로 해설되지 않는다. 천남석과 관계된 사람과 관계를 가진다는 설정은 같지만 그 표현 양식이 달라짐으로 인해서 전복된 의미를 가지게 된다. 소설에서 천남석이 여인의 미래의 운명을 길들였다는 해설적 서술과 영화에서 종족보존을 위해 적극적으로 선우 현을 유혹해서 관계를 가지는 민자의 행동은 단지 인물화에서의 변화에 머물지 않고 양 텍스트에서 지향하는 세계관의 변화까지 가져왔다. 소설 「이어도」에서는 내세 지향적이고 숙명론적이며 순응적인 삶을 지향하지만 영화 <이어도>에서는 '지금 여기'라는 현세 지향적이며 적극적인 삶을 형상화 한다. 소설 「이어도」에서 시신의 귀환으로 결말을 맺은 반면, 영화 <이어도>에서 시신과의 성교와 아이의 탄생까지 서사가 이어진 것 역시 같은 맥락에서 양 텍스트의 세계관의 차이를 보여준다. 이러한 변화들은 작가적 선택과 더불어 영화의 매체적인 속성으로 인해 서술양상이 원작과 달라짐으로 인해서 파생될 수 있었다. 영화 <이어도>에서는 전지적 서술자가 없다. 원작에서처럼 모든 것을 알고 수수께끼를 즐기는 것처럼 선우 현을 농락하는 양주호의 언술의 힘도 없다. 영화 <이어도>에서 양주호는 아주 미미한 캐릭터에 불과하다. 영화의 시작 부분에서 선우 현의 보이스 오버 내레이션은 액자틀의 역할을 하면서 본격적인 이

---

35) 이청준, 앞의 책, 108쪽.

야기 세계로 관객을 안내하지만 선우 현은 전지적 서술자의 권위를 전혀 부여받지 못했다. 앞서 설명했듯이 영화 매체 자체가 사실상 전지적 서술자의 존재를 설정할 수가 없다. 때문에 소설 「이어도」에서 서술자와 인물의 해설적이고 설득적인 언술은 영화 <이어도>에서 미장센의 회화적 상징으로 대체되었다. 이것이 영화 <이어도>가 원작 소설 「이어도」와 전혀 다른 분위기의 새로운 텍스트로 탄생하는 데 결정적인 동인動因이 된다. 또한 플래시백이 이루어질 때마다 클로즈업 된 민자와 무당의 눈빛과 표정은 배우가 영화에서 어떠한 기호를 만들어낼 수 있는지, 배우가 영화에서 가지는 서사적 기능과 수사적 기능이 무엇인지 보여준다. 소설 「이어도」에서는 가상의 섬인 이어도가 천남석과 그의 여자에게 어떤 의미인지를 직접 설명하는 언술이 우세했으나, 영화 <이어도>에서는 섬의 의미를 '설명'하지 않는다. 대신 섬에 남겨져 종족보존을 이어가야 하는 여인들의 삶이 배우들의 역동적인 연기에 의해 능동적으로 재현된다. 배우의 대사와 행동이 설명적 언술을 대신하는 것이다. 이때 수용자는 해설적이며 설득적인 언어의 수사학을 향유하는 대신 극화劇化된 인물의 삶을 현재적으로 체험하게 된다.

지금까지 분석한 것처럼 소설 「이어도」와 영화 <이어도>는 서로 다른 질료와 표현 양식을 통해 전혀 다른 미학과 담론을 구성했다. 소설 「이어도」에서 해설적이고 설득적인 언어를 통해 확고한 신념의 내러티브를 구성했다면, 영화 <이어도>에서는 상징적인 미장센을 통해 배타와 인습과 무속의 세계관을 보여줌과 동시에 여성들의 적극적이고 능동적인 삶과 종족보존의 욕망을 배우들의 연기를 통해 생생하게 재현했다. 소설 「이어도」에서 신화적 믿음의 세계가 현실적 존재의 세계를 압도했다면, 영화 <이어도>에서는 주술적 사고와 근대적 사고가 충돌하는 양상을 보여주었다. 소설 「이어도」에서 시간과 공간과 인물의 내면을 자유롭게 넘나드는 서술자의 확고한 서술양상과 주요 인물들의 직접적인 언술이 탄탄한 내러티브를 구성했다면, 영화 <이어도>의 영상 이미지는 내러티브를 구성하기도 하지만 때로는 내러티브를 압도하며 회화에 의한 상징을 전달한다. 이러한 역동적 전환으로 인해 영화 <이어도>는 원작소설에서 모티프를 가져오며 원작소설을 구심점으로 하고 있으나 구심점에서 이탈하고 구심점을 전복해 버린다. 여기서 소설을 영화화 하는 근원적인 이유, 즉, 소설과 영화의 매체 간 상호텍스트성이 가지는 의의를 찾을 수 있다. 생산의 측면에서는 분명 선행텍스트인 소설이 후행텍스트인 영화의 생산에 영향을 주었겠으나 수용의 측면에서 생각해본다면 영향의 수수관계가 일방적이지 않음을 알 수 있다. 소설과 영화가 서로를 조명하는 상호텍스트성은 마치 뫼비우스의 띠와 같은 형상을 이루게 된다. 이에 대해 좀 더 세밀한 설명을 하기 위해서 소설만 읽었을 경우와 영화만 봤을 경우 그리고 소설을 읽고 영화를 봤을 경우 혹은 영화를 먼저 보고 소설을 읽었을 경우에 대해 생각해보기로 한다. 앞서 텍스트 분석에서 알 수 있듯이 분명 소설만 읽었을 경우와 영화만 봤을 경우에 비해 소설과 영화를 함께 수용했을 때 소설의 독해가 영화의 이해에 영향을 미치게 되고 영화의 수용이 소설에 대한 해석의 지평을 넓힐 수 있다. 그 해석의 지평은 때로 원작자의 의도를 훨씬 벗어난 것이 되기도 한다. 아우얼바흐Auerbach는 영화가 소설에서의 사건과 인물에 대한 형상적 혹은 비유적 해석figural interpretation의 한 양상을 보여준다고 밝힌 바 있는데, 이에 대해서 로테J. Lothe는 상호텍스트성의 관점에서 소설과 영화의 예시prefiguration가 아이러니할 수 있다고 말한다. 즉, 영화에서의 시각적 해석이 소설의 사건과 영화의 사건 그리고 소설의 인물과 영화의 인물간의 연결을 확립하고, 소설에서의 사건과 인물이 그 자체뿐만 아니라 영화에서의 인물과 사건을 지시할 수도 있음을 말한다. 또한 영화에서의 인물과 사건은 소설에서의 인물과 사건을 망라하거나 보충할 수도 있다고 말한다.[36] 분명 소설이 영화화 될 때 소설에서의 인물과 사건에 대한 언어적 지시가 영화에서의 시각 이미지의 형상을 규정하기도 하지만 기호의 성격이 다르기 때문에 늘 어긋난 틈새가 생기기 마련이며, 따라서 소설과 영화를 함께 수용했을 때 영화에서의 인물과 사건에 대한 시각이미지의 형상이 소설에서의 인물과 사건을 재구성하게 하기도 한다. 여기서 불협화와 충돌이 발생할 수 있으며 새로운 의미의 생성이 가능하게 된다.

김기영 감독의 영화 <이어도>는 원작소설 「이어도」에 대한 메타텍스트[37] 중 하나로서 소설에서의 언어적 지시에 의해 구성될 수 있는 수많은 이미지들 중 하나이다. 결국 소설이 영화화 될 때마다 그 영화는 원작소설의 또 다른 형상을 드러내는 것이다. 이는 감독의 작가적 선택에 의해서 뿐만 아니라 바로 영상매체의 매체적인 특징에 의해서 가능하다. 시각이미지의 형상은 가시적 이라는 의미에서 원작소설에서의 언어적 형상을 한정하기도 하지만, 설명하지 않고 보여줌으로 인해서 의미의 불확정성을 담보하기도 한다. 불확정성의 영역이 상호텍스트성의 영역이며 이것은 언제나 선행텍스트와 후행텍스트의 새로운 관계설정을 가능하게 하고 수용자의 심미적 체험의 영역을 확장하게 한다. 이미지는 항상 언어실행과 상징적 조직에의 소속에 연결된 깊은 구조에 의해 만들어진다[38]는 오몽Jacques Aumont의 언급은 원작소설에서 문자언어로

---

36) Jakob Lothe, Ibid. pp. 99~100.

37) 텍스트는 단지 그 뒤에 숨어 있는 메시지를 드러내는 역할에 그치는 것이 아니라, 또 다른 텍스트를 만들어 내는 능동적 역할을 한다. 여기서 텍스트를 설명하는 메타텍스트의 개념을 설정해볼 수 있다. 텍스트가 또 다른 텍스트를 만드는데, 그 텍스트는 그 이전의 텍스트에 대한 메타텍스트가 된다.
송효섭, 『문화기호학』, 민음사, 1997, 39쪽.

물론 메타텍스트가 각색영화처럼 '분명한 실체'를 가진 것이 될 필요는 없다. 그러나 각색영화는 분명 원작에 대한 성찰을 담보하고 있는, 원작에 대한 하나의 해석이다. 그 해석이 원작의 정신이라는 구심점으로부터 아무리 멀어진다 해도, 때로 그 구심점을 전복하려 한다 해도 마찬가지이다.

38) 자크 오몽 지음, 오정민 옮김, 『이마주: 영화, 사진, 회화』, 동문선, 2006, 176쪽.

지시된 사건 그리고 인물과 영화에서의 이미지 형상과의 관계를 잘 설명한다. 카메라의 눈이 비유적이고 설명적인 언어를 사용할 수 없으며 인물의 내면 심리를 보여줄 수 없음으로 인해서 영화에서 설명과 논평의 단정적인 언어사용은 불가능하다. 상황과 행동과 대화를 통해 유추하게 할 뿐이다. 이것을 채트먼은 칼렌바흐의 말을 인용하여 "에두름 indirection"39)이라고 표현했다.

소설 「이어도」에서 설명적이고 설득적인 언어에 의해 구축된 허구에 대한 신념과 그 의미는 영화 <이어도>에서 강렬한 영상 이미지가 전달하는 회화적 상징으로 변주되었다. 이때 주제와 의미까지 구심점에서 이탈하게 된다. 영화 <이어도>에서는 가상의 섬 이어도에 대한 신념이 그다지 중요하지 않다. 끈질기게 생을 이어나가고 종족보존을 하는 것이 중요하며 이것은 앞서 언급한 시신과의 성교 장면 구성에서 절정을 이룬다. 즉, 소설 「이어도」에서 가상의 섬 '이어도'가 현실의 삶을 넘어선 피안의 삶으로 시선을 향하게 한다면, 영화 <이어도>에서는 '지금-이곳에서' 현실의 삶을 이어가는 것에 방점이 찍힌다. 영화가 기본적으로 현재성을 담보하고 있고 시간과 공간이 동시에 재현되는 매체라는 것을 감안한다면 이는 매체의 특성을 잘 드러낸 변주라고 볼 수 있다. 여기서 원작소설의 상호텍스트이자 메타텍스트인 각색영화는 원작의 흔적을 간직한 채 새로운 주제와 미학을 구축한다. 이것을 가능하게 하는 것이 영화의 매체적인 특성, 즉, 영상 이미지의 총체적이고 감각적인 재현과 의미의 불확정성이다.

---

39) "영화는 단지 형상만 보여준다. 그리고 해석, 즉 형용사가 많이 붙은 이름에 그 형상을 부여하는 일은 관객의 몫으로 남겨진다. 어네스트 칼렌바흐도 밝혔듯이, 영화의 이러한 불확정성은 "영화가 마술적이고. 미학적 '청결성'을 지녔으며, 자유롭게 선택할 수 있고 에두름(indirection)을 할 수 있는 타고난 능력에서 나온다"고 하겠다."
시모어 채트먼 지음, 한용환·강덕화 옮김, 『영화와 소설의 수사학』, 동국대학교 출판부, 2001, 70쪽.

3. 시적(詩的) 언어와 사실주의적 재현

앞서 소설에서의 서술양상의 여러 유형 중에서 분석적이고 자의식적인 서술양상이 파생하는 분석과 논평과 설명과 설득의 수사학이 텍스트의 주제와 미학을 어떻게 구성하고 그것이 수용자와 어떤 방식으로 소통하는지 고찰했다. 또한 이러한 언어적 특성을 가지는 소설텍스트를 영화화 했을 때 매체의 전이로 인한 소설과 영화의 표현 양식의 차이에 따라 영화텍스트가 어떻게 영화 미학을 이루며 그것을 통해 원작의 구심점을 전복하는지 그리고 여기서 수용자의 심미적 지평이 어떻게 달라지는지에 대해서 분석했다. 3절에서는 전혀 다른 서술양상의 텍스트를 분석하려 한다. 즉, 고도로 상징적이고 시적인 언어사용을 통해 암시적 서술양상을 보이는 최윤의 소설『저기 소리 없이 한 점 꽃잎이 지고』(1988)와 이를 영화화 한 장선우 감독의 <꽃잎>(1996)의 분석을 통해 소설에서 영화로의 매체 전이의 다른 양상을 고찰하려 한다. 영화언어는 소설의 언어보다 시의 언어와 유사한 측면이 있다. 그것은 영상이 가지는 의미의 다의성과 모호함 때문에 그러하다. 그러나 시의 언어가 가지는 의미의 다의성과 모호함이 영상이 가지는 의미의 다의성과 모호함과 같은 범주일 수는 없다. 특히 기의와 닮은 기표를 직접 보여줘야 하는 영상 이미지에서 암시적 서술양상을 그대로 재현할 수는 없다. 시의 언어에서 상징과 수사를 사용할 수 있는 것은 우선적으로 기의와 기표의 닮지 않음 즉, 비유사성에 근거하므로, 기의와 기표의 유사성에 근거한 영상매체에서 시의 언어를 그대로 재현한다는 것은 사실상 불가능하다. 앞서 언급했듯이 영화의 언어는 "추상적인 용어가 아니라 구체적인 언어이며, 특정한 때에 특정한 곳에 있는 대상과 일치"[40]하기 때문에 그러하다. 여기서 영화 <꽃잎>이 원작과 다른 주제적 미적 형상화로 향해 갈 수밖에 없음을 알 수 있다. 그렇다면 상징적이며 시적인 언어의 사용으로 암시적 서술의 서사시학을 이룬 소설텍스트를 어떻게 영화미학으로 전이시켰는가에 대해서 그리고 그 결과 심미적 지평은 어떻게 변화했는가에 대해서 분석하려 한다. 먼저 소설텍스트에서 이룬 주제적 미학적 성취를 영화텍스트와의 비교를 염두에 두며 분석할 것이다.

1) 암시적 서술양상:
최윤『저기 소리 없이 한 점 꽃잎이 지고』

암시적 독백

시의 언어와 소설의 언어는, 기호로서의 문자언어의 특성을 공유하지만, 분명 다르며 시의 화자와 소설의 서술자 역시 분명 다른 특성을 가지고 있다. 여기서 소설텍스트인 최윤의『저기 소리 없이 한 점 꽃잎이 지고』에 대해서 시적 언어를 사용했다고 언급한 것에 대한 설명이 필요한데, 본격적인 텍스트 분석에 들어가기에 앞서 잠시 언급하자면, 텍스트의 상당부분이 내적독백으로 채워져 있어서 마치 서정시의 화자와 같은 서술양상을 보이고 있다는 의미를 일차적으로 가지고 있다. 또한 서술자의 목소리가 직설적으로 정보를 전달하는 것이 아니라 암시적이며 때로 분열적이어서 수용자인 독자로 하여금 유추하고 해석해야 할 여지를 많이 주고 있을 뿐만 아니라 수많은 이미지들을 구성하고 재구성하며 유희하게 한다는 의미이기도 하다. 이러한 서술양상이 소설『저기 소리 없이 한 점 꽃잎이 지고』의 미학과 주제를 어떻게 구성해가고 수용자인 독자와 어떤 방식으로 소통하는지 분석하려 한다.

---

40) 자크 오몽, 곽동준 역,『영화 감독들의 영화 이론』, 동문선, 2005, 50쪽.

84쪽 정도 분량의 중편소설인『저기 소리 없이 한 점 꽃잎이 지고』에서 표면적으로 드러나는 서술자는 크게 세 유형으로 분류된다. 총 10절로 구성되어 있는데, 그 중 1절과 5절과 8절은 소녀와 우연히 만나게 된 남자의 초점화로 이루어지지만 일인칭 서술의 대명사를 쓰고 있지는 않다. 때로 예시prolepsis하면서 전지적 서술자의 양상을 보이고 있으나 초점화와 서술 모두 남자에게 밀착되어 있다. 2절과 4절과 7절과 9절은 소녀의 일인칭 서술로 이루어진다. 그리고 3절과 6절과 10절은 일인칭 복수대명사로 지칭되는 '우리'의 초점화와 서술로 이루어지며 '우리'는 소녀를 찾아 헤맨다. 이렇게 분명한 언어적 지시에 의해서 서술자의 목소리가 크게 셋으로 분류됨에도 불구하고 이 세 가지 서술자의 목소리는 공통점을 가지고 있는데 지극히 고백적인 독백이라는 것이다. 그런데『저기 소리 없이 한 점 꽃잎이 지고』에서의 고백과 독백은 사건의 경위를 직접 말하는 것이 아니라 암시적으로 서술한다.

또 한 가지 특이한 서술양상은 마치 액자소설의 기법을 연상시키는 프롤로그에 있다. 이 프롤로그에서 서술자는 독자(피서술자)에게 '당신'이라고 호명하며 직접 말을 건다.

　　　당신이 어쩌다가 도시의 여러 곳에 누워 있는 묘지 옆을 지나갈 때 당신은 꽃자주빛깔의 우단치마를 간신히 걸치고 묘지 근처를 배회하는 한 소녀를 만날지도 모릅니다. [⋯] 당신이 이십대의 청년이라면, 당신의 나이에 어쩔 수 없이 갖게 되는 야생의 빛나는 시선을 가지고 있다면, 먼지 긴 때에 절어 가닥난 긴 머리채에 시든 꽃송이로 화관 장식을 하고 꼭 당신을 바라보고 있지만은 않은 초점 잃은 시선으로 머리채에 꽂힌 꽃보다 더 붉은 웃음을 흘리면서 당신 뒤를 쫓아올 것입니다. [⋯] 음지에서 양지를 갈망하다 시들어버린 그 소녀를 섣불리 동정하지도 말고 [⋯] 당신의 길을 잠시 막아서는 그녀를 구타하고 넘어뜨리고 짓밟고 목을 졸라 흔적도 없이 없애버리고 싶은 무지스런 도피의 욕구가 일어난다 해도 말입니다. 설령 당신이 그렇게 한다 해도 또 다른 수많은 소녀들이, 여전히, 언젠

가는, 실성한 시선과 충격에 마모된 몸짓으로 젊은 당신의 뒤를 쫓아와 오
빠라 부를 것이기 때문입니다.[41]

위에 인용한 프롤로그의 서술자가 수용자인 독자와 소통하는 방식으
로 사용하는 언어는 모호하고 암시적이어서 독자를 당혹스럽게 만든다.
우선 포착할 수 있는 것은 "당신"이라는 이인칭대명사의 사용에도 불구
하고 서술자가 호명하는 대상이 한정되어 있다는 것이다. 즉, 소녀가 오
빠라고 부를 수 있는 "야생의 빛나는 시선"을 가진 젊은 남자에게 말을
걸고 있으며 "또 다른 수많은 소녀들"이라는 언급을 통해 이 이야기가
어느 한 개인의 비극이 아님을 암시한다. 이러한 암시적 서술은 반복된
독해를 거쳐서 스토리를 구축해 낸 후에 비로소 이해할 수 있게 되는데,
『저기 소리 없이 한 점 꽃잎이 지고』는 수용자인 독자의 배경지식에 크
게 의존하는 소설이며, 다층적인 의미를 가지고 있는 텍스트이다. 즉, 텍
스트 전체에 걸쳐서 한 번도 직접적으로 언급되지 않는 '80년 5월 광주'
의 이야기이지만 '80년 5월 광주'의 이야기로 읽지 않는다 해도 별로 상
관하지 않을 수 있는 풍부한 의미의 층을 가지고 있는 텍스트이기도 하
다. 폭력적인 시선과 "무지스런 도피의 욕구"는 역사적으로 '80년 5월
광주'에 한정되는 이야기가 아니기 때문이다.

먼저 소녀의 초점화와 언술로 전개되는 2, 4, 7, 9절을 분석하려 한다.
실성한 소녀의 분열적 언술이지만 그럼에도 불구하고 소녀가 겪었던 일
들에 대한 스토리를 구축하는데 중요한 암시들을 주고 있기 때문이다.

> 내가 엄마 손아귀의 뼈마디를 느꼈을 때 구멍은 이미 콸콸 흐르는 피에
> 엉겨 보이지도 않았어. 엄마가 내 손에 얼마나 힘을 주었을까. 아니 내가
> 엄마 몸에 구멍이 나는 걸 봤다고 생각하는 그때에 시커먼 휘장이 펄럭거

---

41) 최윤, 『저기 소리 없이 한 점 꽃잎이 지고』, 문학과지성사, 1992, 205~206쪽. 이후로
   는 쪽수만 표시함.

리고 다가와 나를 덮쳤고 내손을 움켜쥔 엄마와 같이……그냥 엎어졌나?
벌써 수천 번이나 생각해봤잖아. 그 휘장 다음은 아무것도 없어. [⋯] 모든
기억이 내 눈을 덮치던 검은 휘장에 말려 다 녹아버렸어. 그날은 무슨 날
이었을까. [⋯] 우리가 그러면 오빠를 보려고 시내에 왔던 것일까. 내가 미
쳤어. 오빠는 이미 죽었다는데. [⋯] 그날은 낯선 파도들이 춤추는 날이었
는데 푸른 양미간에 묻힌 얼굴들이 어깨동무를 하고 밀려갔다가 밀려오
고……엄마는 그 속에 뛰어들어갔어. [⋯] 파도가 더 빨리 사방으로 몰리
고……흩어졌다가……다시 모이고……그리고는 또 검은 장막.[42]

위의 인용문에서 서술자는 "시커먼 휘장", "검은 휘장", "검은 장막"
등의 자기방어기제와 함께 정보의 직접적인 전달과 해독을 지연시키는
서술양상을 보인다. 때문에 수용자인 독자는 적극적인 유추를 통해서
오빠와 엄마의 죽음이 자연사가 아니라 정치적 함의를 가지고 있음을,
또한 엄마가 뛰어 들어간 파도 속이 시위대의 물결이었음을 추리해내야
하는 것이다. 그러나 사실 이 부분에서 스토리를 구성해내기란 쉽지 않
다. 때문에 수용자인 독자는 참을성 있게 계속 해석과 유추를 진행해야
한다. 앞서 『저기 소리 없이 한 점 꽃잎이 지고』에서 암시하는 폭력의
이야기가 특정 역사적인 사건에 한정되지 않음을 이야기했다. 그보다는
더 많은 의미의 층을 가지고 있는데, 4절에서 계속되는 소녀의 내적독백
은 이후 홀로 남겨진 소녀에게 다가온 또 다른 폭력을 암시한다.

그리고 채 밤이 되기도 전에, 눈 깜짝할 사이에 내가 잠시 눈을 붙인 사
이에 파랑새 한 마리가 내 가랑이 사이로 해서 내 몸속으로 들어왔지. [⋯]
파랑새가 비집고 들어올 때 많이 아팠지만 소리지르지 않았어. 그 정도는
이제 아무것도 아니야. 수천 마리가 덤벼보라지. 나는 절대 소리를 지르고
무릎을 꿇거나 빌거나 하지 않을 거야. [⋯] 이미 그날, 엄마가 고통으로
저절로 벌어진 입을 채 다물지도 못하고 충격으로 높이 처올려진 팔이 복
부에 난 구멍을 막기 위해 내려오면서 아직 공중에서 두 날개처럼 펄럭이

---

42) 최윤, 216~220쪽.

고, 그 완성되지 않은 동작에 머무른 나의 기억에 검은 휘장이 덮친 바로 그날, 모든 것은 돌이킬 수 없이 망쳐져버렸어. […] 강가에서도 여러 번 파랑새가 부리를 틀고 내 몸속으로 들어왔어. 지금 내 몸속에는 수십 마리 의 파랑새들이 제 각기 둥지를 짓고 살고 있어. […] 내가 길에서 만난 얼 굴들, 모두 어느 한구석엔가 폭탄을 숨겨 놓고 있는 사람들의 슬픈 얼굴들 이 물 속에 다 녹아 들어갔어. 나를 몰매질한 사람들, 내게 잠자리와 먹을 것을 준 사람들, 내 이마를 짚어주고 알약을 가져다준 사람들, 내 몸에 파 랑새를 들이밀고 난 다음 황급하게 도망치던 사람들. 자 이 얼굴들은 강물 아 모두 너의 것이다. 나는 힘이 없고 내 머릿속에는 더 이상 자리가 없으 니 내 대신 이 모든 것을 지니고 있으렴. 어느 날 내 머릿속에 장막이 걷히 고 내가 나를 그늘 없이 사랑하게 될 때 다시 돌아올 테니 그때까지만 간 직하고 있으렴.[43]

여기서 일인칭 서술의 독특한 양상을 포착할 수 있다. 즉, 분열된 것 같은 소녀의 언술을 통해 그리고 "머릿속에 장막" 때문에 기억을 잃은 것 같은 혹은 억지로 기억을 지운 것 같은 소녀의 언술을 통해 지극히 암 시적으로 정보를 전달하지만 사실상 위에서 인용한 서술은 정신분열자 의 서술이라고 보기는 어렵다. 또한 기억을 잃은 소녀의 서술이라고 보 기도 어렵다. 그보다는 지극히 영리한 서술자의 비유적 언어 사용이 돋 보이는데 일인칭 서술양상의 특수성으로 인해 이 서술자는 자신의 모습 을 교묘하게 위장하고 있다. 일인칭 서술자는 스토리 세계 내부에 존재 하는 인물이면서 담론의 층위에 존재하는 서술자라는 두 가지 서로 상 충되는 특성을 가지고 있음을 앞서 언급한 바 있다. 그런데 위에서 인용 한 서술양상처럼 인물과 서술자의 간극이 클 때, 그럼에도 불구하고 '나' 라는 일인칭 대명사로 동일시되어 지칭될 때 수용자인 독자는 혼란에 빠지기 쉽다. 그럼에도 불구하고 텍스트 곳곳에 인물의 언어와 서술자 의 언어를 구별할 수 있는 근거는 숨어있게 마련이다.[44] 여기서는 천진

---

43) 최윤, 236~240쪽.

난만한, 게다가 기억을 잃고 실성한 것 같은 소녀가 분명 체험주체이기는 하지만 인식과 전달의 주체인지에 대해서는 논의의 여지가 있다. 또 다른 초점화의 주체인 남자의 시선으로 본 소녀의 실성한 모습과 소녀의 나이를 고려해볼 때 사실상 체험주체와 인식과 전달의 주체가 다르지만 모두 '나'라는 일인칭 대명사로 위장되어 있다고 보는 것이 타당하다.[45] 여기서 서술자의 언어 사용은 지극히 암시적이며 비유적이다. 즉 지시적 의미보다는 함축적 의미를 담고 있는 것이다. 또한 단선적인 플롯이 아닌 나선형[46]의 복합적인 플롯을 구축하고 있다. 정치적 함의를 가진 거대한 폭력에 의해 희생당한 소녀가 오빠와 어머니를 잃고 혼자

---

44) 일인칭 서술양상에서 분명 '나'라고 지칭되는 일인칭대명사를 공유하고 있음에도 불구하고 인물의 언어와 서술자의 언어가 분리되는 양상에 대한 예를 들기 위해 김원일의 「어둠의 혼」을 인용하려 한다.
　　나는 누나의 울음 소리가 도무지 듣기 싫다.
　　"누부야, 저거 봐라. 어무이가 쌀자루를 들고 안 오나. 기분이 좋아서 덩실덩실 춤추며 오고 있데이." 나는 거짓말을 해 본다.
　　누나는 내 말에 속은 모양이다. 울음을 뚝 그치고 사립문 쪽을 본다. 그러나 역시 어머니는 보일 리가 없다.
　　김원일, 한국소설문학대계, 동아출판사, 1995, 332~333쪽.
　　위의 인용문에서 분명 일인칭 현재시제로 서술이 진행되어서 서술자와 인물의 분리가 어렵지만, '누부', '어무이'가 인물의 언어라면, '누나', '어머니'는 서술자의 언어이고, 여기서 숨어 있는 서술자의 존재가 포착된다.
45) 인물과 서술자의 분리는 주네트가 초점화와 서술의 분리를 주장했을 때 이미 제기된 문제였다. 그러나 일인칭 서술의 경우에는 일인칭 대명사를 공유하므로 초점화와 서술의 분리가 쉽지만은 않다. 채트먼도 인물과 서술자를 분리해야 한다고 역설하고 있으나 일인칭 서술의 특수성에 대한 언급은 거의 하지 않고 있다. 또한 슈탄첼 역시 "일인칭 서술상황이란 서술의 중개성이 전적으로 소설의 인물이라는 허구적 영역 안에 속한다는 점에서 다른 서술상황과 본질적으로 구분된다"고 말하고 있는데 이 경우에 있어서도 인물과 서술자를 명확하게 구별하지 않고 있다는 것을 알 수 있다. 그럼에도 불구하고 텍스트 내의 여러 암시에 의해서, 비록 일인칭 서술양상이라 할지라도, 인물과 서술자가 일인칭 대명사로 동일시되어 있지만 사실상 그것이 위장이라는 것을 포착할 수 있으며 숨어 있는 서술자의 존재를 발견할 수 있다.
46) 하나의 사건을 여러 인물들의 시점에서 여러 번 서술할 때 나선형의 서술 구조를 가지게 된다. 이러한 서술 구조를 가진 대표적인 작품은 구로사와 아키라 감독의 영화 <라쇼몽>(1950)이다.

남겨진 후 많은 사람들에 의해 또 다른 개인적 폭력에 희생당했음이 암시되는 것이다. 그리고 소녀에게 다가온 그 모든 폭력의 근원은 "나의 기억에 검은 휘장이 덮인 바로 그 날"의 사건이었음이 암시된다. 이때 '80년 5월 광주'라는 거대서사와 이후 소녀가 겪은 여러 가지 폭력과의 관계 그리고 그 관계를 형상화 하는 방식이 소설 『저기 소리 없이 한 점 꽃잎이 지고』에서 가장 핵심적인 주제적 미학적 문제가 된다. 문제는 여기서 정치적 함의를 읽어내는 것, 비유적 언어사용에 의한 암시적 서술에서 의미를 구성하고 재구성하는 것은 전적으로 수용자인 독자의 배경지식과 참여에 달려 있다는 것이다.

나선형 서사 구조

그날의 사건이 군사정권에 의해 자행되었던 80년 5월 광주에서의 사건이라는 것을 규명하는 것은 전적으로 수용자의 배경지식과 적극적 추리과정을 통해서만 가능하다. 세 명의 서술자에 의한 교차 서술이 모두 모호하고 암시적이기 때문이다. 여기서 또 다른 인물이자 초점화의 주체인 남자의 시선과 그에게 밀착한 서술에 의해 서사가 전개되는 절들을 분석할 필요가 있다. 삼인칭 서술이지만 남자의 초점화를 통해 남자에게 밀착한 서술로서 수용자인 독자에게 또 다른 해석과 사유를 가능하게 하기 때문이다. 여기서 역사적인 사건의 거대폭력과 함께 개인의 폭력이 중첩되며 누구도 책임에서 자유로울 수 없음이 암시되지만 이러한 의미 역시 수용자인 독자의 반추를 통해, 즉, 구성과 재구성을 반복하는 인지적 수용을 통해서 유추해야 한다.

> 그리고 이제는 숲에 가려 거의 보이지 않는 강 쪽을 향하고 있는 여자애의 초라한 모습을 곁눈으로 바라보았다. 그녀를 쳐다보는 남자의 시선을 인식했음인지 여자애는 반쯤 그쪽으로 돌아앉아 그로서는 이해할 수

없는 몇 마디 말을 입 안에서 굴리면서, 그를 섬뜩하게 하는 웃음을 흘렸다. […] 이 작은 몸뚱어리가 머물러 있는 세상은 남자가 알고 있는 그것과는 전혀 다른 곳이라는 결정적인 느낌이 그의 본능적인 방어적 근육들을 수축시켰다, […] 그는 모든 느낌을 육체적인 반응으로 번역해내는 사람이었고 모든 종류의 육체적인 공포를 공격으로 해소하는 데 습관화된 사람이었을지도 <u>모른다</u>. […] 정적 속에서 남자는 그가 방금 한 일이 조금 무서워졌을지도 <u>모른다</u>. […] 그는 <u>후에</u> 이 여자애는 애초부터 재수가 없었다고 말했다. […] 여자애의 존재는 그의 원인을 알 수 없는 무력감과 함께 누구에게인지 모를 분노의 감정을 유발시켰다고 말했다. 그녀와 동거한 몇 달이 바로 지옥이었고 그녀가 눈앞에서 사라진 이후에는 또 다른 방식으로 지옥은 계속되었다고 말했다.[47]

(밑줄 인용자)

남자의 시선에서 서술된 위의 인용문은 삼인칭 서술자에 의해 서술되는데 남자의 시선이 소녀를 바라보고 서술자의 시선이 소녀와 남자를 바라본다. "후에"라는 시간부사가 지시하듯이 서술자는 미래의 일까지 예시하지만 "모른다"는 서술로 남자에 대한 즉각적인 분석과 논평과 판단을 지연시킨다. 즉, 여기서 남자가 소녀에게 폭력을 행사했음을 암시적으로 서술하고 그 폭력이 두려움과 무력감에서 나온 것임을 암시하지만 직접적인 분석과 논평과 판단을 자제하고 그것을 수용자의 몫으로 넘기는 것이다. 여기서 남자는 소녀에게 폭력을 행사하고 한편으로는 그녀를 돌보는 역할을 맡게 되는데, 서사를 전개해 나가는 데 있어서 남자가 맡게 된 더 중요한 역할은 소녀의 징후의 원인에 대한 또 다른 암시적인 정보제공자의 역할이다.

무언가 그의 한정된 상상력을 훨씬 뛰어넘는 것, 더 강한 색깔, 더 끔찍한 무엇이 있을 것만 같은데, 거기까지 다가가기도 훨씬 전에 그는 두통으로 상상을 포기하기도 했다. 어쩌면 그 끔찍한 어떤 일의 한 중간에서 엉

47) 최윤, 209~211쪽.

뚱하게 자기 자신의 얼굴이 그녀를 그렇게 만든 장본인처럼 드러날 것이 무서워 남자는 더 생각하기를 멈추었는지도 모른다.[48]

　도시마다 회오리처럼 퍼지는 소문의 물결, 입에서 입으로, 금기처럼 **빠**르고 세세하게 전달되는 가장 끔찍스럽고 믿기 어려운 그 소문의 한 자락을 귓바퀴에 걸칠 때마다, 남자는 왜 그 소문의 한 중간에서 그녀의 모습이 떠오르는지를 알 수 없었다. 더 정확히 말하자면, 남자가 그 악몽 같은 도시의 이야기를 들은 것은 단지 이 며칠 사이의 일은 아니었다. 그러나 그녀의 아물지도 않은 상처를 통해, 모든 의미가 비어버린 실성한 웃음을 통해, 흔적도 없이 지워져버린 인격의 모든 부재를 통해서 남자는 점점 더 자세히, 점점 더 강한 증폭과 깊이로 그녀가 겪었을지도 모르는 소문의 도시 전체를 보았다.[49]

　"악몽 같은 도시의 이야기"라는 구절이 소녀의 징후의 원인에 대한 결정적인 단서가 될 수 있으나 사실상 이 역시 수용자의 배경지식에 의존한다. 그럼에도 불구하고 광주라는 고유명사의 사용을 끝까지 거부한 것에 소설 『저기 소리 없이 한 점 꽃잎이 지고』가 지향하는 주제와 미학이 있다. 위의 인용문에서처럼 "끔찍한 어떤 일의 한 중간에서" 만나게 될 "자기 자신의 얼굴"처럼 누구도 가해자의 얼굴이 되는 것에서 자유롭지 않다는 것을 암시하며, 남자가 그녀를 통해 "소문의 도시 전체"를 보는 것처럼 특정도시 특정인들에게 가해진 폭력이 결코 개별화되고 개체화 될 수 없음을 암시한다. 즉, 광주에서 국가권력에 의해 자행되었던 폭력과 소녀에게 가해진 남성들의 폭력은 결코 '중핵' 사건과 '위성' 사건으로 위계 지을 수 없다. 다시 말해서, 소설 『저기 소리 없이 한 점 꽃잎이 지고』에서 분명 80년 5월 광주에서의 사건을 암시하지만 거기서 멈추지 않고 폭력에 대한 중층적 사유로 그 주제적 지향을 확장하고 있으며 이를 가능케 하는 것이 복합적이고도 분열적인 암시적 서술이다. 남

---

48) 최윤, 244쪽.
49) 최윤, 262쪽.

자의 시선에서 서술된 절에서 서술자의 목소리는 남자의 내면에 밀착하여 이러한 중층적 사유를 가능하게 한다. 그러나 남자의 내면에 밀착해 있다고 해도 서술자의 목소리가 수용자와 소통하는 방식은 직접적인 호소에 있지 않다. 그보다는 수용자를 서사내부에 참여자로 끌어들이고 있다. 때문에 "남자"와 "소녀" 모두 소설텍스트에서 특정한 고유명사로 호명되지 않으며 "소문의 도시" 역시 "광주"라는 고유명사로 호명되지 않는다.50)

> 남자 혼자로서는 그녀를 운반하는 그 속도를 멈출 수 없음을 그는 점점 분명하게 인식하기 시작했다. 어찌 그녀가 마주하고 있는 그 거대한 태산을 그 혼자 거두어줄 수 있다는 말인가. 갑자기 남자는, 그녀가 창고에 와서 거처를 정한 이후에 그녀가 그에게 말 한 마디 건넨 적이 없었음을 새삼 기이한 사실처럼 상기했다. 그 사실이 남자의 가슴에 메어질 것 같은 아픔을 주었다. 그녀의 빈 시선 앞에서 남자는 매번 배반되었고, 그건 그녀의 잘못이 아니었다.51)

여기서 "남자"라는 일반명사는 거대한 폭력을 듣고 간접 체험한 사람들에 대한 은유이다. "무지스런 도피의 욕구"를 가지고 도망치려 하거나, 무력감과 분노에서 또 다른 폭력을 행사하거나, "거대한 태산"을 거두어주려 애쓰지만 그것이 불가능함을 깨닫게 되는 모든 목격자와 방관

---

50) "인물의 이름은 인물화 기능을 가질 수 있다. 명명하기는 인물의 정체성을 복잡하게 만든다."
Jakob Lothe, p. 82.
작가 최윤이 "소녀"와 "남자"에게 고유명사 이름을 부여하지 않은 것은 의도적인 선택이라고 보인다. 이것은 소설 『저기 소리 없이 한 점 꽃잎이 지고』의 암시적이면서 모호한 서술양상과도 깊이 관련된다. 여기서 영화와의 차이가 뚜렷하게 부각된다. 영화에서는 특정한 개별 인물을 통해 인물화 하는 방식을 피할 수 없으므로 사실상 고유명사를 거부하는 식의 인물화는 형상화하기 어렵다. 그러나 이러한 인물화 방식이 영화에서의 인물화를 단순하게 만든다는 것은 아니다.

51) 최윤, 270~271쪽.

자들에 대한 은유인 것이다. 때문에 그녀와 함께 있을 때에도 그녀가 사라진 후에도 남자는 그녀의 고통을 함께 할 수도 그 고통에서 자유로울 수도 없는 것이다. 그녀가 사라진 후 그가 겪은 또 다른 방식의 지옥이 어떤 것이었는지, 소녀가 왜 실성한 상태에서 그 남자의 곁에 머물렀는지 해명되는 것은 텍스트의 가장 마지막, "우리"의 시선과 언술로 서술되는 지점에서이다.

> 우리는 신문에 적힌 주소로 찾아갔다. [⋯] 그 남자의 어딘가가 우리에게 충격을 주었다. 그 충격은 곧 이상한 친근감으로 변했다. [⋯] 왜 그녀가 난데없이 강변을 지나는 수많은 사람 중에서 그 남자의 뒤를 쫓았는지를 이해했다. 남자의 옆얼굴과 큰 체격의 어딘가에는 이미 일년 전에 우리 곁을 떠난 친구의 모습이 서려 있었다. [⋯] 거의 오열 섞인 독백에 가까운 남자의 이야기를 무한히 깊은 심연을 뛰어내리는 기분으로 들었다. 남자는 매 구절마다 자책하고 있었다. 오히려 우리들에게 매달렸다. 그녀를 꼭 찾아달라고 그녀를 찾을 수 있는 방도를 알려달라고 애원했다.[52]

소녀의 죽은 오빠를 닮은 남자는 소녀를 통해 역사의 비극과 거대한 폭력을 간접체험 했고 그녀에게 개인적 폭력을 행사한 가해자이기도 했다. 그리고 그녀를 구원하지 못했다. 여기서 위에 인용한 서술양상은 사실상 남자의 내면 심리와 그 근거를 분석하고 논평하고 있지 않다. 남자의 모습을 전달할 뿐이다. 여기서 중층적 의미를 구성하는 것 역시 수용자의 몫이다. 누구도 소녀의 죽은 오빠를 닮은 남자의 입장에서 자유롭지 않다. 여기서 수용자인 독자도 예외가 될 수 없다. 도처에 널려 있는 폭력의 그림자에서 그리고 피해자의 부재에서조차 누구도 "자책"에서 자유롭지 않다. 서술자의 목소리는 80년 5월 광주라는 특정 사건을 암시하지만 거기에서 머무르지 않고 모든 폭력의 얼굴들을 그려내게 한

---

52) 최윤, 288~289쪽.

다. 이러한 서술양상은 수용자인 독자에게 직접적으로 호소하지 않는다. 또한 내포작가의 전언을 강하게 전달하지도 않는다. 그보다는 수용자로 하여금 "소녀"와 "남자"와 "우리"의 이야기를 통해 독해의 과정과 유추의 과정을 거쳐서 의미를 구성하고 재구성하게 하며 수용자 스스로 중층적인 주제적 지향점을 구성하게 한다. 이것이 가능한 것은 상징적이고 비유적이며 시적인 언어의 사용으로 인한 암시적 서술양상으로 인해서이다. 이러한 서술양상이 텍스트의 주제와 미학을 구축해가는 과정과 수용자와 소통하는 방식은 앞서 분석한 자의식적이며 분석적이고 설득적인 서술양상과 뚜렷하게 대비된다. 때문에 수용자의 수용 방식도 달라질 수밖에 없는데 좀 더 적극적인 유추와 구성과 재구성을 통해 의미를 구축해야 하고, 수용자의 배경지식과 참여의 정도에 따라 의미 구성이 크게 좌우된다.

2) 개인의 기록과 집단의 기억: 장선우 <꽃잎>

목격과 기록의 장치

장선우 감독의 영화 <꽃잎>은 원작의 인물들과 사건들을 충실하게 재현한다. 원작에서의 프롤로그는 영화의 에필로그에서 보이스 오버 내레이션으로 처리되며, 소녀의 내적독백에서 등장한 검은 휘장은 흑백화면의 플래시백 영상으로 처리되고, "파랑새"라고 명명된 비유적 언술은 직접적인 강간의 장면으로 재현된다. 또한 소녀의 꿈 이야기는 애니메이션으로 처리된다. 이렇게 원작에서 암시된 사건들을 충실하게 재현했음에도 불구하고 영화의 매체적인 속성으로 인해서, 특히 카메라의 눈이 가진 속성으로 인해서 원작과 완전히 다른 분위기의 텍스트가 되었다. 우선 원작소설에서 암시적 서술양상의 가장 중요한 상징이었던 "검은 휘장"의 경우, 소설에서는 "검은 휘장"이라는 상징적이고 비유적인 장치로 인해 정보의 직접 전달을 지연시킬 수 있었다. 그로 인해 수용자는 지연된 정보를 구성해가기 위한 유추의 과정을 계속 수행해야 했다. 그러나 카메라의 눈은 "낯선 파도"라는 비유적 언어를 사용할 수 없다. 시위대의 물결을 직접 보여줘야 한다. 또한 "파랑새"라는 비유적 언어 역시 사용할 수 없다. 강간 장면을 어떤 식으로든 보여줘야 한다. "모든 느낌을 육체적인 반응으로 번역해 내는 사람"이라는 다소 모호한 서술 대신 남자의 외모와 행동을 직접 보여줘야 한다. 때문에 영화 <꽃잎>에서 흑백화면 처리 된 플래시백은 결코 "검은 휘장"이 될 수 없으며 따라서 수용자인 관객은 유추해야 할 것이 없다. 충격적인 사건을 현재적으로 목격할 뿐이다. 사실상 '목격'이 영화의 수용에 있어서 첫 번째 과정이라고 할 수 있다.

장선우 감독은 이러한 영화의 매체적인 속성을 잘 알고 있었다. 때문에 원작에서의 인물과 사건들을 충실하게 재현하려했음에도 불구하고 암시적 서술을 포기했다. 이것은 영화의 가장 첫 화면의 선택에서 드러난다.[53] 영화 <꽃잎>의 첫 신에서는 80년 5월 광주 민주화 항쟁을 담은 다큐멘터리 화면이 등장한다. 장갑차와 군인들과 시위대가 등장하며 소복 입은 여인들의 모습이 등장한 후에 타이틀이 제시된다. 때문에 수

[53) 버지니아 울프의 『등대로』와 콜린 그레그의 영화 <등대로>를 비교 분석한 로테는 영화 <등대로>에 대한 본격적인 분석에 들어가면서 "영화로 각색된 등대로는 어떻게 시작되는가?"라고 질문을 던진다. 그리고 소설 텍스트 도입부의 중요한 특징들이 스크린으로 옮겨지기 어려울 것이라는 자신의 가정을 콜린 그레그가 확증하는 방향으로 갔다고 말한다. 즉, 소설 『등대로』에서 버지니아 울프가 일인칭 변이형의 자질들을 포함하는 삼인칭 서술로써 한 인물의 의식 혹은 관점과 관련된 것을 기술한 서술 양식이 영화로 전이되는 것의 어려움을 포착한다. 소설 『등대로』의 도입부에서 제시된 발화들은 삼인칭 서술의 정교하고 복잡한 변이형을 보여주는 데 이때 서술자는 인물의 사상과 감정 그리고 관계에 대한 통찰과 관련한 여러 시점의 이동을 보여 준다. 그러나 영화 <등대로>의 도입부에서는 이러한 발화들을 모두 삭제하고 제임스가 등대를 쳐다보고 있는 쇼트로 시작한다.
Jakob Lothe, *Narrative in Fiction and Film*, pp. 200~207.]

용자인 관객은 소설의 독자와는 달리 암시적이고 비유적이며 모호한 프롤로그에 당혹할 필요가 없다. 또한 소녀의 징후의 원인이 무엇인지 추리할 필요가 없다. 영화 <꽃잎>에서는 다큐멘터리 화면 외에도 TV뉴스화면의 삽입과 인물들의 직접 언급을 통해 소녀의 이상증상의 원인을 직접 재현했다. 다시 말해서 원작에서 비유적이고 상징적인 언어의 사용으로 인해 소녀의 징후의 원인을 암시하고 수용자로 하여금 유추하고 구성하게 했다면 영화에서는 카메라의 직접적인 재현능력을 통해 원인과 결과를 직접 보여준 것이다. 이때 수용자는 유추를 통해 인과관계를 추리하는 인지적 수용자가 아니라 충격적인 사건의 목격자가 된다. '목격'이라는 어휘는 필연적으로 시각적 행위를 내포하며 목격자는 곧 증언자가 되어야 한다. 즉, 목격한 것을 기억하고 기록해야 하는 것이다.

그런데 또 한 가지의 문제가 남아 있다. 앞서 소설『저기 소리 없이 한점 꽃잎이 지고』에서 광주라는 고유명사를 끝까지 언급하지 않음으로써 폭력의 역사를 특정 사건에 한정하지 않았음을 언급했다. 또한 역사적이고 정치적인 함의를 가진 폭력과 개인의 폭력이 맞물리는 중층적 의미에 대해서 언급했다. 영화 <꽃잎>에서 원작의 이러한 주제적 깊이를 담으려고 애쓴 흔적이 보이는데 그것은 교차편집 기법에 의해서 이루어졌다. 즉, 광주에서의 폭력의 장면을 담은 쇼트와 소녀를 강간하는 남자의 쇼트를 교차 편집시킨 것이다. 군인들을 피해 도망치는 시위대의 모습을 담은 쇼트와 트랙터를 타고 가다가 도망가면서 비명 지르는 소녀를 강간하는 트랙터 기사의 모습을 담은 쇼트의 교차편집을 통해 그러한 의도를 엿볼 수 있다. 그럼에도 불구하고 원작에서와 확연하게 다른 분위기를 가져오게 된 것은 소설에서의 서술과 영화에서의 서술의 차이에 기인한다. 여기서 소녀가 과거에 겪었던 폭력과 그것에 대한 기억을 표현하는 흑백의 화면들과 소녀의 현재의 모습을 표현하는 컬러 화면의 교차편집은 에이젠슈테인이 말한 "대위법적 구조"[54]와 유사하다. 즉, 원작소설에서 암시적이고 분열적인 언어로 서술된 기억과 역시 모호한 서술로 이어진 현재의 소녀의 모습에 대한 영화적인 표현 양식이라고 볼 수 있다. 소설텍스트에서 남자의 시선과 내면에 밀착한 서술을 이룬 1절과 5절과 8절에서 남자는 상당히 모호하게 묘사되며 남자의 폭력의 근원에는 두려움과 무력감이 자리하고 있음이 서술된다. 그러나 서술자의 목소리가 사라진 영화에서 카메라의 눈에 포착된 남자는 모호한 인물도 아니고 두려움과 무력감이 형상화 되지 않는다. 사실상 언어의 도움 없이 소녀를 향한 남자의 폭력이 두려움과 무력감 때문이라고 관객에게 제시할 수 있는 방법은 없다. 때문에 영화 <꽃잎>에서의 남자는 폭력적이고 무지한 모습으로 재현되었다가 소녀에게 연민을 느끼고 돌보는 모습으로 형상화 된다. 또한 원작에서 남자는 소녀를 통해, 즉 "그녀의 아물지도 않은 상처를 통해, 모든 의미가 비어 버린 실성한 웃음을 통해, 흔적도 없이 지워져버린 인격의 모든 부재를 통해" "소문의 도시"를 체험하지만 영화 <꽃잎>에서는 공사장 인부들의 얘기를 통해서 광주에서의 사건에 대해 듣게 된다. 그러나 수용자인 관객에게는 그것이 별로 의미가 없다. 이미 관객은 소녀의 징후의 원인이 무엇인지 너무 잘 알기 때문이다. 앞서 원작소설에서 남자의 역할 중 중요한 것은 서사적 정보를 구성해가는 것이라고 언급했다. 그러나 영화 <꽃잎>에서 남자는 서사적 정보를 구성해가지 않는다. 즉, 소녀에게 일어난 일이 어떤 일인지 애써 추리할 필요가 없다는 것이다. 또한 소녀가 겪은 충격적인 사건을 간접 체험할 필요도 없다. 여기서 관객은 남자보다 더 많은 정보를 알고 있는데, 영화에서는 원작소설에서와 달리 남자의 시선을 통해 인물과 사건이 일부라도 전달될 필요가 없기 때문이다. 이때 소설에

---

54) 에이젠슈테인의 영화 <전함 포템킨>에서 장에서 장으로 옮아가는 움직임은 두 개의 확실한 움직임으로 진행된다. 즉, 대위법적 구조이다. 즉, 어떤 하나의 정감, 상황, 행동 → 휴지(休止) → 반대 상태로 격렬하게 전환으로 정리할 수 있다.
에이젠슈테인 선집 2, 이정하 편역, 『몽타주 이론』, 128쪽.

서의 소녀의 언술과 남자의 시선을 통한 서사적 정보 구성 역시 영화에서는 카메라의 눈이 대체했다.

그렇다면 원작에서의 암시적 서술의 목소리가 사라진 영화에서 교차편집과 흑백화면의 플래시백, 인물의 외모와 행동을 보여주는 카메라의 눈을 통해 구축한 미학은 무엇인가? 바로 사실주의적 재현의 미학이라고 할 수 있다. 앞서 카메라가 리얼리즘의 환상을 재현하기에 적합한 도구임을 언급했다. 또한 기록으로서의 사진과 영상이 기록으로서의 문자의 지위를 압도했음도 언급했다. 때문에 르네 바르자벨은 "극영화는(…) 언제나 일종의 다큐멘터리다"[55]라고 말한 것이다. 그런데 여기서 "일종의"라는 단서가 중요하다. 즉, 재현의 도구로서 카메라의 사용과 편집에 의한 쇼트의 병치를 어떻게 하느냐에 따라서 재현된 세계는 달라질 수밖에 없으며 영화에서의 리얼리즘이 '객관적'이라는 어휘와 연결될 수는 없다. "영화에서 보여 준다는 것은 편집하는 것과 아주 유사하다. (…) 카메라맨은 인간의 지적 능력과 영화의 시각적 능력을 결합하고 있다. 그는 생각하기 때문에 세계를 보며, 세계를 보기 때문에 생각한다"[56]는 언술은 영화의 리얼리즘 그리고 그것을 가능하게 하는 카메라의 눈이 가지고 있는 사실상 주관적인 속성을 암시한다. 때문에 영화 <꽃잎>에서 사실주의적 재현의 미학을 구축하는 양상이 어떤 방식으로 이루어지는지 분석할 필요가 있다. 우선 원작에서와 달리 소녀는 전혀 자신의 목소리를 내지 않는다. 소녀가 내는 목소리는 장을 향해 "오빠"라고 부르는 것과 실성한 웃음소리와 비명소리 뿐이다. 원작에서 소녀의 시점과 일인칭 서술로 제시된 비유적이고 상징적인 언어는 영화 <꽃잎>에서 사라지고 대신 충격적인 영상이 그 자리를 대체한다. 이때 소녀는 남자의 시선에 포착되고 카메라의 시선에 포착되어 관객에게 제시된다. 그

---

55) 자크 오몽, 김호영 역, 『영화 속의 얼굴』, 마음 산책, 195쪽 재인용.
56) 자크 오몽, 곽동준 역, 『영화 감독들의 영화 이론』, 동문선, 2005, 37쪽.

리고 소녀의 이상행동의 원인이 무엇인지 이미 영화가 시작될 때 제시 되었을 뿐만 아니라 소녀의 꿈을 통해 흑백화면의 플래시백으로 직접 재현된다. 또한 TV뉴스 화면의 삽입을 통해 더 명확하게 시대적 상황을 제시한다. 다시 말해서 원작소설에서의 비유적이고 상징적인 언어의 사용에 의한 암시적 서술을 카메라에 의한 직접 재현으로 대체한 것이다. 이것은 텍스트의 미학을 구성하는 데 있어서 결정적인 차이를 만들 뿐 아니라 수용자에게도 전혀 다른 체험을 하게 한다. 소설『저기 소리 없이 한 점 꽃잎이 지고』의 독자가 개별적인 배경지식과 참여에 따라 각각 다른 스토리와 의미를 구성해간다면 영화 <꽃잎>의 관객은 집단적인 목격자가 되는 것이다.

기록과 기억의 공유자

관객이 집단적인 목격자가 되었다는 것은 같은 장면을 보고 같은 기억을 공유하게 되었다는 의미이다. 그러나 같은 장면을 보고 같은 기억을 공유하게 되었다고 해서 같은 의미를 구성해내는 것은 아니다. 같은 화면을 보았다고 해도 그에 대한 반응과 해석은 관객마다 다르다. 영화의 관객은 같은 장면을 보고 획일화 되는 수동적인 집단이 아니라 심미적 성향과 이데올로기적 성향을 가진 개인주체이기 때문이다. 그런데 소설『저기 소리 없이 한 점 꽃잎이 지고』의 수용자와 영화 <꽃잎>의 수용자는 분명 상당히 다른 방식으로 텍스트와 소통할 수밖에 없다. 앞서 언급했듯이 원작소설에서는 비유적 언어의 사용과 암시적 서술로 인해, 즉 함축적 언어의 사용으로 인해 그것이 지시하는 의미를 구성하는 것 자체가 수용자의 배경지식에 크게 의존하지만, 즉, 소녀의 징후의 원인을 수용자가 추리해야 하지만, 영화에서는 소녀의 징후의 원인을 카메라의 눈으로 직접 재현했기 때문이다. 여기서 영화의 수용자는 재현된 동적動的 시각 이미지인 영상을 체험하는 것으로 인해 집단적인 목격자가 되지만 그에 대한 정서적 이데올로기적 반응은 수용자마다 다를 수 있다.

또한 원작에서의 인물화 방식과 영화에서의 인물화 방식이 달라짐으로 인해서 수용자가 인물을 대하는 태도 역시 달라진다. 원작소설에서는 소녀의 일인칭 서술로 구성된 마지막 절인 9절에서 소녀가 "검은 휘장"을 걷어내고 그날의 사건들을 이미 죽은 오빠에게 고백한다. 처음부터 끝까지 소녀의 언술로 이루어진 이 부분을 영화에서 어떻게 형상화했는지 분석함으로써 원작소설과 달라진 지평을 확실히 알 수 있다. 오빠가 사 준 옷을 입고 묘지로 간 소녀는 오빠에게 그날의 일을 고백하기 시작한다. 이때 소녀가 사용하는 언어는, 원작과는 달리, 전라도 방언이다. 그러나 소녀의 목소리는 곧 사라진다. 다시 흑백화면의 쇼트로 교차편집 되어 그날의 사건들이 현재적으로 재현되고 다시 컬러화면의 쇼트로 교차편집 되어 실성한 몸짓으로 몸을 떨며 이해할 수 없는 음성을 내뱉는 소녀가 조명된 후 다시 흑백화면 쇼트로 바뀌는 교차편집이 빠르게 전개되다가 흑백화면 쇼트가 완전히 사라지면서 "검은 휘장"도 사라진다. 이제 소녀는 더 이상 실성한 몸짓을 하지 않는다. 또렷한 목소리로 죽은 엄마의 손에서 자신의 손을 빼내서 도망간 일을 고백하며 우는 소녀를 카메라는 부감쇼트로 클로즈업하고 잠시 후 카메라가 이동하면서 소녀 옆에서 침통한 표정으로 소녀의 이야기를 듣고 있는 남자, 장이 포착된다. 이때 장 역시 원작소설에서와는 달리 인식과 전달의 주체가 아니다. 오히려 수용자인 관객보다 훨씬 늦게 소녀의 이상행동의 직접적인 원인을 알게 되며 서술의 목소리를 잃었기 때문에 사유의 목소리 역시 잃었다. 여기서 원작소설의 수용자는 어느 정도는 인물과 함께 사유하고 추리하며 고민하게 되지만, 영화의 수용자는 사유하고 추리하며 고민하는 대신 인물에게 정서적으로 공감하거나 공감하기를 거부하게 된다. 그러나 공감하는 쪽이든 공감하기를 거부하는 쪽이든 집단적 목격은 집단적 기억이 된다.

여기서 원작소설이 역사적인 상처, 즉 80년 5월 광주라는 거대서사를 개인의 사유의 영역으로 가져왔다면, 이를 각색한 영화 <꽃잎>은 집단적 기억 만들기로 돌아섰음을 알 수 있다. 묘지에서 고백하는 소녀의 플래시백 흑백화면 쇼트에서 발포장면이 재현된다. 애국가가 들리고 발포되고 사람들이 쓰러진다. 애국가가 발포의 신호였음은 김지훈 감독의 영화 <화려한 휴가>(2007)에서도 그대로 재현되었다. 영화 <꽃잎>에서 애국가는 다시 한 번 중요한 영화적 장치로서 사용된다. 묘지에서 돌아 선 소녀가 시장으로 들어설 때 다섯 시를 알리는 시계 소리와 함께 애국가가 울리고 사람들은 모두 멈춰 선다. 가슴에 손을 올린 사람도 있다. 그 사이를 소녀는 멈추지 않고 지나간다. 국기에 대한 맹세가 낭송되는 동안 아주 짧은 쇼트가 오버 랩 된다. 애국가와 함께 시작된 발포 장면의 흑백쇼트이다. 그리고 다시 소녀의 무표정한 얼굴이 클로즈업되고 점차로 미디엄 쇼트로 그리고 풀 쇼트로 이동하다가 페이드 아웃된다. 이러한 쇼트의 병치와 카메라 이동이 이루어지는 동안 어떠한 언어적 설명도 없다. 영화적인 방식으로만 서술하며 집단적 기억을 만들고 각인시키는 것이다. 영화가 집단적 기억 만들기에 유리한 매체임에 대해서 부연설명을 하자면 이것은 개인의 기억을 공적인 기록으로 전이시키는 작업이기도 하다. 문자에 의한 기록보다 사진이나 영상 이미지에 의한 기록이 더 힘을 가지게 됨을 앞서 언급했으며 사진이나 영상 이미지에 의한 기록이 "우리가 볼 수도 있었던 세계에 대한 기록"임도 앞서 언급했다. 영상 이미지에 의한 기록은 증언에 의한 기록보다 더 강렬하게 집단의 기억이 된다.[57] 홀로코스트나 베트남 전쟁이 계속해서 영화의 주요

---

57) "영화는 세상을 보여주는 스펙터클로서 자신의 본분을 잊지 않았고 인류학적 소명과 사회학적 증인의 가치도 잊지 않았음을 입증했다"는 자크 오몽(Jacques Amount)의 말

소재로서 사용되는 것은58) 영화가 개인의 기억을 집단의 기억으로 만들기에 유리한 매체이기 때문이다. 80년 5월 광주의 이야기도 마찬가지이다. 여기서 영화 <꽃잎>은 원작과는 분명 다른 방향으로 향한다. 여기서 원작에서의 프롤로그를 영화에서는 보이스 오버 내레이션의 에필로그로 처리한 이유도 알 수 있게 된다. 원작소설에서는 서술양상 자체가 암시적이어서 수용자로 하여금 그 암시를 통해 유추하고 해석하게 했으므로 프롤로그에서 먼저 모호하면서도 흥미를 유발시키는 화두를 던지는 수사적 장치가 유효했다. 하지만 영화에서는 사실주의적 재현의 미학을 추구했으며 그로 인해 집단적 기억을 만들었으므로 소녀가 떠난 후 혼자 남겨진 남자 장이 눈을 맞으며 묘지에 서 있는 롱 쇼트와 함께 그 모든 것이 끝난 이야기가 아님을 말하는 보이스 오버 내레이션을 들려 준 것이다. 여기서 보이스 오버 내레이션으로 들려주는 에필로그는 분명 원작소설텍스트의 "흔적"이지만 전혀 다른 미학을 구성하며 수용자에게 다른 심미적 체험을 하게 한다.

여기서 또 한 가지 언급해야 할 것은 소설이 발표된 1988년과 영화가 상영된 1996년 사이의 시간적 거리와 그로 인한 사회적 담론의 변화이다. 물론 어떤 서술양상을 선택하는가는 작가의 몫이지만 작가와 독자와 텍스트와 콘텍스트가 상호 영향을 주고받는 수사적 상황에서 작가의 선택인 서술양상 역시 사회적 담론의 영향을 받으며 또한 사회적 담론을 만들어나가는 것도 분명한 사실이다. 소설 『저기 소리 없이 한 점 꽃

은 기록과 기억으로서의 영상 이미지의 힘을 전제로 한다.
자크 오몽, 김호영 역, 『영화 속의 얼굴』, 마음산책, 2006, 10쪽.
58) Peter Ehrenhaus는 "시각적인 수사로서 홀로코스트의 기억(Holocaust Memory As Visual Trope)"이라는 논의를 전개했다. 그에 의하면 영화는 현재의 사건에 대해서 만큼이나 역사적 과거를 전하는 데 있어서도 집단적인 기억을 형성하는데 관여한다.
Peter Ehrenhaus, "Why We Fought: Holocaust Memory in Spielberg's *Saving Private Ryan*", Carl R. Burgchardt, *Readings in Rhetorical Criticism*, Colorado State University, 2005, pp. 584~587.

잎이 지고』에서는 아직 군사정권이 완전히 끝나지 않은 1980년대 말, 억압된 사회에서 더욱 발달하는 상징과 수사학의 풍부함을 보여주었다면, 영화 <꽃잎>은 자유의 물결과 함께 망각 속에 사라져가는 역사적 사건을 카메라의 직접적 재현의 미학으로 형상화했다. 이것은 같은 소재를 다룬 영화 <화려한 휴가>(2007)에서 더욱 직설적인 화법을 사용하고 있다는 것과도 일맥상통한다. 표현 양식의 차이 그리고 서술양상의 차이는 이렇게 텍스트의 주제와 미학을 다르게 구성하며 수용자와 다른 방식으로 소통할 뿐만 아니라 사회적 담론의 변화를 반영하며 사회적 담론을 구성해간다는 사실 역시 확인할 수 있다.

지금까지 분석했듯이 소설『저기 소리 없이 한 점 꽃잎이 지고』와 영화 <꽃잎>은 확연하게 다른 표현양상을 보이고 있으며 그로 인해서 수용자의 수용 방식도 완전히 달라진다. 그렇다면 소설과 영화를 함께 감상했을 때에는 어떠한 수사적 효과를 가질 수 있는가에 대한 질문을 던지려 한다. 분명 영화 <꽃잎>은 소설『저기 소리 없이 한 점 꽃잎이 지고』에서의 사건과 인물에 대한 형상적 해석figural interpretation[59]의 한 양상을 보여 준다. 소설『저기 소리 없이 한 점 꽃잎이 지고』처럼 서술양상이 암시적이고 모호할 때 영화에서의 시각 이미지가 재현하는 인물과 사건은 원작소설의 인물과 사건에 대한 하나의 보완적 형상이 되기도 한다. 중요한 것은 소설과 영화를 함께 감상할 때 소설에서의 인물과 사건에 대한 언어적 지시가 영화에서의 시각 이미지의 형상을 규정하기도 하지만 영화에서의 인물과 사건에 대한 시각 이미지의 형상이 소설에서의 인물과 사건을 구성하기도 한다는 것이다. 소설이 영화를 구성하고 영화가 소설을 구성하는 양상은 때로는 보충적이며 때로는 충돌한다. 영화 <꽃잎>이 형상화 한 시각 이미지는 사실상 소설『저기 소리 없이 한 점 꽃잎이 지고』에서의 언어적 지시에 의해 구성될 수 있는 많은 이

---

59) Auerbach(1959:53), Lothe, p. 99 재인용.

미지 중의 하나이다. "언어 실행과 상징적 조직에의 소속에 연결된 깊은 구조에 의해 항상 이미지는 만들어진다"[60]는 오몽Jacques Aumont의 주장은 언어와 이미지와의 일반적 관계에 대한 진술이지만 특히 소설을 영화화 했을 경우에 원작소설에서 문자언어로 지시된 사건과 인물과 영화에서의 시각 이미지의 형상과의 관계를 잘 설명한다. 결론적으로 장선우 감독은 원작소설에 대한 충실한 독해를 바탕으로 원작의 인물과 사건들을 영화적인 방식으로 모두 재현했으나, 바로 그 영화적인 방식으로 인해서, 즉 소설의 서술과 영화서술의 차이에 의해서, 보여주기를 해야 하는 카메라의 특성으로 인해서 완전하게 다른 심미적 지평이 형성된 것이다.

---

60) 자크 오몽, 오정민 역, 『이마주: 영화, 사진, 회화』, 동문선, 2006, 176쪽.

4. 고백적 언어와 일별(一瞥)의 시선

　분석적이고 논평적인 서술양상과 자의식적이고 설득적인 서술양상 그리고 암시적이고 비유적인 서술양상에 이어서 분석할 소설텍스트에서의 서술양상은 고백적 서술이다. 역시 영상 이미지로 형상화하기에는 어려운 서술양상이다. 고백적 서술은 인물의 내면에 가장 밀착한 서술이며 이때 인물은 경험과 인식과 표현의 주체가 된다. 바흐친에 따르면 고백적 서술은 "자유로운 자기표현의 최고의 형태"이자 "가장 높은 차원 혹은 궁극적인 차원에서 타자와 만나는 행위"[61]이다. 고백적 서술의 대표적인 장르로서 일기와 서간문을 들 수 있는데 이때 인물은 타자를 향해 자신의 내면을 드러낼 뿐만 아니라 스스로 자신을 바라보며 자신을 성찰하고 형성해가는 과정을 거치게 된다. 본고에서 고백적 서술양상으로 선정한 텍스트는 구효서의 장편『낯선 여름』이다.『낯선 여름』의 서사는 두 명의 일인칭 서술자가 교차로 서술하는 양상으로 구성되어 있는데 여성 인물 서술자가 남긴 기록을 보고 남성 인물 서술자가 반추하며 고백하는 이중의 고백적 서술양상을 보이는 텍스트이다. 이러한 서술양상을 가진 또 다른 텍스트로서 황석영의『오래된 정원』이 있다. 『낯선 여름』과『오래된 정원』모두 영화화 되었으며 영화의 매체적인 특성으로 인해 경험과 인식과 표현의 주체였던 인물들이 카메라의 피사체로서 조명되어 원작과는 다른 미학을 구축했다. 여기서 분석대상 텍스트로서『낯선 여름』과 이를 영화화 한 <돼지가 우물에 빠진 날>을 선정한 이유는 소설텍스트와 영화텍스트 사이의 간극을 보다 분명하게

---

61) M. M. Bakhtin, *Problems of Dostoevsky's Poetics*, edited & translated by Caryl Emerson, University of Minnesota Press, 1984, p. 294.

드러내는 텍스트이기 때문이다. 다시 말해서 소설과 영화 각각의 표현 양식의 차이를 보다 분명하게 드러내며, 각각의 텍스트의 주제와 미학을 어떻게 구성해 가는지 보다 확실하게 보여주고 수용자와 소통하는 방식의 차이 역시 확실하게 보여주기 때문이다. 물론 이것은 원작소설의 수용자이자 영화의 생산자인 감독의 의도가 많이 개입된 부분이기도 하다. 이에 대해서 본격적으로 텍스트를 분석 하면서 상술할 것이다.

1) 회고적 서술양상: 구효서 『낯선 여름』

선조성과 회상의 시학

소설 『낯선 여름』의 스토리 시간은 일 년 정도이다. 일인칭 대명사인 '나'로 지칭되는 남성 인물 효섭이 등기소포를 받는 것으로 시작되는데 소포의 내용물은 역시 일인칭 대명사를 사용한 여성 인물 보경이 남긴 일기 같기도 하고 서간문 같기도 한 기록이었다. 즉, 소설 『낯선 여름』은 보경의 고백적 서술과 이를 읽고 반추하는 효섭의 고백적 서술이라는 이중의 고백적 서술로 이루어졌으며, 때문에 필연적으로 회고적 서술이 이루어지며 과거와 현재가 교차되어 제시되기는 하지만 시간은 선형적으로 구성된다. 이때 시간이 선형적으로 구성된다는 언술에 대해서 앞서 소설의 서술과 영화의 서술의 차이에 대해 논할 때 언급했으나 여기서 텍스트 분석을 위해 다시 한 번 세밀하게 논할 필요가 있다.

비록 현대소설이 영화의 영향 또는 다른 매체의 영향으로 인해 그 선형성에서 상당 부분 벗어난 듯 보이기도 한다. 영화에서의 오버 랩 기법이나 빠른 교차편집 기법에서처럼 소설에서도 과거와 현재가 아주 빈번하게 교차되는 양상을 보이기도 한다. 그럼에도 불구하고 소설에서의 서술과 시간 구성은, 아무리 과거와 현재를 빈번하게 교차시킨다 해도,

마치 영화에서의 장면 전환과 같은 기법을 사용한다 해도 선형적일 수밖에 없다는 것을 다시 한 번 강조할 필요가 있다.62) 앞서 언급했듯이, 소설에서는 한 공간에 함께 있는 두 인물을 동시에 보여줄 수 없다. 이는 문자언어의 선조성 때문에 그러하다. 소설은 문자언어만을 재료로 사용하는 장르이며 매체이다. 함께 있는 두 인물 중 반드시 누군가의 이름을 먼저 거론해야 하며 반드시 누군가의 외모를 먼저 묘사해야 하고 반드시 누군가의 발화를 먼저 제시해야 하는 것이다. 때문에 소설은 문자언어의 선조성과 시간의 선형적 구성에서 자유로울 수 없다. 소설『낯선 여름』에서도 보경의 기록에 묘사된 과거의 일들 그리고 그에 대한 보경의 인식과 논평과 이를 읽고 그 당시의 일들을 떠올리며 자신의 심경을 고백하는 효섭의 현재 시점이 빈번하게 때로는 빠르게 교차하지만 전체적인 시간 구성은 선형적이다. 이것은 영화와의 비교에서 더욱 확연하게 드러난다. 영화 <돼지가 우물에 빠진 날>에서는 현실적인 시간의 개념을 사실상 무화시키며 시간의 공간화를 이루어냈다. 이에 대해서는 영화를 분석할 때 자세히 논할 것이다.

소설『낯선 여름』에서 인물화의 방식은 두 인물의 고백적 서술이 교차로 제시된다는 데 그 특징이 있다. 즉, 일반적인 고백적 서술양상에서처럼 시간적 거리를 두고 자신을 대상화 시켜 인물화 할 뿐만 아니라 두

---

62) 필자는 "영화적 글쓰기"라는 말 자체에 회의적이다. 비록 "영화적 글쓰기"라는 말이 함의하고 있는 모든 것을 부정하지는 않는다 하더라도 "영화적 글쓰기"란 사실상 말이 되지 않는다. 영화에서 이야기를 전개하는 방식과 소설에서 이야기를 전개하는 방식이 너무도 다르기 때문이다. 기본적으로 소설과 영화는 완전히 다른 매체이다. 시간의 선형성의 문제 혹은 문자언어의 선조성의 문제만 해도 그러하다. 예를 들어, 서진의 장편소설『웰컴 투 더 언더그라운드』(한겨레 출판, 2007)의 경우, "영화보다 더 영화적인 구성"이라는 평가를 받고 있으며 소설텍스트 안에서 VTR에서 사용하는 용어인 "rewind" "fast forward"를 사용하여 장면을 구분하고 있으나 사실상 기본적으로 소설에서의 시간 구성의 중요한 장치인 역전(analepsis)과 예시(prolepsis)와 전혀 다를 것이 없는 구성이다. 기본적으로 소설텍스트는 문자언어의 선조성과 시간의 선형성을 거스를 수 없다. 이를 바탕으로 가장 복잡하고 위장적인 서사장치를 담보하는 것이 회상의 시학이라고 할 수 있다.

서술자가 서로를 인물화 하는 양상으로 서사가 전개된다. 또한 다른 주요 인물인 민재와 보경의 남편 동우 역시 보경과 효섭에 의해 초점화 되고 서술되는 데, 이때 서술하는 양상은 민재와 동우의 인물화를 구성할 뿐만 아니라 서술자인 보경과 효섭까지도 인물화 하게 된다. 다시 말해서 어떤 방식으로 타자를 서술하는 가에 따라서 서술대상뿐만 아니라 서술주체까지도 인물화 되는 것이다.

　　그러나 왠지 그에게선 스마트하다거나 활기찬 인상이 풍기진 않았습니다. 뭐랄까. 날개 꺾인 독수리라면 너무 거친 비유이겠지만, 어쨌든 그는 정체 모를 슬픔과 비밀을 간직한 수컷처럼 보였습니다.[63]
　　아주 귀여운 어린 계집애가 나이를 먹은 것만 같다. 그런 얼굴에 늘 우수 같은 게 어려 있으니 그녀를 처음 보고 호감을 갖지 않는 남자는 없었다. 그게 호감이 아니라 호기심이었대도 상관없다.[64]
　　남편은 아마 자신의 시간을 갖기 위해 아침부터 부지런히 스파게티를 만든 건지도 모르겠습니다. 이걸 하고, 이걸 끝내놓고, 이걸 한다. 남편은 시간을 아주 잘 쪼개 쓰는 타입이었으니까요.[65]
　　남편은 그런 사람이었습니다. 장난으로라도 "도대체 늦도록 어딜 그렇게 싸돌아다니는 거야."라는 투의 말을 아내에게 사용하지 않지요. 그런 투의 말은 남편의 기억저장세포에 입력돼 있지 않은 것입니다.[66]
　　그의 시선은 수천 년 된 신비 앞에 선 고고학자처럼 신중하면서도 호기심에 가득 차 있었고, 다가올 환희에 어느 정도 상기돼 있었습니다.[67]
　　그녀의 남편은 보통 키에 방송인 같은 목소리(왜 그런 목소리가 있잖은가)를 구사하는 사람이었다. 정중하고 자신만만한 사람처럼 보였다. 단번에 미남이라고 말할 순 없지만, 미남 추남 보통이라고 각각 쓰인 상자에 세상 사람을 억지로 분류해 담는다면 그는 분명 미남이란 상자엔 담길 사람이었다.[68]

63) 구효서, 『낯선 여름』, 일송포켓북, 2005, 21쪽.
64) 구효서, 앞의 책, 30쪽.
65) 구효서, 앞의 책, 47쪽.
66) 구효서, 앞의 책, 289쪽.
67) 구효서, 앞의 책, 349쪽.

위의 인용문에서 보경의 서술과 효섭의 서술은 확연하게 구별된다. 보경의 서술은 자신을 "저"라고 지칭하며 경어를 사용한다. 즉, 보경의 기록은 서간문의 형식을 가지고 있다. 물론 고백적 서술양상은 서간문에 한정되지 않는다. 그러나 서간문이 고백적 서술양상의 특성을 보다 여실하게 보여줄 수 있다면 그것은 특정한 수신자를 전제한다는 것이다. 그러나 여기서 보경의 글의 수신자는 효섭이 아님을 알 수 있다. 왜냐하면, 위에 언급한 인용문을 통해서 알 수 있듯이, 보경은 효섭을 묘사할 때 이인칭 대명사를 사용하지 않고 "그"라는 삼인칭 대명사를 사용하고 있기 때문이다. 그렇다면 보경의, 서간체적인 특성을 가지고 있는 고백적 서술의 수신자는 불특정 다수임을 알 수 있다. 랜서Susan Snaider Lanser에 의하면 서간체 서술은 "인물의 삶 속에 독자를 연루시키는 데 설득력 있는 수단"69)이 된다. 여기서 효섭 뿐만 아니라 독자를 수신자로 상정하는 보경의 서간체 서술양상이 가지고 있는 수사적 전략이 무엇인지 알 수 있다. 보경의 서술 문체와 효섭의 서술 문체가 서로 다르지만 그럼에도 불구하고 보경과 효섭이 다른 인물들을 인물화 하는 방식에서 유사점이 보인다. 지극히 묘사적이며 분석적이라는 것이다. 또한 그들에게는 적대적 대상이란 없는 것처럼 보인다. 이러한 서술의 방식은 곧 보경과 효섭의 인물화를 구성하며 그들을 탈속적인 인물로 만든다. 이러한 인물화의 양상은 또한 소설 『낯선 여름』의 미학과 주제를 형성하는데, 우선 『낯선 여름』의 비현실적일 정도로 평온하고 섬세하며 서정적인 미학을 구축하는 데 일조한다. 여기서 소설 『낯선 여름』의 주제적 지향점이 왜 일상 제도와 구조로부터의 일탈을 추구하게 되는지도 설명된다. 이러한 주제적 지향점은 보경의 고백적 서술과 남편 동우의 언술로 전경화 되며, 고백적 서술양상의 교차와 탈속적인 인물화 그리고 그로 인한 주제

---

68) 구효서, 앞의 책, 379~380쪽.
69) 수잔 스나이더 랜서, 김형민 역, 『시점의 시학』, 좋은 날, 1998, 27쪽.

적 지향점 모두가 『낯선 여름』을 통속적인 텍스트로 만들지 않는 데 일 조하게 된다.

> "그래. 요컨대 사람은 전혀 다른 사람도 될 수 있다는 거요." 남편이 약 간은 고통스런 표정을 지으며 말했습니다. "고래 뱃속 같은, 혹은 괴물의 뱃속같은 어둡고 혼돈스런 세계를 반드시 통과해야 한다는 조건이 있긴 하지만……" [⋯]
> "당신은 단지 그 제의적인 시간과 공간을 혼돈스럽게 휘둘리며 통과했 을 뿐, [⋯]"
> 저 자신이 불쑥불쑥 낯설게 느껴질 때마다 이게 꿈이지 싶었습니다. 그 러나 한편으로는 지금껏 내가 살아온 현실이 오히려 꿈이지 싶었습니 다.70)

장자의 "호접지몽"을 연상케 하는 사유가 고백적 서술을 통해 제시됨 으로써 자기합리화로 향하는 것이 아니라 스스로를 이해하고 타자를 이 해하려는 수사적 소통상황을 이루게 된다. 즉, 고백적 서술양상은 서술 자의 내면으로 향하는 담론인 동시에 타자에게 향하는 담론이 된다. 이 것은 자신에 대한 인식이 타자와의 관계 속에서 가능하다는 바흐친의 주장과 일맥상통한다.71) 또한 여기서 고백적 서술의 진실성은 타자에 대한 신뢰와 밀접한 관련을 가지고 있음도 알 수 있다. 여기서 소설 『낯 선 여름』의 인물들은 경험의 주체일 뿐 아니라 인식과 표현의 주체이며 이러한 경험과 인식과 표현이 타자와의 긴밀한 관계와 신뢰 속에서 구 축됨을 알 수 있다. 이는, 앞서 고찰했듯이, 각각의 서술자가 다른 인물

---

70) 구효서, 401~408쪽.
71) 바흐친은 「도스토예프스키 시학의 문제」에서 "타자 없이는 나 자신이 될 수 없으며 내 안의 타자를 발견하는 것을 통해 타자 속의 나 자신을 발견해야 한다. 합리화는 자기-합리화가 아니며, 인식은 자기-인식이 아니다"라고 말한다.
M. M. Bakhtin, *Problems of Dostoevsky's Poetics*, edited & translated by Caryl Emerson, University of Minnesota Press, 1984, p. 288.

들을 묘사하는 과정에서도 드러나며 결과적으로 이러한 서술양상이 탈속적 인물화를 지향하며 소설 『낯선 여름』의 수사학과 주제를 결정한다. 이것은 무엇보다 보경과 효섭의 "서로 연결된 회상을 통해서"[72) 구성된다.

공유적 자아

고백적 서술양상이 회고적 서술양상과 이어지며 과거와 현재를 교차시킨다는 것이 어떤 수사적 의미를 가지며 이것이 수용자에게 어떤 영향을 줄 수 있는지 고찰하기 위해서 우선 '서술된 자아'와 '서술하는 자아'를 분석할 필요가 있다. 이것을 슈탄첼 식으로 말한다면 "체험적 자아와 서술적 자아 사이의 긴장"[73)이라고 말할 수 있겠다. 여기서 회상의 시학이 중요한 서사장치가 되는데, 즉, 필연적으로 재초점화와 재체험의 과정이 일어나며 이것은 사건과 체험자아에 대한 해석과 논평으로 귀결되는 것이다. 이때 필연적으로 요구되는 것은, 짧든 길든, 시간의 경과이다.

> 의미 그를 사랑하게 된 지금이니까 그때의 그 등이 각별하게 떠오르는 것일 겁니다.[74)
> 이 글을 쓰면서 저는 말합니다. 그날 무릎의 통증 직후 제가 기다렸던 손길은 바로 그였다는 것을, […] 누구든 저를 용서하십시오.[75)
> 이제 비로소 그때의 저를 다소나마 객관적으로 회상할 수 있다는 건 큰

---

72) 로테는 카렌 브릭셴의 단편 소설 「바베트의 만찬」과 가브리엘 액셀의 영화 <바베트의 만찬>을 비교분석하면서, 소설 「바베트의 만찬」에서의 인물화가 두 자매의 "서로 연결된 회상을 통해서" 드러난다고 말한다. 영화에서는 회상을 지시하기 위한 기법으로서 보이스 오버 내레이션을 디졸브로 결합시킨다.
Jakob Lothe, *Narrative in Fiction and Film*, p. 93.
73) 프란츠 슈탄첼, 『소설 형식의 기본 유형』, 안삼환 역, 탐구당, 1982, 61쪽.
74) 구효서, 『낯선 여름』, 16쪽.
75) 구효서, 앞의 책, 52쪽.

다행입니다.76)

지금 이 글을 쓰면서 하는 말이 아니라, 정말 <u>그때의</u> 솔직했던 느낌을
말하라면, 저는 아주 힘이 들었습니다. 그를 보기가 힘들었습니다. 영화를
보다가 좋아하는 배우가 나오면 괜시리 힘들어지는 것과 같은 현상이었
습니다. 77)

(밑줄 인용자)

물론 이러한 회상의 시학이 고백적 서술양상에만 한정되는 것은 아니
다. 또한 모든 서술은 알게 모르게 고백적일 수밖에 없으며 시간의 경과
를 전제로 한 성찰의 기제를 담고 있게 마련이다. 이와 관련하여 폴 드
만의 논의가 많은 것을 시사하는데 그에 의하면 "자서전은 글쓰기의 근
본 원리이며 모든 텍스트 속에 존재하는 읽기나 이해의 방식"78)이다. 그
런데 이러한 회상의 시학 그리고 성찰의 기제를 가장 많이 담보하고 있
는 것이 고백적 서술양상이다. 그런데 고백적 서술의 시학은 회상의 시
학에서 그치지 않는다. 회상의 시학이 서술된 자아, 즉, 체험자아와 서술
하는 자아, 즉, 해석하고 논평하는 자아 사이의 문제라면 고백은 또 다른
타자, 즉, 청자 혹은 수신자 혹은 독자를 상정하고 있기 때문이다. 이때
의 수신자는 발신자가 말을 건네는 대상이면서 그 이상의 의미를 가지
고 있다. 이것을 리쾨르는 "공유적 자아le soi"라는 개념으로 설명했다.79)

---

76) 구효서, 앞의 책, 112쪽.
77) 구효서, 앞의 책, 133쪽.
78) Paul de Man, *The Rhetoric of Romanticism*, Columbia University Press, 1984, p. 70.
79) 리쾨르는 "공유적 자아"의 개념을 설명하기 위해 마르셀 푸르스트의 『되찾은 시간』에
   나오는 구절을 인용한다.
   "그러나 내 자신으로 되돌아오기 위해, 나는 나의 책을 읽을 사람들―나의 독자들―을
   생각하면서 말한다는 것 자체가 정확하지 못한 것일 수 있다. 왜냐하면 그들은 나의
   독자인 동시에―콩브레의 안경점 주인이 손님에게 내미는 확대경처럼 나의 책이 바로
   그러한 유리알이기 때문에―스스로 읽는 독자이기도 하기 때문이다. 나는 이 책을 통
   해서 그들에게 스스로를 읽는 수단을 제공하는 것이다."
   푸르스트의 위의 구절에 덧붙여서 리쾨르는 "이야기로 구성한다는 것은 공유적 자아
   에 대한 인식이 갖는 이러한 특징을 확인하는 것"이라고 덧붙이고 있다.

여기서 수용자와 소통하는 방식은 좀 더 내밀하게 밀착될 뿐만 아니라 일종의 공범의식까지 암암리에 요구하는 것이다. 그런데 만약 고백적 서술양상에서 서술하는 자아가 서술된 자아에 대한 지나친 합리화에 몰두할 경우 물론 수용자는 "공유적 자아"가 되기를 거부할 것이다.[80] 그러나 고백적 서술양상에서 서술주체가 경험주체를 형상화 하는 방식에 따라서, 즉, 인물화의 방식에 따라서 고백적 서술양상은 수용자를 "공유적 자아"로 만들 수 있으며 바로 여기에 고백적 서술양상이 구성하는 텍스트의 독특한 수사학이 있다.

여기서, 앞서 언급한 "공유적 자아"의 측면 외에, 수용자와의 소통방식에 대한 문제를 좀 더 면밀히 고찰할 필요가 있다. 소설『낯선 여름』의 고백적 서술양상은 이중의 층위로 이루어져 있다. 다시 말하면 보경의 기록의 일차 수신자는 효섭이지만 수용자인 독자는 보경의 기록과 함께 보경의 기록을 읽고 자신의 심경을 고백하는 효섭의 기록까지 수용하게 된다. 마치『천일야화』를 연상케 하는 서사구조이지만 분명 다르다.『천일야화』에서 일차수신자(혹은 피서술자)인 칼리프는 아무 것도 하지 않는다. 그러나 효섭은 보경의 기록을 읽고 그에 대한 연상 작용으로 자신의 고백적 서술을 이어가는 것이다. 그렇다면 이러한 이중의 고백적 서술양상이 수용자에게 주는 심미적 효과는 무엇인가? 우선적

폴 리쾨르, 석경징 외 편역,「서술적 정체성」,『현대 서술 이론의 흐름』, 솔, 1997, 65~66쪽 참고.
80) 이에 대해서는 김동인의「망국인기」를 비판한 이재선의 논의가 많은 것을 시사한다. "「망국인기」는 작가 자신의 삶을 대상화한 자전적이고 개인사적인 작품이다. [⋯] 따라서 떳떳하지 못한 행동의 오류에 대한 일말의 고백과 자기 반성적 죄의식보다는 철저하게 자긍과 자기 옹호의 변호를 열거함으로써 웅분의 보상의식을 적지 않게 노출시키고 있다. [⋯] 언술 주체인 <나>를 서사적 허구적 자아로서 형상화하지 않고 실제적이고 경험적인 자아를 내세움으로써 이미 소설이기를 거부하고 있는 이 작품의 이 같은 변명이 과연 정당할 수 있는가. 이 같은 문학의 자술서화는 결과적으로는 문학작품이라기보다는 변명의 문서이며 소설의 철저한 파탄을 스스로 드러내는 것에 불과한 것이다."
이재선,「변명과 반성의 문학양식」,『현대 한국소설사』, 민음사, 1997, 47쪽.

으로 효섭의 고백적 서술이 보경의 고백적 서술을 지지함으로써 수용자인 독자에게 이중의 신뢰감을 준다는 것이다. 즉, 보경의 내적 갈등을 이해하며 자신의 내적 갈등 역시 토로하는 효섭의 서술로 인해서 그들의 만남이 단순히 불륜이라는 통속적 어휘로 규정지을 수 없다는 것을 독자에게 호소하는 장치가 된다. 이 역시 수용자를 "공유적 자아"로 만드는 서사장치가 된다. 이러한 이중의 고백적 서술양상이 야기하는 인물화는 인물을 경험주체이자 회상과 인식과 표현의 서술주체로 만들며 이러한 서술양상이 소설 『낯선 여름』의 서사시학과 주제를 구성하고 수용자인 독자를 "공유적 자아"로 만들어 수사적 소통상황에 참여하게 하는 것이다. 그런데 『낯선 여름』을 영화화 한 <돼지가 우물에 빠진 날>에서는 이러한 모든 것을 철저히 거부하며 전복하려는 시도를 보인다. 즉, "상호 연결되는 회상을 위한 디졸브 기법"도 사용하지 않고, 소설에서의 서술을 자유간접화법으로 전환하지도 않으며 편지의 내용을 소개하기 위한 보이스 오버 내레이션을 사용하지도 않는다. 또한 인물들의 사유를 인물들의 대화로 표현하지도 않는다. 영화 <돼지가 우물에 빠진 날>에서는 "이전 텍스트의 흔적"[81]도 "이전 텍스트에 대한 주어진 텍스트의 메아리"[82]도 찾을 수 없다. 이러한 결과를 가져 온 영화적 표현양식에 대해서 분석할 것이다.

---

81) 우찬제, 『텍스트의 수사학』, 38쪽.
82) Umberto Eco, *The Limits of Interpretation*, Bloomington: Indiana University Press, 1990, p. 87.

2) 일별(一瞥)의 시선:
홍상수 <돼지가 우물에 빠진 날>

시간의 공간화

홍상수 감독의 영화 <돼지가 우물에 빠진 날>(1996)에서는 원작에 나오는 주요 인물의 이름들(보경, 효섭, 민재, 동우)을 차용하고 있으며, 분명 엔딩 크래딧에 원작자의 이름을 밝히고 있으나 원작의 흔적을 찾기 힘든 텍스트이며 심지어 노골적으로 원작을 전복하려는 의도를 보이는 텍스트이다.[83] 원작인 소설 『낯선 여름』(1994)과 동시대의 텍스트로서 너무도 다른 텍스트가 되어버린 영화 <돼지가 우물에 빠진 날>의 이러한 양상은 원작소설의 수용자이자 영화의 생산자인 홍상수 감독의 의도 혹은 미학적 욕망이 중요한 변수로 작용 했겠으나, 본 연구의 논점은 감독의 의도가 무엇인가를 밝히는 것에 있지 않다. 극단적으로 달라진 텍스트의 주제와 미학을 구성하게 한 영화서술의 기법들을, 특히 원작과의 차이점을 중심으로, 분석하고 또한 이러한 차이가 수용자에게 미치는 영향을 논하는 것이 본 연구의 논점이다.

이를 위해 먼저 인물화의 문제를 고찰할 필요가 있다. 앞서 소설 『낯선 여름』에서의 인물화가 스토리 세계 내에 존재하는 두 인물의 고백적 서술의 교차에 의해 이루어짐을 언급했다. 여기서 두 인물은 경험의 주체이면서 동시에 인식과 표현과 전달의 주체임도 언급했다. 두 인물의

---

83) 원작자인 구효서는 "그 영화를 보고 느낀 첫 소감은 어째서 나에게 그토록 많은 원작료라는 걸 지불했는가였다"라고 말한 바 있다.
「소설가 구효서의 홍상수론-고약하게 아름다운 낯설어서 짜릿한」, 박정미, 「소설과 영화의 이야기와 담론 비교 연구-소설 『낯선 여름』과 영화 『돼지가 우물에 빠진 날』을 중심으로-」, 한국교원대학교 석사논문, 2005, 22쪽 재인용.
이것은 너무나 다른 텍스트가 되어 버린 영화가 굳이 원작이 필요했을까 라는 의문일 것이다.

서사적 목소리가 두 인물을 결국 탈속적인 인물로 만들며 이러한 인물화가 소설 『낯선 여름』의 주제와 미학을 구성함도 언급했다. 게다가 이러한 서술양상이 수용자인 독자를 "공유적 자아"로 호명함도 언급했다. 영화 <돼지가 우물에 빠진 날>에서는 이러한 양상들이 완전히 전복된다. 우선 영화에서 인물들은 서술적 목소리를 전혀 내지 않는다. 철저하게 카메라의 피사체로서 초점화 될 뿐 초점화의 주체도 아니며 전달의 주체도 아니다. 물론 이것은 어느 정도는 매체의 전이에 의해서 이루어진 부분이기도 하다. 영화에서 인물은 초점화의 주체가 되기도 하지만 그 이전에 먼저 초점화의 대상이 될 수밖에 없기 때문이다. 그런데 영화 <돼지가 우물에 빠진 날>에서는 의도적으로 인물들의 서술적 목소리를 소거함을 알 수 있는데, 그것은 시점 쇼트를 거의 쓰지 않는 것에서 우선 알 수 있다. 물론 보이스 오버 내레이션도 전혀 사용하지 않는다. 이렇게 고백적 서술의 주체가 아니라 카메라의 피사체로서 대상화 된 인물들은 원작에서와 전혀 다른 인물들로 변형되었다. 원작소설에서 효섭은 보경에게 문어체의 경어를 사용하며, 보경의 고백적 서술을 통해 독특한 분위기를 가진 진지한 소설가로 묘사되었으나 영화에서 효섭은 유아적이고 자격지심을 감추지 못하는 인물로 형상화 된다. 자신이 좋아하는 보경이 남편과 성관계를 갖는지 아닌지에 집착하며 보경이 자신의 소유라는 것을 확인하고 싶어 하고, 자신을 좋아하는 민재를 이용하다가 폭언과 폭행을 가하는 이기적이고 마초적인 인물이기도 하다. 영화에서 카메라의 피사체로서 포착된 효섭의 인물화는 한 마디로 '비루함'이라고 명명될 수 있는데 이 '비루함'의 형상화는 다른 인물들의 인물화에도 나아가서는 효섭과 보경의 사랑을 형상화 하는 방식에서도 그대로 적용된다. 이는 영화 <돼지가 우물에 빠진 날>에서의 카메라의 시선이 인물들과 그들의 관계를 깊이 투시하지 않고 흘깃 한 번 보면서 지나치는 일별의 시선이기에 파생된 결과이다. 그리고 이것은 영화텍스트

전체의 독특한 미학을 구성한다. 우선 원작에서 보경의 남편은 아내를 존중하고 배려하며 상당한 지적능력을 가진 인물로 서술되었고 그들의 가정은 아무 문제가 없는 화목한 가정이었다. 때문에 원작에서는 효섭을 만난 후 보경에게 다가온 변화가 단순히 '불륜'이라고 규정할 성질의 것이 아닌 게 되고 탈속적인 인물화와 함께 소설텍스트의 주제적 지평을 확장시키는 결과를 가져왔다. 그러나 영화에서 보경의 남편 동우는 결벽증의 소유자였지만 다방 여종업원과의 관계로 인해 성병에 걸리게 되고 그럼에도 불구하고 보경이 깨끗한 여자라는 것에 집착한다. 보경이 사진관에 걸린 그녀의 가족사진을 파괴하는 장면에서 그들의 가정에 균열이 있어왔음이 암시된다. 때문에 유부녀인 보경과 효섭과의 만남에서 원작에서 언급된 구조적인 제도이탈의 의미는 전혀 찾을 수 없게 된다. 민재 역시 원작에서는, 효섭의 고백적 서술과 묘사에 의해, 주체성을 가진 독특한 매력의 여성으로 인물화 되었으나 영화에서는 비루한 효섭을 예술가로 흠모하며 매달리고 자신을 사랑하는 양민수에게는 모욕을 주는 인물로 형상화 된다. 보경은 효섭만큼 비루한 인물로 그려지지 않지만 효섭이 비루한 인물로 형상화되기에 그와 만나고 그를 사랑하는 보경마저 원작에서의 입체성을 담보하지 못하게 된다.

중요한 것은 원작소설 『낯선 여름』과 영화 <돼지가 우물에 빠진 날>에서 인물들이 어떻게 변형되었느냐가 아니라 이러한 변형을 가져올 수 있는 기제가 무엇인가 이다. 왜 영화에서의 보경과 효섭은 원작에서와 달리 사유의 깊이와 입체적 내면을 담보하지 못한 유아적이고 비루한 인물이 되었는가? 우선 영화에서의 보경과 효섭은 자신을 바라보지도 않고 타자를 바라보지도 않는다. 다시 말해서 그들에게는 고백적 서술이라는 자기 반영의 기제도 타자와의 관계 속에서 자신과 타자를 바라보고 설명할 기제도 가지고 있지 않다. 그들은 자신을 이해시키려 하지도 않고 타자를 이해하려고 하지도 않는다. 원작에서 이중의 고백적 서술의 결과로 이루어진 인물들 간의 유대관계는 영화에서 완전히 사라진다. 결과적으로 영화 <돼지가 우물에 빠진 날>에서는 인물들 모두 카메라 앞에 무방비로 노출된 상태인데 이때의 카메라는 내면을 보여줄 수 없는 카메라 본연의 임무에 충실한다. 그저 훑어가듯이 인물의 움직임과 표정을 따라갈 뿐이다. 결과적으로 원작소설에서 형상화 된 비현실적으로 낭만적이며 탈속적인 관계이탈을 지향했던 사랑의 이야기가 영화에서는 현실의 남루함과 비참함 속에서 그리고 인물들의 비루함 속에서 날 것의 현실보다 더 날 것의 어긋난 관계의 이야기가 되었다. 때문에 홍상수 감독의 원작 선택은 상당히 의도적인 것으로 보인다.

영화 <돼지가 우물에 빠진 날>이 원작소설과 확연하게 달라지는 지점은, 인물화 외에도, 시간의 구성에 있다. 이에 대해 보다 면밀한 분석이 필요하다. 앞서 소설 『낯선 여름』에서의 스토리 시간이 일 년임을 언급했다. 또한 회고적 서술이 이루어지며 과거와 현재가 교차하지만 시간의 구성이 선형적임을 언급했다. 영화 <돼지가 우물에 빠진 날>에서는 스토리 시간을 유추할 수 없다. 스토리 시간이라는 개념 자체를 무화시킨다. 그것은 네 사람의 인물의 동선을 따라서 시간의 공간화를 지향하기 때문이다. 즉, 먼저 효섭의 하루, 동우의 하루(정확하게 다음 날 아침까지), 민재의 하루, 그리고 보경의 하루를 카메라에 담고 있으나 그렇다고 해서 나흘의 시간이 스토리 시간인 것은 아니다. 각 인물의 동선에서 교차되는 다른 인물들의 이야기와 연결된 시간의 흐름은 전혀 유추할 수 있는 근거가 없으며 사실상 스토리 시간이 며칠인지 몇 달인지는 중요하지 않다. 즉, 시간에 대한 이해가 절대적이지 않고 상대적임을 알 수 있다. 영화가 시간의 동시성과 현재성에 기반을 두는 매체이긴 하지만 영화에서도 시간의 선형적 전개는 얼마든지 있다. 그러나 영화 <돼지가 우물에 빠진 날>에서는 각 인물의 시퀀스를 분리한 파편적인 구성을 선택함으로 인해서 일반적인 시간의 의미를 무화시켰다. 이 역시 원작소설에서 고백적 서술양상이 필연적으로 수반하는 시간의 경과를 전제로 한 반성적 성찰과 사유의 서사와 분명하게 대비되는 지점이다.

시점쇼트를 쓰지 않고 거의 영도zero degree의 시선을 지향하는 카메라 워킹과 시간의 공간화는 영화서사 내에서 인물과 인물의 거리를 만들 뿐만 아니라 인물과 관객과의 거리를 만든다. 또한 정돈된 스토리 시간을 거부함으로써 수용자인 관객이 극적 환영 속으로 몰입하는 것을 차단한다. 이에 대해 좀 더 분석하려 한다.

극중 인물과 수용자와의 거리

영화 <돼지가 우물에 빠진 날>에서 영도zero degree의 시선을 지향하는 카메라의 눈에 날 것으로 포착된 인물들의 비루함과 일상의 남루함을 바라보는 관객은 한없이 불편해진다. 관객의 기대지평을 완전히 배반하기 때문이다. 일반적으로 영화의 관객이 가지는 기대지평은 극적환상에 있다. 즉, 무질서하고 파편적이며 때로는 남루한 현실과 달리 정돈되고 정결한 세계와 매력적인 사람들을 보고 빠져들기를 원하는 것이다. 영화 <돼지가 우물에 빠진 날>은 이러한 관객들의 기대를 철저하게 저버린다. 대신 우연히 엿보게 된 현실의 여러 파편적인 장면들을 보는 체험을 하도록 하며 그로 인해 관객은 모든 장면에서 환상에 빠지는 대신 당혹감과 씁쓸함을 체험하게 되는 것이다. 여기서 인물의 고백적 서술의 부재는 수용자인 관객으로 하여금 "공유적 자아"가 될 수 없게 할 뿐만 아니라 인물과의 친밀함이나 동일시의 환상84) 역시 차단한다.

---

84) 관객과 주인공의 동일화, 나아가 관객과 영화의 동일화 문제는 오래전부터 심리학자들과 교육학자들의 관심을 끌어왔다. 시점은 이러한 동일화의 주요 요소 중 하나다. 더욱이 영화에서 다양한 시점의 교대는 이러한 동일화 작용과 함께 기능해왔다. 1970년대에 들어, 프로이트 정신분석학에 뿌리를 둔 이중적 동일화의 개념이 장-루이 보드리Jean-Louis Baudry와 크리스티앙 메츠Christian Metz 등에 의해 이론화되었다. 영화에서는 이중적 동일화를 보통 둘로 구분하는데, 이중 일차적 동일화(시선의 주체에

즉, 카메라의 피사체로서 포착된 인물과 거리를 두게 되는데, 이는 영화 <돼지가 우물에 빠진 날>에서 시점쇼트를 자제한 것과도 관련이 있다. 카메라의 눈이 인물의 시점과 일치하는지 아닌지는 중요한 카메라 워킹 중 하나인데, 카메라의 눈이 인물시점과 일치할 경우 관객이 그 인물에 게 쉽게 감정이입 할 수 있지만. 카메라의 눈이 인물을 관찰할 경우 관객 도 그 인물을 관찰할 뿐 그 인물과 동일시의 감정을 느끼지는 않는다. 즉, 인물과의 거리가 설정되는 것이다. 여기서 마치 날 것의 현실의 인물 들을 우연히 엿보는 경험을 하게 하는 것 같은 인물화는 영화 <돼지가 우물에 빠진 날>이 구축한 미학적 성취임이 분명하다. 왜냐하면 수용 자의 이러한 경험은 치밀하게 계산된 카메라 워킹의 결과이기 때문이 다. 앞서 영화 <돼지가 우물에 빠진 날>에서의 카메라의 눈은 영도zero degree를 지향한다고 했는데, 좀 더 엄밀하게 말한다면 영도를 지향하는 것처럼 위장한다. 이때 위장이라는 어휘의 함의는 카메라의 눈이 결코 객관적인 도구가 될 수 없다는 전제를 담고 있다.[85)]

영화 <돼지가 우물에 빠진 날>에서 인물과 수용자와의 거리를 설정 하고 있다는 것은 원작과의 비교에서 더 확실해진다. 원작에서 수용자 인 독자는 인물−서술자가 들려주는 이야기만을 들을 수 있다. 그러나 영화에서는 관객이 보는 것을 인물이 볼 수 없다. 가장 중요한 장면이 방

대한 동일화)가 이차적 동일화(인물과 허구 자체에 몰입하는 동일화)의 기초이자 조건 이 된다.
조엘 마니, 김호영 역,『시점: 시네아스트의 시선에서 관객의 시선으로』, 이대 출판부, 2007, 122쪽.
85) 에이젠슈테인은 영화의 특성을 사진적 단편인 쇼트와 쇼트들이 여러 가지 형태로 결 합되는 몽타주로 요약하면서 몽타주에서 관객에 대한 작가의 통제가 이루어짐을 말한 바 있다.
"자연과 상태와의 관계에서 겉보기에 제멋대로인 것처럼 보여도 사실은 그렇지 않다. 영화를 만드는 작가의 사회적 존재에 따라 의식적이든 무의식적이든 최종적인 질서가 불가피하게 결정된다. 계급적으로 규정된 작가의 경향은 카메라 앞의 대상과 그 대상 에 대한 자의적인 영화적 관계의 기초가 된다."
에이젠슈테인 선집2, 이정하 편역,『몽타주 이론』, 76~77쪽.

안에서 살해된 효섭을 방 밖에서 보경이 부르는 장면이다. 처참하게 살해된 효섭을 카메라의 눈과 동일시 된 관객의 눈이 포착하지만 문 밖에 있는 보경은 효섭을 전혀 볼 수 없는 장면에서 영화 <돼지가 우물에 빠진 날>의 미학적 거리가 만드는 주제적 거리도 암시된다. 원작에서 관계 속에서 형성되었던 서술자아의 형성을 영화에서는 무너뜨리는 것이다. 또한 원작소설에서 인물－서술자와 수용자와의 공유된 정보를 영화에서는 공유할 수 없다. 이것은 영화의 라스트 신에서도 드러난다. 이미 죽은 효섭에게 사랑한다는 메시지를 남기고 혼자 소파에 앉아 신문을 읽는 보경을 카메라는 롱 쇼트로 조명하지만 관객은 보경이 읽고 있는 신문의 내용을 알 수 없다. 보경의 내면 심경도 알 수 없다. 어떤 식으로든 보경이 수용자와 소통하지 않는 것이다. 신문을 한 장 한 장 거실바닥에 펴서 발로 밟은 보경은 남은 신문을 소파에 내던지고 베란다 창문을 연다. 그리고는 갑작스럽게 페이드 아웃 된다. 이러한 일련의 이미지의 시퀀스에서 어떠한 언어적 정보도 없으며 어떠한 암시도 없다. 수용자인 관객은 카메라의 눈을 따라서 카메라가 조명하는 보경의 모습과 행동만을 볼 뿐이다. 원작에서 시간의 경과를 통한 보경의 고백적 서술을 통해 수용자인 독자가 그녀의 행동의 배경을 듣고 공유했던 것과는 완전히 다른 소통방식이다. 여기서 관객은 각각 나름대로의 의미를 구성할 수도 있고 의미를 구성하는 것조차 거부할 수 있다. 중요한 것은 영화 <돼지가 우물에 빠진 날>에서 인물들 사이의 소통이 부재했듯이 인물과 관객과의 소통 역시 부재한다는 것이다. 소통의 부재는 원작과는 다른 영화의 서술양상이 가져온 것이며 소통의 부재가 곧 영화의 주제적 지향점을 암시한다.

원작소설에서의 선형적 시간의 구성과 회상의 시학과 달리 영화 <돼지가 우물에 빠진 날>에서 시간을 공간화 한 카메라의 이동 역시 수용자에게 원작과는 다른 체험을 하게 한다. 원작에서는 시간의 경과에 따라 과거의 사건을 재초점화 하고 재체험 하며 해석하고 사유하는 고백적 서술을 따라 수용자인 독자가 인물과 함께 체험하고 사유하며 인물의 내면 심경을 이해하게 된다. 그러나 영화 <돼지가 우물에 빠진 날>에서는 앞서 언급한 시점쇼트의 차단과 함께 시간의 공간화로 인해서 수용자인 관객은 인물의 동선을 따라 가며 인물을 엿보기 할 뿐이다. 이때 카메라의 눈은 인물의 눈과 동일시되지 않는다. 역시 원작과 구별되는 지점이다. 이렇게 의도적으로 원작을 전복하려 한 흔적이 곳곳에서 보이는 영화 <돼지가 우물에 빠진 날>은 치밀하게 계산된 카메라 워킹으로 인해 원작소설의 주제와 미학과 분명한 거리를 두었다. 그런데 아이러니컬하게도 원작의 주제적 구심점을 지우지 못하고 오히려 구심점을 향해 가는 지점이 발견된다.

소설 『낯선 여름』과 영화 <돼지가 우물에 빠진 날>은 인물화의 방식과 시간 구성의 방식에서 완전히 다른 서술방식으로 수용자와 만나게 되는 데 영화에서 원작을 의도적으로 전복하려 한 흔적이 곳곳에서 보인다. 판이하게 다른 인물화와 시간구성은 결과적으로 원작에서의 비현실적이고 낭만적인 사랑과 탈속적인 세계 지향을 전복하고 날 것의 현실보다 더 날 것인 세계와 인물을 구성하며 인물들 사이에 그리고 인물과 관객 사이에 소통의 부재를 가져왔다. 원작의 인물들은 시간의 경과를 전제한 반성과 성찰과 사유의 주체이며 반성과 성찰과 사유를 수용자인 독자와 공유하지만 영화의 인물들은 반성과 성찰과 사유의 목소리를 발화하지 않으며 따라서 수용자인 관객은 카메라의 피사체로서 노출된 인물들의 파편화 된 모습과 행동들을 바라볼 뿐이다. 그런데 여기서 아이러니컬하게도 원작과는 완전히 달라진 영화텍스트와 원작소설이 만나는 지점이 발견된다. 바로 구조에서의 이탈이다. 소설 『낯선 여름』에서 유부녀인 보경은 효섭에 대한 자신의 사랑이 결국 "가족이라는 구조", "세상의 구조"로부터 이탈하는 과정이었음을 고백한다. 보경의 남편 역시 그녀의 죽음에 대해 "세상과 맺었던 구조적 관계들로부터 이탈"
된 것이라고 말한다. 영화 <돼지가 우물에 빠진 날>에서는 모든 인물
이 관계로부터 그리고 구조로부터 이탈되어 있다. 또한 기존의 시간의
구조로부터도 이탈한다. 다만 다른 것이 있다면 소설에서는 구조로부터
의 이탈에 대해 인물-서술자가 성찰하고 깨닫고 고백하는 데 반해서 영
화에서는 파편화 된 시간 속에서 어긋나는 인물들을 보여주기만 한다는
것이다. 원작과 의도적으로 다른 미학과 주제를 지향한 영화텍스트에서
결국 원작과 만나는 지점이 발견되는 것이 감독의 의도였는지 아니면
영화의 매체적인 특성에 의한 우발적인 의미생산의 결과인지는 속단할
수 없으나 필자는 매체의 특성에 의한 우발적인 의미생산의 결과라는
쪽에 무게를 둔다. 앞서 언급했듯이 작가와 독자가 문자언어를 매개로
직접 만나는 소설과 달리 영화에는 생산자와 수용자 사이에 너무도 많
은 "미학적 변압기" 혹은 매개변수들이 존재하기 때문이다. 이는 영화에
서 총체적 담론의 책임자를 규정하기 어려운 문제와도 연결된다. 여기
서 소설과 영화의 매체 전이 양상을 수사학의 관점에서 분석한 결과인
심미적 지평의 전환에 대해 중요한 결론을 얻을 수 있다.

5. 소결: 심미적 지평의 전환

지금까지 소설에서 영화로의 매체 전이 양상을 분석했다. 여기서 중요한 것은 '매체'와 '전이'의 문제이다. 앞서 고찰했듯이 매체는 전달수단에 머무르지 않는다. 매체는 텍스트의 미학과 주제를 결정하며 수용자의 심미적 체험양상에도 결정적인 영향을 끼친다. 소설을 영화화 하는 것은 매체의 전이가 필연적으로 수반하는 심미적 지평의 전환을 가져오는 작업이다. 심미적 지평을 전환하는 과정과 양상과 메커니즘을 밝히는 것이 바로 본 저서에서 수행한 연구이다. 소설에서 영화로 매체의 전이를 통해 심미적 지평을 전환할 때 중요한 것은 매체 변수와 소설의 수용자이자 영화의 생산자인 감독의 선택 그리고 사회적 맥락임을 알 수 있었다. 이 모든 것이 심미적 지평의 전환에 지대한 영향을 가져오지만 가장 중요한 것은 역시 매체이다. 때문에 본 연구에서는 매체미학의 문제에 집중하여, 즉 소설에서의 서술양상과 영화에서의 형상화 기법들에 대한 고찰을 중심으로 텍스트를 분석했다. 다시 말하면 소설에서 담론의 총체적 책임자인 서술자의 목소리가 영화에서 어떻게 해체되어 어떤 방식으로 형상화 되는가에 주목했다. 바로 여기에 소설에서 영화로 심미적 지평이 전환되는 메커니즘의 역학이 존재하기 때문이다.

먼저 소설텍스트의 주제와 미학을 구성하는 데 있어서 가장 핵심적인 기제인 서술자의 서술양상을 중심으로 소설텍스트들을 유형화 하여 상이한 서술양상들이 영화미학으로 전이되는 과정과 그로 인해 새롭게 탄생한 영화텍스트의 주제와 미학을 분석했으며 이것이 수용자에게 어떻게 다른 심미적 체험을 하게 하는지 고찰했다. 이청준의 단편 「벌레 이야기」에서 분석과 논평의 언어는 인간의 감정과 사고 그리고 추상적 개넘을 메타적으로 설명할 수 있는 언어만의 특징이라고 할 수 있으며, 여기서 파생되는 수사적 효과는 독자를 향한 직접적인 호소와 설득이라고 볼 수 있다. 분석과 논평의 언어를 사용한 소설「벌레 이야기」에서는 서술자의 목소리에 대한 가청도가 높고 서술자의 서사지배력이 대단하지만 서술자의 증언의 언술이 사라진 영화 <밀양>에서는 서술의 목소리를 대신할 영화적 표현양식을 찾아야 했다. <밀양>에서 두드러진 영화적 표현양식은 내면 심리와 그 배경을 설명하는 서술적 목소리를 직접 체현한 배우의 연기와 햇볕과 흔들리는 풀꽃의 그림자의 환유적인 이미지 그리고 독특한 시점쇼트와 카메라 이동이다. 이 점은 수용의 측면에서도 아주 중요한 차이를 가져오는데 원작소설에서 독자는 서술자의 목소리를 통해 인물의 내면 심리와 그 배경을 듣고 이해하며 공감했다면 영화에서는 카메라의 눈에 포착된 배우의 표정 연기와 행동을 통해 관객이 인물의 내면 심리와 그 배경을 유추해야 한다. 좀 더 상술해서 설명하자면 소설에서 인물의 내면을 설명하는 서술자의 언어는 기의와 닮지 않은 기표이지만 영화에서 인물의 내면을 체현하여 드러내는 배우는 "어느 정도 기의와 닮은 기표"라는 것이 소설의 수용과 영화의 수용 양상을 다르게 만든다. 특히 햇볕은 거대한 힘 혹은 상징계의 절대 질서인 아버지의 이름을 상징하는데 이에 대한 인물의 저항의 몸짓은 조그마한 양지 위에 바람에 흔들리는 풀꽃의 그림자 이미지로써, 즉, 매우 영화적인 방식으로 형상화 되었다. 여기서 서술자의 목소리가 사라진 영화 <밀양>에서는 원작에서 여성 인물의 목소리를 전유한 남성 서술자의 권위적 언어의 힘을 소거시키고 그로 인해 여성 인물은 새로운 생명력을 가진 주체로서 탄생할 수 있었다. 또한 <밀양>에서의 카메라 이동은 원작의 서술자가 구성한 확실성의 수사와는 배치되는 불확실성과 불안의 수사로 향했다.

설명과 설득의 언어로 허구에 대한 신념과 허구의 존재 의의에 대한 강한 자의식을 보인 이청준의 소설 「이어도」에서는 인물의 일방적인 언술을 통해 가상의 섬 이어도의 존재 의미를 강하게 전달했다. 이것은 곧 주술적이고 신화적인 세계관으로 이어진다. 수용자인 독자는, 양주호의 청자인 선우 현이 그러했듯이, 사실을 추구하는 합리적 세계 속에 존재하지만 허구 속의 진실을 추구하는 신화적 세계의 이야기에 귀 기울이게 된다. 다른 인물들이 모두 양주호와 선우 현의 시선과 언술에 의해 포착되고 전달되므로 독자 역시 양주호와 선우현의 시선과 언술에 의해 다른 인물들을 이미지화 하게 된다. 반면 설명과 설득의 언어가 해체된 영화 <이어도>에서는 원작에서 남성 인물들의 시선과 언술에 갇혀 있던 여성 인물들이 주체적이고 능동적으로 스스로를 표현하고 드러내며 무속의 주술적 삶을 현재적으로 재현한다. 여기서 형이상학적 신화적 세계관은 현세의 현실적 세계관과 융화되는 양상을 보이며, 전근대와 근대 역시 때로 충돌하고 때로 교접하는 양상을 보인다. 또한 독특한 미장센과 충격적인 에로티시즘을 형상화 한 김기영 감독은 결말에서도 원작과 다른 길을 감으로써 근대와 전근대, 현실과 신화가 맞물려 들어가는 새로운 주제와 미학을 구축했다. 영화의 수용자인 관객은 카메라의 눈을 따라 과거와 현재와 대과거를 넘나들며 배우들과 화면 구성이 이루어내는 새로운 세계를 체험하게 된다. 이때 인지적인 시간 구성과 의미 구성은 충격적인 스펙터클에 대한 시각적 체험에 뒤이어, 또는 거의 동시에 이루어진다. 여기서 수용자인 관객은 직접적인 설명과 설득의 대상이 되지는 않는다.

여러 서술자의 교차적 서술로 서사를 이어간 최윤의 소설 『저기 소리 없이 한 점 꽃잎이 지고』에서는 비유적이고 상징적인 시적 언어를 사용했으며 암시적 서술양상을 통해 정보의 직접적인 전달을 지연했다. 즉, '80년 5월 광주'의 이야기이지만 단 한 번도 직접적으로 '80년 5월 광주'라는 서술을 하지 않음으로 인해서 역사적 집단적 폭력과 개인의 폭력에 관한 사유의 풍부함을 보여 준 것이다. 이러한 주제의 확장은 복합적이고 분열적인 암시적 서술양상에 의해 이루어진다. 이러한 암시적 서술이 가져오는 수사적 효과는 수용자를 향한 직접적인 호소와 설득이 아니라 수용자로 하여금 적극적인 독해의 과정과 유추의 과정을 거쳐서 스스로 중층적인 주제를 구성하게 하는 데 있다. 영화 <꽃잎>의 장선우 감독은 원작의 충실한 독자로서 원작에서 암시적 서술에 의해 분열적으로 제시된 스토리를 구성하여 그것을 영화 속에 모두 담으려 시도했다. 그러나 영화의 매체적인 속성에 의해서 완전히 다른 분위기의 텍스트가 되었으며 그 기저에는 암시적 서술양상 대신 자리한 카메라의 직접적 재현 능력이 있다. 이는 비유적 언어를 사용할 수 없는 카메라의 특성에 기인한다. 결과적으로 영화 <꽃잎>은 기록으로서의 시학을 담보하는데 영상 이미지에 의한 기록은 말 혹은 문자에 의한 기록보다 더 확실하게 각인되는 집단의 기억이 된다. 때문에 원작의 명시적 흔적인 에필로그에서의 보이스 오버 내레이션은 원작에서와 전혀 다른 기능을 하며 수용자에게 다른 심미적 체험을 하게 한다. 또한 원작과 확연하게 다른 텍스트가 되어버린 영화는 사회적 담론의 변화 역시 암시한다. 원작소설이 발표되었던 시기에는 민감한 정치적 사건에 대해 암시적으로 서술해야 했지만 영화가 발표되었던 시기에는 직접적인 재현이 가능했다. 그런데 역설적이게도 드러내놓고 말할 수 없는 시기에는 오히려 망각이 자리할 여지가 없으나 직접적으로 말할 수 있는 사회적 분위기가 되어서는 망각의 늪에 빠지게 된다. 때문에 직접적이고 다소 노골적인 재현으로 기억하게 하려는 것이다. 이것은 최근, 2007년에 발표된 영화 <화려한 휴가>에서 더 직접적이고 노골적으로 드러난다. 이를 통해 "객관적"이라는 오해를 사기 쉬운 카메라의 눈이 재현하는 리얼리즘이 사실은 객관적인 것이 아님도 알 수 있다. 여기서 앞서 2장에서 논의했던 영화에서의 총체적인 담론의 책임자의 존재도 포착할 수 있다.

구효서의 장편『낯선 여름』의 서술양상은 회상의 시학과 성찰의 기제를 가장 많이 담보한 고백적 서술이다. 두 사람의 일인칭 서술자들이 시간의 경과를 통해 관계 속의 경험과 성찰과 사유와 표현의 주체로서 일상제도와 구조로부터의 일탈을 지향했다. 이를 각색한 동시대의 영화 텍스트인 홍상수 감독의 <돼지가 우물에 빠진 날>에서는 시점쇼트를 차단하고 인물의 서술적 목소리를 소거함으로써 카메라의 피사체로 조명된 인물과 수용자와의 거리를 설정했다. 결과적으로 영화 <돼지가 우물에 빠진 날>에서 지향하는 주제와 미학은, 원작과 달리 혹은 상반된, 파편적인 일상의 남루함이며 인물들의 비루함이다. 즉 영화 속의 세계가 날 것의 현실보다 더 날 것의 세계가 되었으며 여기서 인물들 간의 관계는 늘 어긋난다. 여기서 수용자는 '빛의 환영'에 빠지는 대신 일상 속의 현실의 인물들을 우연히 엿보는 것 같은 경험을 하게 된다. 또한 영화 <돼지가 우물에 빠진 날>에서의 파편적인 시간 구성은 시간의 경과를 전제로 한 성찰과 고백의 서사인 원작과 확연하게 대비된다. 때문에 영화에서 구축한 세계와 인물화는 원작에서 구축한 세계와 인물화를 의도적으로 전복시켰다. 그러나 아이러니컬하게도 원작의 구심점을 향해 가게 되었는데 그것은 바로 구조로부터의 일탈이다.

이와 같은 텍스트 분석을 통해 얻은 결론은 소설에서 영화로의 매체 전이에 있어서 심미적 지평의 전환을 이루는 기본적인 형성원리는 소설에서 서사를 지배하는 서술자의 서술적 목소리가 영화에서 해체되어 어떤 영화적 방식으로 형상화 되는가에 달려 있다는 것이다. 영화는 인간이 사용할 수 있는 모든 기호와 감각과 인식과 소통의 수단을 사용하는 매체이며 기술이 예술이 되는 매체이다. 소설에서의 단일채널이 영화에서의 다중채널로 전이되는 양상의 다양함이, 즉, 소설에서의 서술자의 서사적 목소리가 영화에서 해체되어 다른 표현양식들로 재구성되는 다양한 양상이 원작소설과 영화의 주제와 미학의 차이를 만들고 여기서 수용자가 향유하는 심미적 지평이 달라진다.

그런데 여기서 반드시 언급해야 할 중요한 문제가 있다. 앞서 2장에서 영화의 총체적인 담론의 책임자가 누구인가 혹은 무엇인가에 대한 문제를 다루었다. 문자언어를 매개로 한 소설에서 담론의 총체적 책임자가 서술자라면 이에 해당하는, 즉, 영화의 다중채널(영상의 시각 이미지의 연쇄, 인물의 발화와 내레이션, 음악과 음향, 자막)과 이중 서술(회화적 서술과 언어적 서술)의 결합과 충돌 그리고 쇼트와 쇼트의 결합과 충돌을 다루는 담론의 총체적 책임자가 있다고 상정할 수 있다. 그것을 고드로Gaudreault와 조스트Jost가 언급한 것처럼 "상위의 서술자" 혹은 "거대 서술자"라고 하든 아니면 영화에서는 소설에서보다 더 내포저자가 필요하다고 강조한 채트먼의 논지를 따라 영화에서의 내포저자라고 하든 분명 담론의 총체적 책임자를 상정해야 한다. 문제는 선행 연구자들이 영화에서의 담론의 총체적 책임자가 누구인가 혹은 무엇인가에 대한 규명을 확실하게 하지 못한 채 추측 내지는 암시에만 머물렀던 바로 그 사실에 영화의 매체적인 특성이 있다는 것이다. 또한 그러한 매체적인 특성이 소설에서 영화로의 매체 전이를 창조적 작업으로 만들며 계속 이어지게 한 원동력이 되는 것이다. 즉, 본 연구의 3장에서 분석한 텍스트들의 경우를 통해 분명히 알 수 있는 것은 영화에서의 담론의 총체적 책임자는 소설의 서술자와 같은 서사지배력 혹은 통제능력을 가질 수 없다는 것이다. 그것은 물론 영화가 다중채널을 가진 매체이며 이중서술로 이루어진 매체라는 이유 때문에 그러하다. 즉, 영화매체에는 너무도 많은 매개변수가 있어서 담론의 총체적 책임자 혹은 내포저자가 의도하지 않은 우발적이며 우연적인 의미가 구성될 여지가 너무나 많다. 이런 사실은 소설과 영화를 함께 고찰했을 때 더 분명하게 드러나는데 원작과 같은 스토리라인을 가지고 원작과 같은 주제의식을 구현하려 한 경우에도 원작의 주제적 구심점을 전복할 수 있으며, 원작에 대한 충실한 독해를 바탕으로 스토리를 구성해 내서 그것을 여러 영화적 기법으로 번역하는 경우에도 매체의 차이에 의해 원작과는 다른 미학을 구축하면서 원작의 주제와 일정 부분에 한해서 공통분모를 갖게 되는 경우도 있다는 것을 알 수 있다. 또한 의도적으로 원작과 다른 주제와 미학을 구성하려 한 경우에도 원작의 주제적 구심점과 일치할 수 있는 지점이 발견되는 것이다. 바로 이러한 영화매체의 수많은 매개변수가 소설에서 영화로의 매체전이를 지속적으로 이어지게 할 수 있게 하는 근본적인 원동력이 됨을 알 수 있다. 또한 심미적 지평의 전환이 이루어지게 하는 근본적인 기제가 됨을 알 수 있다. 여기서 "왜 소설을 영화화 하는가?"라는 질문에 대한 보다 심화되고 확장된 답을 찾을 수 있는 것이다. 주지하듯이 소설의 영화화는 수없이 많이 이루어져 왔고 현재도 이루어지고 있으며 앞으로도 계속 이루어질 것이다. 이때 선행텍스트인 소설은 어떤 방식으로든 후행텍스트인 영화에 흔적을 남긴다. 또한 원작의 흔적을 간직한 채 원작과 다른 주제와 미학을 구성하며 수용자와 새롭게 소통하는 영화텍스트는 원작소설의 주제적 미학적 자장을 더욱 풍요롭게 조명할 수 있게 한다. 소설이 영화에 줄 수 있는 것이 스토리와 사유의 원형이라면 영화가 소설에 줄 수 있는 것은 총체적이고 감각적인 재현 그리고 이미지의 불확정성으로 인한 주제와 미학의 확장이라고 할 수 있다.

한국현대소설과 영화의 매체 전이는 문화적 담론의 변화에 따라 그 양상이 상당히 변해 왔다. 1980년대까지는 원작소설에 무게중심을 두고 원작소설을 영화로 충실하게 재현하는 것을 추구해왔으나 문화적 담론의 변화에 따라 점점 더 영화만의 미학을 추구하게 되었으며 원작에의 종속에서 빠른 속도로 이탈했다. 이런 변화를 통해 소설과 영화의 매체 간 상호텍스트성의 지평은 더욱 풍부해질 수 있었다. 본 저서의 3장에서 분석한 텍스트들이 모두 여기에 해당한다. 여기서 더 나아가서 새로운 매체 전이 양상이 나타나게 되었는데 영화에서 소설로의 매체전이

즉, 영화의 소설화가 그것이다. 또한 소설과 영화가 동시적으로 매체 간 상호텍스트성을 구축하게 되었는데 작가와 감독의 긴밀한 상호 협력 하에 같은 스토리 라인을 가진 소설과 영화가 서로 다른 매체를 통해 동반 창작된 것이다. 이러한 경우가 아직 많지 않다고 해도 분명 새로운 문화적 담론의 변화를 보여준다. 이에 따라 4장에서는 매체 전이의 새로운 양상을 통해 소설과 영화가 어떻게 서로를 조명하는지 분석하려 한다. 앞서 소설에서 영화로의 매체 전이가 단일채널에서 다중채널로 전이하는 과정임을 언급했다. 이때 서술자의 서사적 목소리가 영화에서 어떻게 해체되어 어떤 표현 양식으로 형상화 되는가에 따라 다른 미학과 주제를 파생시킬 수 있음을 분석했다. 또한 영화의 수많은 매개변수로 인해서 우발적인 의미생성이 일어남도 예증했다. 그렇다면 영화에서 소설로의 매체전이는 어떠한 양상으로 전개되는지 이것이 매체 간 상호 텍스트성의 관점에서 어떤 의미를 가질 수 있는지 4장에서 분석할 것이다. 또한 수용자의 심미적 체험과 관련해서 그리고 소설과 영화를 함께 연구함에 있어서 중요한 화두가 될 수 있는 불확정성의 문제에 대해서 역시 4장에서 논할 것이다. 또한 수사학자인 하트가 매체변수를 언급하면서 제기한 문제인 "매체의 메시지 생산성", "매체의 사회적 환기력" 그리고 "매체의 청자에 대한 영향력"의 문제에 대해서도 문화적 담론의 문제와 연결해서 상세하게 논할 것이다.

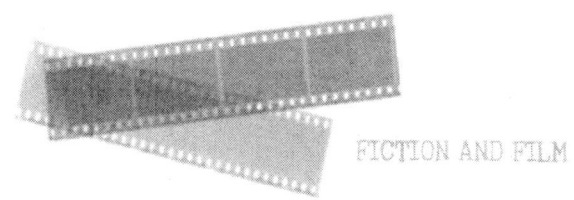

FICTION AND FILM

새로운 양식과
문화적 담론의 변화

새로운 양식과
문화적 담론의 변화

1. 영화에서 소설로의 매체 전이

앞서 3장에서 소설의 영화화, 즉 소설에서 영화로 매체의 전이가 이루어진 텍스트들의 양상을 분석했다. 또한 여기서 심미적 지평의 전환이 이루어지는 과정과 메커니즘을 분석했다. 소설과 영화의 매체 전이는, 아직까지는, 소설에서 영화로 이루어지는 경우가 대부분이다. 이는 소설의 역사가 영화의 역사보다 오래 되었다는 이유에서이기도 하고 소설이 이야기와 사유의 원형을 가지고 있다는 이유에서이기도 하다. 또한 소설이 문자서술을 근간으로 하는 단일매체인 데 반해서 영화는 다중채널을 가진 매체라는 이유에서이기도 하다. 즉, 문자언어로 구현된 세계를 다양한 표현양식으로 전이시키는 것이 심미적 지평의 전환에 있어서 더 매력적인 작업이 될 수 있다는 얘기이기도 하다. 반면 영화를 소설화한다는 것은 다중채널을 가진 매체를 통해 다양한 표현양식으로 형상화된 세계를 문자언어로 전이시키는 작업이다. 또한 이미지와 사운드를 문자언어로 번역하는 작업이며, 기의와 어느 정도 닮은 기표를 통해 외현된 심리와 배경을 기의와 기표의 자의적 결합인 문자언어로 서술하는 작업이기도 하다. 영화에서 소설로의 매체 전이가 왜 드물었는지에 대해서는[1] 차츰 텍스트 분석을 통해 밝혀 나가겠지만, 영화의 소설화가 분명 새로운 미학적 시도임은 틀림없다. 비록 그것이 문화산업의 측면에서 기획된 경우라 해도 그러하다.[2] 여기서 영화의 소설화에 대한 선행연구자들의 논지를 잠시 고찰할 필요가 있다. 우선 영화에서 소설로의 매체 전이에 대해서는, 해당 텍스트가 별로 없다는 것이 우선적인 이유가 되겠지만, 그다지 논의가 이루어지지 않았다. 심지어 논의할 가치가 없다고 단언한 경우도 있다. 『영화의 이해』의 저자인 루이스 자네티의 경우가 대표적이다.

영화 대본은 완결된 문학 작품은 아니다. [⋯] 베르히만, 펠리니 그리고

---

[1] 영화에서 소설로의 매체 전이의 전례가 아주 없지는 않다. 매체의 문제를 집중적으로 연구한 요아힘 패히(Joachim Paech)는 파스빈더(Fassbinder) 감독의 영화 <마리아 브라운의 결혼(Die Ehe der Maria Braun)>을 문학작품화 한 게르하르트 츠베렌츠(G. Zwerenz)의 소설을 분석했다.
요아힘 패히, 임정택 역, 『영화와 문학에 대하여』, 민음사, 1997, 9쪽.
또한 독일에서 1975년 6월 첫 방송을 내보낸 이후 큰 호응을 얻은 키프하르트의 영화 <정신분열증 시인 알렉산더 메르츠의 삶>은 다음해 소설로 출간된다. 도르스트의 미완성소설 『도로테아 메르츠』는 그해 5월 텔레비전으로 방영된 동일제목 2부작 영화의 산물이다.
고위공, 「문학과 영화: '매체교체'의 양상」, 『미학예술학연구』, 한국미학예술학회, 2005, 308쪽.
[2] 작가 김형경은 처음에는 출판사의 제의에 망설였다고 고백한다. 그러나 "이것이 문화적 현실을 보여주는 한 현상이라면 그 작업은 또 하나의 문화적 형식 실험으로서 의미가 있지 않을까"라고 반문한다.
<국민일보 2005년 8월 28일자 정철훈 기자와의 인터뷰>, 김형중, 「문학과 영화1: 소설의 외출」, 『문예중앙』 2007 겨울호, 18쪽 재인용.

사실 영화가 상영된 후, 혹은 상영일자에 맞춰서 그 영화를 소설화한 책이 출판되는 경우는 할리우드에서 빈번하다. 국내에서는 본 연구에서 분석할 <외출> 외에도, 허진호 감독의 영화 <행복>(2007)이 '허진호 시나리오 김해영 글'이라는 부제를 달고 영화소설이라는 이름으로 동명의 소설로 출판되었다.

트뤼포와 같이 몇몇 저명한 감독의 시나리오는 출간되기도 했지만, 이는 단지 영화의 총체적 내용을 언어로 대충 나타낸 정도에 불과하다. 아마도 영화가 남기는 가장 나쁜 문학적 부산물은 '소설화', 즉 어떤 영화의 흥행을 이용해 전문 작가에게 그 영화를 소설로 쓰게 한 주문 소설이다.[3]

그러나 자네티는 '소설화'가 왜 "영화가 남기는 가장 나쁜 문학적 부산물"인지에 대해서는 더 이상 언급하지 않고 있다. 반면 요아힘 패히는 영화를 소설화 한 텍스트를 문화적 측면에서 분석하고 있는 데 여기서 패히의 논의를 면밀히 고찰하려 한다.

문학의 독자적인 역사 또한 끝났고 이제 문학은 영화처럼 매체 문화의 한 구성요소로 되어버렸다. [⋯] 독일의 어떤 작가도 이제 자기의 문학 생산을 시청각 매체를 벗어나 순수한 문학 시장에서 관철시킬 수는 없다. [⋯] 현재 독일어권의 성공적인 작가들은 라디오, TV, 영화, 잡지, 서적들의 멀티 미디어적 현실에서 작가로서 자기 자신을 재생산해 낼 뿐만 아니라 이러한 현실을 그들의 작품들 안에서 다루고 있다.[4]

위에 언급된 문화적 현상이 비단 독일의 경우에만 한정되는 것이 아니다. 현재의 문화적 상황에서 어떤 작가도 멀티 미디어적 현실에서 자유로울 수는 없다. 이것을 가장 분명하게 보여 주는 것이 소설, 영화, 만화, TV 드라마의 상호 전이인데 특히 소설과 영화의 매체 전이는 이제 소설의 영화화에 그치지 않는다. 영화를 소설작품화 해서 상영과 거의 동시에 출판하는 일이 본격적으로 시도된 것이다. 한국의 문화 산업에서 그 첫 시도는 허진호 감독의 영화 <외출>(2005)이 작가 김형경에 의해 소설화 되어 출판된 경우이다. 그런데 영화의 소설화에 대한 패히의 관점은 영화미학의 언어미학으로의 전이에 있지 않다. 그는 츠베렌츠의

---

3) 루이스 자네티, 김진해 역, 『영화의 이해』, 현암사, 378~379쪽.
4) 요아힘 패히, 『영화와 문학에 대하여』, 265쪽.

언술을 인용해서 "소설 — 르포"라는 용어를 사용한다.

> 이제 영화를 소재로 취해서 그 소재를 보고하라. 소설을 쓰지 말고 소설 — 르포를 써라. 제2의 현실인 영화를 마치 그것이 1차적인 현실. 삶 자체인 것처럼 생각하라. 다시 말해서 영화를 보고하고 묘사하라. 다른 어떤 것도 묘사하지 말라.[5)]

위의 언급은 얼핏 보면 소설의 독자성을 무시한 발언으로 생각하기 쉽다. 그러나 "영화를 보고하고 묘사하라"는 언술이 결코 영화에 소설을 종속시키는 발언이 될 수는 없다. 왜냐하면 영화의 언어는 소설의 언어와 다르기 때문이다. 영화의 시각 이미지의 연쇄와 사운드를 묘사할 때 사용하는 소설의 언어는 문자기호이다. 따라서 매체의 전이에 의해 문자언어로 영화를 "묘사"하는 것은, 비록 같은 스토리를 담보한다 할지라도, 영화가 아니라 소설이 될 수밖에 없는 것이다. 단지 위에 언급된 츠베렌츠의 요구는 "충실한 각색"에 해당하는 요구라고 볼 수 있다. 그렇다면 영화의 시각 이미지와 사운드에 대한 묘사가 소설에서의 묘사적 서술로 이어질 수밖에 없다는 것은 자명하다. 그러나 소설에서 문자언어로 구축된 묘사는 영화에서의 시각 이미지의 연쇄와 사운드와는 분명 다르다. 본 연구의 논점은 문화산업의 측면에서 영화의 소설화를 다루는 데 있지 않다. 소설에서 영화로의 매체 전이와 마찬가지로 영화에서 소설로의 매체 전이의 문제에 있어서도 서사시학과 매체미학 그리고 수용미학을 아우르는 매체 간 상호텍스트성을 수사학적 관점에서 다루려는 것이다. 이를 위해 영화 <외출>과 소설 『외출』을 비교분석하면서 논의를 전개할 것이다. 또한 새로운 미학적 실험의 의의와 한계에 대해서, 그리고 더 나아가서 수용자의 심미적 체험에 대해서도 논할 것이다.

---

5) Zwerenz(1981), 요아힘 패히, 앞의 책, 268쪽 재인용.

1) 회화적 영상미학: 허진호 <외출>

이중의 화면구성

허진호 감독의 영화 <외출>(2005)은 언어에 대한 의존도가 아주 낮다. 보이스 오버 내레이션을 단 한 번도 사용하지 않으며 인물의 발화 역시 극도로 자제되었다. 즉, 언어적 서술보다 회화적 서술에 의존하는 영화이다. 물론 영화에서의 주된 서술은 동적 시각 이미지의 연쇄로 이루어지는 회화적 서술이지만 특히 <외출>에서는 회화적 서술의 비중이 압도적으로 높다. 여기서 회화적 서술을 이루는 주된 기법들은 클로즈업에서 미디엄 쇼트로 이어지거나 미디엄 쇼트에서 클로즈업으로 이어지는 카메라 이동과 쇼트 리버스 쇼트를 위시한 시점쇼트의 사용 그리고 많은 의미를 함축한 미장센과 미장센 속의 배우의 모습이다. 그런데 이러한 영화기법들이 구축하는 것은 서술상황만이 아니다. 서술상황을 보여주는 것과 더불어 회화적 영상미학을 구성하고 이것이 이미지의 수사학을 구축한다.

영화 <외출>에서 가장 두드러지는 화면구성은 거울과 창窓을 통한 이중의 미장센이다. 거울과 유리창에 비친 영상은 우선 미장아빔mise-en-abyme의 기능을 하며 화면분할의 기능을 하기도 한다. 영화 <외출>에서 빈번하게 사용된 거울과 창을 통한 이중의 미장센 구성을 분석하고 이것이 어떤 의미를 가지며 어떤 수사적 효과를 가지는지 먼저 고찰하려 한다.

1) 교통사고로 의식을 잃은 남편이 다른 여자와 관계를 가졌음을 보여주는 동영상을 확인한 후 서영의 표정이 **화장실 거울을 통해 조명되고 서영의 뒷모습과 거울에 비친 서영의 얼굴이 한 쇼트에 담긴다.**
2) 아내의 교통사고 후 아내에 대한 의혹을 가지게 된 **인수의 눈빛이 자동**

차의 룸미러를 통해 보인다.

3) 아내의 문자메시지를 확인한 후 **화장실 거울에 비친 피 흘리는 인수의 얼굴과 그것을 바라보는 인수의 행동이 한 쇼트에 담긴다.**

4) 처음 진실을 인정하기로 하고 **마주 선 서영과 인수의 미디엄 쇼트는 유리창 너머로 제시된다.** 그들은 서로 마주 보고 관객은 두 사람의 옆얼굴을 동시에 보게 된다.

5) 교통사고로 죽은 피해자의 집에 문상 갔다가 모욕과 폭행을 당하고 돌아오는 서영이 차를 세우고 오열하는 모습을 **인수가 사이드미러를 통해 바라보며** 차 안에서 음악에 맞춰 미친 듯이 노래하는 **인수의 얼굴도 역시 룸미러를 통해 보인다.**

6) 서로 솔직한 대화를 시작한 **서영과 인수가 서로를 바라보는 시선도 창을 통해서 이중으로 재현된다.** 창을 통해 가게 안의 서영을 바라보는 인수의 옆모습이 서영의 모습과 함께 카메라에 포착되고 서영과 인수가 함께 밤을 보내기 위해 각자의 간병인에게 전화하는 모습 역시 **창을 통해 상대방의 눈에 그리고 카메라의 눈에 이중으로 포착된다.**

7) 서영과 인수가 처음 내밀한 관계를 갖기 전 서영의 표정은 **욕실의 거울을 통해 그리고 카메라를 통해 이중으로 재현되며** 인수의 방에 있다가 방문자로 인해서 욕실에 숨어야 했던 **서영의 미디엄 쇼트 역시 거울에 비친 모습이었음이 카메라 이동을 통해 드러난다.**

8) 서영이 인수의 흔적을 느끼는 것도 거울에 비친 자신의 모습을 바라보면서이다. 이때 관객은 거울에 비친 서영의 모습과 그것을 바라보는 서영을 동시에 보게 된다.

깨어난 아내를 간병하는 **인수의 모습을 서영이 창을 통해 바라보며 카메라는 인수와 인수를 바라보는 서영의 모습을 한 쇼트에 담는다.**

9) 서영이 의식을 잃은 남편에게 엎드려 잠이 들었을 때에도 유사한 화면구성이 이어진다. 즉, **창을 통해 서영을 바라보는 인수와 잠든 서영의 모습이 한 쇼트에 담기는 것이다.**

10) 서영의 남편이 사망하고 서영이 떠난 것을 알게 되었을 때 서영의 빈방에 불을 켜고 서 있는 **인수의 모습을 서영이 건너편 카페의 창을 통해 바라보고, 우는 서영의 모습 역시 창을 통해 보인다.**

11) 두 사람만의 암시였던 봄에 내린 눈 역시 창을 통해 카메라에 담긴다. **즉, 만개한 벚꽃과 그 위에 내린 눈이 창을 통해 보이고 창에 비친 서영의**

얼굴이 카메라에 담겨서 이중노출의 기법을 통해 함께 제시된다.[6]

　위의 쇼트들이 제시될 때 어떤 언어적 설명도 없다. 내레이션은 물론이고 대사도 없다. 즉, 화면구성이 영화언어로서 사용된다. 여기서 거울을 통한 이중의 미장센 그리고 창을 매개로 창 밖의 화면과 창에 비친 얼굴을 이중노출한 기법은 영화만의 매체적인 특성인데 소설에서의 선형성 그리고 순차성과 대비된다. 그렇다면 이러한 영화적 기법들이 어떤 의미를 가지며 어떤 수사적 효과를 가지는가? 우선, 앞서 언급했듯이, 영화 <외출>이 언어에 대한 의존도가 낮다는 것과 연결지어 생각할 수 있다. 다시 말해서 영화 <외출>은 영화적인 영화이며 따라서 화면구성도 영화만의 매체적인 특성을 분명하게 보여주는 것이다. 이것은 우선 서로 다른 공간에서 같은 시간에 일어나는 일을 동시적으로 보여줄 수 있는 영화의 매체적인 특성과 연결된다. 즉, 전화를 거는 서영의 모습을 먼저 보여주고 그런 서영을 바라보는 인수의 얼굴을 순차적으로 보여주는 것이 아니라 전화를 거는 서영의 모습과 그런 서영을 바라보는 인수의 얼굴을 동시에 보여주는 데 이때 창이라는 장치를 통해 창에 비친 인수의 얼굴을 이중노출로 초점화 함으로써 창으로 구분된 서로 다른 공간에서의 시간의 동시성을 카메라의 눈을 통해 재현하며 관객 역시 카메라의 눈과 동일시되어 창으로 격리된 두 사람의 모습을 동시에 볼 수 있는 것이다. 마찬가지로 만개한 벚꽃 위에 내린 눈을 먼저 보여 주고 그것을 바라보는 서영의 경이로운 표정을 순차적으로 보여주는 것이 아니다. 아파트의 안과 밖이라는 서로 다른 공간에서 눈이 내린 벚나무와 서영은, 베란다 창의 장치를 통해, 창에 비친 서영의 얼굴이 이중노출 됨으로 인해서 동시에 관객에게 제시될 수 있는 것이다. 여기서 창窓의 상징성에 대해서 생각해 볼 필요가 있다. 창은 격리성과 투명성이라는 이중

---

6) 허진호 감독, 영화 <외출>, 블루 스톰 제작, 2005.

의 상징을 가지고 있다. 아내를 간호하는 인수와 남편에게 기대서 잠든 서영은 서로 격리된 공간에 있지만 창을 통해 상대방을 볼 수 있다. 이때 창은 물리적 공간을 구분하며 그들의 영역 역시 구분하고 그들이 한 공간 안에 있을 수 없는 사람들이라는 것을 암시하지만 그 투명성으로 인해 상대방을 바라보는 시선을 매개할 수 있는 것이다.

거울의 상징성은 창窓과 비슷하지만 다르다. 거울은 보통 반영反影의 매개체로 사용된다. 게다가 거울은 전적으로 인간의 얼굴과 관련 있을 수밖에 없는 도구이다. 또한 거울은 이미지와 유사성과 재현이라는 영화의 매체적인 속성과 너무도 닮아 있다. 여기서 인간의 얼굴을 유사성과 재현의 측면에서 논한 자크 오몽Jacques Amount의 말을 인용하려 한다.

> 인간의 유사성은 어떤 근원적 경험, 즉 '분신(分身)에 대한 경험'으로부터 유래한다. 이 경험과 관련된 신화들은 모두 거울과 그림자에 그 토대를 두고 있다. 이 분신에서 매혹적인 사실은, 그것이 인간의 형태에 속하고, '나 자신인 타자'라는 점이다. […] 얼굴은 항상 유사성의 근원이고, 모든 재현은 자아에 대해 하나의 얼굴을 상상하는 인간의 욕망에서부터 시작된다. 즉, 재현에 대한 최초의 경험은 '그것은 닮았다'는 것이다.[7]

인물의 모습이 카메라에 그대로 노출되지 않고 거울을 통해 보일 때, 더구나 인물이 자신의 모습을 거울을 통해 바라보고 관객은 거울에 비친 인물의 이미지와 그 이미지를 바라보는 인물의 모습을 동시에 보게 될 때 거울의 재현과 반영의 상징성은 복합적인 의미를 가지게 된다. 즉, 반영은 응시와 함께 성찰의 의미와 연결되는데 여기서 인물의 복잡한 심경 역시 언어적 설명 없이 함축된 의미를 내포하며 관객에게 외현되는 것이다. 또한 이미 프레임의 역할을 하는 거울과 창이 영화의 프레임 속에 재현됨으로 인해 이중의 프레임이 되고 이것은 미장아빔의 효과로

---

7) 자크 오몽, 김호영 역,『영화 속의 얼굴』, 마음산책, 2006, 36~37쪽.

이어진다. 특히 피사체가 인물일 때 그 인물은 이중의 프레임 안에서 보이고 또한 본다.

영화 <외출>에서는 거울과 창窓을 통해 인물의 얼굴이 이중으로 현현될 뿐만 아니라 인물의 얼굴을 향한 클로즈업이 지나칠 정도로 많다. 이것은 영화 <외출>에서 인물의 얼굴을 영화언어로서 선택한 것임을 암시한다. "영화감독에겐 의미를 전달하는 수백 가지 방법이 있다"[8]는 자네티의 말은 영화에서 사용되는 모든 장치와 기법들, 쇼트의 선택이나 카메라의 앵글 선택뿐만 아니라 필름과 조명의 색이나 음악과 음향의 선택까지도 영화언어가 될 수 있음을 지적한다. 영화 <외출>에서 비중 있게 선택된 영화 언어는 인물의 얼굴, 즉 배우의 얼굴과 표정과 눈빛이다. 로베르 브레송Robert Bresson과 칼 드레이어Carl Dreyer 감독이 "인간의 얼굴을 정신의 풍경화로 지칭"[9]한 것은 영화의 매체적인 속성과 특히 클로즈업 기법과 관련된다. 영화 <외출>에서 주요 인물인 서영과 인수의 복합적이고 상호배반적인 심경의 변화를 언어가 아닌 얼굴의 클로즈업으로 형상화 한 것이다. 즉, 각자 배우자의 교통사고 소식을 들었을 때, 배우자의 비밀을 알게 되었을 때, 이중의 고통을 겪으면서 서로에게 동병상련을 느끼다가 서로를 사랑하게 되었을 때, 상호모순적인 내적 갈등을 겪을 때 그들은 자신의 심경을 대사로 말하지 않는다. 내레이션 형식의 내적독백도 전혀 없다. 대신 모든 것을 클로즈업된 얼굴로 말한다. 이때 클로즈업 된 얼굴이 전달하는 수사적 효과는 언어의 수사학을 능가한다. 여기서 "훌륭한 클로즈업은 서정적 시적 감수성을 표현하는 그림"[10]이라는 그리고 "클로즈업을 통한 미세한 표정은 매우 감동적인 인간의 비극을 가장 경제적으로 보여준다"[11]는 벨라 발라즈의 말이

---

8) 루이스 자네티, 앞의 책, 102쪽.
9) 루이스 자네티, 앞의 책, 114쪽.
10) 벨라 발라즈, 이형식 역, 『영화의 이론』, 동문선, 2003, 63쪽.
11) 벨라 발라즈, 앞의 책, 76쪽.

설득력을 얻게 된다. 한 쇼트의 클로즈업이 때로는 백 마디의 말보다 많은 의미를 함축할 수 있는 것이다. 그런데 여기서 클로즈업 쇼트가 가진 상반된 속성을 언급할 필요가 있다. 또한 이러한 속성 역시 영화의 매체적인 특성을 만드는 데 기여한다. 클로즈업 쇼트는 분명 언어로 표현하는 것보다 많은 것을 말할 수 있지만, 즉, 서사적 정보를 줄 수 있지만 서사의 흐름을 끊어버릴 수도 있다. 그런데 클로즈업 쇼트가 서사의 흐름을 끊는 것은 사실상 의도적인 것이며 미학적 선택의 결과이다. 여기서 로라 멀비Laura Mulvey가 언급했듯이 "클로즈업이 영화의 움직임을 정지시키거나 전복시키면서 내러티브가 스펙터클에게 자리를 내어준다."12) 또한 클로즈업 된 인물은, 비록 그가 악인일지라도, 숭고의 미를 가지게 되는 경우가 많다. 때문에 찰리 채플린은 "비극에는 클로즈업, 코미디에는 롱 쇼트"라고 말한 것이다.

앞서 영화 <외출>이 많은 의미를 함축한 미장센으로 인해 회화적 영상미학을 구축했음을 언급했다. 이때 많은 의미를 함축했다는 것은 미장센의 밀도를 의미하는 것이 아니다. 오히려 보여 주지 않은 것을 통해 더 많은 것을 말할 수 있는 장치가 영화매체에 존재한다. 이것은 외화면에 해당하는 것이다. 영화 분석에 있어서 외화면의 분석은 사실 화면 분석 못지않게 중요하다. 외화면의 영역은 화면 영역과 함께 영화의 영역 혹은 영화의 공간을 구성한다. 분명한 차이점은 외화면은 프레임 밖에 있고 화면은 프레임 안에 있다는 것인데, 수용자인 관객이 비록 외화면을 의식하지 못하더라도 무의식적으로 외화면을 영화공간에 상정하고 있음을 가장 잘 보여주는 것도 역시 클로즈업 쇼트이다. 예를 들어, 인물의 얼굴과 목까지 클로즈업 한 쇼트의 경우 관객이 외화면을 암암리에 영화의 공간으로 인정하지 않는다면 관객은 목이 잘린 사람의 얼굴을

---

12) Laura Mulvey, *Fetishism and Curiosity*, Indiana University Press: Bloomington and Indianapolis, 1996, p. 40.

본다고 생각하겠지만 사실상 그렇게 생각하는 관객은 거의 없다. 또한 외화면의 의미를 좀 더 확장하면 보이스 오버 내레이션(화면 밖 목소리), 음향과 음악 모두 외화면의 영역에 있으나 이 모든 것이 영화언어를 구성하는 요소이다.

타이틀이 올라간 후 카메라의 이동은 차의 이동을 따라 간다. 즉, 카메라의 위치가 차 안에 있으며 차창(車窓)과 와이퍼의 움직임 그리고 차창 밖의 내리는 눈을 따라 이동하는데 이때 차의 속도감이 화면에서 그대로 느껴진다. 타이틀 후 첫 신(scene)인 이 쇼트에서 인물의 얼굴은 보이지 않는다. ①

아내의 사고와 더불어 아내의 비밀을 알게 된 인수가 서울로 향하는 쇼트에서 역시 카메라의 위치는 차 안에 있다. 카메라는 차의 속도감을 그대로 전하면서 터널과 도로 옆에 쌓인 눈과 흩날리는 눈을 초점화 한다. ②

배우자가 낸 교통사고에 의해 사망한 사람의 유가족에게 문상가기 위해 같은 차에 탄 서영과 인수의 모습을 카메라가 포착하기 전에 카메라는 차의 뒷부분과 국도의 커브길과 차창을 이동하며 보여주고 인수의 얼굴과 서영의 얼굴로 이동하며 창 밖으로 이동한다. 창 밖으로 보이는 국도변의 풍경들은 달리는 차의 속도감과 함께 빠르지 않은 속도로 재현된다. ③

서영과 인수는 서울에서 만나고 이번에는 카메라가 차창 밖에서 나란히 앉은 서영과 인수를 차창을 통해 초점화 한다. 미디엄 쇼트로서 역시 차의 속도감이 느껴진다. ④

서영의 남편이 사망한 후 서영에게 문상하고 돌아가는 인수의 모습 역시 차의 속도감과 함께 측면에서 클로즈업된다. ⑤

라스트신에서 봄에 내린 폭설 소식을 전하는 뉴스소리와 함께 차 안에 있는 카메라가 차창을 통해 폭설이 내린 국도와 국도 변의 풍경들을 팬 촬영하며 사이드미러와 차창의 와이퍼의 움직임을 조명한다. 서영과 인수의 모습은 카메라에 담기지 않고 나직한 두 사람의 목소리만 들리고 페이드 아웃 된다. ⑥

(영화 <외출>, 번호는 필자)

영화 <외출>에서는 타이틀 후 첫 신과 라스트 신을 비롯하여 주요 구성 포인트plot point마다 화면과 외화면의 구성을 통해 수용자에게 서사 정보를 줄 뿐만 아니라 회화적 영상미학을 구축하고 수용자와 정서적으로 소통한다. 여기서 화면과 외화면의 구성이 어떻게 서사정보를 주고 회화적 영상미학을 구축하는지 그리고 수용자와 어떻게 정서적으로 소통하는지 부연설명을 위해 ③번과 ⑥번 쇼트, 즉 결정적인 구성 포인트이자 전환점turning point인 ③번 쇼트와 라스트 신인 ⑥번 쇼트에 대해 분석하려 한다. 각자의 배우자의 사고와 비밀을 알게 된 서영과 인수는 배우자가 낸 사고로 사망한 사람의 유가족에게 문상을 가야 했다. 그들이 함께 차를 타고 가면서 그들은 어떤 대사도 발화하지 않는다. 그러나 카메라에 조명된 창밖의 황량한 겨울 풍경과 음악이 대사를 대신하여 대사보다 더 밀도 있게 그들의 감정을 전달한다. 즉, 화면의 영역에 있는 겨울풍경의 황량함이 외화면의 영역에 있는 인물의 내면의 황량함에 대한 환유적인 수사적 장치로 작용하는 것이다. 인물들의 얼굴을 카메라가 포착하기에 앞서서 차의 움직임을 느낄 수 있는 카메라의 이동 기법을 통해 카메라의 눈이 전달하는 것은 길의 상징성인데, 위에 예를 든 쇼트 모두에서 길의 상징성은 일관되게 전달되며 길의 상징성과 길의 수사학이 가장 아름답게 형상화 된 것은 라스트 신에서이다. 라스트 신의 화면에서는 인물의 얼굴이 초점화 되지 않는다. 차의 움직임과 차창에서 움직이는 와이퍼, 그리고 눈 덮인 차창 밖의 풍경과 내리는 눈이 카메라에 담긴다. 그러나 그들의 존재는 외화면에서 나직한 목소리로 드러나는 데 짧은 두 마디의 대사 역시 길의 상징성을 함축한다.

"우리 어디로 가는 거예요?"
"어디로 갈까요?"

그들의 대사는, 화면에 전경화 된, 그들이 타고 있는 차의 움직임의 방향만을 이야기 하지 않는다. 영화 <외출>의 서사가 이어지는 동안 아주 짧고 간략한 몇 마디의 대사와 사건들의 이미지 연쇄를 통해 암시된 텍스트 전체의 주제와 미학을 암시한다. 그것은 미래에 대한 기약이나 미래에 대한 두려움이 의미 없음을 시사하는 데 이러한 암시를 위해 여러 번의 짧은 복선이 있었다. 여기서 사랑에 대한 그리고 인생에 대한 내포저자의 시각이 포착된다. 중요한 것은 화면과 외화면의 구성을 통해 그리고 그 이전의 몇 번의 짧은 암시를 통해 이러한 의미를 구성하는 것은 수용자인 관객의 몫이라는 것이다. 눈 덮인 국도의 풍경과 차창의 와이퍼의 움직임과 차의 속도감은 우선 시각적으로 관객에게 다가온다. 빼어난 영상미학을 제시하는 것이 영화의 우선적인 목적인 것처럼 영화 <외출>에서 카메라는 길과 풍경을 보여 주기 위해 이동한다. 그러나 영화 <외출>이 구성한 회화적 영상미학은 외화면의 구성과 함께 영상의 회화적 서술을 이루며 이미지의 수사학을 구축하는 것이다. 여기서 지극히 절제된 대사와 표정 연기만으로 그리고 얼굴과 신체로써, 이러한 회화적 서술과 이미지의 수사학을 구축하는 데 결정적으로 기여한 배우의 수사적 기능에 대해서 분석할 필요가 있다.

우선 영화에서의 배우의 역할은 연극에서의 배우의 역할과 다름을 잠시 언급할 필요가 있다. 연극에서 배우의 주된 역할은 대사의 전달이다. 미세한 표정 변화는 연극배우에게는 그다지 중요하지 않다. 하지만 영화에서 배우는, 물론 대사의 전달도 중요하지만, 카메라 워킹과 협력해야 하기 때문에 미세한 표정 연기가 아주 중요하다. 또한 영화에서 배우가 체현하는 인물은 "기의와 어느 정도 닮은 기표"이다. 즉, 영화에서 배우는 극중 인물과 어떤 식으로든 닮아야 한다. 숭고하고 비극적인 인물을 연기하는 배우가 우스꽝스럽게 보여서는 안 되는 것이다. 무성영화를 가장 영화적인 영화로 보는 이론가들은 배우의 연기 역시 무성영화에서 가장 확실한 영화언어로 사용됨을 이야기한다. 대표적인 이론가로서 벨라 발라즈의 주장을 여기서 인용하려 한다.

> 무성 영화에서 주변과 분리된 얼굴 표정은 새로운 차원으로 파고드는 것처럼 보였다. 그것은 우리에게 새로운 세계 – 맨눈이나 일상생활에서는 볼 수 없는 미세한 표정의 세계 – 를 보여 주었다. 발성 영화에서는 얼굴 표정으로 표현했던 많은 것들을 말로 표현할 수 있게 되었기 때문에 이러한 '미세한 표정'의 역할이 크게 줄어들었다. 그러나 말과 표정은 같은 것이 아니다. 심오한 정서적 경험은 말로 결코 표현될 수 없는 것이다.[13]

물론 <외출>은 무성영화가 아니며 대사가 아무리 적다고 해도 인물의 대사 역시 영화 <외출>의 서술 중 중요한 한 축을 이룬다. 그럼에도 불구하고 영화 <외출>이 회화적 영상미학을 구축할 수 있었던 이유 중 하나는 앞서 인용한 벨라 발라즈의 주장과 일맥상통하며 이것을 위해 중요한 장치로서 사용된 것이 화면구성 외에도 배우의 얼굴과 표정이며 배우의 연기이다. 사실 영화 <외출>에서 회화적인 영상미학을 이루며 수용자인 관객과 이미지에 의한 수사修辭로써 소통하는 가장 큰 장치는 많은 의미를 함축한 화면구성과 함께 배우의 뛰어난 연기이다. 영화의 매체적인 특성이 "육체를 통하여 사유를 기록"[14]하는 것이라면 이때의 육체는 배우의 것이기도 하고 배우의 것이 아니기도 하다. 여기서 수용자는 이중의 체험을 하게 되는 데 허구의 사건을 체험하면서 현실의 환영을 즐기는 것이다. "육체를 통해 사유를 기록"한다는 영화의 매체적인 특성을, 다시 말해서 구체적인 배우가 허구적 혹은 상상적 인물을 재현한다는 영화의 매체적인 특성을 상상력의 제한의 문제로 보는 시각이 있었으나 그것은 다소 편협한 생각이다. 이에 대해서는 불확정성의 문

---

13) 벨라 발라즈, 이형식 역,『영화의 이론』, 동문선, 2003, 75쪽.
14) 자크 오몽,『영화 속의 얼굴』, 156쪽.

제에 대해 논할 때 상세히 언급할 것이다.

내러티브에 앞서 이미지로 수용자와 소통하는 영화매체에서 배우의 이미지 혹은 배우의 에토스는 수용자와의 소통양상을 결정짓는 중요한 기제 중 하나이다. 때문에 영화산업에서 스타시스템의 문제가 중요하게 자리하는 것이기도 하다. 영화 <외출>에서도 물론 두 명의 스타배우(배용준, 손예진)의 이미지는 인수와 서영의 이미지를 구성하는 데 중요한 역할을 한 것이 사실이다. 또한 두 배우 모두 클로즈업 쇼트에서 빛날 수 있는 외모를 가지고 있는 것도 분명 사실이다. 그러나 영화 <외출>에서 두 배우는 철저하게 카메라 워킹과 미장센의 구조 속에 자리한다. 그들의 얼굴을 향한 빈번한 클로즈업 쇼트는 설명하지 않고 보여주기에 의해서 서사를 이어가기 위한 영화의 표현양식이었으며 서로를 응시하는 측면의 미디엄쇼트에서 역시 그러하다. 그들의 목소리만 들릴 때에도 마찬가지이다. 서영이 인수에게 선물한 화분이 중앙에 놓이고 화분과 인수와 인수의 아내 수진이 삼각형의 구도로 한 쇼트에 포착될 때에도, 마주 선 서영과 인수 사이에 서영의 남편 경호의 영정 사진이 놓여 있는 화면구성에서도 두 배우는 철저하게 계산된 화면구성의 일부를 이룬다. 주제적 미학적 의도를 함축한 화면구성 속에서 절제된 대사만으로 내면을 표현해야 하는 배우의 연기가 화면구성을 압도하는 것이 아니라 화면구성 속에 자리하여 회화적 영상미학을 이룰 수 있었다. 여기서 배우의 연기는 앞서 3장에서 분석한 영화 <밀양>의 경우와는 다른 방식으로 영화언어로서 사용된다. 즉, <밀양>의 경우에 배우의 연기는 마치 모노드라마에서 배우의 연기처럼 자신을 확실하게 드러내는 연기였다면 <외출>에서 배우의 연기는 회화적 영상의 한 구성요소로 자리하여 영상미학을 더욱 빛나게 했다. 때문에 <외출>에서는 빈번한 클로즈업 쇼트를 통해 배우의 얼굴과 표정 연기가 정서적 미학적 떨림을 줄 수 있었을 뿐만 아니라 거울과 창窓을 통해 심지어 외화면에서 배우의 모습이 포착되기도 한 것이다. 이러한 모든 장치와 기법들이 영화 <외출>의 회화적 영상미학을 이루며 수용자와 이미지로써 소통하고 수용자는 언어가 아닌 이미지를 통해 인물과 교감할 수 있는 것이다.

이미지에 의한 소통

앞서 영화 <외출>에서 창窓과 거울을 통해 이중의 미장센을 구성하는 촬영과 편집 기법에 대해 언급했다. 또한 그것이 어떻게 텍스트의 주제와 미학을 구성하는지에 대해 분석했다. 여기서 중요한 것은 창窓을 통해 보이는 인물의 모습과 그 인물을 바라보는 다른 인물의 모습이 한 쇼트에 담겨서 관객에게 동시에 재현될 때 그것이 관객에게 독특한 심미적 체험을 하게 한다는 것이다. 여기서 관객은 이중의 응시를 동시적으로 체험한다. 이중노출을 통해 창에 비친 인물의 모습과 창 밖의 풍경이 동시에 초점화 될 때에도 그러하다. 즉, 감각적 수용과 인지적 수용이 동시에 이루어지게 되는 데 이때 언어에 의한 내러티브가 아닌 이미지를 통해 수용자인 관객과 소통하게 되는 것이다. 거울에 비친 인물의 모습과 거울 앞에 서 있는 인물의 모습이 한 쇼트에 담겨서 카메라의 눈을 통해 조명될 때에도 그러한 미장센은 관객에게 동시적 포착을 요구하며 역시 감각적 수용과 인지적 수용을 함께 요구한다. 거울이 반영反影의 매개체임을 앞서 언급했으며 카메라가 인물을 직접 초점화 하지 않고 거울을 통해 투사될 때, 더구나 인물이 자신의 모습을 거울을 통해 바라보고 관객은 거울에 비친 인물의 모습과 그 모습을 바라보는 인물의 모습을 동시에 보게 될 때 거울의 재현과 반영의 상징성은 관객에게도 동시적인 이중의 응시를 요구한다. 반영이 내포하는 응시와 성찰의 의미가 관객에게 현현될 때 구구절절한 언어적 설명이 필요 없다. 역시 이미지에 의한 소통이 이루어지는 것이다. 여기서 인물의 내면 심리를 설명하고 묘사하는 언어의 도움이 필요 없는 것은 관객이 보는 것과 동시에 이해하게 되기 때문이다.

이중의 프레임과 미장아빔 역시 감각적 수용임과 동시에 언어에 의한 인지적 수용과는 또 다른 인지적 수용을 요구하며 이때 미장센이 내포하는 정보의 밀도는 아주 높다. 즉, 한 쇼트의 화면이 전달할 수 있는 메시지는 무수히 많은데 여기서 앞서 언급했던 이미지가 만드는 잉여의 공간이 생기는 것이다. 중요한 것은 이미지가 만드는 잉여의 공간을 향유하고 인물의 심리와 그 배경을 유추하며 의미를 구성하는 것은 수용자의 몫이라는 것이다. 영상은 결코 스스로 말하지 않는다. 단지 보여줄 뿐이다. 영화 <외출>에서의 회화적 서술이 구성하는 의미는 수용자인 관객에 의해 완성된다. 화면의 영역에서 뿐만 아니라 특히 외화면의 영역에서 의미를 완성하는 것 역시 수용자의 몫인데 이때 수용자는 선형적으로 의미를 구성하기보다는 동시적으로 즉각적으로 의미를 포착한다. 기호의 독해를 통한 인지적 수용이 아니라 화면과 외화면의 구성 그리고 이중의 미장센 구성을 감각적으로 수용하며 인지적 수용은 감각적 수용과 거의 동시에 일어난다. 즉 분석하고 느끼는 것이 아니라 느끼는 동시에 분석하게 된다.

이미지로 수용자와 소통하는 영화 매체에서 배우의 이미지나 에토스가 수용자와 소통하는 중요한 영화언어임을 앞서 언급했다. 배우의 신체는 배우의 것이기도 하고 배우의 것이 아니기도 함을 역시 언급했다. 특히 클로즈업 된 얼굴은 인물의 내면심경을 포함한 서사적 정보전달의 기능에 머물지 않는다는 것을 다시 강조할 필요가 있다. 이것이 수용자와의 수사적 소통을 매우 강화시키기 때문이다. 때로 클로즈업 쇼트가 서사를 지연시킴에도 불구하고 클로즈업 쇼트를 사용하는 것은 클로즈업 쇼트가 수용자인 관객과 수사적으로 소통할 수 있는 역량 때문에 그러하다. 영화 <외출>의 경우에 빈번한 클로즈업 쇼트는 침묵 속의 응시를 담고 있다. 침묵 속의 응시에서 관객은 미학적 떨림을 체험하고 하나의 언어로 환원할 수 없는 잉여를 향유하며 그 여백을 스스로 채운다. 즉, '침묵 속의 응시'를 담고 있는 클로즈업 쇼트는 어떠한 언어적 설명도 부가하지 않음으로 인해서 오히려 더 많은 의미를 담보할 수 있게 되며 이것이 수용자의 심미적 지평을 구성하게 되는 것이다. 여기서 영화에서 불확정영역이 작용하는 기제에 대해 많은 것을 알 수 있다. 영상을 매개하는 카메라는 인물의 모습을 보여줄 수 있지만 인물의 내면심리를 보여줄 수 없다. 외현된 인물의 모습에서 내면심리를 유추하는 것은 전적으로 수용자인 관객의 몫이 된다. 이때 한정하고 지시하며 규정할 수 있는 언어와는 달리 이미지는 불확정영역을 파생시킨다. 이때의 불확정영역을 어떻게 향유하며 어떤 의미를 부여하는가는 수용자 개인의 배경지식과 심미적 취향에 따라 달라진다. 영화에서의 "상위 서술자" 혹은 "거대서술자"가 여러 가지 영화적 장치의 조합에 의해 어느 정도 수용자의 해석을 지시하고 통제한다고 해도, 앞서 언급했듯이, 너무도 많은 매개변수에 의해서 그리고 이미지가 파생하는 불확정영역 혹은 잉여의 공간으로 인해서 그 통제는 약화될 수밖에 없다.

배우가 인물을 직접 재현하는 영화의 매체적인 특성을 '상상력의 제한'이나 '불확정영역의 축소'로 보는 기존의 시각에 대해 앞서 잠시 언급했다. 소설텍스트의 경우에 서술자의 묘사 혹은 설명의 언어로 구성된 인물을 수용자인 독자는 인지적으로 수용하고 머릿속에서 이미지를 그릴 수 있다. 그것을 상상력의 발휘라고 얘기할 수도 있다. 그러나 독자의 머릿속에 구성된 이미지라고 해서 다시 말해서 구체적 형상을 얻지 못한 이미지라고 해서 더 많은 불확정영역을 가지고 있다고 단언할 수 있는 근거가 될 수 있는가? 혹은 그것이 수용자의 심미적 체험의 지평을 더 확장시키는 기제라고 말할 수 있는가? 예를 들어, 소설 『외출』에서 서영의 눈과 언술을 통해 인수의 인물화를 구성하면서 "잘 생긴 얼굴이다"라고 말하는 것과 영화 <외출>에서 배우가 인물의 얼굴을 직접 재현하는 것과 어느 것이 수용자에게 불확정영역을 더 많이 담보한다고 양적인 비교를 할 수 있는가? 즉, 소설텍스트에서 서술자의 서술이나 인물의 발화에 의한 인물화를 수용자가 수용하는 방식과 영화텍스트에서 배우에 의해 외현된 인물화를 수용자가 수용하는 방식이 분명 다르다. 그런데 구체적인 형상으로 외현된 인물화가 수용자의 상상력을 제한한다거나 불확정영역을 제한한다는 주장은 그다지 설득력이 없다는 것이다. 구체적인 형상을 얻지 못한 인물화는 수용자인 독자로 하여금 머릿속에서 이미지를 그리게 한다. 그 이미지는 명료할 수도 있고 그렇지 않을 수도 있다. 독자가 머릿속에서 그리는 이미지는 독자의 배경지식 내에서 가능하다. 그리고 그 배경지식은 독자 개개인의 감각적 체험에 의해서 좌우된다. 자신이 한 번도 보지 못한 이미지를 머릿속에서 그려 낼수는 없다. 이미지들의 조합에 의해 새로운 이미지를 만든다 해도 이미 지각했던 이미지들을 바탕으로 가능한 것이다. 또한 언어의 지시적이고 한정적인 특성은 불확정영역을 제한할 여지가 있으며 구체적인 형상으로 외현되는 인물화는 수용자인 관객으로 하여금 머릿속에서 이미지를 그리게 하지 않고 감각적으로 수용하게 하지만 외현된 인물의 영상 이미지는 한정하거나 지시하거나 설명할 수 없음으로 인해서 다른 종류의 불확정영역을 수용자에게 담보할 수 있는 것이다. 이에 대해서는 다음 절에서 소설 『외출』의 분석과 함께 다시 논할 것이다.

클로즈업 쇼트가 수용자와 소통하는 또 다른 수사적 효과는 인물과 수용자와의 거리를 아주 가깝게 만든다는 것이다. 수용자는 아무래도 롱 쇼트로 제시된 인물보다는 클로즈업 쇼트에 의해 제시된 인물에게 더 가까운 심리적 거리를 체험하게 된다. 또한 외화면이 영화언어로서 사용될 수 있는 것은 수용자인 관객이 외화면이 영화의 관습임을 인지함으로써 가능함을 앞서 언급했다. 화면에 담긴 창 밖의 황량한 겨울 풍경이 외화면에 머물고 있는 인물과 인물의 내면 심리에 대한 환유적인 수사임을 수용자인 관객은 감각적으로 수용함과 동시에 인지적으로 유추하며 감정적으로 몰입하게 된다. 이러한 수용방식은 앞으로 분석할 소설『외출』에서의 표현양식과 수용방식과 확연하게 다르다. 이에 대해서는 다시 언급할 것이다. 이러한 모든 장치와 기법들이 영화 <외출>의 회화적 영상미학을 이루며 수용자와 이미지로써 소통하고 수용자는 언어가 아닌 이미지로써 인물과 교감할 수 있는 것이다.

지금까지 영화 <외출>이 어떻게 회화적인 영상미학을 이루며 영화적인 영화텍스트가 되었는지 거울과 창窓과 외화면 그리고 클로즈업 쇼트를 비롯한 화면구성의 특이점과 영화언어로서 배우의 연기의 측면에서 분석했다. 그렇다면 전적으로 시각 이미지에 의지해야 하는 이 모든 것들과 영화 <외출>에 서정성을 더하며 관객의 감정을 증폭시켰던 사운드 트랙까지 어떻게 문자언어라는 단일채널로 전이시킬 수 있을 것인가? 츠베렌츠의 말을 인용한 패히의 주장처럼 영화의 소설화에 있어서 소설이 영화를 보고하고 묘사해야 한다면 그것이 가능한 일인가? 영화에서 소설로의 매체 전이는 어떤 의미를 가질 수 있는가? 영화에서 소설로 매체 전이가 이루어진 국내에서의 첫 시도인 김형경의 소설『외출』을 통해 이러한 질문들에 대한 답을 찾으려 한다.

2) 묘사적 서술양상: 김형경『외출』

앞서 소설에서 영화로의 매체 전이가 경험세계에서 환영의 세계를 창조하는 창조의 본령에 있으며 다만 그 경험세계가 소설이라는 허구서사에 대한 독해의 체험임을 주장한 바 있다. 마찬가지로 영화에서 소설로의 매체 전이 역시 영화감상이라는 경험세계에서 환영의 세계를 창조하는 창조의 본령이라고 전제할 수 있다. 그런데 소설의 영화화에 있어서 소설의 수용자이자 영화의 생산자의 경험세계는 이미 수용자들과 소통한 하나의 문학텍스트이며 때문에 각색영화에서 원작소설의 흔적의 문제가 논의 대상이 되었던 것처럼 영화의 소설화 역시 영화의 수용자이자 소설의 생산자의 체험세계였던 영화가 이미 수용자들과 소통한 예술텍스트이고 따라서 소설에 남겨진 영화의 흔적의 문제가 논의의 대상이 될 것이다. 여기서 중요한 차이는 단일채널을 다중채널로 전이시키는 문제와 다중채널을 단일채널로 전이시키는 문제가 어떻게 다른지 이며 본 연구의 논의도 여기에 집중될 것이다.

그런데 한 가지 언급해야 할 문제가 있다. 할리우드에서 영화의 소설화가 그렇듯이 소설 『외출』의 탄생도 문화산업의 측면에서 이루어졌다는 것이다. 즉, 소설 『외출』은 영화를 감상한 후 영화의 세계에 대한 심미적 체험을 바탕으로 소설을 썼다기보다는 시나리오가 먼저 나오고 그 시나리오를 바탕으로 작가가 영화촬영 현장을 방문하여 집필한 것이며 분명 영화 <외출>이 선행텍스트이기는 하지만 영화 <외출>의 상영과 소설 『외출』의 출판까지는 그다지 긴 시간이 경과하지 않았다. 그러나 본 연구에서는, 문화적 담론의 변화 양상에 대해 다시 논할 것이지만, 소설 『외출』의 텍스트 분석에 있어서 문화산업의 시각에서 분석하는 것이 아니라 다중채널을 단일채널로 전이시키는, 즉 이미지와 사운드, 다시 말해서 영상과 발화와 음악 등을 문자언어로만 전이시켜야 하는 과정과 양상과 기제들을 중심으로 논할 것이다. 즉, 문화산업이라는 문화적 사회적 배경을 중심으로 논하는 것이 아니라 텍스트의 매체적인 특성을 중심으로 영화와 소설의 매체 간 상호텍스트성의 관점에서 논할 것임을 먼저 밝힌다. 이런 과정에서 자연스럽게 문화적 담론의 문제 역시 언급하게 될 것이다.

언어가 구성하는 심미적 공간

주지하듯이 언어는 기표와 기의의 자의적 결합을 기본 원리로 한다. 즉, 기표는 기의와 닮지 않았다. 역설적으로 기표와 기의가 닮지 않았음으로 인해서 언어는 어떤 것도 묘사할 수 있다. 안개 낀 풍경도 묘사할 수 있고, 음악도 묘사할 수 있다. 또한 인간의 내면 심리도 묘사하고 설명할 수 있다. 문제는 유사성을 전제로 하지 않는 언어기호가 유사성을 어떻게 담보하며 묘사할 수 있는가이다. 여기서 메타포와 상징 등 여러 가지 수사학적 장치가 중요한 문제가 되며 서술자의 서술양상 역시 중요한 문제가 된다. 반면 영화매체에서의 카메라와 사운드 트랙은 기본적으로 유사성에 입각한 장치이다. 카메라에 포착되어 촬영된 안개 낀 풍경은 실제의 안개 낀 풍경과 유사하다. 사운드 트랙의 음악은 실제로 연주되는 음악과 유사하다. 사실상 거의 똑같다. 그러나 카메라가 인물의 내면 심리를 보여줄 수 없음으로 인해서 영화에서 인물의 내면심리를 표현하는 기제는 단정적일 수 없다. 상황과 표정과 행동과 대화를 통해 유추하게 할 뿐이다. 이것을 채트먼은 칼렌바흐Callenbach의 말을 인용하여 "에두름indirection"이라고 표현했다. 여기서 채트먼의 언술을 인용하는 것은 바로 이것이 영화 <외출>과 소설 『외출』의 결정적인 차이를 만들며 이 차이가 수용자에게 미치는 영향이 아주 크기 때문이다.

> '햇빛이 쨍쨍 내려쬐는 여름날', '갈색 머리를 한 스물다섯 살'과 '훌륭한 저택'은 영화가─조명을 받고 있는 저택을 포함해─세트의 모습에서 암시적으로 나타내는 것과 의상 담당자가 정해준 옷을 입은 여배우, 조명 기사가 밝힌 조명, 촬영 기사의 카메라 촬영, 음향 기사의 특정한 방식의 녹음 등을 열거한 것이다. 그런데 영화에서는─소설에서처럼─모든 관객이 안나라는 인물을 25세로 보고 그 집을 훌륭한 저택으로 받아들일 것이라고 확언할 수 없다.
>
> [⋯]

영화는 단지 형상만 보여준다. 그리고 해석, 즉 형용사가 많이 붙은 이름에 그 형상을 부여하는 일은 관객의 몫으로 남겨진다. 어네스트 칼렌바흐도 밝혔듯이, 영화의 이러한 불확정성은 "영화가 마술적이고, 미학적 '청결성'을 지녔으며, 자유롭게 선택할 수 있고 에두름(indirection)을 할 수 있는 타고난 능력에서 나온다"고 하겠다.[15]

인물을 '25세'로 규정할 수 있는 언어와 달리 인물의 형상을 보여주기만 해야 하는 영화의 매체적인 특성은, 특히 인물의 내면심리를 표현하는 데 있어서 그 불확정성이, 연출하기에 따라서, 강점이 될 수 있다. 앞서 영화 <외출>에서 지극히 미묘한 두 인물의 내면심리를 발화나 내레이션이라는 언어적 도움 없이 영화적 장치로 형상화했음을 분석했다. 여기서 관객의 심미적 체험이 어떻게 극대화 될 수 있는지도 논했다. 그런데 이러한 영화적 장치에 의해 형상화 된 인물의 내면심리를 언어로 묘사하고 설명할 때 언어의 지시적 특성과 메타적 속성은 강점이 될 수도 있으나 약점이 될 수도 있다. 이것은 영화텍스트를 소설텍스트로 전이할 때 확실하게 드러나는 데 인물의 내면심리를 형상화 하는 영화장치의 '불확정성'의 틈새를 채우는 관객의 다양한 배경지식과 심미적 성향 때문에 그러하다. 인물의 내면심리를 메타적으로 설명할 수 있는 언어의 속성이 강점이 될 수도 있고 약점이 될 수도 있다는 사실은 같은 스토리 라인을 가진 영화와 소설을 연구할 때 더 분명하게 드러난다.

소설『외출』은 영화 <외출>의 한 장면 한 장면을 세밀하게 묘사하고 설명한다. 그리고 영화 <외출>에서 어떤 언어적 설명도 배제했던 인물의 내면심리와 그 배경을 상세하게 묘사하고 설명한다. 결말에서의 묘사만 조금 달라졌을 뿐 사건의 경과와 추이도 그대로이다. 즉, "영화를 보고하고 묘사하라"는 츠베렌츠의 언술을 충실히 수행했다고 볼 수 있다. 그런데 소설『외출』에서 영화 <외출>의 장면들을 충실하게 보

---

15) 시모어 채트먼,『영화와 소설의 수사학』, 69~70쪽.

고하고 묘사할 뿐만 아니라 여기에 덧붙여 각 장면에서 인물의 내면심리와 그 배경을 지나칠 정도로 세밀하게 묘사하고 설명한다. 즉, 영화 <외출>이 철저한 미학적 계산 하에 남겨 둔 여백에 세심한 색칠을 더한 것이다. 이것은 모든 것을 문자언어로 표현해야 하는 소설의 특성에 기인한 것이며 작가 김형경의 선택에 의한 것이기도 하다. 그런데 작가의 선택 역시 매체적인 속성에 의해 크게 좌우된다는 것을 고려해 볼 때 그다지 선택의 여지가 없었기도 하다. 세밀한 내면심리묘사가 없었다면 회화적 영상도 수용자의 감정을 증폭시키는 사운드 트랙도 없는 소설 『외출』은 무척 밋밋한 텍스트가 될 수밖에 없기 때문이다. 만약 소설 『외출』에서 세밀한 심리묘사를 제거한다면 시나리오를 읽는 것과 별다른 차이가 없게 된다.

> 서영은 두 사람이 찍은 사진도 봤다고 말했다. 동영상이 담긴 디지털 카메라가 있는데, 그것을 돌려드릴 참이라고 말했다. [⋯] 이 카메라가 기어이 저 사람을 무너뜨릴지도 모르겠구나…… 생각은 그렇게 하면서도 서영은 자신의 행동을 저지할 수 없었다. <u>열패감과 죄의식을 뚫고 마음 어느 구석에서인가 미미한 가학이나 피학의 충동 같은 것이 느껴졌다.</u>[16]
>
> (밑줄 인용자)

위의 인용문은 영화 <외출>에서 서영이 아무 말 없이 인수에게 디지털카메라를 건네주는 측면의 미디엄쇼트로 제시되었다. 카메라를 건네받는 인수의 옆모습도 한 쇼트에 담겼으며 이 장면에서 어떤 언어적 설명도 암시도 없다. 여기서 카메라가 남편 것이 아니었다며 굳이 인수에게 카메라를 돌려주는 서영의 내면심경은 전적으로 관객이 추리하고 구성해내기에 달려 있다. 즉 영화 <외출>의 화면구성에서 서영의 행동이 "미미한 가학이나 피학의 충동"이라고 주장할 근거는 없는 것이다. 그러

---

16) 김형경, 『외출』, 문학과지성사, 2005, 48~49쪽. 이후로는 쪽수만 표시함.

나 소설 『외출』에서는 이 장면에서 영화의 수용자였던 작가의 해석에 의해 그리고 무엇보다 지시하고 규정하고 한정하는 언어의 속성에 의해 카메라를 돌려주는 서영의 심경이 "가학이나 피학의 충동"으로 명명되는 것이다. 영화 <외출>에서 시간의 경과에 따라, 그리고 사건의 전개에 따라 인물들의 변화가, 앞서 언급했듯이, 화면구성과 배우의 표정연기로 이어지는 데, 소설 『외출』에서는 이러한 시간의 경과와 사건의 전개를 그대로 따라 가면서 인물의 내면 심경에 대해서 세밀하게 묘사하고 있다. 즉, 이미지를 내러티브로 전이하는 묘사적 서술을 이어간다.

> 차창 밖으로는 메마르고 적막한 겨울 풍경들이 하염없이 이어지고 있었다. […] 인수는 차창을 스쳐 지나가는 풍경들이 고스란히 가슴으로 들어와 몸 안에 자리 잡는 것 같았다. 아니, 내면이 이미 그러했다. 옆자리에 앉은 서영도 그 풍경을 보고 있었다. […] 시선이 닿는 어느 곳에든 두 사람의 내면이 드러나 있었다. 텅 비고, 황량하고, 고단한 풍경들, 가만히 있어도 창밖 풍경에 감염될 것 같았고, 서로 시선이 마주치면 내면의 황량함의 증폭될 것 같았다.[17]
> 그녀와 함께 땅끝마을에 다녀온 후 인수는 내면에서 무엇인가가 변하는 것을 느꼈다.[18]
> 그와 함께 땅끝마을에 다녀오면서 그 고비를 넘어설 수 있었다.[19]
> (밑줄 인용자)

위의 인용문에서는 먼저 영화 <외출>의 장면을 언어로 그대로 묘사하고 있다. 영화에서는 카메라의 이동을 통해 차의 속도감을 살리면서 창 밖의 황량한 겨울 풍경들을 조명했다. 그리고 아무 말 없이 나란히 앉은 서영과 인수의 모습을 미디엄쇼트로 담았다. 하지만 그것뿐이었다. 차의 속도감과 길의 상징성과 창밖의 풍경 그리고 감정을 증폭시키는

---

17) 김형경, 앞의 책, 66쪽.
18) 김형경, 앞의 책, 83쪽.
19) 김형경, 앞의 책, 88쪽.

사운드 트랙에서 인물의 내면을 유추하는 것은 역시 관객의 몫이었다. 위의 인용문에서 소설『외출』의 서술자는 창 밖의 풍경의 의미와 인물의 내면심경을 묘사하고 설명한다. 즉, 창밖의 황량한 풍경처럼 인물들의 내면도 황량함을 설명하고 있으며, 그들이 배우자가 낸 사고의 사망자에게 문상을 함께 다녀온 '후 뭔가 그들의 내면에 변화가 있음을 직접 설명하는 것이다. 이러한 내면심경에 대한 설명은 소설『외출』에서 계속 이어지는 데, 인물의 내면심리 그리고 그 배경에 대한 설명은 사실 언어를 매개체로 하는 소설의 매체적인 특성이기도 하다. 그러나 모든 소설이 인물의 내면 심리를 이렇게 친절하게 설명하는 것은 아니다. 소설 『외출』의 이러한 서술의 특성은 영화의 소설화라는, 즉 시각 이미지에서만 보여줄 수 있는 것을 언어로 묘사해야 하는 작업의 특성 때문에 이러한 서술양상을 선택할 수밖에 없는 것이다. 이러한 서술양상은 서영과 인수가 가까워지고 사랑하게 되었을 때 더 친절하게 더 세밀하게 이루어진다. 역시 이러한 차이도 영화와 소설의 매체적인 특성에서 기인한다. 영화에서는 이중의 금기에 망설이다 결국 이중의 금기를 깨어버린 그들의 행동에 대해 어떤 설명도 하지 않는다. 왜냐하면 함축적인 화면구성으로 그리고 배우의 표정연기로 많은 것을 보여줄 수 있기 때문이다. 특히 외화면의 장치로, 즉 보이지 않는 것을 통해 더 많은 것을 말할 수 있는 영화의 매체적인 특성으로 인해 구구절절한 설명이 필요 없다. 그러나 다중채널에서 단일채널로 전이된 소설『외출』에서는 이중의 금기에 망설이다 이중의 금기를 깨는 그들의 내면의 배경과 과정을 세밀하게 묘사하고 설명할 수밖에 없다. 즉 이미지를 내러티브로 전이하는 과정에서 필연적으로 말이 많아질 수밖에 없는 것이다.

> 그리고 서영은 준비가 된 것 같았다. [⋯] 내면의 욕망이 더 이상 통제되지 않는 지점까지 증폭되었다는 표현이 옳을 것이다. [⋯] 인수도 그것

<u>을 느끼고 있었다.</u>

<u>내면에서 느껴지는</u> 다채로운 사랑의 감정은 다시 육체의 감각으로 치환되었다.

그들도 이렇게 사랑했겠구나……다시 한 번 되뇌일 때 <u>서영은 비로소 알 것 같았다.</u> 마음이 그 지점에 도달하기 위해 그들을 따라 했을지도 모른다는 것을. 350년 된 회화나무나 5천 년 된 암각화는 이미 알고 있었을 것이다. 세상에는 이미 새로운 일이 없으며, 어떤 일도 일어날 수 있으며, 해서는 안 되는 일도 별반 없다는 것을.[20]

(밑줄 인용자)

여기서 영화에서 소설로의 매체 전이, 즉, 영화의 소설화가 왜 드물었으며 왜 힘든 작업일 수밖에 없는지 그 단초가 제시된다. 다중채널을 단일채널로 옮길 경우, 시각적 영상과 청각적 사운드를 모두 추상적 상징인 문자언어로 옮길 경우, 지나치게 묘사하고 설명할 수밖에 없으며 따라서 말이 많아질 수밖에 없다. 문제는 그토록 많은 묘사와 설명이 과연 한 쇼트의 화면구성이나 그와 협력하는 사운드가 주는 미학적 체험을 상쇄하거나 능가할 수 있느냐는 것이다. 앞서 영화 <외출>이 회화적 영상미학을 구축했음을 언급했다. 여기서 수용자인 관객의 심미적 체험의 영역이 커짐도 언급했다. 회화에 언어적 설명이 추가된다면 즉, 회화가 가지는 많은 의미를 메타적 언어로 설명한다면 그 회화적 서술의 많은 의미를 하나의 의미로 환원하는 결과가 되어버린다. 결과적으로 소설『외출』도 영화 <외출>의 풍부한 심미적 공간을 축소시켰다. 세밀한 묘사적 서술이 한 쇼트의 영상의 묘사력에도 따라가지 못했고 수용자의 심미적 체험을 무미건조하게 만들었다. 다시 말해서 수용자의 정서적 체험의 공간과 해석의 여지를 차단해버린 것이다. 인물의 심리를 설명할 수 있는 것은 분명 언어의 강점일 수 있으나 그것이 약점이 될 수도 있다는 것은 영화 <외출>과 소설『외출』을 함께 읽을 때 보다 분명

20) 김형경, 앞의 책, 136~143쪽.

하게 드러난다. 여기서 불확정성의 문제, 그리고 수용자의 심미적 체험의 문제에 대해 보다 심도 있는 논의가 필요하다.

불확정영역의 문제

문자언어가 가지는 기표와 기의의 비유사성이 수용자인 독자로 하여금 상상할 수 있는 불확정성의 영역을 넓히고 반면 기표와 기의의 유사성에 입각한 시각 이미지는 수용자인 관객이 상상할 수 있는 불확정성의 영역을 제한한다는 주장은 지속되어 왔다. 즉, 소설이 영화보다 수용자의 상상력이 개입할 여지가 많다는 것이다. 특히 인물화에 있어서 실제 배우가 직접 재현해야 하는 영화의 매체적인 속성은 곧 상상력의 제한인 것처럼 주장되었다. 여기서 이러한 주장을 대표하는 이저Wolfgang Iser의 견해를 소개하면서 이에 반박한 홀럽Robert C. Holub의 글을 인용하고자 한다.

> 이저는 '톰 존스'를 영화로 만든 것과 소설의 차이가 전자의 시각적 이미지의 확정성에 있다고 말한다. 이 확정성은 우리가 영화로 보기 전에 소설로 먼저 읽은 적이 있다면 흔히 실망이나 빈약함으로써 경험된다. […] 이 논의는 영화(영화는 이저가 인정하려는 것 이상으로 "텍스트 중심적"이다)에 대한 정직한 관찰일 뿐만 아니라 미정성을 제거하는 데 있어서 시각적 요소가 하는 주요한 역할을 명시해 준다. "소설을 읽으면서 톰 존스를 상상할 때에 우리는 모든 국면에서 하나의 전일체로서 그를 볼 수 있는 영화에서와는 달리 여러 번에 걸쳐 드러난 다양한 변모를 결합시켜야만 한다(이저, p. 138)."
> 그러나 스크린에 나타난 영상을 볼 수 있다고 해서 그것이 하나의 '전일체'로서 톰 존스를 보는 것인가? 어떤 의미에서 그가 '전일체'인가? 그리고 그 시각적 이미지가 이저가 지적하고 있는 우리의 생산적 역할을 사실상으로 우리에게서 면제해 주는가?[21]

21) 로버트 C. 홀럽, 최상규 역, 『수용미학의 이론』, 예림기획, 1999, 142~143쪽.

여기서 불확정성의 문제가 단순한 것이 아님을 알 수 있다. 무엇보다 상징기호인 문자언어와 도상기호이자 시각 이미지인 영상이 추상성과 구상성을 넘나드는 방식이 불확정성의 문제와도 밀접하게 관련되어 있다. 문자언어가 기표와 기의의 비유사성이라는 측면에서는 불확정성의 영역을 담보하며 수용자 개개인에게 심리적 이미지를 환기시키는 것이 사실이지만 기호로서의 문자는, 앞서 언급했듯이, 지시하고 한정하고 개념화 하는 일차적 기능을 가지고 있으며 이때 분명 의미를 한정하고 제한하게 된다. 무엇보다 본 연구에서 텍스트 분석을 통해 고찰했듯이 소설텍스트에서 불확정성의 문제는 서술자의 서술양상과 상당한 관련이 있다. 즉, 「벌레이야기」에서처럼 논평적이고 분석적인 서술양상이나 『낯선 여름』에서처럼 인물의 내면과 배경을 상세히 전달하는 고백적 서술의 경우 그리고 『외출』에서처럼 영화에서의 한 장면 한 장면을 묘사할 뿐만 아니라 영화에서 보여주기에 의해 암시되었던 인물의 내면심리와 배경을 전지적 서술자가 상세하게 설명한 묘사적 서술에서는 수용자가 개입하여 상상할 불확정 영역이 줄어들 수밖에 없다. 반면 최윤의 소설텍스트 『저기 소리 없이 한 점 꽃잎이 지고』에서처럼 서술자가 정보의 노출을 지연시키며 암시적 서술을 이어갈 때 수용자가 개입할 불확정영역은 많아진다. 한편 영화에서 불확정성의 문제는 시각 이미지의 수용 즉 감각적 수용과 그에 따라 수용자인 관객이 머릿속에서 의미를 구성하는 인지적 수용이 복잡하게 얽혀서 존재한다. 역시 이미지의 구상성을 통해 추상성을 구축해나가는 문제와 관련된다. 또한 소설의 수용은 선형적으로 그리고 순차적으로 이루어져서 구성과 재구성의 시간적 여유가, 상대적으로, 많지만 영화의 수용에서는 눈에 보이고 귀에 들리는 모든 것들을 동시적으로 포착해야 한다. 또한 구성과 재구성의 인지적 과정이 분명 이루어지지만, 극장에서 영사기가 계속 돌아가고 계속해서 새로운 쇼트가 제공되므로, 영화의 수용에서 구성과 재구성의 시간적 여유는, 소설에 비해서 상대적으로, 적다. 영화의 수용이 감각적 수용과 인지적 수용을 동시에 수반한다는 것 때문에 그러하다. 때문에 소설텍스트의 불확정성과 영화텍스트에서의 불확정성의 문제는 단순 비교할 수 있는 것이 아니다. 여기서도 매체적인 특성 그리고 그 특성을 만드는 질료로서의 문자와 영상과 사운드 그리고 서술양상의 문제가 복합적으로 고려되어야 하는 것이다. 게다가 완성된 시각 이미지를 제공한다는 것과 의미의 완성이 별개의 문제임을 분명히 할 필요가 있다. 이에 대해서 역시 오래된 오해가 있어왔다. 여기서 이미지에 의한 상상력의 무한한 가능성에 대한 논지를 전개했음에도 불구하고 영상 이미지에 대한 오해와 더불어 우려를 제기한 질베르 뒤랑의 논의를 인용하려 한다. 뒤랑은 바슐라르의 주장을 인용해서 그의 논지를 강화하고 있다.

> 그러나 그 자체 과학 기술의 도착적 결과의 산물인 '비디오의 폭발'이 이번엔 다른 가공스러운 '도착적 결과'를 수태하고 있어, 사피엔스라는 인류에 위협이 되고 있다.
> 우선, 다른 모든 그림으로 된 이미지들보다 '문학 이미지'를 선호한 바슐라르의 고발에 따르면, 영화 같은 이미지는 수동적인 관객에게 일방적으로 의미를 전달함으로써 차츰차츰 개인의 상상력의 창조성을 마취시킬 수가 있다.[22]

여기서 "영화 같은 이미지는 수동적인 관객에게 일방적으로 의미를 전달함으로써 차츰차츰 개인의 상상력의 창조성을 마취시킬 수가 있다"는 바슐라르의 주장이 담고 있는 오해와 편견에 대해 논할 필요가 있다. 영화의 관객이 수동적이 아님을 본 저서에서 이미 여러 번 강조했다. 같은 영화를 보고 다른 평가를 내릴 수 있는 것, 또한 다른 의미를 구축하며 심지어 다른 인과관계를 구성할 수 있는 것은 관객이 수동적인 집

---

22) 질베르 뒤랑, 진형준 역, 『상상력의 과학과 철학』, 살림, 1997, 124쪽.

단이 아니라 심미적 성향과 이데올로기적 성향을 가진 개인주체이기 때문이다. 또한 영화가 전달하는 것은 "일방적인 의미"가 아니다. 엄밀하게 말한다면 영상 이미지는 의미를 전달할 수 없다. 영상 이미지를 통해 의미를 구성하는 것은 바로 수용자인 관객이다. 또한 영상의 시각 이미지가 과연 개인의 상상력의 창조성을 마취시키는가? 앞서 본 저서에서는 문자서사의 수용을 통해 독자가 머릿속에서 그리는 심리적 이미지는 독자의 배경지식 안에서 이루어지며 독자의 배경지식은 개개인의 감각적 체험에 의해 결정된다고 언급했다. 다시 말하면 독자가 한 번도 보지 못한 이미지는 머릿속에서도 그려낼 수 없는 것이다. 이 점은 아주 중요한데 때문에 문자서사인 소설텍스트의 수용자는 머릿속에서 자신만의 심리적 이미지를 그릴 수 있는 자유로움보다는 오히려 심리적 이미지를 그리는 것을 거부할 수 있는 자유로움을 더 많이 가지고 있다고 할 수 있다. 심리적 이미지를 분명하게 그리는 것을 거부한 채 불확정영역으로 남겨둘 수 있는 것이다. 그러나 이것이 소설의 수용자에게 더 많은 "상상력의 창조성"을 담보하는 것은 아니다. 사실상 배경지식이 없는 상상력이란 가능하지도 않고 가능하다고 해도 무척 빈약할 수밖에 없다. 그리고 그 배경지식이란 상당히 많은 부분 감각적 체험의 정도에 따라 결정된다.

이러한 불확정성의 문제가 수용자에게 중요한 이유는 불확정 영역이 수용자의 심미적 체험의 영역과 밀접하게 관련되기 때문이다. 또한 (내포)작가가 수용자를 바라보는 태도와도 관련된다. 또한 문학사와 예술사의 측면에서 즉, 문화적 담론의 변화 과정과 양상의 측면에서도 중요한 문제이다. 단적으로 말해서 과거 작가에게 있어서 독자는 계몽해야할 무지몽매한 대중이었다면 현재의 문화적 상황에서 독자는 텍스트의 의미 구성에 적극적으로 참여하는 능동적인 주체이다. 불확정성이 "텍스트의 수용조건"이며 따라서 "예술작품이 미치는 영향을 구체화 할 수 있는 중요한 요소"23)로 보았던 이저의 견해는 이런 맥락에서 이해할 수 있다. 여기서 수용자의 역할은 텍스트의 의미 구성에만 관여하는 것이 아니라 의미 구성을 결정짓는 텍스트의 미학 구축에도 관여한다. 앞서 예를 든 영화 <외출>의 경우 수용자의 심미적 체험은 회화적 영상에서 의미를 구성하는 데에도 있겠지만, 그에 앞서 또한 그보다 더 중요하게 회화적 영상에 기여하는 이미지에 대한 즉각적인 심미적 체험이며 여기서 의미 구성 또한 이미지에 대한 심미적 체험과 동시에 이루어지는 것이다. 여백을 묘사적 서술로 촘촘하게 메워버린 소설 <외출>에서는 사실상 영화 <외출>의 수용자가 향유했던 심미적 체험의 공간을 담보하기는 힘들다.

> 인수의 창이 건너다보이는 창가에 자리 잡고 앉아 서영은 그것만으로 도 충만감이 느껴졌다. 그만하면 됐다고, 그것으로 충분하다고 천천히 고 개를 끄덕였다. 고개를 끄덕이는 순간, 충분하다고 거듭 자신을 속이는 내 면의 공허감이 서늘하게 감지되면서 기어이 눈물이 흘러내렸다.24)

> (밑줄 인용자)

위의 인용문에서 서술자는 서영의 내면의 심경 변화를 묘사하고 설명한다. 서영이 자신의 내면을 속이며 위로하지만 실제로 서영의 심리가 어떤 것인지 까지 묘사하고 설명한다. 영화 <외출>에서 이 장면은 짐을 챙겨 숙소를 떠난 서영이 고속버스터미널 대합실에 망연하게 앉아 있다가 다시 돌아 와서 인수와 함께 갔던 찻집 창가에 앉아 불 켜진 인수의 방 창을 바라보며 미소 짓다가 눈물을 흘리는 일련의 쇼트들로 제시되었다. 물론 여기서 어떠한 언어적 설명도 없었다. 앞서 영화 <외출>을 분석할 때 언급했듯이 이 장면에서 창窓과 창에 비친 서영의 얼굴 클

---

23) 차봉희 편저,『수용미학』, 문학과지성사, 1985, 76쪽.
24) 김형경,『외출』, 203쪽.

로즈업 쇼트의 이중노출은 독특한 영상미학을 이루며 수용자에게 즉각적인 이해뿐만 아니라 심미적 체험의 공간을 제공한다. 이 장면을 묘사하고 서술한 소설 『외출』의 언어적 설명은 사실상 적절하지 않다고는 할 수 없다. 그럼에도 불구하고 영화 <외출>에서 담보한 심미적 체험의 공간이 소설 『외출』에서 소거된 것을 어떻게 설명할 수 있는가? "심미적 독서행위에서 중요한 것은 독자가 작품의 무엇을 파악하느냐보다는 그것을 어떻게 파악하느냐"[25]에 있다는 언술에서 그 답을 찾을 수 있다. 즉, "의미가 아닌 심미적 효과"[26]의 문제인 것이다. 수용자에게 미치는 심미적 효과는 텍스트의 미학적 구조 즉 표현양식과 이것을 결정하는 매체의 문제와 직결됨을 영화 <외출>과 소설 『외출』의 비교분석에서 알 수 있다. 사실상 선행텍스트인 영화 <외출>과 비교하지 않는다면 소설 『외출』의 묘사적 서술은 탁월하다. 인물의 심리묘사 역시 섬세하고 세밀하다. 그러나 영화텍스트를 먼저 체험한 수용자에게는 지나치게 말이 많고 친절한 내면 심리 묘사가 심미적 체험의 영역을 축소시키는 것이다. 여기서 영화에서 소설로의 매체 전이가 왜 소설에서 영화로의 매체 전이보다 어려운 작업인지 알 수 있다. 또한 영화에서 소설로의 매체 전이가 왜 드문 현상이었는지도 설명이 된다.

여기서 분명하게 부언해야 할 것이 있다. 영화가 수많은 매개변수를 가진 다중채널의 매체이고 소설은 문자만을 매개로 하는 단일채널의 매체이기 때문에 어쩔 수 없이 필연적으로 영화의 소설화가 빈약해질 수밖에 없는 것이 결코 아니라는 것이다. 이에 대한 근거는 각색영화를 먼저 보고 원작소설을 읽는 경험을 생각해 보면 알 수 있다. 수용자는 결코 생산의 순서를 지키지 않는다. 생산의 순서대로 원작소설을 먼저 읽고 각색영화를 보는 경우도 있으나 영화를 먼저 보고 원작소설을 읽는 경

25) 차봉희 편저, 『수용미학』, 문학과지성사, 1985, 82쪽.
26) 차봉희 편저, 앞의 책, 87쪽.

우도 허다하다. 이 경우에 있어서 다중채널 매체인 각색영화를 먼저 보고 원작소설을 읽는다고 해서 원작소설의 심미적 지평이 밋밋해지는 것은 아니다. 즉, 영화에 없는 문자만의 심미적 지평이 분명 존재한다. 그렇다면 영화의 소설화에 있어서 문제가 되는 것은, 물론 다중채널을 단일채널로 옮기는 어려움도 분명 존재하겠으나, "영화를 보고하고 묘사하라"는 츠베렌츠의 주문처럼 영화를 단지 보고하고 묘사하는 데 있다고 볼 수 있다. 즉, 영화를 보고하고 묘사하기만 해서는 영화가 성취한 심미적 지평을 결코 능가할 수 없는 것이다. 더군다나 "영화소설"이라는 어휘는 그 자체로 말이 되지 않는다. 본 저서에서 소설과 영화에는 유사성이 없고 차이점만 존재한다고 주장했으며 영화와 소설은 서로 표현양식과 수용방식이 너무도 다름을 때로는 정반대임도 예증했다. 분명 영화는 소설이 될 수 없고 소설은 영화가 될 수 없다. 매체가 달라지면 모든 것이 달라진다. 때문에 "영화소설"이라는 말이 되지 않는 명칭 하에 영화를 문자언어로 보고하고 묘사하려 한다면 결코 새로운 심미적 지평을 확보할 수 없는 것이다. 앞서 텍스트 분석에서도 알 수 있듯이 영화에서 철저한 미학적 계산 하에 남겨둔 여백에 색칠을 하는 것만으로는 또한 역시 충분하지 않다.

현재의 문화적 상황에서 영화에서 소설로의 매체 전이 역시 계속 이루어질 것이다. 그렇다면 다중채널을 단일채널로 전이시키는 작업에 대해서, 이미지와 사운드를 문자언어로 전이시키는 방식에 대해서 그리고 영상미학을 언어의 미학으로 전이시키는 양상에 대해서 좀 더 고민해야 할 것이다. 이러한 고민이 선행된다면 한국의 문화적 상황에서, 소설을 영화화하는 양상이 점점 더 다양해지고 그 미학적 성취가 탁월해진 것처럼, 영화를 소설화 하는 양상 또한 다양해지고 그로 인한 미학적 성취역시 향상될 것이다. 앞서 언급한 여러 문제점에도 불구하고 현재의 문화적 상황에서 소설 『외출』은 문화적 담론의 변화를 반영하며 새로운 미학적 시도를 했다는 것에 의의가 있다. 분명 문화적 담론의 변화 속에서 새로운 미학적 실험들은 소설과 영화의 매체 간 상호텍스트성의 관점에서 소설과 영화의 주제와 미학을 더욱 풍요롭게 만드는 데 기여할 것이다.

2. 소설과 영화의 동시 동반 창작

지금까지 분석한 소설과 영화의 매체전이는, 짧든 길든, 시간의 경과를 전제로 한다. 때문에 선행텍스트의 흔적의 문제와 그 흔적이 매체의 전이를 통해 어떻게 미학적 주제적 변주를 이루었는가의 문제가 중요하게 다루어졌다. 그런데 이청준의 장편소설『축제』(1996)와 임권택 감독의 영화 <축제>(1996)는 시간의 경과 없이, 즉 선행텍스트의 흔적 없이 작가와 감독의 긴밀한 상호협력 하에 소설 창작과 영화제작이 동시적으로 동반창작의 형태로 이루어졌다. 이러한 양식은 현재까지는 전무후무한 경우이며 서로 다른 매체를 통한 동시-동반 창작이기에 더욱 주목된다. 즉, 매체간의 상호텍스트성이 동시적으로 양방향에서 이루어진 경우이기 때문이다. 이 경우는 엄밀히 말해서 각색이라고 할 수 없다. 그러나 동시 동반 협력 창작이라 해도, 매체 변수에 의한 표현 양식의 상이함을 보인다. 즉, 같은 스토리라인을 가지고 있으며 소설과 영화가 창작 과정에서부터 서로를 조명하고 있으나 각각의 매체의 특성에 의해 다른 미학적 구조를 가지고 수용자에게 다른 심미적 체험을 하게 한다. 또한 비록 소설작가와 영화감독이 서로 상의하여 진행했다 하더라도 매체의 차이에 의해 서술양상이 달라지며 그로 인해 텍스트의 전체 분위기가 달라졌다. 즉, 매체가 텍스트의 주제와 미학과 수용자와의 소통양식을 결정한다는 것에 대해서 동시-동반 창작 텍스트인 소설『축제』와 영화 <축제>를 함께 읽음으로써 그 양상과 기제를 분명하게 예증할 수 있다. 또한 소설작가와 영화작가의 자의식을 바탕으로 구성된 소설과 영화의 자기반영성을 드러내고 있으므로 이에 대한 고찰 역시 비중 있게 다루어질 것이다.

창작과정에서부터 서로를 조명하고 있는 이 두 텍스트는 로버트 스탬 Robert Stam이 규정한 자기반영성, 즉, "문학 및 영화텍스트가 스스로 만들어져 가는 모습, 작가성, 다른 텍스트들로부터의 영향, 텍스트 수용, 혹은 작가의 개인적인 언술을 전면에 드러내는 과정"[27]을 명료하게 보여주는데 특히 소설 『축제』에서 그 양상이 더욱 두드러지게 드러난다. 작가 이청준의 자의식적이고 메타적인 서술이 그의 다른 작품들에서보다 더더욱 강화되는데 이는 동시 동반 창작 텍스트인 영화 <축제>를 염두에 두고 작가로서 소설과 소설의 질료인 언어에 대한 자의식을 직접적으로 드러낸 것에서 기인한다. 이 때 사용된 메타적인 서술은, 특히 액자틀에 해당하는 서술층위에서의 메타적 서술은 작가의 자의식의 다소 과도한 표출[28]로 이어지며 이것이 소설과 언어라는 장르와 매체로 시선을 돌리게 하는 자기반영성으로 연결된다.

소설 『축제』와 영화 <축제> 모두 어머니의 죽음과 장례절차 그리고 그것을 통한 가족의 화합을 다루었으나, 소설에서는 내적 독백과 사변적 서술이 주를 이룬 반면, 영화에서는 장례식 풍경 묘사에 치중했다. 이것은 문자매체와 영상매체의 매체 차이에 의한 것이며, 소설 『축제』에서 선택한 서술양상과 영화 <축제>에서 선택한 형상화 방식의 차이에 기인한 것이기도 하다. 소설 『축제』에서 특이하게 드러나는 서술양상은 사실과 허구의 경계를 무화시키는 메타적 서술양상이며 이것은 소설의 자기반영성을 드러낸다. 또한 이것은 이중의 기억과 고백의 수사학으로 이어진다. 영화 <축제>에서는 소설 『축제』에서의 기억과 고백이 카메

---

27) 로버트 스탬, 앞의 책, 15쪽.
28) 린다 허천은 소설에 관한 소설, 허구에 관한 허구로서의 메타픽션의 자의식을 "나르시스적(narcissistic)"이라고 표현했다. Linda Hutcheon, Narcissistic Narrative: the metafictional paradox, Methuen, Inc. New York, 1984, pp. xi-xii.
소설 『축제』에서 형상화 된 메타픽션의 양상 역시 작가 이청준의 자의식을 강하게 드러낸다는 의미에서 "나르시스적"이라고 볼 수 있다.

라의 중개성을 바탕으로 현재적으로 극화되었다. 이것이 각각의 텍스트의 주제와 미학을 어떻게 구성하고 수용자로 하여금 어떻게 다른 심미적 체험을 하게 하는지 분석할 것이다. 또한 매체에 따라 소설과 영화의 자기반영성이 어떻게 구축되는지도 논증할 것이다.

1) 메타적 서술양상: 이청준『축제』

소설의 자기반영성

작가 이청준의 작품세계를 관통하는 일관된 맥락들이 있는데, 그 중 하나가 작가 이청준이 소설과 언어에 대해 가지는 자의식이라고 볼 수 있다. 이청준의 소설들에서 이러한 자의식이 표출되는 방식으로는 우선 소설가, 예술가 그리고 장인匠人들을 소재로 취하는 경우가 있다.[29] 그

---

[29] 이에 대한 연구는 상당히 활발하게 이루어졌다. 김치수는『조율사』,『소문의 벽』,『지배와 해방』을 예로 들어 이청준의 소설에서 실패한 소설가를 다룸으로써 소설을 쓴다는 행위에 대한 질문을 던지고 있음을 말한다. 김치수,「언어와 현실의 갈등」,『이청준 깊이 읽기』, 문학과지성사, 1999, 88~94쪽.
이청준의『남도사람』연작을 "예술가소설"로서 읽은 안삼환 역시 이청준의 소설들이 "이청준 개인의 문제를 그 핵으로 하고 있기 때문에 그것들은 일차적으로는 대개 일종의 변형된 예술가소설의 색채를 띠면서 존재론적 미학으로까지 치닫고 있다"고 논평한다. 안삼환,「'빗새'로 유랑하기/'나무'로 서 있기―『남도사람』에 나타난 이청준의 길」, 앞의 책, 248~249쪽.
김경수는「매잡이」,「소문의 벽」,「비화밀교」,『자유의 문』등에서 이청준이 초기작에서부터 공공연하게 등장인물들로 하여금 어떤 방식으로든 소설과의 연관을 지니도록 작품을 구성했을 뿐만 아니라 심지어는 이른바 소설가소설이라고 불러도 무방할 만큼 소설가를 주인공으로 한 소설을 많이 써 온 작가임을 지적하고 이청준의 소설세계를 종합적으로 이해하기 위한 하나의 방법으로 이른바 소설가소설이라고도 말할 수 있는 작품들에 대한 분석을 통해 이청준의 소설관을 탐색했다. 김경수,「이청준 소설의 시학」,『문학의 편견』, 세계사, 1994, 147~158쪽 참고.
한순미 역시 이청준의 "소설 세계에서 주요한 계열을 형성하고 있는 소설가소설, 예술가소설들은 소설(예술)의 본질과 성격, 소설가(예술가)의 고뇌와 사회적 역할, 소설의 매개체인 언어에 관한 고찰 등 소설(예술)을 둘러싼 본질적인 물음들을 제기해 왔"음을 언급하면서 이청준의 초기 중단편 소설을 연구대상으로 삼아 그의 소설론이 실제

런데 중요한 것은 단지 소재적인 측면에 있지 않다. 이청준의 소설들에서 소설가나 예술가, 장인들이 형상화 되는 방식은 중층구조의 양상을 취하는 경우가 많다. 이를 액자소설 혹은 변형된 액자라고 할 수 있겠다. 그리고 액자틀에 해당하는 서술층위에서 메타적이며 관념적인 서술양상을 취하는 경우가 빈번하다. 그런데 지금까지 대부분의 연구자들은 이러한 서사구조와 서술양상이 열린 결말을 이끌며 독자를 적극적으로 성찰과 소통 과정에 참여시키고 의미를 강요하지 않는다는 논의를 지속해서 반복적으로 펼쳐 왔다.[30] 이런 시각은 물론 어느 정도 타당한 근거

작품과 어떠한 연관을 가지며 형성되고 전개되었는지를 고찰하려 했다. 한순미, 『가의 언어 이청준 문학 연구』, 푸른사상, 2009, 130쪽.

30) 권택영은 "작가는 한 인물에게 합당하다고 알려진 의식 체계를 부여하는 대신에 그 인물을 둘러싼 관찰 보고를 종합함으로써 그를 존재하게 한다"는 김현의 언술과 "빈번히 격자소설의 형식을 취하거나 그 속에서 소설론을 진술"하는 것이 "작가 자신의 현실에 대한 인식 태도가 굳어져 있는 것이 아니라 끊임없이 회의와 모색을 하고 있다는 점을 반증해준다"는 오생근의 논의 그리고 "이청준 소설에서 무수하게 나타나고 있는 격자소설의 양식이란, 말에 대한 탐구를 하고 있는 작가 자신의 자기 점검의 수단으로 나타나고 있다"는 김치수의 글을 인용하면서 이청준 소설의 중층 구조가 '열린 소설'의 특성을 갖는 다고 말한다. 권택영, 「이청준 소설의 중층 구조」, 『이청준 깊이 읽기』, 문학과지성사, 1999, 163~166쪽.

우찬제는 "이청준의 소설론에서 중층적 탐색의 정신은 아주 중요한 것으로 보인다"고 전제하고 "탐색담의 구조와 액자소설 형식 및 복합적인 메타서술 양상을 통해" 작가 이청준이 "깊이 있는 이념을 대화적으로 탐색하며 현실과 관념을 깊고 넓게 그리고 유기적으로 조망"하며, "탐색을 진행하는 문제적 인물과 그의 탐색을 재탐색하는 화자 사이의 대화적 관계는 또한 독자의 호기심이나 탐색의 욕망과 긴밀하게 조응"된다고 논한다. 우찬제, 「자유의 질서, 말의 꿈, 반성적 탐색」, 앞의 책, 207쪽.

김경수는 "이청준에게 있어서 액자소설은 작품의 정신적인 탐색을 독자 자신의 몫으로 온전히 전이시키기 위한 절실한 요구에서 마련된 일종의 제도와 같은 기법"이라고 서술한다. 김경수, 「메타픽션적 영화소설?」, 앞의 책, 332쪽.

한편 액자소설의 담화 구조를 분류한 장재진은 김동인의 액자소설을 "작가 권위적 액자 구조"로, 김동리의 액자소설을 "매개적 액자 구조"로 이청준의 액자소설을 "반성적 액자 구조"로 명명하며 이청준의 액자소설에서 액자외부 서술자가 내부 이야기에 대해 권위적인 힘을 발휘하고 있지 않으며 상호소통적 액자구조로 독자를 끌어들이고 있다고 말한다. 장재진, 「액자 소설의 담화 구조 연구-김동인, 김동리, 이청준 소설의 서사적 틀짜기-」, 서강대학교 석사논문, 2000.

한순미 역시 비슷한 논지를 펼치는데, 이청준 소설의 진행 방식에 대해 "작가의 목소

를 가지고 있다. 이에 대한 가장 직접적인 단초는, 많은 연구자들이 즐겨 인용해 왔던, 작가 이청준의 언술에서 비롯된다.[31] 또한 중층구조를 취하고 있는 이청준의 소설들에서 작가 이청준 자신이 밝힌 서사전략 내지는 서술태도를 일정 부분 발견할 수 있는 것도 사실이다. 그러나 이청준의 소설들에서 빈번하게 사용되는 중층구조와 그에 연결된 메타적 서술양상이 자의식적인 서술로 이어지고 이것이 자기반영성으로 이어지며 이로 인해 서술자의 언술의 힘이 너무 강해지고 그 결과 인물이 살아나지 못하고 독자가 의미를 구성하는 영역이 축소되는 부분도 있음이 분명 사실이다. 그런데 이에 대한 구체적인 분석과 논의는 거의 이루어지지 않았다. '상호 소통'이나 '열린 결말' 그리고 '독자의 영역 확대'가 아무리 긍정적인 평가를 받고 있다고 해도 어느 한 쪽만을 강조해서는 작가의 작품세계나 텍스트에 대한 종합적인 시각을 구성할 수 없다. 또한, 이청준 소설에서의 자의식적 서술과 자기반영성이 어떤 양상을 띠고 어떤 의의를 가지는지에 대해서 좀 더 다각적인 논의가 필요하다고 생각한다. 이청준 소설에서 중층구조가 가지는 서사전략에 대해 특히 자의식적 서술과 자기반영성에 주목하여, 지금까지의 논의와는 다른 시

리나 의도에 따라 일방적인 해석을 강요하지 않고 해석의 지평을 뒤로 미루고 지연시켜 독자로 하여금 작품 읽기의 과정 속에 들어가게 한다"고 논평한다. 한순미, 『가의 언어 이청준 문학 연구』, 푸른사상, 2009, 76쪽.
31) 이청준은 다음과 같이 말한다.
"이때 안쪽에 담겨진 이야기는 대개 평면적 스토리의 전개로 인간의 경험과 삶의 태도에 관한 유형을 보여준다. 그리고 그 이야기를 바라보고 그것과의 교유와 관찰 속에서 우리의 삶에 대한 종합적인 반성과 평가의 역할을 수행해나가는 시선을 또 하나 바깥에 마련한다. 바깥에 마련된 관찰자의 시선은 그러니까 그 안쪽에 진술된 일회적이고 평면적인 경험의 유형을 최종적 진실로 확정지으려는 목적에서가 아니라 그것을 의심하고 시험하며 반성하는 역할의 수행자로서 마련되어지고 있는 것이다. 따라서 그의 시선은 언제나 일회적 경험에 대해서는 불신과 의심을 일삼는 부정적 태도가 불가피해질 수밖에 없으며, 그것은 곧 그 작가의 일회적 경험을 작가 자신과 독자들 공유의 총체적 세계 안으로 귀속시키려는 노력으로서 그 자신의 최종적인 판단을 겸손하게 유보해버리는 자세를 취해 보인다." 이청준, 「책 속에 길이 없다」, 『작가의 작은 손』, 열화당, 1978, 187쪽.

각에서, 논할 필요가 있다. 이를 분석하기에 가장 적절한 텍스트 역시
『축제』인데, 영화와의 동시 동반 창작을 염두에 두다 보니 소설의 자기
반영성에 더 치중하게 되었다고 보인다.

자기반영성은 일차적으로는 텍스트의 내용이 형식을 그리고 형식이
내용을 지시하고 투영하는 것을 말한다. 그런데 이것은 반환영주의의
성격을 가지게 된다. 환영적 예술은 시공간적으로 통일된 인상을 주려
고 노력하는 반면, 반환영적 예술은 내러티브 연속체의 허점과 결함, 그
리고 봉합자국에 주의를 환기시킨다.[32] 소설텍스트의 자기반영성을 가
장 잘 드러내는 것은 메타적 서술 그리고 메타픽션이라고 볼 수 있다. 여
기서 "스토리의 쓰기writing of story와 쓰기의 스토리story of writing"[33]는 텍
스트의 중층구조를 구성하게 된다. 이런 중층구조를 통해 메타픽션은
"픽션문학이 어떻게 상상세계를 창조하는가를 우리에게 보여주는 과정
에서 우리가 살아가는 현실(리얼리티)이 어떻게 구성되며 '씌어지는가'
를 이해하도록 도와준다."[34] "픽션문학이 어떻게 상상세계를 창조하는
가를" 독자에게 "보여주는 과정"이 바로 반환영주의와 연결된다. 이것
은 이야기 세계의 환영幻影에 빠지기를 원하는 독자의 기대를 배반하고
이야기 세계 속으로의 몰입을 방해하므로 브레히트의 '소격효과'와 유
사한 서사장치라고 볼 수 있다.

이청준의 소설텍스트들 중에서 이러한 특성들을 잘 드러내는 텍스트
가 바로 『축제』이다. 이것은 소설과 영화가 동시 동반 창작된 텍스트라
는 것과도 관련이 있다. 우선 소설 『축제』는 중층구조를 가진 메타픽션
의 특성을 잘 보여주고 있다. 퍼트리샤 워Patricia Waugh는 메타픽션의 가
장 일반적인 공통점으로서 하나의 픽션을 창작함과 동시에 그 픽션의

---

32) 로버트 스탬 지음, 오세필·구종상 옮김, 『자기 반영의 영화와 문학』, 한나래, 1998,
　　36쪽.
33) 퍼트리샤 워 지음, 김상구 옮김, 『메타픽션』, 열음사, 1989, 180쪽.
34) 퍼트리샤 워, 앞의 책, 34쪽.

창작과정에 대한 진술을 하는 것을 지적했는데 이 두 과정이 창작과 비평 사이의 차이를 없앤다고 말한다.35) 또한 로버트 올터Robert Alter는 "자의식적 소설self-conscious fiction"이라는 용어를 사용했는데 그에 의하면 "자의식적 소설은 인공물로서 소설의 지위에 대해 주의를 환기시키는 소설가들에게 적용된다."36) 한편 레이몬드 페더만Raymond Federman은 "비평소설critifiction"이라는 용어를 사용했다. 페더만은 비평소설에서 작가는 허구를 생산하는 동시에 그 허구의 창조에 대한 진술을 하며, 이 때 그의 소설 속에 존재하는 작가는 저자이자 서술자이자 비평가이자 이론가이자 주인공으로서 존재한다고 말한다.37) 소설 『축제』는 퍼트리샤 워가 언급한 "메타픽션"의 특성과 로버트 올터가 말한 "자의식적 소설"의 성격 그리고 레이몬드 페더만이 서술한 "비평소설"로서의 전형적인 서사구성을 취하고 있으며 작가 이청준이 텍스트 내에서 저자이자 서술자이자 비평가이자 이론가이자 주인공으로서 존재하는 것을 공공연하게 드러낸다. 소설 『축제』의 이런 구성이 텍스트의 미학과 독자의 수용 방식을 어떻게 결정하는지 세밀하게 분석하려 한다.

소설 『축제』는 총 7장으로 구성되어 있다. 작가의 자전적 소설이기는 하지만 "준섭"이라는 인물을 내세워 일인칭 서술을 피해가려 했다. 그럼에도 불구하고 기억과 고백의 서사로 이어지는 일인칭 서술의 특성을 그대로 담보한다. 특히 중간 중간에 "임감독님께" 보내는 편지글을 수록함으로써 현실과 허구의 경계를 모호하게 만든다. 편지의 내용은 소설과 영화의 동시—동반 창작 과정에 대한 자신의 의견을 얘기한 것인데, 여기서 작가의 소설에 대한 신념이 직설적으로 드러난다. 또한 왜 일인칭 서술양상을 택하지 않고 삼인칭 서술양상을 택했는지까지 언급으

---

35) 퍼트리샤 워, 앞의 책, 20~21쪽.
36) 로버트 스탬, 앞의 책, 16쪽.
37) Raymond Federman, "Self-Reflexive Fiction or How to Get Rid of It", *Critifiction: Postmodern Essays*, State University of New York Press, Albany, 1993, p. 31.

로써 메타적 서술을 구성한다.

> 앞에서도 이미 말씀을 드렸고, 감독님께서도 분명히 경험해 오셨듯이, 세상사 가운데는 때로 허구가 얼마나 더 진실되어 보이고, 사실과 실제가 얼마나 더 비현실적으로 부자연스러워 보일 때가 많습니까. ……이런 글에서 굳이 제3자 시점의 화자를 내세운 것은, 1인칭 시점이 당시의 제 감정과 실제 정황에 더 충실할 수는 있겠지만, 그보다 자식으로서 제 어머니의 일을 직접 말하기가 매우 어색하고 송구스러울 뿐 아니라, 심정적으로 훨씬 노인의 일을 미화하고 과장할 가능성이 클 것 같아섭니다. 1인칭보다는 3인칭 시점의 객관적 진술 형식으로 그 폐해를 줄여 보자는 의도에 서지요.[38)]

위의 인용문에서 소설작가로서의 자의식이 그대로 드러난다. "때로 허구가 얼마나 더 진실되어 보이고"라는 서술에서 소설의 가장 큰 특성인 '허구성'이 허망하거나 거짓된 것이 아니라 실제세계에서의 진실추구임을 밝히고 있으며, 그럼에도 불구하고 자전적 소설에서 일인칭 시점을 선택할 경우의 위험에 대해서도 언급하고 있는 것이다. 이것은 소설의 매체적인 특성과 연결된다. 영화에서라면 이런 고민을 할 필요가 없다. 영화의 경우에는 설령 실화를 바탕으로 한 영화라고 해도, 또는 자전적 영화라고 해도, 하나의 인물의 시점에만 고정할 수 없는 영화의 매체적인 특성 때문에, 게다가 스토리 세계 밖에 존재하는 카메라의 중개성 때문에 앞서 언급한 작가 이청준의 고민을 어느 정도 해결할 수 있는 것이다. 이러한 매체적인 차이는 소설 『축제』와 영화 <축제>를 완전히 다른 분위기의 텍스트로 만드는데 기여한다. 소설 『축제』에서는 삼인칭 서술을 선택했음에도 불구하고 모든 사건과 다른 인물들이 준섭의 시선과 언술로 조명되고 전달되지만 영화 <축제>에서는 준섭 역시 카

---

38) 이청준, 『축제』, 열림원, 1996, 34~35쪽.

메라의 피사체로 포착되기 때문이다.

소설 『축제』를 구성하는 중층구조는 이청준의 다른 소설텍스트들에서 볼 수 있는 중층 구조와 다른 특성을 가지고 있다. 우선 시점의 변화가 일어나는 양상이 독특하다. 일반적인 액자소설에서 시점의 변화가 일어나는 것은 내부 스토리 층위에서의 서술자와 외부 틀에서의 서술자의 서술방식과 서술대상 그리고 서술태도가 확연하게 다르기 때문인데, 소설 『축제』에서는 스토리 층위에서는 삼인칭으로, 소설과 영화의 창작에 대한 자신의 의견을 표출하는 층위에서는 일인칭으로 서술되지만, 중요한 것은 일인칭으로 서술된 부분과 삼인칭으로 서술된 부분에서 서술양상이, 인칭만 바뀌었을 뿐, 동일하다는 것이다. 그 이유는 서술대상이 동일하기 때문이며 서술대상에 대한 서술자의 태도 역시 동일하기 때문이다.[39] 서술대상에 대한 서술자의 태도가 동일한 것은 서술자가 (인칭은 달리하지만) 결국 동일하기 때문이다. 또한 일인칭으로 서술된 부분은 임감독을 수신자로 상정한 편지글이므로 경어를 사용하지만 그 외에 메타적이고 자의식적인 서술양상은 일관되게 이어진다. 또한 양쪽의 서술자가 동일인이며 작가 자신이기도 하다는 것을 드러내는 언어적 지시가 쉽게 발견된다. 가장 특이한 것은 내부 이야기가 서술되다가 중간 중간 이야기가 단절되고 소설과 영화의 창작 방향에 대한 자신의 의견과 소설론 그리고 자전적 이야기가 편지글의 형태로 진술된다는 것이

---

39) 미케 발은 1인칭 서술과 3인칭 서술에 대해 흔히 가지고 있는 오해와 진정한 차이점에 대해 설명했다. 1인칭 서술과 3인칭 서술의 진정한 차이는 발화주체가 아닌 발화대상에 있다고 전제하는데, 즉, 자신에 관해 말하는가 아니면 다른 사람에 대해서 말하는가가 1인칭과 3인칭 서술의 근본적인 차이라는 것이다. 또한 이 차이는 서사적 의도의 차이와 관련이 있으며 서사적 의도란 1인칭 서술의 경우 자서전적인 진술로 이어지며 3인칭 서술일 경우는 증언적 진술로 이어진다.
미케 발 지음, 한용환·강덕화 옮김, 『서사란 무엇인가』, 문예출판사, 1999, 220~221쪽.

소설 『축제』에서는 1인칭 서술과 3인칭 서술 모두 자신에 관해 말하는 자서전적인 진술로 이루어지고 있다.

다. 총 일곱 번에 걸쳐서 삽입된 편지글은 창작과 비평 사이의 경계를 모호하게 만들 뿐만 아니라 허구와 현실간의 경계마저 모호하게 만든다. 또한 편지글의 수신자가 분명 '임감독님'으로 설정되어 있지만 사실상 독자를 수신자로 상정하고 있음을 생각해볼 때 이러한 구성은 상당히 의식적이라고 생각된다. 이는 진실성을 강조하면서 (일차수신자인 임감독에게 뿐만 아니라 독자에게까지) 의미를 설명하려는 의도라고 볼 수 있다.

여기서 (소설 속 인물이면서 서술자이면서 작가 자신이기도 한) 준섭이 어머니의 사망소식을 듣고 집을 나서면서부터 장례의 과정들 속에서 과거의 일들을 회상하고 어머니의 삶과 죽음의 의미를 서술하는 중간중간 내러티브의 흐름을 끊고 소설과 영화의 창작 과정에 대한 언급을 하며 그로 인해 결과적으로 독자에게 텍스트 생산과정에 대한 정보를 주는 것 그리고 이미 발표된 이청준의 다른 소설들의 실명을 거론하며 다른 소설들에서 형상화 된 이야기가 인용되는 메타픽션의 구조가 어떤 수사적 효과를 가지는지에 대해 논할 필요가 있다. 지금까지 이청준 소설의 중층구조를 논해 왔던 대부분의 시각에서 본다면 이것은 독자의 적극적인 참여를 의도한 것처럼 보일 수도 있다. 그러나 소설 『축제』에서 일관되게 이어진 메타적이고 자의식적인 서술은 독자에게 해석과 의미부여의 영역을 제공한다기보다는 오히려 (내포)작가의 목소리를 강하게 드러내려는 시도라고 보는 게 타당하다. 소설 『축제』에서는 시점의 변화에도 불구하고 동일한 서술양상에 의해 (내포) 작가의 의도가 선명하게 드러난다. 이것은 "자의식적 화자"[40)]에 의한 관념적 메타적 서술을 통해서 이루어지며 중층구조에 의해 반복된다. 즉, 서술대상에 대한 서술자의 해석과 의미부여가 시점이 바뀐 중층구조를 통해 두 번에 걸

---

40) 부스에 의하면 "자의식적 화자"는 스스로를 작가로서 의식하는 화자이다.
웨인 C. 부스 지음, 최상규 옮김, 『소설의 수사학』, 예림기획, 1999, 213쪽.

쳐서 반복됨으로써 강조된다. 다시 말해서 서술자의 목소리의 가청도가 크고 이것이 이중으로 반복 서술된다는 것이다.

> 그리고 무엇보다 준섭에겐 아직도 어젯일처럼 생생한 기억으로 남아 있는 그 날 그 새벽녘 모자의 아픈 작별, 그 쓰라린 당신과의 헤어짐을 상기시키려 했음이 분명한 '눈길'의 이야기를. 하지만 그 아내가 무엇이라고 말하든, 그녀는 역시 그 시절 노인의 일들을 제대로 다 알 수가 없었다. 하물며 그 매정스런 손사래질의 아픔은 실감을 할 수가 없었다. 그 새벽녘 '눈길의 작별'에서도 아마 그 비정한 손사래질의 아픔보다 노인의 하염없는 귀로의 슬픔 쪽을 더 못 견뎌했으니까. [⋯] 도대체 당신이 함께 해보지도 못한 그 시절 어머니의 일들을 어떻게 다 알 수 있다라는 거야. 그 무연스럽고 비정한 손사래질의 아픔을 어떻게 안단 말야⋯⋯41)
> 눈을 감자마자 잠이나 휴식은커녕 기다렸던 듯한 영상이 어두운 망막을 비추고 나타났다. 그 차가운 겨울날 새벽녘 눈 덮인 찻길가의 어둠 속으로 사라져간 노인의 손사래질. 당신의 숙명같은 그 기약없는 손사래질이 느닷없이 그를 향해 나부껴온 것이다.42)

> 감독님께 덧붙입니다. 우선 제가 어느 잡지에 쓴 잡문 한 부분을 복사해 보내오니, 훑어보아 주십시오. [⋯] 감독님께서도 이미 짐작이 가셨겠지만, 제가 이런 잡문을 덧붙여 보낸 것은 본문의 노인에 대한 회상 가운데에 그 손사래질에 대한 이야기가 빈번하여, 그에 대한 제 평소의 생각을 한번 더 정리해 보여 드리기 위해섭니다. 그것은 물론 단순한 말뜻 풀이가 아니라, 그 손사래짓 속에 의연히 지켜져온 노인의 모습과 그런 생애의 한 시절을 한결 더 분명하게 해줄 수 있을 듯 싶었으니까요.43)

내부 이야기 안에서 삼인칭 서술로써 반복적으로 길게 설명된 '어머니의 손사래질'의 의미에 대해 감독님께 보내는 편지글에서 일인칭 서술로 다시 한 번 길게 그 의미를 설명한다. 앞서 소설 『축제』의 중층구

---

41) 이청준, 앞의 책, 54~55쪽.
42) 이청준, 앞의 책, 69쪽.
43) 이청준, 앞의 책, 77~79쪽.

조에서 내부 이야기의 서술자와 외부 서술자는 인칭만 달라졌을 뿐 같은 서술양상을 보인다고 언급했다. 이것이 소설 『축제』의 메타픽션으로서의 양상을 더욱 분명하게 보여주고 있는 것인데,[44] 이러한 메타적 서술로 인해 독자가 의미를 유추하고 구성할 수 있는 영역은 축소된다. 메타적 서술의 성격 자체가 함축적이기보다는 지시적이고 한정적이며 설명적이기 때문이다. 중요한 것은 이러한 서술양상이 의미를 한정짓고 독자의 해석과 의미 부여를 (내포)작가의 의도대로 이끌려는 자의식에서 비롯되고 있다는 것이다. 이는 같은 스토리의 이야기를 먼저 형상화한 이청준의 단편소설 「눈길」과 비교했을 때에도 그 차이가 드러난다. 「눈길」에서 새벽에 눈길을 헤쳐 온 모자의 헤어짐과 어머니의 귀로에 대한 이야기는 어머니의 회고적 서술을 아내가 듣고, '나'는 그들의 이야기를 옆에서 잠든 척 하며 듣고 있는 방식으로 서술되었다. 여기서 어머니를 '노인'이라고 칭하는 것은 일인칭 서술을 택한 「눈길」에서나 『축제』의 중층구조 내부 이야기인 삼인칭 서술에서나 마찬가지이지만, 「눈길」에서는 바로 그 노인(어머니)의 '손사래짓'에 대한 '나'의 적극적인 해석과 논평과 의미 부여는 없었다. 그러나 『축제』에서는 아내가 미처 읽지 못한 의미에 대해서, 작가 이청준의 다른 작품들과의 상호텍스트성과 자기인용에 의한 자기반영성을 구축하면서, '감독님께' 그리고 독자에게 설명하고 강조한다. 이런 서술양상은 『축제』 전편에 걸쳐 일관되게 이어지는데, 어머니가 임종하면서 찾았던 물건인 '비녀'의 상징성에 대해서도 그러하다.

---

44) 퍼트리샤 워는 시점의 변화에 대해 다음과 같이 설명한다.
　"일인칭이 공공연히 개입하는 삼인칭 서사물은 일인칭 서사물들보다는 훨씬 명백하게 메타픽션적 혼란을 허용한다. 삼인칭/일인칭 개입서사물들 속의 명백하게 자율적인 세계는 존재론상 분명하게 구별되어 있는 세계에서 온 화자나, 종종 실제 작가에 의해 갑작스런 방해를 받는다."
　퍼트리샤 워, 앞의 책, 176쪽.

비녀는 노인에게 한마디로 자존심의 표상물이었다. 다른 사람에게는 여자다운 쪽머리를 가꾸는 치장물인 그것이 노인에게는 자신의 부끄러움을 가두고 그것을 참아 넘기려는 강파른 자기 빗장, 혹은 자기 금도의 굴레, 나아가 당신의 삶을 큰 흔들림 없이 지탱해 온 숨은 자존심의 상징이라 할 수 있었다. 그러니 그 비녀가 뒤쪽 머리와 함께 잘려 나간 것은 바로 노인의 자존심이 잘려 나간 것일 뿐만 아니라, 그 부끄러움을 가두고 견디려는 마음의 빗장까지 통째로 뽑혀 나가 버린 격이었다.45)

감독님께
일전에 말씀하신 '부적'의 이야기는 제외하고 은비녀의 사연만으로 이번 이야기를 끝냈습니다. 노인의 생애 가운데에서 그 강건한 젊은 시절에 이은 참담스런 부끄러움의 금도와 인고의 세월을 적는 데는 부적보다도 그 은비녀와 삭발의 사연이 제게 더 절실하고 손쉬울 뿐 아니라, 그것으로 충분하다고 여겨진 때문입니다.46)

　　"자존심의 표상물", "강파른 자기 빗장", "자기 금도의 굴레" 등의 언어로 비녀의 상징성을 지시하며 "참담스런 부끄러움의 금도와 인고의 세월"을 나타내기 위해서는 은비녀와 삭발의 사연으로 충분하다는 언급까지 역시 삼인칭과 일인칭으로 두 번에 걸쳐 중층구조의 양 층위에서 반복해서 설명하고 의미를 부여한다. 또한 서술자의 서술 양상의 유사함도 다시 한 번 확인할 수 있다. '부적'의 이야기는 영화 <축제>를 봐야만, 즉, 영화와의 상호텍스트성을 통해서만 알 수 있는 이야기인데, 중요한 것은 '비녀'에 대한 (인물이자 서술자이자 작가 자신의) 해석과 의미 부여이며, 자신의 해석과 의미 부여를 일차 수신자인 감독에게 뿐만 아니라 독자에게 제시하는 방식이다. 이런 서술방식은 결국, 처음에는 의문을 제기했던, 제목의 의미에까지 이어진다.

---

45) 이청준, 앞의 책, 222~223쪽.
46) 이청준, 앞의 책, 228쪽.

장례식은 그 현세적 공경의 대상이었던 조상을 종교적 신앙의 대상으로 섬기는 유교적 방식의 이전의식, 즉 등신의식인 셈이다. 그러니 그것이 얼마나 뜻깊고 엄숙한 일이냐. 죽어 신이 되어 가는 망자에게나 뒷사람들에게나 가히 큰 기쁨이 될 수도 있을 만한 일이다……

물론 이처럼 메마른 논지로 '축제'의 의미를 제대로 풀어낼 수는 없겠지요. 불교적 윤회와 환생의 뜻을 함축해 매김한 동화 쪽하고도 좀 엇갈리는 대목이 있겠고요. 하지만 유불선이 함께 혼용된 우리식 정서에서 본지를 크게 해칠 소리가 아니라면 이도 어디에 적당히 깔아 넣어 볼 만하지 않겠습니까.[47]

그런데, 소설 『축제』의 이와 같은 중층구조에 대해서, 이청준의 여타 다른 소설들에서 보여 준 중층구조에 대해서와 마찬가지로 '밖의 시점에 의해 내부 이야기의 서술을 의심하고 반성하게 만들면서 독자로 하여금 그 탐색에 참여하게 만든다'는 기존의 논지가 반복되었다.[48] 그러나 과연 그와 같은 해석이 타당한 것인지에 대해서 문제를 제기하지 않

---

47) 이청준, 앞의 책, 271~272쪽.
48) "이와 같이 두 장인의 대화의 틀 안에서 독자는 내부 이야기를 천착해 보게 되는 것이다. 이리하여 효의 본질에 대한 탐구는, 이청준 소설의 중층구조에서 흔히 그렇듯, 내부 이야기의 시점에 의한 일방적인 서술에 의존하지 않고 밖의 시점에 의해 줄곧 의심하고 반성하게 만들면서 독자로 하여금 그 탐색에 참여하게 만드는 서술자와 독자의 공동 작업으로 이루어진다. ……발신자와 수신자 사이에 메시지를 주고받는 서간 교환의 극화를 통해 『축제』라는 허구물의 사실성을 담보하고 그 극중에 독자를 참여시키는 이와 같은 형식은 마당극과 같은 전통연희의 성격을 확장한 것이라 할 수 있다." 장윤수, 「소설과 영화 <축제>의 장르적 소통과정의 연희화」, 『문학과 영상』, 2004년 봄호, 92쪽.

그러나 위의 논문에서는 서간문이 "발신자와 수신자 사이에 메시지를 주고 받는" "대화"의 형식이라기 보다는 편지의 수신자를 일차 수신자로 그리고 독자를 이차 수신자로 하는 일방향의 호소의 성격을 더 가지고 있다는 사실이 간과되었으며, 또한 서술자에 대한 분석 역시 소홀한 측면이 있다. 즉, 『축제』에서 내부 이야기의 서술자와 외부 서술자의 서술양상이나 서술대상 그리고 서술태도가 동일하다는 것을 간과하지 못했다. 결과적으로 소설 『축제』에서 외부서술자는 내부 서술자의 서술을 의심하고 반성하는 것이 아니라 내부 시점에 의한 서술을 다시 한 번 확인하고 강조하는 역할을 한다.

을 수 없다. 일인칭과 삼인칭으로 인칭만 달리 했을 뿐, 같은 서술대상에 대해서 같은 서술태도와 같은 서술양상을 통해 이루어진 이중에 걸친 해석과 의미 부여와 논평적인 명명이 외부 서술자가 내부서술자의 서술을 의심하고 반성하게 만든다거나 독자로 하여금 탐색에 참여하게 한다고 보이지 않기 때문이다. 그보다는 오히려 자의식적 서술에 의해서, 특히『축제』만의 독특한 중층구조와 서술방식에 의해서 (내포)작가의 메시지를 강하게 드러내는 결과를 가져왔다고 보는 게 더 타당하다. 이 때 독자는 소설과 영화의 창작 과정에 대해서 듣게 되고, 서술자의 해석과 의미 부여와 논평을 우선은 수용하게 된다. 하지만 이에 대해서 부정적인 평가를 할 필요는 없다. 다시 말해서 메타적이고 자의식적인 서술에 의해서 의미가 해석되며 논평적인 명명이 이루어지고 그로 인해 독자가 일차적으로 의미를 구성할 영역이 축소되었다고 해서 그것이, 열린 결말로 이어지거나 독자의 참여 영역을 확대한 텍스트와 비교하여, 텍스트의 심미적 가치를 떨어뜨리는 것은 아니다. 자기반영적인 메타픽션을 접하는 독자는 19세기 신의 위치에 있던 권위적 서술자와 20세기 계몽적 서술자의 맥을 잇는 자의식적인 서술자의 목소리를 듣게 된다. 즉, 작가의 권위의 자리에 자의식적인 자기반영성이 대신 자리하게 된다. 독자는 일차적으로는 자의식적인 서술자의 메타적이고 논평적인 해석과 의미 부여를 수용하지만 그에 대한 평가는 여전히 독자의 몫이 된다.

이처럼 메타적이고 자의식적인 서술양상으로 인해 서술자의 언술의 힘이 강해지고 그 결과 소설『축제』에서는 '준섭' 이외의 다른 인물들의 인물화가 약화되며, 때로는 서술자가 인물을 억압하는 양상을 보인다. 이는 영화 <축제>와의 비교를 통해 더욱 확실하게 알 수 있는데, 비록 내부 이야기에서 '준섭'을 '그'라고 지칭하며 삼인칭 서술을 이어가지만 다른 모든 인물들이 준섭에 의해 초점화 되고 여과되며 설명되고 해석된다. 독자는 준섭의 시선과 언술을 통해서 다른 인물들을 떠올리며 판단해야 한다. 때문에 준섭의 편지글에서 소설과 영화의 '갈등의 축'으로 설정된 '용순' 역시 소설의 중심 인물로 크게 부각되지 못하고 그 인물화가 준섭의 시선과 논평적인 언술에 갇히게 되는 결과를 가져왔다. 장혜림 기자 역시 영화에서는 서사적 기능의 한 몫을 담당하며 비중이 커졌지만 소설 속에서는 역시 준섭의 시선과 판단과 평가를 거쳐서 독자에게 제시된다.

> 그러니까 용순이 그런 식으로 새삼 요란스럽게 자신을 드러내고 나선 것은 저를 짐짓 모른 척하거나 은근히 경계해온 주위 사람들에게 이젠 더 그럴 이유나 필요가 없다는 분명한 선언이었다. 그리고 그녀가 집안의 어른들이나 동기간들보다도 동네 이웃 영감부터 먼저 알은 체를 하고 나선 것은 제 집안 식구들에 대한 제 껄끄러운 마음새를 은근히 시위해 보인 것이었다.[49]

> 장혜림은 그 용순, 제 아버지의 주검 곁에 혼자 버려져 남은 아이의 진짜 깊은 내력, 그 아이가 오늘의 용순에 이르기까지의 속깊은 사연은 알 도리가 없었다. 년으로 인한 노인의 오랜 피흘림, 끝내 그 피흘림의 지혈을 보지 못하고 간 노인의 그 형벌 같은 부끄러움을 알 리 없었다. 용순 자신은 물론 장혜림은 그것을 더욱 알 수 없었다.
> 그래 사실도 다 알지 못한 섣부른 추궁으로, 오히려 그것을 알지 못하기 때문에 더 함부로 준섭에게 그 피흘림을 되풀이하게 해온 것이었다. 그런 혜림이 그 부끄러움을 참담스럽게 안으로 걸어 잠그고 그것이 굳어져 마음 속에 화석이 될 때까지 당신 혼자 참고 지켜낸 그 비극적 상징물―작은 비녀의 일 같은 것을 어찌 상상이나 해볼 수 있었을 것인가.[50]

위의 인용문에서 알 수 있듯이 주요 인물들의 행위의 배경과 내면 심리 그리고 인식의 한계까지 준섭의 시선에 의해 조명되고 논평적인 서술에 의해 해석되고 평가된다. 영화에서는 준섭의 시선과 논평적인 서

---

49) 이청준, 앞의 책, 140쪽.
50) 이청준, 앞의 책, 209쪽.

술의 힘이 크게 약화되고 상대적으로 다른 인물들이 부각되는데, 영화의 매체적인 특성으로 인해 소설과 같은 스토리 라인을 가지고 동시 동반 창작되었다고 하더라도 인물화의 양상이 달라질 수밖에 없다. 영화에서는 인물의 행위의 배경과 내면 심리를 설명하고 해석하고 논평할 서술자가 없으며, 소설에서의 서술자였던 준섭까지도 카메라의 피사체로서 관객에게 제시된다. 따라서 영화에서 각 인물들은 스스로, 대사와 행동을 통해, 자신의 내면 심리와 인식과 행위의 배경까지 표현해야 하며 관객은 더 이상 준섭의 시선과 언술을 통해 다른 인물들을 보는 것이 아니라 카메라의 눈과 동일시되어서 배우의 연기를 통해 인물의 성격까지도 유추하게 된다. 즉, 소설 『축제』에서는 서술자가 인물보다 우위에 있으며, 메타적이고 논평적인 서술이 인물들을 한정하고 때로 억압하지만 영화 <축제>에서는 인물이 전경화 된다.

소설 『축제』에서는 소설론에 관한 언급이 많이 나온다. 물론 이청준의 다른 소설텍스트들에서도 작가 이청준의 소설론을 어렵지 않게 찾을 수 있다. 그런데 『축제』에서는 기존 다른 작품들 속에서 언급한 소설론이 거듭 인용되면서 소설에 대한 자의식을 유독 강하게 드러내는데, 이는 소설 『축제』가 다른 매체이자 장르인 영화 <축제>와 동시 동반 창작된 텍스트라는 것을 의식한 까닭임을 알 수 있다.

> 하지만 만약을 몰라 미리 고백드려 두는 말씀입니다만, 그리고 이것은 감독님의 영화 작업과는 큰 상관이 없는 일입니다만은, 작으나마 제가 그런 허구를 감행하기 시작했다는 사실은 제겐 좀 뜻이 있는 일이 될 수도 있을지 모르겠습니다. 그 허구의 욕망은 다름 아닌 소설에의 욕망일 수도 있는 일 아니겠습니까. 어떤 뜻에선 소설이란 사실과 현실의 제약을 넘어서고 싶고 자유로워지고 싶은 욕망, 바로 그 허구에의 욕망의 한 산물이라 할 수도 있을테니까요. 제가 제 이야기의 사실성에서 벗어나 완전히 자유로워질 수 있게 되면, 그래서 더 많은 허구를 감행하게 된다면, 저는 이 일

로 한편의 소설을 꿈꾸어 볼 수도 있을 것 같다는 말씀입니다. 그리고 만약 그런 제 소설적 허구의 욕망이 앞을 서게 된다면, 그때 가선 감독님께서도 영화와 별 상관이 없는 일이라고 그냥 웃고만 계실 수가 없으시리라는 말씀입니다.[51]

그러고 보니 차제에 결국 소설을 한 편 만들어 볼까 싶던 그간의 제 욕심이 더 노골적으로 드러나고 만 셈입니다만, 일이 실제로 그렇게 된다면, 지금까지의 이야기들에는 영화하고는 별개의 새 소설적 질서가 부여되고, 다른 이야기들도 더 필요해질 수 있는 일 아니겠습니까. 영화와는 매체의 성질이 다른 만큼 이야기의 구조나 흐름(종말)도 상당 부분 달라질 수 있겠구요.[52]

'허구에의 욕망' 혹은 '허구의 의미' 등 위에 인용된 소설론은 이미 이청준의 다른 작품들에서도 언급되었다. 여기서도 소설『축제』의 메타픽션으로서의 면모를 확인할 수 있게 되는데, 소설에 관한 소설로서 창작과 비평의 경계를 무화시킬 뿐만 아니라 어디까지가 사실이고 어디까지가 허구인지의 경계를 따지는 것조차 더 이상 의미 없게 만들어 버린다. 또한 '영화하고는 별개의 새 소설적 질서'를 창조하고 싶은 소설가로서의 강한 자의식도 감추지 않는다. 이렇듯 소설론과 자기 인용을 통한 작가의 언술은 소설『축제』를 자기반영적 텍스트로 만드는 데 결정적인 역할을 한다.

또 한 가지『축제』에서 자기반영성을 드러내는 중요한 기제는 이청준의 다른 작품들과의 상호텍스트성이다.『축제』에서는 이청준의 다른 작품들의 실명들이 거론되기도 하고 다른 작품들에서 다뤘던 내용들이 언급되기도 하는데, 대표적으로 언급되는 작품들은「눈길」,「빗새이야기」,「기억여행」,『할미꽃은 봄을 세는 술래란다』등이다. 이들은 모두 작가 이청준이 자신의 어머니 이야기에서 모티브를 얻은 자전적 소설들

---

51) 이청준, 앞의 책, 118~119쪽.
52) 이청준, 앞의 책, 292~293쪽.

이다. 뿐만 아니라 딸 '은지'와 '우록 선생' 등 실제 인물들의 실명이 거론되어 더욱 메타픽션으로서의 자기반영성을 나타내기도 한다.

그러나 분명 소설 『축제』는 소설이다. 아무리 실존 이름의 실명과 기존에 발표되었던 이청준의 다른 작품들이 언급되고 임권택 감독을 일차 수신자로 상정한 편지글에서 소설과 영화의 창작 과정을 드러내고 있다고 하더라도, 또한 관념적이고 사변적이며 메타적인 서술양상이 이어진다고 하더라도 『축제』는 에세이나 수상록이나 기록문이나 작가 노트가 아닌 소설이며, 스토리 라인 속에서 사건의 전개와 갈등과 갈등의 해소라는 전형적인 소설의 구성을 취한다. 그러나 그렇기 때문에 더욱 『축제』는 소설 속의 소설론과 상호텍스트성을 통한 자기반영성을 구현한 텍스트라고 볼 수 있다.

자기반영적 서술의 수용

소설 『축제』의 메타적 서술양상으로 인해 수용자인 독자는 두 가지의 체험을 하게 된다. 준섭이 어머니의 사망 소식을 듣고 집을 나서면서 장례를 치르고 돌아올 때까지의 이야기가 그 한가지이고, 작가 이청준이 '준섭'이라는 이름으로 임권택 감독에게 보내는 편지글을 통해 소설 창작과 영화 제작의 진행상황에 대해 서술한 내용, 즉 소설과 영화의 창작과정에 대한 체험이 다른 한 가지의 체험이다. 이 두 가지의 체험은 사실상 허구와 사실의 경계를 무화시킨다. '준섭'이 '임감독님께' 보낸 편지글은 분명 허구서사인 소설텍스트의 일부분이지만 사실세계에 기반을 두고 있음을 다소 노골적으로 드러내기 때문이다.

영화의 주제가 어차피 '이 시대의 효(孝)'가 되어야 한다는 데에는 저도 감독님의 생각에 이견이 없습니다. 하지만 영화의 제목으로 '축제'를 생각하고 계시다는 데에는 우선 의문과 의구심이 앞섭니다. 물론 감독님께서

이리저리 생각을 깊이 해보신 결과일테고, 나중에 전체적인 이야기의 틀을 짜는 데에 달린 일이겠습니다마는, 솔직히 말씀드려서 우선은 좀 엉뚱하고, 그래서 어딘지 흥행성을 염두에 둔 것 같은 제목의 냄새가 나지 않습니까.

감독님의 흉중을 아직 다 헤아리지 못한 탓이겠지만. 저로선 무엇보다 사람의 죽음과 장례의 마당을 배경으로 이 시대의 효의 본질과 모습을 찾아보자는 이 영화의 주제가 어떻게 그 축제의 의미와 연결지어질 수 있을지 쉽게 이해가 안 갑니다.[53]

여기서 몇 가지 질문을 던지려 한다. 소설과 영화의 제목을 선정하게 된 경위와 과정을 왜 군이 허구서사인 소설 『축제』에서 언급하고 있는가? 즉, 이러한 메타적 서술이 수사적 상황에서 어떤 의미가 있는가? 왜 군이 수용자인 독자에게 제목의 선정과정을 밝히는 것인가? 수용자인 독자에게 영화의 제목과 소설의 제목이 탄생하게 된 배경을 알리는 것, 즉, 텍스트의 생산과정에 대한 정보를 수용자에게 주는 것은 저자의 탈신비화를 야기하는 바르트적인 사유를 연상하게 하지만 소설 『축제』의 서술양상에서는 저자의 탈신비화를 향한다기보다는 독자의 사유와 판단을 (내포)작가의 의도대로 인도하려는 의식을 엿볼 수 있다. 작가 이청준은, 언제나 그래왔듯이, 권위적 서술자를 통해 작가의 목소리를 내려는 시도를 포기하지 않는다. 이것은 소설 『축제』에서도 드러나는데 비록 일인칭의 서술을 피해가려 했지만 철저하게 준섭의 시점에서 준섭의 목소리로 서술하므로 단성적인 텍스트가 되었다. 때문에 소설 『축제』에서는 사변적이고 설명적인 언어로 서술자가 독자인 수용자에게 자세한 설명을 하려하며 때로 의미부여를 강요한다. 대표적인 예가 앞서 언급한 '손사래짓'의 의미에 대해서이다. 소제목에서부터 소개된 '손사래짓'의 의미를 준섭의 회고적 서술에서 뿐만 아니라 감독에게 보내는 편

---

53) 이청준, 『축제』, 36쪽.

지에서 두 번에 걸쳐 자세히 설명한 것이다.

> 가거라. 어차피 갈 길이믄 맘 혼적 남기지 말고 어서 훌훌 떠나가거라.
> …당신의 속마음은 흔적도 비치지 않은 채 그저 바깥으로만 내쳐대던 그
> 무연한 손사래질은 분명 그렇게 말하고 있었다.
> 그 손사래질의 쓰라린 자기부인의 몸짓-. 그것이 어쩌면 당신의 남은
> 생애를 짊어져 갈 아픈 운명의 모습이 아니었을까.54)
> 그날도 노인은 전에 늘 그래왔듯, 준섭이 차로 오를 때나 찻속으로 들어
> 가 밖을 내다봤을 때나 뒤에서 연신 그 손사래질을 쳐대며 그를 재촉하였
> 고, 그러다 그 경황없고 망연스런 손사래질과 함께 순식간에 어둠 속으로
> 파묻혀 사라져가 버린 것이었다. …나는 이제 괜찮다. 나는 괜찮으니 어서
> 그냥 돌아가거라…… 당신이 그렇게 소리쳐오는 것 같기도 하였다.55)

> 출가한 딸아이가 친정집을 다녀갈 때 그 어머니가 동구 앞 길목에서 손
> 을 급히 내저어 딸아이의 무거운 시댁 발길을 재촉하는 것, 공부나 돈벌이
> 를 위해 고향집을 떠나가면서 자꾸만 뒤를 돌아다보는 자식에게 사립문
> 앞에 나선 부모가 짐짓 바쁜 손짓을 쳐 보내는 것 … 그것을 오히려 떠나
> 보내기를 아쉬워하고 가슴 아파하는 자기 마음 다독거리기요 아픈 정 자
> 르기의 황망한 몸짓으로 … 그 손사래질엔 어차피 내침이 곧 끌어안음이
> 요, 내침과 끌어안음의 마음이 안팎으로 함께 하고 있어, … 그 의미를 취
> 하실지 어떠실지는 제가 굳이 여기서 참견하고 나설 일이 아니지만, 감독
> 님께서도 이제 제가 그 손사래질로 그 무렵까지의 노인의 삶을 어떻게 이
> 해하고 표상하려 했는지는 충분히 살피셨을 줄 믿습니다.56)

위의 인용문에서 '손사래짓'의 의미에 대해 이중으로 서술하고 있다.
'준섭'을 내세운 삼인칭 서술로 스토리 세계 내에서 한 번 그리고 역시
'준섭'을 내세운 스토리 세계이지만 그 성격이 다른 메타적 서술에서 다
시 한 번 서술하는 것이다. 이렇게 설명적이고 메타적인 서술은 사실상

---

54) 이청준, 『축제』, 40~41쪽.
55) 이청준, 위의 책, 76쪽.
56) 이청준, 앞의 책, 78~79쪽.

독자에게 의미를 강요하려는 작가의 자의식이기도 하다. 이것을 작가 이청준도 간파하고 있었던 것 같다. 때문에 '준섭'의 메타적 서술로 이어진 '손사래짓'에 대한 긴 설명의 글의 말미에 다음과 같이 덧붙인다.

> 긴 설명이나 어떤 혼란스런 상념들도 몇 장면 짧은 화면 속에 매우 효과적으로 압축해 보일 수 있는 영상 예술 매체의 오랜 장인이신 만큼, 감독님께선 아무쪼록 제 부실한 얘기로 하여 행여 화면의 속도와 경제성을 놓치는 일이 없으시기 바랍니다.[57]

여기서 소설 『축제』에서 굳이 사실과 허구의 경계를 무화시키는 메타적 서술을 택한 이유가 소설과 영화의 동시 동반 창작이라는 특수한 상황 때문이었음을 알 수 있다. 영화에서는 이러한 메타적 설명이 불가능하기 때문이다. 때문에 메타적 설명이 가능한 소설만의 매체적인 특성과 그 특성의 근간을 이루는 문자언어만의 강점을 살린 서술양상을 선택했다고 볼 수 있다. 이것은 다음 인용문에서 더욱 직설적으로 드러난다.

> 지난 번 전화 때에 감독님께서 용순을 모든 갈등의 중심인물로 삼고 싶다고 하신 말씀에 저도 공감이었고, 그러자면 그 갈등의 중심인물의 등장이 너무 늦어지고 있는 듯한 느낌이 들어 이쯤에서 우선 그 존재라도 소개해 두고 넘어가고 싶어서였습니다. 이를테면 비로소 제 이야기에 허구가 끼어든 셈이라고 할까요? […] 소설이 무언가 영화와는 다른 장르라는, 가능하다면 영화와는 유다른 이런저런 독자성과 강점(예를 들면 매체의 투명성으로 인한 보다 자유로운 상상력의 동원 등)을 지닐 수도 있는 예술 장르라는 것을 보이고 싶어할 거라는 말씀입니다.[58]

소설 작가로서, 영화와의 동시-동반 창작에도 불구하고, 소설만의

---

57) 이청준, 앞의 책, 81쪽.
58) 이청준, 앞의 책, 118~119쪽.

미학을 추구하려는 것은 당연한 일이다. 문제는 많은 사람이 오해해 왔듯이(위의 인용문에서 작가 이청준 자신도 오해하고 있듯이) 소설이 영화보다 더 많은 상상력을 담보할 수 있다는 주장에 있다. 이에 대해서는 앞서 영화 <외출>과 소설 『외출』을 비교분석하면서 이미 언급했다. 중요한 것은 작가 이청준이 소설과 영화의 매체적인 특성에 대해 어느 부분 오해하고 있는가 아닌가의 문제가 아니다. 중요한 것은 메타적 서술양상이 소설텍스트의 주제와 미학을 어떻게 구성하고 그것이 수용자와 어떤 방식으로 소통하며 수용자에게 어떤 심미적 체험을 하게 하는 가이다. 즉, 소설에서의 자기 반영적 기법이 독자에게 어떤 새로운 심미적 지평을 담보할 수 있는가의 문제이다.

대부분의 독자는 소설의 독해과정에서 서술자의 존재를 잊기 쉽다. 즉, 자신이 누군가의 시선을 통해 누군가의 목소리로 전달된 이야기를 듣고 있다는 것을 망각한 채 이야기 세계의 환영에 빠져들게 된다. 영화의 수용자가 카메라의 존재를 잊는 것과 마찬가지이다. 이에 대해서 카윈Bruce F. Kawin의 다소 논쟁의 여지가 있으나 분명 수긍할 여지가 있는 주장을 인용하려 한다.

> 예를 들어, 『모비딕』의 독자는 허구세계에 대한 그 자신의 창조적 해석과 멜빌의 구성적 의도와 현실에서 존재하는 자본주의의 과정으로서 고래잡이를 인지하지만 또한 멜빌도 독자도 고래잡이도 아닌 서술자인 이즈마엘을 인지한다. 소설에 대한 독자의 반응의 필수적인 조건으로서 독자는 어떤 지점에서는 이즈마엘이 멜빌의 꼭두각시에 불과하다는 것을 잊게 된다. 마치 카메라가 독립적으로 존재하는 것이 아니라는 것을 잊는 것처럼 말이다.[59]

(밑줄 인용자)

---

59) Bruce F. Kawin, *MINDSCREEN: Bergman, Godard, and First-Person Film*, Princeton University Press: Princeton, New Jersey, 1978, p. 5.

"나를 이즈마엘이라고 불러 달라"고 시작되는 멜빌Herman Melville의 소설 『모비딕(*Moby-Dick*)』에서 일인칭 서술자인 이즈마엘을 작가 멜빌의 꼭두각시puppet로 언급한 부분에 대해서는 이론의 여지가 분명 있으나, 위의 인용문에서는 소설의 수용자와 영화의 수용자가 어떤 방식으로 소설의 세계와 영화의 세계를 현실세계의 환영으로 수용하는지 시사한다. 그것은 독자가 서술자의 서술양상을 선택하는 작가의 존재를 잊는 것으로 인해 그리고 관객이 카메라의 위치와 각도를 선정하는 영화작가의 존재를 잊는 것으로 인해 가능하다. 그렇다면 소설에서 메타적 서술양상은 작가의 존재를 의식하게 하는 기법이며 이것은 영화에서 피사체인 인물이 카메라를 향해서 이야기하게 하는 기법, 보통 다큐멘터리 영화에서 많이 사용되는 기법과 유사하다. '준섭'이라는 페르소나를 내세워 소설과 영화의 창작 과정에 대해 언급하면서 과거의 일들을 이중으로 이야기하는 메타적 서술양상은 일반적인 기억과 고백의 수사학과는 다른 수사적 장치이다. 그것은 앞서 언급한 소설의 자기반영의 기제이면서 동시에 자신의 언술에 대한 진실성을 강조하는 장치라고 볼 수 있다. 또한 의미를 부여하고 설명하려는 욕망이라고 볼 수 있다. 여기서 수용자인 독자는 허구의 세계와 현실의 세계와의 구별이 무화된 독특한 체험을 하게 되는데 서술자의 메타적 서술로 인해서 수용자가 의미를 구성할 영역은 축소된다. 대신 소설에서의 자기반영적 서술을 인지적으로 수용한다. 이때의 인지적 수용은 함축적 의미구성에 관여한다기보다는 소설과 영화의 창작과정에 대해서 그리고 작가의 의도에 대해서 알게 되고 이해하는 과정이라고 볼 수 있다.

이 시가 제게 왠지 자꾸 감독님께서 생각하고 계신 영화의 제목 '축제'의 의미를 생각하게 했거든요. 물론 확연한 의미가 떠오르진 않았습니다. 몸이 필요로 하는 말들에는 아직도 정확하게 갇혀 있으시더라, 거기에는 완벽한 감옥이 있더라—같은 대목에서, 죽음이란 걸 그 말과 육신의 힘든 자기 속박으로부터의 해방 같은 것으로 생각해 본 때문인지도 모릅니다. 아니면 보다 깊은 무엇, 삶의 궁극이나 완성 같은 것 …… 우리 전통의 유교적 세계관에서는 제사를 지낼 때 보듯이 우리 조상들이 신으로 숭앙받고 대접을 받는다. 우리 조상들은 죽어서 가족신이 되는 것이다, … 그러니 그것이 얼마나 뜻깊고 엄숙한 일이냐. 죽어 신이 되어가는 망자에게나 뒷사람들에게나 가히 큰 기쁨이 될 수도 있을 만한 일이다……

　물론 이처럼 메마른 논지로 '축제'의 의미를 제대로 풀어낼 수는 없겠지요. 불교적 윤회와 환생의 뜻을 함축해 매김한 동화 쪽하고도 좀 엇갈리는 대목이 있겠고요.[60]

　제목의 상징성에 대해 독자가 유추하도록 하기보다는 굳이 설명하려 하고 또한 지나치게 말이 많다. 여기서 독자의 상상력이나 독자의 사유가 개입할 여지는 별로 없게 된다. 영화 <축제>에서는 소설에서 언급한 제목의 의미에 대해서 등장인물의 대사로 짧게 처리했는데, 제목의 의미를 부각시키기보다는 때로 난장이 되고 노름과 싸움판이 되다가 축제가 되는 풍경 묘사에 치중했다. 여기서 영화 <축제>를 소설『축제』와 비교분석함으로써 각 매체의 특성에 구속될 수밖에 없는 소설과 영화의 차이점을 드러내고, 매체의 표현양식의 차이가 수용자의 심미적 지평을 달라지게 하는 양상에 대해서 논하려 한다.

2) 극화(劇化)된 재현: 임권택 <축제>

영화의 자기반영성

　영화 <축제>에서는 자의식적이고 메타적인 서술이 나타나지 않는다. '서술' 자체가 언어매체에 속하는 것이기 때문이다. 물론 영화에서 자

---

60) 이청준, 앞의 책, 270~271쪽.

의식적이고 메타적인 서술을 할 수 있는 방법이 있기는 하다. 보이스 오버 내레이션voice over narration이 그것인데, 영화 <축제>에서도 첫 신에서 준섭의 보이스 오버 내레이션이 나오지만 그것은 영화의 도입부에서 오프닝의 한 방법으로서 잠시 사용되었을 뿐 자의식적이고 메타적인 서술을 형상화 한 것은 아니다. 또한 메타적 기능 자체가 언어의 주된 기능 중 하나임을 생각할 필요가 있다. 언어의 메타적 기능을 가장 직접적으로 드러내는 것은 사전에 실린 언어와 비평의 언어인데, 예를 들어, 영화평론이나 음악평론을 영화나 음악으로 전개할 수 없으며 언어로써 영화나 음악을 분석하는 것은 바로 언어의 메타적 기능에 기인한다. 언어를 질료로 구축되는 소설과 달리 영화의 세계는 카메라 워킹과 배우의 연기 그리고 사운드 트랙으로 구성되며 영화에는 영화적인 자기반영적 기법들이 있다. 영화의 자기반영적 기법들은 "정면으로 카메라를 쳐다보기, 카메라를 향해 말하기, 자기반영적인 중간 자막들, 화면 속 화면, 영화 속 영화, 주관적 이미지, 그리고 영화 도구의 노출"[61] 등이 있다. 앞서 소설『축제』에서 메타적이고 자의식적인 서술을 통해 자기반영성을 구축한 사례들을 인용했다. 그러나 영화 <축제>에서는 '준섭'이 '임감독'에게 보낸 편지글이 배제되었고 그 결과 소설과 영화의 창작 과정에 대한 언급도 드러나지 않으며 때문에 '소설에 관한 소설' '메타픽션' '자의식적 소설'의 양상을 취한 소설『축제』와 달리 영화 <축제>는 '영화에 관한 영화' '메타영화' '자의식적 영화'의 양상을 취하지 않았으며 전형적인 극영화의 양상을 보인다. 그럼에도 불구하고 영화 <축제>에서 소설과는 다른 양상의 자기반영성을 포착할 수 있는데, 영화 <축제>에서 사용한 자기반영적 기법은 작가 이청준의 출연, 이청준의 동화『할미꽃은 봄을 세는 술래란다』의 삽입, 가족과 동네 사람들을 인터뷰 하는 기자의 마이크, 엔딩 신에서 가족사진을 찍는 카메라 등이 있다. 이 중에서

---

61) 로버트 스탬, 앞의 책, 15쪽.

특히 작가 이청준의 출연이나 이청준의 동화의 삽입은 소설『축제』와의 상호텍스트성이나 작가의 언술을 드러낸다는 의미를 강조하는 자기반영성이며, 소설 속에서의 긴 설명과 해석과 논평을 인물과의 인터뷰 방식으로 짧게 처리하는 방법으로서의 기자의 마이크나 철학적이고 사변적인 서술로 끝난 소설의 결말과 달리 영화적인 결말을 끌어낸 가족사진을 찍는 카메라는 영화적 기법에 대한 자기반영성으로 볼 수 있다.

영화 <축제>에 나타난 자기반영적 기법 중에서 논의의 핵심이 되어야 하는 것은 동화의 삽입이다. 물론 극영화 속에서 실제 작가나 감독이 카메오로 출연하는 것도 영화의 자기반영 기법 중 하나임이 분명하다. 그러나 영화 <축제>에서 작가 이청준의 카메오 출연은 전체 내러티브의 진행에 미치는 역할이 극히 미미하므로 이것을 소설에서의 메타적 서술의 영화적 등가물로 볼 수는 없다. 여기서 문제가 되는 것은 동화의 삽입이다. 이청준의 동화『할미꽃은 봄을 세는 술래란다』는 소설『축제』에서도 여러 번 언급이 되었는데, 임권택 감독은 이 동화를 영화 중간 중간 총 일곱 번에 걸쳐서 삽입했다. 이 삽화는 영화의 내러티브의 흐름을 빈번하게 차단하며 극영화 속의 환영에 빠져 있던 관객들의 몰입을 방해한다. 극영화의 환영幻影적인 효과를 일정 부분 포기하고 관객의 몰입을 깨뜨리면서까지 재현된 삽화는 영화적인 방식에서의 자기반영성이며 소설『축제』의 메타적이고 자기반영적인 서술에 대한 영화적 응답이 된다. 또한 소설『축제』에서 내부이야기와 준섭의 편지글로 중층구조를 구축했듯이, 영화 <축제>에서 내부이야기와 중간 중간 삽입된 동화의 이야기들은 중층구조를 이루게 된다. 문제는 이 삽화들이 극영화인 <축제>의 전체적인 분위기와 잘 어울리지 않는다는 것이다. 소란스럽고 질펀하기까지 한 장례식장의 분위기와 여러 가지 사건들, 특히 용순을 주축으로 한 가족들 간의 갈등과 싸움의 모습을 보여주다가 중간 중간 준섭이 딸 은지에게 할머니에 대한 효의 의미를 가르치는 동화

의 삽입은 작위적인 느낌과 함께 교술적 장르가 아닌 영화를 교술적
장르로 만들어버린 결과를 가져왔다. 때문에 극영화의 관습에 충실한
시각에서 보자면 동화의 삽입을 미학적 오점으로 볼 수도 있겠다. 소
설『축제』에서 준섭의 편지글을 영화에서는 과감하게 삭제한 임권택 감
독이 동화에 대한 이야기가 소설『축제』에서 임감독에게 보낸 준섭의
편지글에 나오기 때문에 동시-동반창작에 대한 예의로 어떻게든 동화
에 대한 이야기를 살리려 했다면 동시-동반창작의 약점을 보여주는 부
분이라고 할 수 있다. 영화언어에서 굳이 교술적 언술은 필요 없는 것이
다. 애초에 소설의 사변적이고 메타적인 서술과 영화의 서술은 다른 방
식이었으므로 굳이 교술적 갈래인 동화를 삽입시킴으로써 관객에게 할
머니의 죽음이 자손들에게 어떤 의미인지를 가르치려하지 않는 게 더
좋았다. 동화 속에서 준섭이 은지를 반복적으로 가르치듯 관객에게 반
복적으로 가르치려 하고 강요하는 모양이 되어버렸다. 영화는 교술적
매체가 아니다. 임권택 감독도 이것을 잘 알고 있을 것이다. 그러나 한편
으로는 "자기 반영적 작품은 매혹으로서의 예술과 결별하며, 텍스트 구
축물로서 스스로의 인공적 성격에 대해 주의를 환기시키는 것"[62]이라
면, 영화 <축제>에서의 동화의 삽입과 그로 인한 내러티브의 단절 역
시 자기반영성의 관점에서 그 의의를 평가할 수 있다고 보인다.

앞서 소설『축제』에서 시점의 변화를 거쳐 이중으로 서술된 메타적
서술양상이 진실성을 강조하고 의미를 부여하고 해석하려는 자의식적
인 욕망임을 언급했다. 그 대표적인 예로 '손사래짓'과 '비녀'에 대해 언
급한 부분을 인용했다. 영화 <축제>에서는 모든 관념적이고 메타적인
서술과 설명을 배제하고 이 부분을 영화적으로 처리했는데, 기자 장혜
림이 가족과 동네 사람들을 인터뷰 하는 방식으로 재현된다. 즉, 남편과
의 갈등으로 인해 친정에 왔지만 어머니의 손사래짓에 의해 내몰렸다는

---

62) 로버트 스탬, 앞의 책, 11쪽.

짧은 대사와 함께 플래시 백 되는 어머니의 손사래짓의 재현 쇼트로 소설에서 여러 번에 걸친 긴 설명과 해석을 대신했다. 또한 인물의 대사는 현재 시점으로 들려주면서 동시에 화면에서는 플래시 백에 의한 과거 시점으로 어머니의 손사래짓을 보여줌으로써 사운드 트랙과 영상이 다른 시간대에 존재하는, 즉, 현재와 과거가 한 장면에서 재현될 수 있는 영화의 매체적인 자기반영성을 드러낸다. 여기서 장혜림 기자는 소설과 비교할 수 없을 정도로 적극적인 역할을 부여받는다. 용순에게 준섭의 동화를 건네줌으로써 갈등 해결의 전초를 마련하기도 하고, 준섭의 아내 지현과 준섭의 신경전의 원인이 되기도 하고 무엇보다 가족들과 마을사람들을 인터뷰함으로써 소설에서 서술자의 긴 서술을 인물들의 대사로 처리하게 하는 영화적 방식의 도구가 되었다. 준섭의 회고적 서술을 통해 고인의 삶에 초점을 맞췄던 소설과는 달리 영화 <축제>는 장례의 과정에 초점을 맞춘다. 속굉－임종－사자상－수시－발상－반함－입관－삼경－발인제－노제－하관－실토－반혼－초우제 등의 장례절차를 자막 처리하여 영상과 함께 의미를 소개한다. 그런데 이러한 장례의 절차와 과정이 시종일관 엄숙하게 치러지지 않게 형상화 한 것에 영화 <축제>의 역설이 있다. 사람들의 왁자지껄함과 가족들 간의 다툼과 분쟁, 술자리의 질펀함, 노름 끝에 부조금 봉투까지 가져가는 조객들의 모습이 극화되어 재현된다. 소리꾼은 술에 취해 대타를 구해야 했고, 상여를 메고 가야 할 사람들은 술과 노름 때문에 늦게 온다. 게다가 중간 중간 준섭은 친한 지인들에게 거친 말과 편잔을 늘어놓기도 한다. 그러나 오히려 이러한 장면들이 영화를 사실적으로 만들고 장례식과 축제의 역설적 의미 또한 부각시킨다. 중요한 것은 장례식과 축제의 역설적 의미를 부각시키는 장치가 설명적인 메타적 언술에 의해서가 아니라 직접적이고 극적인 재현이라는 것이다. 이것은 영화 <축제>를 소설『축제』와 확연하게 다른 분위기의 텍스트로 만드는 기제가 되었다. 장례절차를 직접 재현해서 보여 주는 것도 영상매체인 영화의 강점인 것이다.

소설 『축제』에서 중층구조에 의한 '소설에 관한 소설'로서 자기반영성을 드러냈다면 영화 <축제>에서는 '영화에 관한 영화'를 통한 자의식 드러내기는 하지 않았지만 '프레임 속의 프레임'을 통한 영화적 방식의 자기반영성을 구현했는데, 이로 인해 소설과 영화의 결말 처리 방식이 달라진다. 소설에서는 어머니의 삶에 대한 회고와 죽음과 삶이 서로 이어지는 의미에 대한 철학적 사유를 준섭의 고백적이고 사변적인 서술로 이어갔는데 이는 언어의 강점을 잘 살린 결말 처리 방식이다. 반면 영화에서는 엔딩 신에서 갈등의 축이었던 용순을 정점에 두고 모든 가족이 함께 가족사진을 찍는다. '카메라 안의 카메라' '프레임 속의 프레임'이 미장아빔이 되고 영화의 자기반영성을 드러낸다. 여기서 가족들은 극적으로 화해하고 역설적인 대사 한 마디에 모두 웃음을 터뜨리는데 그 모습을 정지 화면으로 제시하면서 엔딩 크레딧이 올라간다. 이것은 소설 『축제』에서 메타적이고 자의식적인 이중의 서술에 의해서 길게 설명되었던, 장례식이 축제가 되는 역설적인 의미를 함축하는 영화적인 방식이며 이렇게 소설과 달라진 결말 처리 방식이 매체적인 차이와 매체에 따른 자기반영성을 보여 준다. 즉, 결말의 처리에 있어서 소설과 영화는 각 매체의 특성을 여실하게 보여준다.

일전 전화에서 말씀하신 감독님의 의향대로 이야기를 마무리지었습니다. 실재했던 일은 아니지만, 써놓고 보니 감독님 생각처럼 영화의 끝장면으로 그럴듯한 것 같구요. …지금까지의 이야기들에는 영화하고는 별개의 새 소설적 질서가 부여되고, 다른 이야기들도 더 필요해질 수 있는 일 아니겠습니까. 영화와는 매체의 성질이 다른 만큼 이야기의 구조나 흐름(종말)도 상당 부분 달라질 수 있겠구요. ……경우에 따라서는 소설 역시 영화처럼 이쯤에서 마무리가 지어지고 말거나.

아이들은 다행히 그 소리에 간단히 나비를 단념했다. 대신 그 할머니의 산소 터를 새 놀이터 삼아 서로 쫓고 쫓기는 술래놀이를 몇 바퀴 맴돌고 나서야 일제히 산을 달려 내려갔다. 동화와 현실의 큰 구분이 없듯이 아이들에겐 그 할머니의 죽음과 삶에도 별 구분이 없는 듯−.

"우리 엄니, 새로 마련해 가신 집 마음에 들어하세요?"

그가 세 사람에게 가까이 다가가자 그의 아내가 짐짓 궁금스런 표정으로 먼저 그에게 물었다.

"당신은 걱정 말고 이제 어서들 집으로 들어가래요. 저녁 날씨가 차지니까……"

준섭도 그 아내에게 노인의 일을 빌려 진짜인 듯 대답했다.[63]

    준섭이 용순을 불러서 함께 가족사진을 찍은 것으로 끝난 영화와 달리 소설에서는 좀 더 사변적이고 관념적인 서술을 덧붙였다. 이것은 굳이 영화와 다른 결말을 제시하고 싶은 작가의 자의식의 소산일 수도 있겠으나, 극적인 화해장면에서 끝나는 것이 더 적합한 영화와는 달리, 소설은 어머니에 대한 기억과 죽음과 삶의 의미에 대해 사변적인 서술을 허락할 수 있는 문자매체이기 때문이다. 결과적으로 소설『축제』는 어머니의 삶을 회고하며 삶과 죽음의 의미를 사유하는 준섭의 이야기를 형상화 한 텍스트가 되었고, 영화 <축제>는 장례식 일반의 의미를 형상화 한 텍스트가 되었다. 즉, 영화에서 초점을 두는 것은 준섭의 어머니의 개인사라기보다는 그 시대에 흔히 볼 수 있었던 일반적인 어머니의 죽음과 장례의 과정을 통해 효와 죽음의 의미 그리고 남겨진 가족의 결속의 의미를 아우르는 데에 있었다. 이러한 주제적 차이를 가져온 것은 메타적 서술양상과 카메라의 중개성을 통한 극화된 재현이라는 표현양식의 차이에 있다.

    이처럼 영화 <축제>는 소설『축제』와 상당히 다른 분위기의 텍스트이다. 우선 서술자의 지나치게 긴 내적독백이나 설명이 없다. 영화의 초

---

63) 이청준, 앞의 책, 291~297쪽.

반부에서 준섭의 보이스 오버 내레이션을 통해 어머니에 대한 준섭의 상념이 소개되지만 그뿐이다. 소설에서는 중반부가 되어서야 등장하는 갈등의 축인 용순이 영화에서는 상당히 일찍 등장한다.[64] 또한 소설에서 준섭의 회고적 서술을 통해 용순의 과거가 소개되는 것과는 달리 영화에서는 어린 용순과 할머니의 모습이 직접 재현된다. 영화에서 일찍 등장한 용순은 곧 영화에 활기를 불어넣는다. 형자와의 거친 말싸움, 요란한 화장과 옷차림, 플래시백을 통한 용순 아버지와 용순의 딱한 모습, 장혜림 일행과의 해프닝, 플래시백을 통한 용순과 준섭의 갈등, 소리꾼에게 술을 먹여 사람들을 낭패스럽게 하는 장면, 술에 취해서 할머니의 제상에 양과자 등을 놓으려다 가족들과 또 다시 싸우며 갈등을 극대화하는 장면 등, 준섭의 동화를 읽고 눈물 흘리다 가족들과 함께 사진 찍기까지 용순의 변화는 영화 전체의 한 축을 이루며 가족간의 화합이라는 주제형성에 기여한다. 즉, 소설에서는 준섭의 사변적이고 메타적인 서술에 의해 주제의식이 거듭 설명되었으나 영화에서는 극화된 인물의 행동과 인물의 변화과정이 극영화 <축제>에 생동감과 현실감을 부여하면서 자연스럽게 주제의식을 형상화 한 것이다.

지금까지 고찰했듯이 소설과 영화의 각각 다른 표현양식은 다른 결과를 가져왔다. 소설『축제』가 준섭의 어머니의 삶과 죽음, 장례에 대해 의미를 부여하는 준섭의 이야기라면, 영화 <축제>는 평범하고 익명적인 한국의 어머니의 삶과 죽음과 장례의 과정에 대한 이야기가 되었다. 이러한 차이는 모든 것이 준섭의 기억과 언술로써 제시되는 소설과 모든 인물들이(준섭까지도) 카메라에 포착되어 극화되고 재현되는 영화의 매체적인 차이에서 기인한다. 즉, 소설『축제』에서 준섭은 초점화와 서

---

64) 영화 축제는 총 169 신으로 구성되었고, 용순은 34 신에서 처음 등장한다.
육성효, 영화 <축제> 시나리오, 영화진흥공사기획 엮음,『한국시나리오선집 제14권』, 집문당, 1999 참고.

술의 주체였으나, 영화 <축제>에서의 준섭은 다른 인물들과 마찬가지로 카메라의 피사체인 것이다. 이러한 차이가 두 텍스트 간의 주제적 미학적 거리를 만들며 수용자에게 다른 심미적 체험을 하게 한다.

극적(劇的) 환영(幻影)의 체험

소설 『축제』의 수용자는 메타적 서술양상으로 인해 극적 환영의 체험에 빠져들 수 없었다. 또한 제목의 의미뿐만 아니라 어머니의 '손사래짓' 그리고 '비녀'의 의미까지 메타적으로 설명하는 서술자에 의해 수용자가 구성해야 할 의미의 영역이 축소되었다. 대신 소설 『축제』의 독자는 소설의 자기반영적 기법에 의해 소설과 영화의 창작과정에 대한 정보를 접하게 되고 인물과 사건과 그 의미에 대해 자세한 설명을 듣게 된다. 그러나 영화 <축제>에서는 메타적 서술이 사라짐으로 인해서 수용자의 수용양상이 달라진다. 무엇보다 카메라의 중개를 통해 현재형으로 재현된 사건들에 대한 감각적 수용에 따라 극적 환상에 빠져들게 된다. 앞서 본 저서의 2장에서 영화가 수용자로 하여금 극적 환영을 경험하게 하기에 유리한 매체임을 설명했다. 이것은 카메라 워킹과 편집의 기법과 관련되는데, 즉, 수용자인 관객이 카메라의 존재를 잊게 만드는 카메라 워킹과 쇼트의 분절, 즉, 비연속성을 잊게 만드는 편집의 기법과 깊이 관련된다. 따라서 영화 <축제>의 수용자는 이차원의 화면에 펼쳐지는 사건과 이야기들이 허구임을 알면서도 몰입하는 극적 환영을 경험하게 된다. 여기서는 소설 『축제』에서의 사변적인 서술에 의한 인지적 수용과는 달리 감각적이고 즉각적이며 정서적인 수용이 먼저 이루어지게 된다. 또한 갈등과 갈등의 해소에 대한 체험 그리고 장례과정에 대한 체험도 현재적으로 경험하게 된다. 처음부터 끝까지 엄숙하게 치러지지 않는 장례과정을 보면서 가족들 간의 다툼과 화해의 과정을 목격하면서 제목의 의미 역시 설명되지 않고 유추되는 것이다.

소설 『축제』에서 어머니의 삶과 죽음에 대한 준섭의 의미부여가 서사의 주된 축을 이룬다면 영화 <축제>에서는 용순의 언행이 일으키는 갈등과 갈등의 해소가 서사의 주된 축을 이룬다. 이것은 앞서 언급한 표현양식의 차이에 기인하는데 이에 따라서 수용자의 수용방식과 심미적 체험의 양상 역시 달라진다. 소설에서 용순은 준섭의 초점화와 언술에 의해 묘사되고 그 행동의 배경이 설명되었다. 또한 임감독에게 보낸 편지글에서 "유일한 허구"라는 언급과 함께 갈등의 중심축으로 설정되었으나 사실상 전체 서사에서 준섭이나 그의 어머니만큼 큰 비중을 차지하지는 못했다. 그러나 영화 <축제>에서 카메라에 의해 직접 중개된 용순은 수용자에게 가장 많은 호소력을 가진 인물이 된다. 용순의 모습과 언행이 준섭에 의해 중개되는 것이 아니라 카메라에 의해 중개되기 때문이다. 때문에 수용자인 관객은 준섭의 시선이 아닌 관객 자신의 시선으로, 카메라에 의한 중개성을 잊고, 카메라의 눈과 동일시되어 용순을 바라보며 그녀와 직접 소통하게 된다. 때문에 영화에서 용순은 갈등의 중심축이 되며 어머니의 죽음과 장례과정을 통한 가족 간의 갈등과 갈등의 해소라는 서사를 이끌어가는 데 있어서 핵심적인 인물이 된다. 수용자인 관객에게 갈등으로 인한 긴장감과 갈등의 해소로 인한 안정감과 만족감을 갖게 하는 역할 역시 용순에게 부여된다. 여기서 관객은 인지적으로 인물과 사건 그리고 갈등과 해소를 수용하기 이전에 감각적으로 그리고 정서적으로 인물, 사건, 갈등 그리고 해소를 체험하며 제목의 역설적인 의미 또한 스스로 구성하게 된다. 이렇게 소설 『축제』와 확연하게 달라진 수용과정과 수용방식의 차이를 만드는 결정적인 기제 역시 매체의 차이와 그로 인한 표현양식의 차이에 기인한다. 사변적이고 메타적인 서술이 수용자로 하여금 듣고 이해하고 생각하게 만들었다면 극적환영은 수용자로 하여금 보고 듣고 느끼게 하는 것이다.

결국 같은 주제의식과 스토리를 가지고 동시 동반 창작된 소설과 영화에서의 상이한 표현 양식과 자기반영성으로 인해 소설『축제』와 영화 <축제>는 수용방식에 있어서도 달라질 수밖에 없다. 소설에서 독자는 준섭의 시선과 서술을 통해 인물들을 떠올려야 하고 어머니의 삶에 대한 준섭의 회고와 해석과 의미 부여를 일차적으로 수용해야 한다. 또한 준섭의 편지글을 통해 소설과 영화의 창작 진행 과정에 대해 알게 되고 창작과 비평 그리고 허구와 현실의 경계가 무화되는 체험을 하게 된다. 소설에서 가장 큰 비중을 차지하는 인물은 '준섭'과 준섭에 의해 해석되고 설명되는 '어머니'이다. 반면 영화에서 '준섭'은 소설 속에서 차지했던 인물이자 서술자이자 논평가이자 작가 자신이기도 한 막대한 영향력을 잃게 되고 단지 주인공으로서 다른 인물들과 마찬가지로 카메라의 피사체가 되어 그의 언술과 행위가 조명된다. 또한 영화에서 크게 부각되는 인물은 갈등의 축으로 설정된 '용순'과, 카메라와 마이크로 상징되는 영화에서의 서사적 기능의 일정부분을 담당하여 소설 속에서의 긴 서술을 인물과의 인터뷰로 압축하여 제시하는 데 중요한 역할을 담당한 '장혜림' 기자이다. 때문에 소설에서는 어머니의 삶과 죽음의 의미에 대한 준섭의 해석이 서사의 주된 축을 이뤘지만 영화에서는 장례식의 장면들을 보여주고 가족들의 갈등과 화해를 형상화 하는 데 중점을 두었다. 영화의 관객은 소설의 독자와 달리 준섭의 시선과 언술로 다른 인물들을 판단하는 것이 아니라 카메라의 시선과 동일시되어 준섭을 비롯한 인물들과 그들이 일으키는 갈등과 사건들을 목격하고 평가하게 된다. 여기서 소설『축제』의 중층구조가 독자에게 제공하는 참여와 탐색의 영역이 더 많다고는 볼 수 없다. 각각의 텍스트의 수용자가 경험하는 심미적 체험의 양상이 다를 뿐이다.

3. 소결: 문화적 담론의 변화양상

한국의 문화적 담론에서 영상 매체가 주도권을 잡게 된 시기는 오래 되지 않았지만 그 물결은 아주 빠르게 급속도로 확산되었다. 이러한 문화적 담론의 변화는 소설과 영화의 매체 전이 양상에서도 드러난다. 앞서 잠시 언급했듯이 80년대까지는 수많은 각색영화가 대부분 원작소설의 충실한 재현을 그 우선적인 목적으로 했다. 각색영화는 원작소설에 종속되는 것으로 인식되었고 원작의 주제의식을 제대로 구현하지 못했을 경우에는 '원작을 망쳤다'는 혹평을 받아야 했다. 그러나 소설의 언어와 영화의 언어가 다르므로 아무리 원작을 충실하게 재현하려 해도 영화는 원작과 다르기 마련이다. 때문에 각색영화는 원작소설에 비해 뭔가 부족한 것으로 여겨졌고 소설과 영화의 매체 전이에 있어서 중심축은 소설에 있었다. 그러나 90년대에 들어서 이러한 중심축이 흔들리기 시작했다. 그 배경에는 문화적 담론의 변화가 있었다. 즉, 1990년대에 이르러서 한국의 문화적 담론에서 매체의 문제가 집중적으로 거론되기 시작했고 한국 영화 산업이 빠른 속도로 성장했으며 한국영화의 수준 역시 눈부시게 향상되었다. 이때부터 한국영화는 양적 팽창 못지않게 다양성도 확보하게 되었다. 그러면서 소설이 가지고 있던 문화적 주도권이 영화로 넘어가게 되었다.

이러한 문화적 환경의 변화에 따라 소설과 영화의 매체 전이 양상 역시 새로운 국면을 맞게 되었는데, 소설에서 영화로의 매체 전이의 양상이 더 이상 원작의 충실한 재현을 추구하지 않게 되었으며 새로운 매체 전이 양상으로서 영화에서 소설로의 매체 전이와 소설과 영화의 동시 동반 창작이 시도되었다. 이러한 모든 양상들이 문화적 담론의 변화를 분명하게 드러낸다. 이제 "문학은 영화처럼 매체 문화의 한 구성요소로 되어버렸다"는 요하임 패히의 말이 한국의 문화적 담론 양상에 있어서도 유효하게 되었다. 이러한 문화적 담론의 변화 양상은 문화 연구 그리고 문학과 영화를 비롯한 서사텍스트 연구에 있어서 새로운 방향이 필요함을 시사한다.

본 저서에서는 이런 관점에서 영화에서 소설로 매체 전이가 이루어진 첫 시도인 허진호 감독의 영화 <외출>과 이를 소설화 한 김형경의 『외출』을 비교 분석했으며, 소설과 영화의 동시 동반 창작 텍스트인 소설 『축제』와 영화 <축제>를 비교분석했다. 영화 <외출>과 소설 『외출』의 비교분석을 통해 다중채널에서 단일채널로의 전이, 즉, 이미지와 사운드를 문자로 번역하는 과정과 양상을 고찰했다. 영화 <외출>에서는 언어적 서술을 극도로 자제하면서 거울과 창窓을 통한 이중의 화면구성과 클로즈업 쇼트 그리고 외화면의 구성을 통해 회화적 영상미학을 구축했고 소설 『외출』에서는 영화의 장면 장면을 세밀하게 묘사했을 뿐만 아니라 인물의 내면 심리와 그 배경을 자세하게 설명했다. 이미지와 사운드에 대한 감각적 수용과 인지적 수용을 동시에 수행해야 하는 영화의 관객은 많은 의미를 함축한 미장센과 미장센의 일부를 이루는 배우의 모습을 통해 심미적 체험을 할 수 있는 잉여의 공간을 확보할 수 있었으나, 장면과 인물의 내면심리에 대한 묘사적 서술로 이어진 소설 『외출』의 독자는 심미적 체험의 공간을 상당 부분 잃게 된다. 언어적 서술이 회화적 서술의 모호함과 다의성을 한정지을 수 있기 때문이다. 여기서 소설과 영화가 담보하는 불확정영역과 그로 인한 수용자의 심미적 체험의 문제가 복합적으로 작용함을 알 수 있었다. 즉, 앞서 2장에서 언급한 기호로서의 문자와 영상의 특성과 이를 바탕으로 한 소설에서의 서술양상과 영화에서의 서술양상의 차이에 의해 불확정성이 결정되며, 특히 소설에서 어떤 서술양상을 선택하느냐에 따라서 그리고 영화에서 어떤 미학을 추구하느냐에 따라서 불확정성의 영역이 달라짐을 알 수 있었다. 다시 말해서 소설이 영화보다 더 많은 불확정영역을 담보한다는 기존의 논의들의 허점을 분명하게 증명할 수 있었다.

　소설 『축제』와 영화 <축제>는 작가와 감독이 긴밀한 상호 협력을 통해 동반 창작한 경우로서 소설과 영화의 매체 간 동시적 상호텍스트성을 보여준다. 때문에 두 텍스트를 함께 분석함으로써 소설과 영화의 표현양식의 차이를 보다 분명하게 드러낼 수 있었으며 매체의 선택이 그리고 서술양상의 선택이 텍스트의 주제와 미학을 어떻게 다르게 구축하고 수용자와의 소통양상을 어떻게 다르게 구성하는지 역시 분명하게 밝힐 수 있었다. 소설의 영화화나 영화의 소설화가 길든 짧든 시간의 경과를 전제하면서 선행텍스트의 흔적을 후행텍스트에 남기는 데 반해서 소설 『축제』와 영화 <축제>는 소설과 영화의 상호 교류의 새로운 양상을 보여줌과 동시에 문화적 담론의 한 양상을 보여주는 것이다. 또한 동시 동반 창작임에도 불구하고 완전히 다른 텍스트가 될 수 있었던 것은 텍스트의 미학을 구성하는 데 있어서 매체변수가 가지는 비중이 어떤 것인지를 확연하게 예증한다. 소설 『축제』는 메타적 서술양상을 통해 사실과 허구의 경계를 무화시켰다. 이로 인해 내포저자의 메시지가 분명하게 드러난다. 즉 사색적이며 사변적인 언술이 가능한 소설텍스트의 한 특성을 분명하게 보여준 것이다. 또한 소설의 자기반영 기법을 드러낸다. 영화 <축제>에서는 소설 『축제』와 같은 스토리 라인을 공유하지만 카메라의 중개성을 바탕으로 사건과 인물들이 극화됨으로 인해서 전혀 다른 주제와 미학을 구축했다. 따라서 수용자의 심미적 체험도 전혀 다른 양상을 띠게 되었다. 소설의 독자가 소설과 영화의 창작과정에 대한 정보를 접하고 또한 죽음과 삶에 대한 이원적 사유에 대해서 반복적인 서술을 듣게 되었다면 영화의 관객은 현재적으로 재현된 인물과 사건을 감각적으로 수용하며 동시에 그 의미를 유추하고 구성하게 된다. 여기서 소설의 독자는 메타적 서술의 자기반영 기법을 접하게 되지만 영화의 관객은 극적 환영을 체험한다. 이러한 차이를 만드는 것 역시 매체변수, 즉, 소설과 영화의 표현양식의 차이와 수용방식의 차이에 근거한다. 또한 소설과 영화가 예술텍스트로서 동시적으로 교류할 수 있게 된 것은 문화적 담론의 변화를 분명하게 보여준다. 즉, 소설에 있었던 중심축의 이동을 보여주는 것이다.

현재의 문화적 담론에서 매체의 문제는 결정적이다. 매체의 선택은 서술양상의 선택으로 이어지며 이것은 텍스트의 주제와 미학을 결정하고 수용자와의 소통방식을 결정한다. 이러한 사실은 같은 스토리 라인을 공유한 소설과 영화를 함께 읽음으로써 보다 분명하게 드러난다. 매체의 전이를 통해 심미적 지평의 전환이 일어나는 양상과 과정 그리고 나아가서는 메커니즘이 드러날 뿐만 아니라 소설과 영화 각각의 미학적 차이가 보다 확실해지는 것이다. 이에 대해서는 본 저서의 3장과 4장에서 다양한 텍스트 분석을 통해 예증했다. 여기서 매체의 문제와 직결되는 문화적 담론의 변화 양상과 관련하여 수사학자 하트가 제기한 "매체의 메시지 생산성", "사회적 환기력" 그리고 "청자에 대한 영향력"의 문제에 대해 고찰하려 한다. 먼저 "매체의 메시지 생산성"의 문제는 우선 생산의 측면에서 봐야 할 문제이다. 그런데 매체 간 상호텍스트성의 관점에서 생산의 측면은 생산의 측면에 그치지 않는다. 수용자가 생산자가 되며 선행텍스트의 흔적이 후행텍스트의 주제와 미학 구성에 어떤 식으로든 영향을 줄 뿐만 아니라 후행텍스트의 생산은 다시 선행텍스트의 주제와 미학을 더욱 풍부하게 조명할 수 있기 때문이다.

그런데 "매체의 메시지 생산성"의 문제를 매체의 특성에서 본다면 소설과 영화의 메시지 생산성은 다른 양상을 가짐을 알 수 있다. 텍스트는 기본적으로 생산자와 수용자의 상호 소통 과정에서 그 의미가 구성됨을 기본 전제로 하지만, 그럼에도 불구하고, 매체 변수 그리고 매체가 가지는 매개요소의 문제가 중요하게 자리하는 것이다. 소설텍스트의 경우 문자를 매개로 생산자와 수용자가 직접 만남으로 인해서 매개변수의 문제가 그다지 복잡하지 않다. 어느 정도는 생산자에 의해서 그리고 수용자에 의해서 소통의 장場이 통제 가능하다고 볼 수 있는 반면 영화텍스트의 경우에는 상당히 복잡하다. 영화텍스트에서는 생산자와 수용자 사이에 너무나 많은 매개변수가 존재하기 때문이다. 이에 대해서 본 저서의 2장과 3장에서 매체의 미학적인 특성의 측면에서 언급했다. 여기서는 문화적 담론의 측면에서 매개변수의 문제를 보려 한다. 즉, 문화적 소통의 장場에서도 영화텍스트의 생산과 수용에 좀 더 많은 매개변수가 존재하는 것이다. 그것은 영화산업이 거대한 자본을 매개로 구성된다는 이유 때문이기도 하고 또한 영화가 분명 감독의 텍스트이기는 하지만 영화의 생산은 집단적으로 이루어진다는 이유에서이기도 하다. 또한 영화텍스트가 수용자와 만나는 과정과 양상 역시 텍스트 외적인 즉, 문화적이고 사회적인 문제들에 의해 상당한 영향을 받는 것이다. 이것은 "사회적 환기력"의 문제와도 연결된다. 사실상 양적인 측면에서 본다면 "사회적 환기력"을 더 많이 갖는 매체는 소설보다는 영화라고 볼 수 있다. 이것은 분명 부인할 수 없는 현재의 문화적 상황이다. 천만 관객을 돌파한 영화는 물론이고 수용자와 더 많이 소통하는 매체가 소설보다는 영화임을 부인할 수 없는 것이다. 더구나 소설에서 영화로 매체의 전이가 이루어진 경우 영화의 성공은 원작소설의 양적인 소통에도 지대한 영향을 미친다. 또한 영화에서 소설로 매체의 전이가 이루어진 경우에도 소설의 소통은 영화의 소통에 기대어 이루어지며 이것을 문화산업에서 간파하기도 했다. 그러나 본 연구에서는 "매체의 사회적 환기력"의 문제를 양적인 측면이나 문화산업의 측면에서가 아니라 다른 측면에서 고찰했다. 앞서 영화가 집단의 기억을 만들기에 유리한 매체라고 언급했다. 좀 더 정확히 말한다면 개인의 기억을 집단의 기록으로 만들며 그것을 다시 집단의 기억으로 만들기에 유리하다고 할 수 있겠다. 이것도 분명 "매체의 사회적 환기력"의 측면에서 생각할 수 있는 문제이다. 여기서 왜 그토록 많은 소설이 영화화 되었는가 라는 질문에 대해서 "매체의 사회적 환기력"의 측면에서, 즉, 문화적 담론의 측면에서 답할 수 있는 근거가 마련된다. 즉, 소설을 영화화 하는 것은 개인의 기억을 집단적 기록으로 만들며 그것을 다시 집단의 기억으로 만드는 과정이기도 하다. 이것은 아주 중요한데 여기서 왜 소설의 수용자가 영화의 생산자가 되어 그토록 많은 소설을 영화로 만들었는지에 대한 중요한 단서를 포착할 수 있다. 즉, 소설이 영화에 사유의 단초나 "이야기라는 척추"[65]를 제공할 수 있고, 영화는 소설의 사유나 이야기가 사회적 환기력을 가질 수 있게 한다. 물론 이때의 사유나 이야기는 원형 그대로 보존되지는 않는다.

아르놀트 하우저는 "영화는 유럽의 근대문명이 그 개인주의적 도정에 오른 이래 불특정의 집단적 군중으로서의 관중을 위해 예술을 생산하려 한 최초의 기도"[66]라고 말한 바 있다. 이때 "집단적 군중으로서의 관중"은 소비자 이면서 동시에 생산에 영향을 주는, 즉, 피드백의 존재라고 할 수 있다. 탄생부터 자본주의와 기술과 밀접한 관계를 맺은 영화는 대중의 전폭적인 지지 없이 생산될 수 없는 장르이기도 하다. 반면 소설창작은 영화창작과는 달리 개인의 작업이다. 때문에 작가와 독자가 활자매체를 매개로 직접 만난다. 양적인 측면에서의 "사회적 환기력"이 집단적인 대중과 소통하는 영화와 비교한다면 적다고 할 수 있다. 또한 현재의 문화적 상황에서 소설은 영화로의 매체 전이를 통해 "사회적 환기력"을 얻게 되기도 한다. 그러나 소설에서 영화로의 매체 전이 혹은

---

65) "이야기라는 척추"라는 표현은 이언 매큐언의 『속죄』에서 따온 표현이다.
   이언 매큐언, 한정아 역, 『속죄』, 문학동네, 2003, 439쪽 참고.
66) 아르놀트 하우저, 백낙 · 염무웅 역, 「영화의 시대」, 『문학과 예술의 사회사 4』, 창작과비평사, 314쪽.

영화에서 소설로의 매체 전이가 소설이 영화에 기대어 "사회적 환기력"을 얻게 되는 과정으로 볼 수는 없다. 다시 말해서 단순히 소설이 영화에 의존하여 "사회적 환기력"을 얻게 되는 것이 아니다. 수많은 소설이 영화화 되는 문화적 현상은 영화의 강한 "사회적 환기력"을 시사하기도 하지만 동시에 소설의 수용자이자 영화의 생산자의 미학적 동기부여는 물론이고 어떤 식으로든 원작으로서의 흔적을 지닌 채 새로운 텍스트로 수용자와 만났을 때 "사회적 환기력"을 가질 수 있는 힘이 이미 소설에 내재적으로 자리하기 때문이다. 앞서 3장에서 분석했듯이 심미적 지평의 전환에 있어서 심미적 지평의 구심점은 소설텍스트에 있었으며 전복과 이탈 역시 그 구심점을 전제로 가능한 것이다. 앞서 본 저서에서는 심미적 지평의 전환을 이루는 기본적인 형성원리가 소설에서 서사를 지배하는 서술자의 서술적 목소리가 영화에서 해체되어 어떤 영화적 방식으로 형상화 되는가에 달려 있음을 예증했다. 여기서 서술자의 목소리가 "사회적 환기력"의 원초적 근원의 자리에 있게 된다. 또한 개인의 기억을 집단의 기억으로 만들려는 영화작가의 미학적 욕망의 측면에서 보더라도 이때 미학적 욕망을 불러일으키는 힘은 소설텍스트 내에 있는 것이다. 이는 "청자에 대한 영향력"의 문제에서도 마찬가지로 적용된다. 양적인 측면에서는 소설텍스트보다 영화텍스트가 "청자에 대한 영향력"을 더 많이 가지고 있겠으나, 소설과 영화의 매체 전이의 문제에서 "청자에 대한 영향력"은 이미 소설과 영화가 상호 조명되고 영향을 주고받는 매체 간 상호텍스트성의 양상 속에서 변증법적으로 변화하고 증가하기 때문이다. 앞서 영화매체의 수많은 매개변수가 소설에서 영화로의 매체 전이를 지속적으로 이어질 수 있게 하는 근본적인 원동력이 됨을 언급했다. 또한 이것이 심미적 지평의 전환이 이루어지게 하는 근본적인 기제임을 논했다. 바로 여기에 소설과 영화의 매체 전이가 갖는 문화적 담론의 힘이 있으며 소설과 영화를 함께 읽는 작업의 의미 역시, 심미적 지평의 측면에서 뿐만 아니라 문화적 담론의 측면에서도, 그 의의를 찾을 수 있다.

앞서 본 연구의 서론에서 잠시 언급했듯이 현재의 문화적 담론은 다양한 장르와 매체의 상호변주가 이루어지는 역동성 안에서 존재한다. 그 안에서 가장 활발하게 교류하는 것은 소설과 영화이다. 표현양식의 상이함에도 불구하고, 오히려 그렇기 때문에 활발히 교류하는 소설텍스트와 영화텍스트는 인간의 지각과 인식과 표현 양식의 역사가 어떻게 현재에 이르게 되었는지를 잘 보여준다. 즉, 감각적 지각과 이미지에 의한 사고와 표현이 중심을 이루던 시대에서 추상적 상징과 개념의 언어가 중심을 이루던 시대를 거쳐 현재의 매체 상황에 이르게 된 것이다. 이미지와 내러티브가 상호교차하며 감각적 수용과 인지적 수용이 뫼비우스의 띠처럼 어우러지고 선형적인 구성과 재구성의 성찰과 직관적 동시적 포착이 함께 이루어지는 양상들을 소설이 영화를 구성하고 영화가 소설을 구성하는 역동적 과정 속에서 더욱 분명하게 알 수 있다.

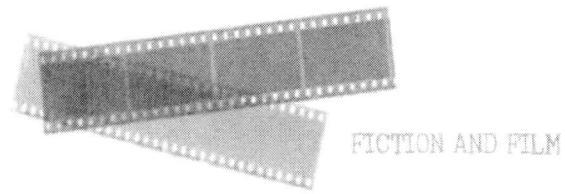

FICTION AND FILM

영화의 리메이크

영화의 리메이크

1. 시대의 변화와 장르의 변환

　앞서 3장과 4장에서 소설에서 영화로, 영화에서 소설로 매체 전이를 거친 텍스트들을 분석했으며, 또한 소설과 영화가 동시적으로 동반 창작된 텍스트 역시 분석했다. 이를 통해 생산과 수용 양 측면에서 매체 변수가 가져오는 미학적 주제적 변화의 자장과 문화적 담론의 변화 양상을 논했다. 이제 5장에서는 한국영화사에 있어서 기념비적인 영화텍스트로 평가 받고 있는 김기영 감독의 영화 <하녀>(1960)와 50년의 시간의 경과 후에 리메이크 된 임상수 감독의 영화 <하녀>(2010)의 비교분석을 통해 동일매체를 통한 '다시 쓰기'는 어떤 의미를 가지는지 고찰하려 한다. 이를 통해 매체의 수사학을 다른 각도에서 파악할 수 있으리라 기대한다. 즉, 동일매체를 매개체로 한 다시 쓰기는 다른 매체를 통한 다시 쓰기와 어떻게 다른지 분석함으로써 동일 매체를 경유하는 매체의 수사학의 스펙트럼과 역학을 밝히고자 한다. 또한 영화의 리메이크가 가지는 의의가 무엇인지 그리고 우리가 선험적으로 진단하는 것처럼 시대의 변화에 따라서 담론의 변화 역시 진보하는지 고찰하려 한다.

김기영 감독의 영화 <하녀>(1960)는 한국영화사에 있어서 기념비적 작품 중 하나로 알려져 있다. 따라서 <하녀>의 리메이크는 그 자체만으로도 세간의 관심을 끌기에 충분했다. 또한 유명배우의 캐스팅과 칸 영화제 경쟁부문 진출 그리고 "이번 경쟁작 중 가장 지루하지 않을 영화"[1]라고 단언한 임상수 감독의 자신감은 리메이크 영화 <하녀>(2010)에 대한 기대를 증폭시켰다. 파국을 향해 치닫는 끝없는 욕망의 서사와 그 시대의 윤리적 비난에 대한 두려움 사이에서 아슬아슬하게 줄타기 했던 원작의 긴장감을 50년 후 시대적 배경에서 어떻게 형상화 할 수 있을지에 대한 호기심과 함께, 리메이크작은 언제나 원작만 못한 것이라는 통념은 임상수 감독의 영화 <하녀>에 대한 우려를 가져오기도 했다. 기대이든 우려이든 관심과 호기심 속에서 개봉된 리메이크 영화 <하녀>는 씁쓸함을 남기고 쉽게 잊혀진 듯하다. 또한 원작 <하녀>에서 주된 스토리라인을 가져오긴 했지만, 리메이크작 <하녀>는 원작 <하녀>와 전혀 다른 길을 갔다. 김기영 감독의 <하녀>가 러닝타임 내내 관객을 긴장시키는 스릴러의 정수를 보여주었다면, 임상수 감독의 <하녀>는 러닝타임 내내 화려한 볼거리를 제공했지만 관객을 전혀 긴장시키지 못했다. 사실 리메이크작에서 스릴러를 기대하기는 어렵다. 아무리 인물설정이나 스토리라인에 변화를 준다고 해도 이미 잘 알려진 원작, 다시 말해서 이미 알려진 이야기와 결말에서 긴장과 스릴을 가지게 될 수는 없기 때문이다. 따라서 애초에 임상수 감독은 원작과 같은 스릴러를 만들 생각이 없었다고도 볼 수 있다. 즉 긴장과 스릴을 기대하기 어려운 리메이크작의 원작으로서 스릴러를 택했다면 임상수 감독은 원작의 스토리라인을 차용하여 전혀 다른 이야기를 하고 싶었던 것이라고 볼 수 있다. 때문에 김기영 감독이 관객으로 하여금 기괴함과 스릴과 공포를 느끼게 하기 위해 마련한 장치들과 등가적인 장치들을 리메이크작 <하

---

1) 임상수 감독 인터뷰, 『씨네21』 753호, 2010, 54쪽.

녀>에서는 찾아볼 수가 없다. 인물화characterization 역시 전혀 다르게 구성되었다. 그렇다면 리메이크작 <하녀>는 탁월한 스릴러가 되는 것을 포기한 대신 무엇을 성취하려 했는가? 임상수 감독이 굳이 김기영 감독의 <하녀>를 원작으로 선택했다면 분명 거기서 가져오고 싶었던 모티프가 있었을 것이며 그것은 바로 동명의 제목이기도 한 '하녀'라는 모티프였다고 생각된다. 전혀 다른 장르와 담론으로 향해 갔으면서도 동명의 타이틀을 포기하지 않았기 때문이다. 다음 장에서 상세하게 분석하겠지만 김기영 감독이 구축한 하녀 캐릭터와 임상수 감독이 만든 하녀 캐릭터는 너무나 다르다. 그렇다면 '하녀'라는 모티프가 가지는 여러 겹의 의미망이 무엇인지 그리고 그것이 김기영 감독과 임상수 감독 각각의 영화에서 어떻게 구성되고 형상화 되었으며 결국 그로 인해 어떤 담론을 형성했는지를 우선 분석하고자 한다. 이를 위해 우선 '하녀'가 역사적으로 계급과 섹슈얼리티 양 측면에서 이중으로 억압되어 왔던 기제를 고찰하고, 김기영 감독의 '하녀'와 임상수 감독의 '하녀'가 각각 어떤 장치들을 통해 다른 기표가 될 수 있었는지 분석하려 한다. 나아가서 21세기 극대화 된 자본주의와 신자유주의 사회를 배경으로 구현된 임상수 감독의 '하녀'가 50년 전 근대화와 산업화가 시작되었을 당시 개발도상국 한국의 시대적 상황에 놓였던 김기영 감독의 '하녀'와 비교해서 왜 무력한 존재가 되었는지 밝히고, 임상수 감독의 <하녀>가 원작과 달리 블랙코미디를 지향하면서 원작과 전혀 다른 의미망을 파생하게 된 양상을 고찰할 것이다. 이를 통해 임상수 감독이 현재 한국사회를 바라보는 시각과 그에 대한 비판적 담론의 가능성까지 도출해 내려 한다.

'하녀'는 그 단어 안에 계급적 의미와 성적性的 의미를 내포한다. 명확한 신분사회에서이든 명시적인 신분이 와해된 사회에서이든 분명 '하녀'라는 어휘는 하위계층을 지시하며 또한 여성이라는 특정성별을 지시한다. 여기서 하녀가 계급적으로 그리고 성적으로 이중 억압의 대상이

되는 존재라는 것을 쉽게 유추할 수 있다. 또한 하녀는 "아무 것도 갖고 있지 않은 자의 전복적 그리고 가능성이 갖는 불안정하고 위험한 권력"[2]을 내재한 기표이기도 하며 그것은 일반 여성과는 구별되는 하녀의 섹슈얼리티로 형상화 된다. 실제로 하녀는 여러 문학 작품에서도 계급과 성에 의해 이중으로 착취되지만 그 속에 도발적인 욕망을 담고 있는 독특한 섹슈얼리티를 가진 존재로 묘사되어 왔다. 박경리의 대하소설 『토지』에서 하녀(노비)인 귀녀의 신분상승에의 욕망은 서사 전체의 줄기를 만들었던 커다란 비극의 시발점이 되었다. 때로 여주인과 하인(하남)과의 사통으로 인한 출생이나 하인과 결혼하는 대단한 여주인공(박경리의 『토지』에서 여주인공 서희뿐만 아니라 박완서의 『미망』의 여주인공 태임 역시 같은 선택을 한다)의 이야기도 있으나 많은 경우 문제적으로 부각되는 것은 '하녀'이다. 도덕적인 결말로 가려고 했던 톨스토이의 『부활』에서 사건의 시작이었던 여주인공 카추샤의 섹슈얼리티에서부터 칠레의 시대사와 가족사가 어우러진 이사벨 아옌데의 『영혼의 집』에서 폭력과 복수의 연결고리가 되었던 판차 가르시아에 이르기까지 하녀는 남성 고용주에게 식탁에서만이 아니라 침실에서도 봉사하는 독특한 섹슈얼리티를 가진 존재이며, 여성 고용주 즉 남성 고용주의 아내에게는 노동을 대신해주는 필요한 존재이면서도 멸시의 대상이기도 하고 또한 바로 그 독특한 섹슈얼리티 때문에 위협이 되는 존재이기도 하다. 즉 하녀는 소설과 영화에서 주된 플롯이나 서브플롯 차원에서 뭔가 불길한 사건의 소재가 되어 왔으며 문제적 기표가 되어 온 것이다.

하녀의 섹슈얼리티는 우선적으로 계층 혹은 계급에 의해서 구성된다. 하녀의 섹슈얼리티는 바로 그 계급 때문에 사도마조히즘의 대상이 되기 더 쉬우며 마찬가지로 관음증의 대상이 되기도 쉽다. 또한 하녀의 섹슈얼리티는 영화텍스트 내에서 남성 고용주의 사도마조히즘 그리고 관음

2) 김은실, 『여성의 몸, 몸의 문화정치학』, 도서출판 또 하나의 문화, 2001, 35쪽.

중의 대상이 될 뿐만 아니라, "힘없는 노동자계층 여성의 성性까지도 관음증적으로 소비한 대중들의 욕망"3)으로 인해 관객의 사도마조히즘 그리고 관음증적 시선의 대상이 되기도 한다. 여기서 하녀는 흑인여성 혹은 제3세계 여성 등과 같이 이중으로 타자화 된 존재라고 할 수 있다. 즉 흑인여성이나 제3세계의 여성이 남성을 주체로 설정한 가부장제에서 여성으로서 타자화 되고, 백인 중산층 그리고 서구사회를 주체로 두는 서구중심사상에서 또 한 번 타자화 되듯, 하녀 역시 성별에 의해 그리고 계급에 의해 두 번 타자화 되고 두 번 억압되는 존재인 것이다. 그렇다면 두 영화 속에서 구현된 하녀의 섹슈얼리티는 페미니즘의 관점에서도 분석할 가치가 있으며 본 연구에서도 이 지점을 주목하려 한다.

때로 계급은 성별보다 더 정치적 역학이 강해서 같은 여성일지라도 계급에 의해 성 정체성이 다르게 구성된다. 이는 특히 마르크스주의 페미니즘 학자들이 강조하는 지점이기도 한데, 로즈마리 통Rosemarie Tong 은 엄격한 마르크스주의의 의미에서 여성들은 하나의 단일한 계층을 이루고 있지 않은 것처럼 보인다고 말한다.4) 결국 백만장자의 아내와 그녀의 하녀는 여성일지라도 단일한 계층이 아니며 그들의 섹슈얼리티 역시 계급에 따라 다르게 구성된다. 여대생의 섹슈얼리티와 창녀의 섹슈얼리티 역시 다르게 구성되고 제국주의 시대에서 본국 여성의 섹슈얼리티와 식민지 여성의 섹슈얼리티 역시 다르게 취급되는 것도 섹슈얼리티가 계급의 자장 안에 있다는 것을 증명한다. 이는 탈식민주의 페미니즘의 시각에서도 주목할 만한 지점이다. 그럼에도 불구하고 소설과 영화에서 문제적 기표가 되어 왔던 하녀의 섹슈얼리티에 대한 페미니즘 분석은 크게 눈에 띄지 않는다. 『성의 역사』에서 푸코Michel Paul Foucault가

---

3) 우미성, 「하녀들의 성(性): 웬디 케슬만의 희곡 『이 집의 내 자매』와 영화 <시스터 마이 시스터>를 중심으로」, 『문학과 영상』 제11권 2호, 문학과영상학회, 2010, 515쪽.

4) 로즈마리 통 지음, 이소영 옮김, 『페미니즘 사상-종합적 접근-』, 한신문화사, 1995, 68쪽.

백인 중산층 여성의 섹슈얼리티와 흑인 여성의 섹슈얼리티가 다르게 구성되어 왔음을 지적한 이후로 실제로 흑인 여성학자인 훅스Bell Hooks가 흑인 여성에게 주목한 페미니즘 분석을 이루어왔으며, 콜린스Patricia Hill Collins는『흑인 페미니즘사상』에서 인종과 젠더의 문제를 정면으로 논박하기도 했다. 또한 스피박Gayatri Chakravorty Spivak이「하위주체는 말할 수 있는가」라는 논문을 통해 제3세계 여성들의 문제를 거론하며 탈식민주의와 페미니즘을 연결시켰지만 역시 하위주체임이 분명한 하녀에 대해서는 페미니즘 학자들 역시 별다른 주목을 하지 않았다. 이에 대해서도 문제를 제기하려 한다. 즉 김기영 감독의 <하녀>와 임상수 감독의 <하녀>에서 형상화 한 '하녀'의 인물화가 페미니즘의 분석틀에서 어떻게 재단될 수 있는지 고찰할 것이다. 이는, 두 영화텍스트가 50년의 시간 차이를 두고 있으므로, 필연적으로 시대 속에서 구현된 여성 이미지를 포함하는 분석이 되겠으나 보다 정밀하게 말한다면 각 감독이 시대와 그 시대 속에서 여성의 위치를 어디에 두고 있는지에 대한 분석이 될 것이다. 왜냐하면 우리가 선험적으로 알고 있는 각 시대별 여성의 모습과 영화텍스트에서 재현된 여성의 이미지가 다르기 때문이다.

앞서 임상수 감독이 원작과 같은 탁월한 스릴러를 구축하는 것을 포기한 대신 리메이크를 통해 무엇을 성취하려 했는지 문제를 제기한 바 있다. 리메이크작 <하녀>는 임상수 감독의 전작들과 마찬가지로 블랙코미디의 길을 가려고 한 흔적이 보인다. 다음 장에서 자세히 분석하겠지만, 리메이크작 <하녀>에서의 인물화와 대사와 공간구성과 소도구들은 정치적인 것조차 사소한 것으로 치부하는 방식을 통해 정치적이면서도 정치적이 아닌 또한 정치적이 아니면서도 정치적인 태도를 보였던 <그때 그 사람들>, <오래된 정원> 등과 맥락을 같이 한다. 여기서 임상수 감독의 <하녀>가 촉수를 뻗치려 했던 정치적 대상은 다름 아닌 극대화 된 자본주의 그리고 그로 인한 신新계급이다. 임상수 감독의

<하녀>에서는 모든 것이 자본과 그로 인한 신新계급을 중심으로 구성된다. 계층의 문제는 물론이고 섹슈얼리티의 문제도 자본과 그로 인한 신新 계급의 통제와 지배를 피해갈 수 없다. 사실 이것은 21세기 현재 한국 사회만의 특징인 것은 아니다. 즉 성性에 대한 모든 인식과 태도를 총칭하는 섹슈얼리티는 단지 섹슈얼리티 그 자체로 존재하지 않는다. 섹슈얼리티가 성적 욕망을 창조하고 조직하고 표현하고 방향지우는 사회적 과정5)이라는 정의는 섹슈얼리티가 생물학적 결정론에 의해 규정되는 것이 아니라는 것을 시사한다. 결국 인간의 성적 정체성, 성적인 욕망, 성적 관행들을 일컫는 섹슈얼리티는 개인이 처한 사회관계와 문화적 맥락에 따라 구성되는 것이다.6) 그렇다면 왜 '하녀'인가? 라는 물음 역시 젠더와 섹슈얼리티 그리고 계급과 관련해서 그 의미를 부여받게 된다. 김기영 감독과 임상수 감독의 두 '하녀' 역시 그러했으나 그 양상은 사뭇 다르다. 그리고 그 다른 양상이 50년의 시간적 간극을 통해 변화한 것과 변하지 않은 것들까지도 드러낸다. 변화한 것으로 부각되는 것이 무엇인가는 바로 감독의 의도와 세계관을 반영하는데 아무래도 변화한 것에 대한 분석을 통해 부각되는 것은 리메이크작에서 구성된 세계가 될 수밖에 없다. 그리고 이것은 리메이크작 <하녀>를 통해 강조된 극대화 된 자본주의와 그로 인한 신新계급 안에서 인물들이 어떻게 재구성되었는가를 통해 드러난다. 이를 통해 젠더와 섹슈얼리티와 계층의 문제에 있어서 각 영화텍스트가 담보하고 있는 시대적 시각과 그것을 바라보는 텍스트의 무의식까지도 읽을 수 있다. 이러한 차이의 담론들을 만드는 데 영화의 장르적 특성이 어떻게 기여했는지 분석하는 것 또한 본 연구의 주요 논점이 될 것이다. 이미지와 사운드를 매개로 하는

---

5) 메기 험 지음, 심정순 · 염경숙 옮김, 『페미니즘 이론 사전』, 삼신각, 1995, 152쪽.
6) 양해림 · 김선희 · 김철운 · 유성선 공저, 『섹슈얼리티와 철학』, 철학과 현실사, 2009, 29쪽.

영화텍스트의 리메이크에서는 매체의 전이를 전제로 한 소설의 영화화 또는 영화의 소설화와 달리 영화의 장르적 특성과 그 특성을 만드는 기법과 장치들이 중요하게 부각되기 때문이다. 또한 달라진 장르는 다른 미학과 주제를 파생시킨다. 두 영화가 각각 스릴러와 블랙코미디가 될 수 있게 한 여러 가지 장치들이 있겠으나 본 연구에서는 공간 구성의 변화와 그것이 함축하고 있는 의미망들 그리고 인물화characterization를 중점적으로 분석하려 한다. 공간은 두 영화에서 가장 많은 상징성을 내포하고 있고 인물화의 변화는 두 영화에서 '하녀'라는 기표가 파생시키는 의미망을 달라지게 하는데 결정적으로 기여했을 뿐만 아니라 각 텍스트의 내포작가가 세상을 바라보는 시선까지 암시하기 때문이다.

2. 욕망의 부분적 성취와 좌절의 기표

영화에서 공간은 단순한 무대 이상의 의미를 가진다. 바흐친M. M Bakhtin 이 시간과 공간의 내적 연관성을 설명하기 위해 사용했던 용어인 '크로노토프'[7]는 소설에서의 공간을 염두에 두고 사용했던 용어였으나 영화의 공간이야말로 시간과 공간 그리고 인물의 심리적 배경과 사회적 문화적 배경의 밀접한 관련을 단적으로 보여준다. 김기영 감독의 <하녀>와 임상수 감독의 <하녀>에서 공간 구성은 인물의 심리와 분위기 그리고 사회의 변화까지도 상징적으로 표상한다. 두 <하녀>에서 모두 공간은 크게 두 가지로 구획된다. 김기영 감독의 <하녀>에서 주된 공간은 주인부부의 근면함과 소심함으로써 장만한 중산층의 상징인 이층집인데, 또 하나의 주된 공간으로서 60년대 한국의 산업화를 상징하며 남자 주인공 동식(김진규)의 직장이기도 한 공장이 재현된다. 그에게 공장은 직장이기는 하지만 그의 직업은 음악선생으로서 그는 방직공장 여공들의 연모의 대상이 된다. 그를 남몰래 흠모하여 그에게서 피아노를 배우려고 찾아 온 여공 경희(엄앵란)에게 거의 다 지은 이층집을 보여주는 장면에서 그 이층집은 그와 그의 아내(주증녀)의 피나는 노력의 산물인 동시에 그들 욕망의 결정체로 제시되고 있다. 또한 이층집은 그 곳에 편입하여 둥지를 틀려 했던 하녀의 욕망이 일시 성취되는 듯했다가 끝내 좌절된 공간이며 이는 하위계급에 대한 중산층의 부분적 배타성을 상징한다. 반면 임상수 감독의 <하녀>에서 주된 공간은, 상류층의 저택은 이러이러할 것이라는 일반인들의 상상조차 뛰어넘는 웅장한 대저택이

---

7) Bakhtin, M. M. *The dialogic imagination: four essays*, edited by Michael Holquist; translated by Caryl Emerson, Michael Holquist, Austin: U of Texas P, 1981, p. 84.

다. 또한 주인부부인 훈(이정재)과 해라(서우)는 거대한 저택을 소유하기 위해 피아노 개인 교습을 할 필요도 없었고 재봉틀을 돌릴 필요도 없었다. 그들은 숨 쉬듯 자연스럽게 그 속에 존재한다. 또 하나의 공간은 은이(전도연)가 대저택에 하녀(유모 겸 가사도우미)로 들어오기 전 일했던 음식점이 있는 밤거리이다. 이 공간은 영화의 오프닝 시퀀스로 활용되며 은이의 자살을 암시하는 복선 역할을 하기도 하고 소비하고 즐기는 사람들과 노동하는 사람들을 대비시키려는 의도를 보이기도 한다. 감독은 오프닝 시퀀스의 공간에 대해 다음과 같이 말한다.

> 밤마다 장항동 24시간 먹자골목을 배회했다. 그곳엔 밤새 일하는 '아줌마들'이 있다. 내가 아줌마라고 부르긴 하지만, 사실 나보다 다 어린 여자들이다. 대부분 가정주부다. 엄청나게 박한 월급을 받으며 24시간 일한다. 식당이나 술집에서 아줌마라고 불릴 때, 그건 성적인 의미와 인간적인 의미가 전부 거세된다는 뜻이다. 가정의 기둥이 되는 주부들이 그런 역할을 할 때, 그 가정도 건강할 수가 없다. 신자유주의 20년의 결과로 중산층의 아래쪽이 붕괴하는 현장을 거기서 봤다.[8]

임상수 감독의 <하녀> 오프닝 신이 한국영화에서 매우 드문 이미지를 보여준다고 논평했던 김용언은 그 이미지를 "일하는 여자들과 일하지 않는 여자들"[9]이라고 명명하고 이 문제는 "이후 퇴근한 남편을 맞이하며 화장을 하는 해라와 옆 욕실에서 욕조를 닦는 은이의 대비에서 선명하게 드러난다"[10]고 해석하여 두 공간에 등가적 의미를 부여했다. 그런데 두 공간은 단순히 '일하는 여성과 일하지 않는 여성의 대비'라는 등가성을 부여하기에는 무리가 있다. 왜냐하면 오프닝 시퀀스의 공간인 먹자골목에서 먹고 춤추는 여성들 또한 어딘가에서 무슨 일이든 해야

---

8) 임상수 감독 인터뷰, 『씨네21』 753호, 2010, 68쪽.
9) 김용언, 「아름답고 서늘하고 매정한 비극」, 『씨네21』 753호, 2010, 65쪽.
10) 김용언, 위의 글, 66쪽.

하기 때문이다. 그들 중 대부분은 노동이 끝난 후 먹고 춤추기 위해 그곳에 온 것이다. 또한 먹자골목에서 일하는 여성들 역시 그 정도의 음식점에서 먹고 그 정도의 유흥업소에서 춤추며 노는 일은 충분히 할 수 있다. 즉 오프닝 시퀀스에서 일하는 여성과 일하지 않는 여성을 대비시킨 공간은 계급의 격차가 크지 않은, 계급의 격차가 없다고도 할 수 있는 공간이다. 즉 이 공간은 배제의 원리가 작동하지 않는 공간이다. 하지만 은이의 새 직장인 대저택은 다르다. 그 곳에서는 은이만 일을 해야 한다. 은이와 해라의 입장이 바뀌는 일은 결코 생길 수 없다. 즉 적극적인 배제와 구별이 이루어지는 배타적 공간이다. 이것은 김기영 감독의 <하녀>와도 갈라지는 지점인데, 김기영 감독의 <하녀>에서는 잠시나마 하녀와 여주인의 입장이 바뀌는 일이 생겼기 때문이다. 하지만 하녀가 안방침실을 차지하는 것이 아니라 주인남자가 이층 하녀의 방에서 기거하며 여주인이 이층으로 남편과 하녀의 아침식사를 나르는 것으로 입장이 바뀌는 것이어서, 즉 공간조차 완전히 전유하지는 못함으로 인해서 두 여성의 입장이 바뀌는 것이 계급의 전복까지는 가지 못했음을 그리고 하녀의 성취가 불완전한 것이었음을 암시한다.

김기영 감독의 <하녀>에서 가장 상징적인 공간은 계단이다. 얼핏 생각하면 계단은 그 수직의 이미지로 인해 신분상승을 암시할 것 같지만, 김기영 감독의 <하녀>에서 계단의 의미는 좀 더 복잡하다. 계단 아래에는 아내의 재봉틀이 있고 부부의 침실이 있다. 계단 위에는 피아노가 있는 동식의 작업실이 있고 하녀의 방이 있다. 피아노가 있는 방과 하녀의 방이 발코니로 연결되어 있다는 것이 특이하다. 하녀는 창窓을 통해 엿보기를 하는데 이는 히치콕 스릴러의 공식이기도 하다. 특이한 것은 하녀가 창을 통해 주인남자인 동식을 비롯한 다른 인물을 바라보지만 창과 창에 붙어 있는 하녀의 모습이 카메라에 빈번하게 포착된다는 것이다. 창을 통해 하녀의 얼굴이 갑자기 보일 때마다 음향효과와 함께 스릴러의 분위기가 한층 고조된다. 또한 계단은 낙태의 도구로 활용되며 죽음의 공간이 된다. 하녀가 건네 준 쥐약이 든 물을 마신 아들 창순이 굴러 떨어지면서 죽은 장소이며 역시 쥐약이 든 물을 마시고 자살한 하녀가 생을 마감한 장소이기도 하다. 마지막은 아내 옆에서 죽겠다는 남자에게 매달리다가 계단에서 머리를 부딪치며 결국 팔을 뻗고 눈을 뜬채 죽은 하녀의 시신이 먼저 여주인의 시점 쇼트로 그리고 카메라의 이동을 따라 그로테스크하게 제시된다. 여기서 계단은 비극적인 죽음이 연달아 이어지는 장소이기도 하지만 시종일관 무기력한 모습을 보이는 동식이 아내와 하녀 사이를 오가야 했던 다리와도 같은 상징적 의미를 가지기도 한다. 아들의 죽음에 대한 분노와 슬픔보다 남겨진 가족을 지켜야 한다는 일념으로 여주인이 하녀에게 남편을 양보하기로 하자 하녀는 주인남자의 팔을 잡고 계단을 올라갔지만 마지막 죽음의 순간에 남자는 하녀를 뿌리치고 아래층으로 내려가고 하녀는 계단 위에서 죽는다. 즉 하녀의 욕망이 잠시 성취되었다가 끝내 좌절되는 곳이 바로 계단이다. 하지만 임상수 감독의 <하녀>에서 계단은 어떤 상징적 의미를 가지고 있지 않다. 은이와 같은 계층에게 상승 자체를 허용하지 않기에 비극적 공간이 될 이유도 없다. 해라 모母에 의한 낙태 시도로 은이가 추락하는 곳은 계단이 아닌 샹들리에이며 은이의 자살 역시 계단에서 이루어진다기보다는 샹들리에에 목을 매단 은이의 몸에 불이 붙어 허공을 맴돌게 된다.

　김기영 감독 <하녀>의 계단에 필적할만한 고도의 상징성을 지닌 공간이 임상수 감독 <하녀>에 있다면 욕실, 정확히 말하면 해라의 욕조이다. 그 곳은 해라에게는 안온한 휴식의 공간이지만 은이에게는 노동의 공간이다. 욕조에 거품을 채우고 눈을 감고 누운 해라 옆에서 은이는 쪼그리고 앉아 해라의 머리를 감겨준다. 욕실 그리고 욕조는 계속해서 계급과 섹슈얼리티를 은유하는 공간이 되는데 은이와 훈과 해라가 삼각

구도를 이루는 미장센에서 계급과 섹슈얼리티의 밀도를 가장 많이 함유하는 공간이기도 하다. 퇴근해서 집에 돌아 온 훈은 해라에게 새 와인을 맛보게 한다. 그리고 욕실의 문을 연다. 타이트하고 짧은 근무복을 입고 욕조를 닦던 은이는 말 그대로 하녀의 섹슈얼리티를 가진 성적 계급적 존재로서 훈의 시선에 포획되고 눈으로 즐기듯 은이를 바라보는 훈이 중앙에 배치되고 화장대 앞에서 와인의 맛을 음미하는 해라와 불안하게 훈을 바라보는 은이가 양 옆에 배치된다. 훈의 시선은 잠시 해라에게로 향하고 다시 은이에게로 향한다. 해라가 출산을 위해 병원에 갔을 때 은이가 침범한 공간이 바로 해라의 화장대와 욕조였다는 것 역시 의미심장하다. 해라에게 뺨을 맞고 낙태의 위험에 처하게 된 은이는 해라의 화장대에서 해라의 화장품을 바르고 해라의 소파와 침대를 거쳐 해라의 욕조에 몸을 담근다. 어이없어 하는 훈에게 그가 자신을 조금도 인간취급하지 않았다는 것을 알고 있다는 말을 하는 것도 욕조 안에서이고 바로 그 욕조에서, 해라가 은이의 약 사이에 섞어 놓았던 낙태약을 먹고, 피를 흘리며 유산하게 된다. 즉 김기영 감독의 <하녀>에서 계단이 계급으로 인한 소극적 배제와 죽음의 공간이었다면, 임상수 감독의 <하녀>에서 욕조는 적극적 배제와 구별의 공간이고 은이가 지키려고 했던 아이는 그 곳에서 죽어야 했다.

소극적 배제와 적극적 배제로 구분되는 각 공간들의 상징성은 하녀와 은이의 심리적 배경이 되기도 한다. 김기영 감독의 하녀가 진정으로 주인남자를 자기 것으로 만들려 한 반면 은이는 그렇지 않다. 은이는 잠시 해라의 물건을 사용하며 해라를 모방하긴 했지만 훈이나 아이를 이용한 신분상승의 욕망도 진정으로 훈을 자기 것으로 하려는 마음도 없었다. 비록 '하녀'라고 호칭되지 않더라도 또한 유아교육과를 중퇴했고 작은 아파트까지 소유하고 있을지라도 은이와 해라의 간격은 60년대의 하녀와 여주인의 간격보다 훨씬 더 벌어진 것이다. 그것을 가능하게 한 것이 한국사회의 부富의 축적이며 부의 편중이라고 볼 수 있다. 따라서 김기영 감독이 인물화 한 하녀는 주인집 가족들에게 치명상을 입힐 수 있었지만 은이는 찍소리 한 번 내는 것에 그칠 수밖에 없었다.

　이러한 간격의 차이는 주요 소도구인 피아노의 상징성과 피아노를 대하는 하녀와 은이의 태도에서도 그대로 드러난다. 김기영 감독의 <하녀>에서 피아노는 당시 60년대에 부의 상징일 수 있었다. 하지만 동시에 피아노는 주인남자에게 생계의 수단이기도 하다. 돈을 내고 교습을 받는 여공 경희는 피아노에 손을 댈 수 있었지만 하녀에게 피아노는 손을 대서는 안 되는 물건이었다. 동식은 여러 번 하녀에게 피아노에 손대지 말라고 말한다. 그러나 하녀는 피아노를 거칠게 범한다. 여주인이 남편의 간통 대상이 하녀였다는 것을 알게 되는 장면에서도 하녀는 남자에 대한 항명의 행위로서 피아노를 거칠게 두드리고 있었다. 반면 임상수 감독의 <하녀>에서 넓은 이층 거실에 자리한 그랜드 피아노는 김기영 감독의 <하녀>에서의 피아노와 다르다. 피아노는 그림이나 음악과 마찬가지로 훈과 해라에게 그들의 부富로 인한 향유를 나타낼 수 있는 기표로 사용된다. 특히 출근 전 베토벤을 연주하는 훈에게 피아노는 자신의 귀족적 취향을 돋보이게 하는 소도구이며 피아노를 치는 훈의 옆에서 아침식사를 내려놓는 은이는 피아노로 다가갈 엄두를 내는 것이 아니라 동경할 뿐이다. 은이가 피아노로 다가간 경우는 피아노를 치는 것을 멈추지 않고 고개짓으로 은이를 부른 훈에 의해서이다. 나름 짙은 화장을 하고 수줍게 웃으며 다가간 은이에게 훈은 수표를 건네고 은이의 표정은 변한다. 피아노에 손 댈 수 없었던 은이는 그들에게도 손 댈 수 없는 것이다. 그들과 은이의 간격은 김기영 감독의 하녀가 넘보려했듯이 넘볼 수 있는 간격이 아니어서 운명같이 거대한 것으로 재현되고 이는 원작에서 사용하지 않았던 부감 쇼트를 많이 사용한 것과도 밀접한 관련이 있다.

하이 앵글은 무력함이나 약점 혹은 덫에 걸린 듯한 느낌을 부각시키며 각도가 높으면 높을수록 화면의 의미는 그만큼 더 숙명적이다.11) 임상수 감독의 영화 <하녀>에서 빈번하게 사용된 부감 쇼트는 바로 이러한 하이 앵글의 관습적 속성을 그대로 보여준다. 욕조에서 피를 흘리며 고통의 절규를 이어가는 은이의 모습 그리고 욕조의 물속에 침투해들어가는 피의 선명한 색상은 하이 앵글로 조명되면서 "이 일이 아줌마 뜻대로 되지 않을 것"이라던 해라의 깜찍하고 끔찍한 말이 실현되었음을 보여 준다. 결국 2010년 한국사회에서 경제양극화로 인한 계급의 차이가 개인의 노력과 능력으로 극복할 수 없는, 신분사회의 신분처럼 견고한 것임을 보여 주는 것이다. 계급은 훈과 해라 사이에서도 존재하는데, 훈과 해라의 성행위 장면도 아이 레벨 쇼트에서 부감 쇼트로 연결되었다는 것을 주목할 필요가 있다. 또한 해라에게 모욕을 당한 병식이 "아더 매치"를 외치면서 침대에 쓰러져 누운 장면 역시 부감 쇼트로 제시된 것 또한 자본주의의 먹이사슬 앞에 개인의 분노가 얼마나 무력한지를 보여 주고 있다. 반면 김기영 감독의 <하녀>에서 공간 속 인물의 배치를 조명하는 카메라 앵글은 거의 정면인 경우가 많다. 특이한 것은 카메라가 창 밖에서, 창을 통해 공간과 인물을 초점화 한다는 것인데 역시 히치콕식의 스릴러와 관음의 전형이라고 볼 수 있겠다. 여주인이 친정에 간 사이, 자신에게 연애편지를 보냈던 여공의 죽음으로 충격을 받은 남자를 유혹하는 하녀의 모습이 전면에 있고 기괴한 표정과 눈빛까지 창 밖에 있는 카메라에 의해서 창과 함께 포착된다. 비 오는 밤이라는 배경 설정 역시 스릴러의 공식에 충실하다. 반면 임상수 감독의 <하녀>에서 은이와 훈의 첫 번째 정사는 창 밖에 있는 카메라에 의해서 관객에게 제시되지만 이 경우에는 스릴러의 분위기는 거의 느끼게 하지 않으며 오히려 훈의 과장된 몸짓으로 인해 인물이 희화화 되어 블랙코미디의 관습에

---

11) 루이스 자네티, 김진해 옮김, 『영화의 이해』, 현암사, 2007, 23쪽.

충실하다. 게다가 훈의 육체 앞에 엎드려 있는 은이의 모습은 계급과 섹슈얼리티의 역학관계를 날 것 그대로 드러낸다. 이렇듯 인물 배치와 카메라의 위치를 포함한 공간 구성은 가장 영화적인 기호가 되며, 각 텍스트에서 '하녀'라는 동일한 모티프가 각각 다른 의미망을 파생하는데 결정적인 기여를 한다. 또한 스릴러의 정수를 보여 주었던 김기영 감독의 <하녀>와는 달리 임상수 감독의 <하녀>에서는 2010년 한국사회를 바라보는 다소 냉혹한 시선과 텍스트의 정치적 무의식이 공간 구성 안에 함축되어 있다고 할 수 있다.

3. 인물화(characterization)

1) 팜므파탈에서 백치미로

김기영 감독의 <하녀>와 임상수 감독의 <하녀>를 '원작'과 '리메이크작'이라는 말이 무색하게 다른 텍스트로 만든 것은 무엇보다 인물의 변화이다. 타이틀에서 동일하게 '하녀'로 지칭된 두 여성의 캐릭터 차이가 두 영화를 완전히 다른 분위기로 이끌어갔다. 김기영의 하녀(고유명사 이름이 부여되지 않았다)가 광기와 기괴함으로 가득했다면 은이는 병식의 표현에 의하면 "딴 생각이 없는" 그리고 해라 모母의 표현에 의하면 "백치 같은" 여자이다. 김기영 감독이 인물화 한 하녀가 치명적인 매력을 가진 전형적인 팜므파탈이라고 할 수는 없다. 그러나 결국 남자를 유혹해서 한 가정을 파괴한다는 의미에서 팜므파탈의 범주에 넣을 수 있다면 은이는 스스로 "찍소리라도 내야겠다"고 말하지만 결국 자해의 수준에 머물 뿐이었다. 이는 각각의 영화텍스트가 스릴러와 블랙코미디가 되기에 적절한 인물화였다고 볼 수 있다.

김기영 감독의 하녀는 스릴러의 여주인공으로서 충분한 기괴함을 가지고 있다. 처음엔 다소 모자란듯한 모습으로 등장하지만 맨 손으로 쥐를 잡고 그 쥐를 보면서 입맛을 다시는 모습이 언밸런스하면서도 그로테스크하게 형상화 된다. 이야기가 진행될수록 하녀의 기괴한 행동과 광기는 점점 더해가고 그에 따라 다른 인물들뿐만 아니라 관객까지도 긴장감과 공포에 잠식되어 간다. 피아노 개인교습중인 경희와 동식의 모습을 엿보는 장면이나 동식을 유혹하는 장면, 쥐약을 찾는 아이를 노려보는 장면까지 하녀는 언제나 강한 음향과 함께 갑자기 등장하여 상대인물과 관객을 놀라게 한다. 또한 잠시나마 주인남자인 동식을 차지하고 여주인으로부터 밥상을 받기도 했다. 하지만 이상한 것은 여공들의 구애를 그토록 단호하게 뿌리쳤던 동식이 왜 하녀의 유혹에는 무너졌는가 하는 것이다. 그만큼 하녀가 거부할 수 없는 강한 매력을 가지고 있기 때문이라고 보이진 않는다. 그보다는 말 그대로 하녀이기에, 하녀의 섹슈얼리티이기에 여공들의 섹슈얼리티와도 다르게 취급되었다고 보는 것이 더 설득력 있다. 단지 특이한 점이 있다면 남자가 먼저 손쉽게 건드릴 수 있는 성적 대상으로서 하녀를 범한 것이 아니라 하녀가 먼저 그리고 집요하게 남자를 유혹했다는 것이다. 여기서 김기영 감독이 형상화 한 하녀의 팜므파탈적 요소가 부각되며 또한 임상수 감독의 <하녀>와 갈라지는 지점이기도 하다. 하녀의 독특한 섹슈얼리티로 주인남자인 동식을 무너뜨린 하녀가 다음으로 사용하는 무기는 처녀성을 잃었다는 것이다. 당시 60년대의 시대적 배경을 그대로 담고 있다고 볼 수 있다. 즉 산업에서는 근대화를 이루었으나 여성에 대한 인식은 전근대적임을 알 수 있다. 여주인의 회유에 의해 계단에서 낙태를 한 하녀는 점점 더 심한 강도의 광기를 보이게 되는데, 여주인의 출산과 더불어 아이들이 자신을 인간 취급 하지 않는 것도 광기의 촉매제가 되었다. 주인부부의 어린 아들 창순은 하녀에게 "미친 것아 물이나 떠와"라고 말하는데 당시 하녀는 낙태 후 거동이 힘든 상태에서 사흘이나 굶고 있었다. 아래층에 내려가서 새로 태어난 아이를 본 하녀는 자신의 아이만 죽게 한 그들의 처사에 대해 분노를 폭발시키고 창순의 물컵에 쥐약을 넣은 것이다. 결국 창순을 죽게 한 하녀의 행동은 광기로 볼 수도 있지만 일견 저항의 의미로 해석할 수 있는 것이다.

반면 은이는 신분상승에 대한 욕망이나 계급에 대한 의식이 없는 캐릭터로 묘사된다. 고참 하녀(집사)인 병식이 자신의 일을 "아더매치(아니꼽고 더럽고 매스껍고 치사하다)"한 일이라고 말하는 반면 은이는

"이 짓 좋아한다"고 말한다. 김기영 감독의 하녀와 달리 은이는 여주인 해라의 머리까지 감겨주고 발톱에 매니큐어를 칠해주는 일까지 해야 했지만 은이에게 그것은 그저 일일 뿐이다. 또한 은이는 피아노 치는 훈의 모습을 동경하기는 했지만 훈을 유혹할 생각은 하지 않았다. 그럼에도 불구하고 훈의 요구에 맥없이 무너지는 것은 신분상승 욕망 때문이라기보다는 훈의 성적性的 매력 때문인 것으로 묘사된다. 은이는 공들여 화장하고 훈에게 아침식사를 가져가지만 훈이 건넨 수표를 받고 실망한다. 그러나 친구에게 "그걸로 끝난 것"이라고 말하며 쉽게 체념한다. 임신한 사실을 알게 되고 해라에게 뺨을 맞을 때에도 자신의 잘못이라고 할 뿐, 다른 사람을 원망하지도 않으며 임신을 빌미로 그 무엇도 가지려 하지 않는다. 아이를 낳으려고 하지만 그것은 아이에 대한 애착 때문일 뿐, 해라 모母의 걱정과는 달리, 아이를 이용해서 훈을 잡으려는 생각도 해라의 것을 빼앗으려는 생각도 하지 않는다. 그럼에도 불구하고 은이는 아이를 지킬 수 없었다. 김기영 감독의 <하녀>에서 하녀가 계단을 굴러아이를 낙태시키면서 낸 비명소리가 기괴한 스릴러의 서스펜스를 고조시켰다면 욕조에서 피를 흘린 후 해라 모母에 의해 병원수술실 침상에오른 은이가 손도 하나 까딱 못하는 상태에서 눈물을 흘리는 장면은 자본주의 피라미드에서 최하층부에 있는 사람들이 어떻게 짓밟힐 수 있는가를 보여주며 그 장면을 착잡하게 지켜보는 병식을 통해 대다수 사람들의 무력감과 체념을 형상화 한다. 그리고 그 무력감과 체념은 마지막까지도 결코 전복이나 저항의 광기로 연결되지 않는다.

강제로 낙태를 당한 후 병원에서 은이는 복수하겠다고 말한다. 병식의 반응은 복수의 불가능함을 전달한다. 훈과 해라는, 김기영 감독의 <하녀>에서 주인부부와 달리, 복수할 수 있는 대상이 아니었다. 결국 "찍소리라도 내야겠다"던 은이의 복수는 자신의 몸을 불태우면서도 훈과 해라에게는 그 어떤 흔적도 남기지 않는 자해에 불과할 뿐이다. 이렇게까지 무력한 하녀는 없었다. 실제 인물인 프랑스의 '파팽 자매'뿐만 아니라 김기영의 '하녀'도 박경리의 '귀녀'도 톨스토이의 '카추샤'도 아옌데의 '판차 가르시아'도 상대에게 어떤 식으로든 치명적인 흔적을 남겼다. 트란 안 홍 감독의 영화 <그린 파파야 향기>에서 하녀 '무이'는 어린 시절부터 연모하던 남자의 집에 하녀로 들어가서 그 남자의 약혼녀를 물리치고 임신하고 안주인의 자리까지 차지했다. 그러나 은이는 그 무엇도 하지 못했다. 즉 은이는 앞서 언급한 "아무 것도 갖고 있지 않은 자의 전복적 그리고 가능성이 갖는 불안정하고 위험한 권력"조차 갖지 못했다. 은이의 분신焚身은 전태일의 분신처럼 사회적으로 이슈화 될 수 없었으며 정치적 사건이 될 수도 없었다. 2010년 한국사회 자본주의 피라미드 계급구조에 대한 영화텍스트의 무의식은 이처럼 공고하다. 이제는 더 이상 저항의 몸짓도 불가능하며 자해만이 가능하다고 말한다. 이러한 텍스트의 무의식은 여성에 대한 시각 혹은 여성주의에 대해서도 같은 태도를 보인다. 이에 대해서는 다음 장에서 논하려 한다.

2) 소심한 가장에서 무치(無恥)의 제왕으로

타이틀이 지시하듯이 두 영화에서 모두 남성 인물보다는 여성 인물이 중요하게 부각되었다. 또한 남성 감독들의 영화임에도 불구하고 남성에 대한 묘사가 긍정적이지 않다는 것도 흥미롭다. 그런데 두 영화에서 각각의 남성 캐릭터는 여성 캐릭터의 변화 못지않게 아주 많이 달라졌다. 또한 남성 캐릭터의 변화 역시 영화 전체의 분위기와 메시지 변화에 지대한 공헌을 했으며 각각의 영화텍스트가 스릴러와 블랙코미디를 이루는 데에도 적절한 기여를 했다. 우선 김기영 감독의 <하녀>에서 남자 주인공인 동식은 성실하고 소심한 중산층을 대변하는 인물이라고 볼 수 있다. 가정적이며 아내에게도 자상하다. 여공들의 흠모를 받는 음악선생으로서 여공의 연애편지에 지나치게 소심하고 냉혹한 반응을 보인 것은 그가 얼마나 사회적 시선을 두려워하고 자신의 가정을 지키기에 모든 것을 거는 인물인지를 보여준다. 하지만 하녀의 유혹에 넘어가는 순간부터 그의 모습은 무기력함 그 자체이다. 여공들의 구애에는 매몰찼던 그가 너무 쉽게 하녀의 유혹에 굴복했으며 이후 하녀의 위협에 대해서 그는 아무 것도 하지 못한다. 낙태를 이끌었던 것도 그가 아닌 아내였으며, 출산 후 아내가 거동을 못하는 동안 낙태후유증으로 누워 있는 하녀를 사흘이나 굶게 한 것도 "그 방에 들어가기가 무서워서"라고 말할 정도이다. 또한 아들이 죽은 후에, 아무리 아내가 묵인했다고 해도, 하녀의 방에서 기거하다가 하녀의 동반자살 제의에 결국 쥐약을 탄 물을 마시게 되기까지 그는 하녀에게 그리고 아내에게 끌려 다니기만 한다. 즉 하녀는, 광기로 표현될지언정, 자신의 욕망에 충실한 모습을 보이고 아내는 가정을 지키기 위해 적극적으로 애쓰지만 그는 그저 소극적인 모습만을 보일 뿐이다. 마지막은 아내 곁에서 죽고 싶다며 쥐약을 마신 상태에서 계단을 내려가는 것 정도가 그가 보인 적극성이다.

또한 여기서 김기영 감독이 그를 완전하게 파렴치한 인간으로 그리려 하지 않았다는 것도 알 수 있다. 그는 죽어가는 순간에 아내에게 "당신을 사랑했지만 당신을 배신한 짧은 순간이 모든 것을 망쳤다"고 참회함으로써 관객들에게 동정과 연민을 받을 여지를 남긴다. 이것은 60년대의 시대적 상황과도 무관하지 않다고 생각되는데, 즉 가정을 신성한 영역으로 설정하고, 어떤 경우에도 가정은 지켜져야 한다는 당시 윤리관을 반영하고 있는 것이다. 그렇기에 하녀가 더 기괴하고 비정상적인 '악의 축'으로 설정되었다. 즉 그냥 당하고 있지 않고, 그냥 밟히지 않고, 그냥 침묵하지 않고, 꿈틀거리고 소리 내고 자신의 감정을 드러내고 관계 역전을 하려 하고 신분 상승을 하려 한다면 그것이 광기가 될 수밖에 없는 그래서 건강한 사회를 위해서 제거해야 하는 기득권의 이해관계에 충실한 윤리의식을 위해 하녀의 광기가 강조되고 남자의 한때의 실수로 인해 패가망신할 수 있으니 조심해야 한다는 결말로 이어지는 것이다. 이러한 당대 사회의 분위기는 김기영 감독으로 하여금 다소 우스꽝스러운 반전을 마련하게 했다. 결국 액자형식이 되었는데, 그 모든 이야기가 아내가 읽은 신문기사의 이야기였다는 것에서 더 나아가서 동식은 카메라를 바라보며 일장훈계를 한다. 여기서는 결국 '여자를 조심하라'는 지극히 남성적인 시각에서 마무리 한다.

임상수 감독의 <하녀>는 2010년, 여성의 지위가 50년 전보다 낫다고 생각되는 시대를 배경으로 하고 있으나 남성인물 훈은 오히려 50년 전의 동식보다 남성 중심주의를 훨씬 더 강하게 체현한다. 그리고 그것을 가능하게 했던 것은 훈의 경제력이다. 또한 훈은, 동식과 달리, 성적 매력이 넘치는 외모를 과시하고 드러낸다. 훈은 은이와의 처음 대면에서 은이에게 자신의 아이들을 키워주고 자신이 먹을 밥을 해 줄 "중요한 분"이라고 말하지만 결국 그에게 은이는 아내의 임신으로 인한 성적 불만족을 대신 채워줄 수 있는 존재에 불과했으며 거액의 수표를 건넴으로써 그에게 하녀의 섹슈얼리티는 결국 창녀의 섹슈얼리티와 다를 바 없었다는 것을 알 수 있다. 김기영 감독의 <하녀>에서 하녀가 먼저 동식을 적극적으로 유혹한 것과 달리 훈은 와인을 들고 은이의 방에 들어간다. 두 번째 은이의 방에 들어갈 때에는 딸의 방을 거쳐서 잠자고 있는 딸을 사랑스럽게 바라본 후에 은이의 방에 들어가는 모습에서 그가 자신의 행동에 대해 어떤 부끄러움이나 죄책감도 느끼지 않는다는 것을 알 수 있다. 그의 당당한 태도는 후에 해라와 해라 모母를 대하는 태도에서 더 부각된다. 아내에게 용서를 빌었던 동식과 달리 훈은 자신의 입술을 깨문 해라에 대해 "개 같은 년 어딜 감히"라는 말을 입에 담는다. 또한 해라 모母에게는 "당신 딸이 낳아야만 내 아이인줄 아느냐"며 "감히"

라는 말을 반복한다. 죽은 태아에 대한 안타까움이나 애착에서가 아니라 자신의 소유물에 '감히' 손을 대었다는 말투이다. 물론 불륜 혹은 간통에 대한 사죄의 태도는 전혀 보이지 않는다.

하지만 훈의 캐릭터는 전형적인 권위주의자의 모습과 다르다. 즉 말투와 표정과 행동이 희화화 된 부분이 많은데 이것이 임상수 감독의 <하녀>를 블랙코미디로 만드는 데 일정 부분 기여하며 이는 은이와의 성 관계 장면에서도 역시 그러하다. 첫 번째 정사에서 훈이 팔을 뻗는 모습이 창을 통해 제시된 것과 두 번째 정사에서의 노골적이고 우스꽝스러운 대사가 훈과 은이의 관계를 씁쓸한 뒷맛이 남는 코미디로 만든다. 여기서 훈은 무치無恥의 제왕처럼 묘사되고 은이는 제왕의 사랑을 갈구하는 노예처럼 묘사된다. 훈이 제왕이 될 수 있었던 것은 돈과 성적 매력으로 인해 가능한 것이어서 2010년 한국 사회의 초상肖像을 적나라하게 보여 주고 있다. 또한 앞서 언급했듯이 부감 쇼트로 재현된 훈과 해라와의 정사 장면에서도 계급과 연결된 섹슈얼리티가 녹아 있다. 사적인 것이 정치적인 것이라는 페미니즘 학자들의 정언 명제처럼 섹슈얼리티의 문제는 가장 내밀한 사적 영역에 속하면서도 계급 관계를 고스란히 반영하기에 사적 영역의 문제에 그치지 않는다. 해라는 임신으로 인해 훈에게 성적 만족을 줄 수 없음을 미안하게 여기고 오럴 섹스를 자청한다. 훈이 침대 위에 팔과 다리를 모두 펼친 채 누워 있고 고개 숙인 해라의 모습이 부감 쇼트로 제시되었다는 것은 훈과 해라의 계급 역시 동등한 것이 아님을 시사한다. 해라는 여왕과도 같은 삶을 누리고 있으나 가장 내밀한 침실에서는 은이와 다를 게 없는 것이다. 해라와 은이가 어떤 지점에서 갈라지고 어떤 지점에서 만나게 되는지는 다음 장에서 자세히 언급하려 한다. 사실 김기영 감독의 <하녀>에서 인물화 된 남성 인물 동식은 산업화가 시작된 60년대 그 당시 사회의 중산층 남성의 전형성을 가진 인물이라고 볼 수 있지만, 임상수 감독의 <하녀>에서 인물화

된 남성 인물 훈은 2010년 한국 사회의 전형적인 인물이라고 보기는 어렵다. 그렇다면 훈에 대한 인물화는 현재 한국 사회를 바라보는 감독의 시각이 더 많이 투사되었다고 볼 수 있으며 때문에 훈에 대한 인물화는 임상수 감독의 영화텍스트가 계급에 대한 풍자와 인물들에 대한 냉소를 전달하는 블랙코미디가 되기에 적절한 것이었다고 생각된다.

3) 다양한 인물화로 직조한 시대상

김기영의 <하녀>에서 하녀와 주인부부 외에 중요한 인물들은 여공인 조경희와 주인부부의 아이들이다. 그들은 서사를 이끌어 가는 데 중요한 역할을 담당할 뿐만 아니라 김기영 감독의 영화텍스트를 기괴한 스릴러로 만드는 데 있어서도 상당한 기여를 한다. 경희는 동식을 흠모하면서도 자신이 직접 연애편지를 쓰지 않고 역시 동식을 좋아하는 친구 곽선영에게 연애편지를 쓰게 한다. 가정이 있는 사람에게 연애편지를 썼다는 이유로 3일 간의 정직처분을 받은 친구가 회사를 그만 둔 후에 경희는 동식에게 피아노 개인교습을 받으러 간다. 어두운 밤 결연한 표정의 경희가 카메라 앞으로 다가올 때마다 뭔가 심상치 않은 일이 벌어질 것같은 분위기를 만든다. 경희는 하녀의 질투를 불러일으키게 되고 동식에 대한 하녀의 집착에 촉매제가 되었다. 또한 하녀를 동식의 집에 불러들인 장본인이기도 하다. 하녀가 파괴본능을 직접 드러냈다면 경희는 교양 있게 행동함으로써 여주인과 아이들의 환심을 산다. 하지만 결국 선영이 죽은 후 동식을 유혹하려 하고 거절당한다. 경희를 거절한 것은 동식의 자기억제력이 견고했기 때문이며 그것을 가능하게 했던 것은 동식의 직장 역시 공장이었기 때문이다. 여공과의 불륜의 관계가 알려지게 되면 직장을 잃고 가족을 부양할 수 없게 된다는 두려움이 그토록 단호한 행동으로 이어질 수 있었다. "여공의 불장난으로 내 식구를 굶겨 죽일 수는 없어"라는 대사에서 경희에 대한 그의 거부가 가장으로서의 책임감 때문임을 알 수 있다. 심지어 동식은 거절당하고 돌아가는 경희에게 "(임신 중인 아내로 인해) 식구가 늘어나서 돈이 필요하니 계속 개인 교습을 받으러 오라"고 말한다. 바로 그 장면을 하녀는 발코니에서 창을 통해 엿보는 데 영화포스터의 스틸 컷으로 사용되었을 정도로 괴기스러운 구도를 만들어 낸다. 경희가 돌아간 후 하녀는 동식을 유혹하고 비극이 잉태된다. 여기서 경희의 섹슈얼리티는 하녀의 섹슈얼리티와는 다른 종류의 유혹이었으며, 동식의 생각과 달리 경희보다 오히려 하녀가 더 파괴적인 인물이 될 수 있었다.

임상수 감독의 <하녀>에서 경희와 등가적인 인물은 없다. 하지만 김기영 감독의 <하녀>에는 없는 새로운 인물이 등장한다. 바로 고참 하녀인 병식이다. 병식은 오랫동안 해라의 집에 있었던 것으로 제시된다. 은이를 면접하고 채용한 것도 해라가 아닌 병식이다. "아더매치"란 말을 은이에게 가르쳐 준 것도 병식이었다. 그만큼 자신의 일에 진저리를 치지만 아들의 검사 임용 후에도 또한 딸보다 어린 해라에게 모욕을 당한 후에도 그 일을 그만두지 않는다. 정작 그 일을 그만 둔 것은 은이의 낙태 후였다. 하지만 은이의 비극에 애초 원인을 제공한 것도 병식이었다. 은이의 임신 사실을 해라 모母에게 알린 사람이 병식이었고 그 일로 인해 은이에게 뺨을 맞은 후에 자신은 "뼛속까지 이런 인간"이라고 말하며 자신의 노예근성을 토로한다. 후에 은이가 찾아 왔을 때 은이를 포용하며, 해라와 훈 그리고 해라 모母에게 그 집일을 그만두겠다고 말하고 항변하지만 두 사람의 연대는 거기까지였다. 병식은 은이의 자살을 막지 못했고 더 이상 해라와 훈과 해라 모母를 단죄하지도 못했다. 여기서 하층계급의 연대가 자기 방어적이며 무기력하다고 보는 것이 2010년 한국 사회를 바라보는 임상수 감독 영화텍스트의 정치적 무의식이라는 것도 알 수 있다.

아이들 역시 보통 일반적인 아이들의 이미지와는 다른 이미지로 재현된다. 일반적으로 아이들은, 실제로는 그렇지 않다고 해도, 순진무구, 천진난만 혹은 솔직함의 이미지를 부여받고 완성되지 않은 가능태로서 간주된다. 소설과 영화 속 아이들의 이미지 역시 크게 다르지 않은데 여기에 덧붙여 소설과 영화 속 아이들은 관찰자 또는 증인의 시선이 될 경우가 많다. 즉 "세계지각의 원점으로서 아이들의 눈은 어른 세계의 비밀과 생의 여러 실상을 관찰 폭로 포착 비판하는"[12) 역할을 하게 된다. 김기영의 감독의 <하녀>와 임상수 감독의 <하녀>에서 등장하는 아이들 역시 비슷한 기능을 담당하는데 그 양상 역시 아주 다르다. 즉 성인 캐릭터의 변화 못지않게 큰 변화를 보임으로써 각각의 텍스트의 색채와 밀도를 다르게 만들었다. 무엇보다 김기영 감독의 <하녀>에서 아이들은 김기영 감독의 <하녀>를 스릴러로 완성하는 데 결정적인 기여를 한다. 오프닝에서 남매가 실뜨기를 하는 장면은, 얼핏 보면 단란한 가정을 묘사한 것 같지만, 불길한 암시를 주는 음향과 함께 반복되는 같은 동작을 클로즈업 함으로써 불안감을 고조시키고 다가올 비극을 암시한다. 아들 창순은 다리를 저는 누나 애순에게 심술을 부리고 자신보다 나이가 훨씬 많은 하녀에게 버릇없는 말투로 물심부름을 시키는 등 악동으로 묘사된다. 어린아이다운 깜찍함으로 보기에는 지나칠 정도이다. 집에 TV를 새로 들여왔을 때 창순이 하녀에게 "야 넌 안 뵈죠"라고 말하는 모습에서 계급의식에 의한 편 가르기와 배척의 모습이 어른들을 그대로 모방하고 있음을 알 수 있다. 애순 역시 다람쥐를 사다 준 동식에게 다람쥐처럼 걷는 연습을 많이 하겠다고 말하는 착한 딸이라고만 보기에는 뭔가 기묘한 인상을 전달한다. 하녀가 창순에게 물을 가져다 줬을 때 쥐약이 들어있으니 마시지 말라고 아무렇지도 않게 말하고, 하녀의 간계를 모른 채 하녀의 국에 쥐약(설탕물)을 넣어 나오는 엄마를 모든 것을 다

---

12) 이재선, 『한국문학주제론』, 서강대학교 출판부, 1996, 369~370쪽.

안다는 눈빛으로 바라본다. 그 장면 역시 관객을 놀라게 하는 섬뜩한 방식으로 재현된다. 또한 자신이 직접 하녀를 처리하려고 쥐약을 찾기도 한다. 결국 김기영 감독의 <하녀>를 기괴하고 섬뜩한 스릴러로 만드는 데 아이들의 인물화까지 중요한 역할을 하는 것이다.

반면 임상수 감독의 <하녀>에서 해라와 훈의 딸인 나미는 긍정적인 캐릭터로 그려지는 듯하다. 나미는 은이에게 예의바르게 대하며 은이가 자신을 예뻐하는 것을 알고 은이를 따른다. 할머니가 일부러 은이가 올라 서 있는 사다리를 넘어뜨리는 것을 봤다고 말하면서 미안하다고 말하기도 한다. 즉 나미는 영화텍스트 내에서 어른들의 추한 행태를 목격하는 목격자로서의 역할을 하는 셈이다. 목격자로서의 나미의 역할은 은이의 분신장면에서 더 두드러지는데 은이의 몸에 불이 붙었을 때 모두들 밖으로 나가지만 나미는 창에 붙어서 불붙은 은이의 모습을 응시한다. 하지만 이 장면에서 리얼리티는 떨어진다. 보통 일반적인 아이라면 사람의 몸이 불타는 것을 보면서 그렇게 응시할 수가 없기 때문이다. 나미는 놀라지도 않고 비명을 지르지도 않고 그냥 응시한다. 여기서 현장을 떠나기에만 급급한 해라나 훈 등과 달리 나미에게는 주어진 역할이 있다. 영화의 엔딩에서 나미는 카메라를 향해 다가온다. 그리고 나미는 카메라를 응시하는데 이는 관객에게 열린 해석을 제공한다. 배우가 카메라를 직접 바라보는 경우는 대개 관객으로 하여금 영화 속 세계로의 몰입을 차단할 때 많이 쓰인다. 즉 영화 속 세계의 환상에 빠져들지 않도록 하고 지금 이 순간 현실을 자각하게 하려는 것이다. 임상수 감독은 이미 영화 <오래된 정원>에서 한윤희(염정아)로 하여금 카메라를 바라보고 시공간을 뛰어 넘는 대사를 말하게 한 선례가 있었다. 하지만 어린 나미는 아무 대사도 말하지 않는다. 그저 카메라를 응시할 뿐이다. 은이의 죽음을 응시할 때와 같은 표정 같은 눈빛이다. 내가 본 것을 너도 봤느냐고 묻는듯한데, 즉 목격자로서의 역할에 충실하다. 결국 은이의 죽음에도 불구하고 달라진 것이 없음을, 그것이 자본주의가 모든 것을 결정하는 2010년 한국 사회의 모습임을, 더 이상 저항도 연대도 존재하지 않음을 관객 역시 '보게' 된다. 은이는 자신의 자살의 장면을 훈과 해라가 보면서 그 기억을 각인하기를 바랐지만 그들에게 자신의 흔적을 조금도 남길 수 없었다. 나미의 생일에 고가高價의 그림을 선물하면서 영화가 끝나는데 마지막 시퀀스 역시 블랙코미디의 장르적 특성을 구축한다. 거기서 해라와 훈과 나미는 한국어가 아닌 영어로 대화 한다. 그리고 해라는 생일축하 노래를 요상한 자태로 부른다. 마치 미국의 여배우가 미국 대통령에게 생일 축하 노래를 불렀던 때와 유사한 포즈이다. 여기서 또 한 번 임상수 감독이 2010년 한국 사회를 어떻게 보고 있는지 알수 있다. 또한 마지막에 나미의 시선이 카메라를 향하게 한 것은 블랙코미디의 장르적 특성에 충실한 형상화라고 생각된다. 즉 가벼움과 무거움 사이에서, 유머와 페이소스 사이에서 그리고 냉소와 풍자 사이에서 관객은 비록 김기영 감독이 연출해 낸 탁월한 스릴러의 정수를 맛볼 수는 없었으나 임상수 감독이 재현한 현재 한국 사회의 초상을 목격한다. 물론 그에 대한 반응은 관객의 몫이다. 임상수 감독의 전작 <오래된 정원>에서 원작인 황석영의 장편 소설『오래된 정원』의 분위기와 메시지로부터 의도적으로 이탈한 부분이 보였듯이 리메이크작 <하녀> 역시 원작 <하녀>에서 의도적으로 이탈했다고 생각된다. 그 이탈은 스릴러에서 블랙코미디로의 장르 변환과 연결된다.

4. 영화 속 여성 이미지

앞 장에서 고찰한 '인물화'의 분석에서 알 수 있듯이, 두 <하녀> 모두 남성 인물보다는 여성 인물에 중심축이 있으며 그것은 타이틀에서도 지시된다. 그런데 두 영화 모두에서 여성에 대한 인물화는 우리가 일반적으로 그리고 선험적으로 알고 있는 여성에 대한 시대적 인식과 다르다. 즉 김기영 감독이 형상화 한 여성 인물들은 60년대 여성에 대한 시대적 인식, 소극적이고 순종적이며 순응적인 여성상과 어긋나는 모습을 보이는 반면 임상수 감독이 인물화 한 여성 인물들은, 이전 세대의 여성들에 비해 적극적이고 주체적이며 저항적일 것이라는 일반적 통념과 달리, 소극적이고 순응적이며 무엇보다 자본에 종속된 것으로 묘사된다. 이는 시대의 변화와 연결된 여성에 대한 인식과 영화 속 여성 이미지 사이에는 균열의 틈새가 있다는 것을 시사한다. 이러한 균열의 틈새는 페미니즘의 시각에서 분석할 여지가 충분하다. 페미니즘의 스펙트럼은 넓고 다양해서 한 가지로 정의하기 힘들며 여러 가지 이론의 갈래들과 상이한 접근방식들이 있으나, 우선 "여성주체성이 억압되는 상황에 대해 여성의 시각에서 인식"[13]한다는 기본 전제에서 출발하려 한다.

김기영 감독의 <하녀>에서 여성에 대한 인식은 물론 당대의 시대적 인식에서 완전히 벗어난 것은 아니다. 대표적인 것으로는 순결 이데올로기가 있을 것이며, 여공들과 딸에게는 부여된 고유명사 이름이 하녀와 동식의 아내에게는 부여되지 못한 것도 그 사례 중 한 가지이다. 하녀에게 이름이 없는 것은 계급의 맥락에서 파악할 문제이며 아내에게 이름이 없는 것은 '아내'와 '어머니'로서만 살아야 했던 당시 기혼여성들의

---

13) 안숙원, 『방법론적 소설읽기』, 새문사, 2010, 18쪽.

삶을 압축 제시한다. 담배가 '기괴한 여성성'의 기표로 재현된 것 역시 당대의 시대적 인식을 반영한다. 그러나 김기영 감독의 <하녀>에서 남성인물 동식은 소극적이고 소심하며 무기력하게 형상화 된 반면 여성인물들은 모두 적극적이고 때로 도발적으로 인물화 되었다. 하녀는 물론이고 경희 역시 그러하다. 아내와 어머니로서의 이름밖에는 부여받지 못했던 동식의 아내도 어떻게든 가정을 일구고 지켜나가려는 적극적인 모습을 보인다. 그럼에도 불구하고 여성 인물이 담지하고 있는 도발적인 욕망과 그것을 표현한 적극성은 파멸로 치닫는 파괴적인 힘이 되고 이것은 김기영 감독의 <하녀>를 탁월한 스릴러로 만드는 데 결국 가장 많은 공헌을 하게 된다. 하지만 영화텍스트 안에서 표면적으로는 기존의 가부장적 이데올로기 안에서 여성 인물들의 파괴적인 힘을 억누르는 결말로 향해 갔다. 또한 파괴적인 힘마저도 가부장적 이데올로기를 지탱하는 데 일조했다. 아내와 하녀는 한 남자를 두고 싸워야 했으며 경희와 하녀도 동식을 가운데 둔 삼각 구도를 이루었고 또한 표면적으로는 경희가 친구 선영의 음악선생에 대한 연모를 도와주려했던 것처럼 보이지만 사실은 그것이 아니었다는 것이 밝혀진다. 즉, 지극히 소심하고 무기력하고 무책임한 한 남성을 사이에 두고 여성들은 적이 되어 싸워야 했으며 결국 모두 파멸한다. 게다가 라스트 신에서 동식이 카메라를 정면으로 바라보며 행했던 일장연설의 요지는 젊은 여자에게 향하는 남성의 관심을 "자연스러운 본능"으로 간주하며 "여자를 조심하지 않으면 패가망신 할 수 있다"는 것이어서 팜므파탈에 대한 양가적 태도를 엿볼 수 있다. 팜므파탈에 대한 양가적 태도와 함께 자신의 욕망에 솔직한 여성은 기이하고 정신병적인 것으로 치부되어 결국 제거되는 것은 여성에 대한 시대적 인식과 영화에서 형상화 된 여성 이미지가 갈라졌다 만나는 지점이며 이는 남성 판타지를 충실하게 반영한다.

영화 <하녀>가 리메이크 된 2010년은 원작이 나왔던 1960년과 비교해서 시대적 변화가 괄목할 만하다고 할 수 있다. 60년대는 산업화와 근대화가 가속화되었던 시기이고 이에 따라 개발독재 역시 무소불위의 권력을 가지고 있었던 시대였으며 여기서 여성들은 각각의 위치에 따라 공장에서 혹은 가정에서 많은 일들을 했으나 그들의 노동의 가치는 저평가 되었던 시대이기도 했다. 반면 2010년은 근대화와 산업화를 거치고 개발독재를 거쳐서 민주화를 이루어내고 탈근대로 향했으나 신자유주의와 신보수주의의 거센 물결과 함께 자본주의에 의한 피라미드가 더욱 공고해진 시대이기도 하다. 여성에 대한 시대적 인식은 60년대보다는 진보적이 되었다고 볼 수 있다. 사실 서구에서는 60년대부터 페미니즘에 대한 이론과 연구와 실천이 있었으나, 한국사회에서 여성 문제가 대두된 것은 80년대가 되어서였다. 그럼에도 불구하고 한국 사회의 80년대는 다른 정치적 이슈들과 함께 페미니즘 이론을 흡수하고 그것을 이슈화 시키는 데에도 놀라운 역량을 보였으며, 90년대 여성작가들의 활약에 이어 21세기에 들어와서 인류의 미래가 지향해야 할 가치로서 여성성에 대한 담론이 활성화 되는 등 여성에 대한 시대적 인식은 분명 진보한 듯 보인다. 그런데 임상수 감독의 <하녀>에서 여성 인물들의 형상화는 이런 시대적 인식에서 이탈하는 지점이 있고 이러한 이탈은 임상수 감독의 영화텍스트를 블랙코미디로 만드는 데 분명 한 몫을 했다. 우선 감독의 시선이 남성보다는 여성에게 향한다는 것은 오프닝 시퀀스에서부터 확인할 수 있다. 이상하게도 밤거리에 여자들만 가득하다. 춤추는 사람들도, 거리에서 담배를 피우는 사람들도, 대게를 먹는 사람들도, 빈대떡을 부치는 사람도, 고기 구울 불을 나르는 사람도, 앞치마를 두른 채 잠시 뒤편에서 담배 피우는 사람도 모두 여자이다. 은이와 함께 무거운 고기덩어리를 나르는 친구도 여자이고 투신자살한 사람도 여자이다. 남자경찰이 등장하기는 하지만 시신에게 다가가는 사람은 여자경찰이다. 분명 그냥 스쳐지나갈 수 없는 의도와 메시지가 있다. 김기영 감독의 <하녀>에서도 여성 인물들이 훨씬 많이 등장하지만 그것은 방직공장을 배경으로 했으므로 충분히 리얼리티를 확보할 수 있다. 그런데 2010년 밤거리에 여자들만 넘치는 풍경은 무엇을 의미하는가? 이는 소비하는 주체로서도 일하는 주체로서도 여성을 부각시키고 있는 것이라고 볼 수 있다. '거리의 여자'가 '창녀'를 의미했던 과거와는 달리 이제 여성은 창녀가 아니어도 거리로 나온다. 하지만 결국 모두가 자본주의 하에서 어떤 의미에서든 자신의 '몸값'을 높여야 하고 여성들도 돈을 벌어야 하는 한편 구매력을 가진 소비자가 됨과 동시에 소비를 권장하는 자본주의 사회에 종속된 존재로 전경화 된 것이다.

오프닝 시퀀스에 등장하는 거리의 풍경과 더불어 임상수 감독의 <하녀>에서 주된 공간인 집 안에 있는 여성의 인물화 역시 여성에 대한 시대적 인식의 변화와 어긋나는 균열의 틈새를 보이게 된다. 은이에게 그리고 병식에게 집 안은 곧 직장이다. '하녀'에서 '식모'로 그리고 '가정부(파출부)'로 그리고 이제는 '가사 도우미'라는 호칭으로 그 의미가 격상된 듯 보이지만 병식이 '아더매치'한 일이라고 말했듯이 남의 집에서 가사노동을 대신 하는 일은 단지 일 이상의 계급적 함의를 담고 있다. 또한 전통적인 신분사회에서 혹은 서구의 근대 부르주아 사회에서 '하녀'가 가지고 있는 계급적 함의와는 또 다른 다층적인 모순을 담지하고 있기도 하다. 즉 재화와 용역이 교환되는 직업 이상의 계급적 함의를 담고 있으면서도 그 양상이 전통사회의 신분과는 또 다른 함의를 내포하고 있다. 호칭의 변화만큼이나 유동적인 의미망이 개입할 틈새가 열리게 되는데 이것은 한국사회가 빠른 시간 내에 근대화와 산업화를 이뤄야 했던 것과 무관하지 않다. 그런데 임상수 감독의 영화텍스트 속에서 은이와 병식은 한편으로는 전통사회의 신분으로 고착된 하녀의 모습과 다른 양상을 보이면서도 한편으로는 다르지 않은 모습을 보인다. 뼛속까지 하녀 근성을 가지고 있다고 토로한 병식은 물론이고 훈의 요구에 조금의 저항도 없었던 은이 역시 마찬가지이다. 여기서 전통사회의 신분 못지않게 개인을 무력화시키는 자본주의 사회의 계급에 대한 인식을 엿볼 수 있다. 또한 여성의 '노동'에 '성 노동'까지 포함시킴으로써 자본주의와 가부장제의 긴밀한 협력관계를 보여준다. 그런데 여주인 해라는 노동하지 않는다. 그녀가 하는 일은 몸을 치장하고 아이를 낳는 것 뿐, 자신의 아이조차 직접 돌보지 않는다. 여왕같은 해라의 삶은 가사노동과 아이를 돌보는 일을 대신 해 줄 은이와 병식의 존재로 인해 가능한 것이며 무엇보다 남편 훈의 경제력이 있기에 가능하다. 해라는 겉으로는 은이와 병식에게 친절한 듯 보였지만 곧 본색을 드러낸다. 은이의 임신을 알고 난 이후부터 해라가 은이와 병식을 대하는 태도는 해라가 그녀들을 자신과 같은 인간으로 생각하지 않는다는 것을 보여준다. 해라의 독설을 통해 은이는 "천박한 싸구려 여자"가 된다. 여성들 간의 연대가 계급에 의해 불가능함을 보여주는 것에서 그치지 않고 카메라의 시선은 더욱 냉소적이 된다. 은이와 훈의 첫 번째 정사 이후 아무 것도 모르는 해라는 침대에 누워 책을 읽는다. 은이는 침대 옆 탁자에 차를 가져다 놓는다. 침대에 누워 은이의 시중을 받는 해라가 읽는 책의 제목이 카메라에 포착되는데 바로 시몬느 드 보봐르의 『제2의 성』이다. 자본주의 신新계급 사회 안에서 페미니즘의 고전적 역작마저도 상류층 여성이 하위계층 여성의 시중을 받으며 안락하게 소비하는 문화 기호일 뿐이고 여기서 계급을 뛰어 넘는 여성들 간 연대는 불가능하다는 냉소적 인식을 엿볼 수 있다.

그렇다면 같은 계급으로 묶일 수 있는 여성들 간의 연대는 가능하다고 보고 있는가. 우선 은이와 그녀의 친구는 레즈비어니즘을 연상케 하는 장면들을 연출한다. 은이에게 친구는 친구이자 어머니이자 애인같은 모습을 보인다. 그러나 그 연대가 은이의 자살을 막을 수 있을 만큼 강하지는 못했다. 병식의 경우는 좀 더 복잡하다. 은이의 임신을 가장 먼저 알고 그 사실을 해라 모⺟에게 고한다. 그로 인해 은이가 어떤 핍박을 받게 될지 알고 있었지만 병식은 같은 계급인 은이의 편에 서지 않았다. 그런 자신의 행동에 대해 뼛속까지 박힌 하녀 근성이라는 자괴감에 빠지면서도 결국 은이의 죽음도 막지 못했다. 마지막에 병식이 보여 준 작은 반란은 "근본 없는 것들"이라는 훈의 대사에 의해 쉽게 매도될 뿐 훈과 해라에게 어떤 상흔도 남기지 못했다. 결국 임상수 감독의 영화 <하녀>는 2010년 한국 사회에서는 여성들끼리의 연대인 자매애도 혁명의 낭만적 가능성을 내포한 계급 연대도 없다고 말한다. 피라미드는 너무나 확고하고 피라미드의 정점에 있는 사람은 아무 것도 책임지지 않으며 어떤 상처도 받지 않는 남자 훈이다.

훈과 해라의 정사신은 해라마저도 하녀일 수 있음을 암시한다. 해라는 임신한 불편한 몸에도 불구하고 훈에게 성적으로 봉사해야 한다. 부감 쇼트로 재현된 훈과 해라의 구도는 훈과 은이의 정사신에서의 구도와 한편 유사하고 한편 다르다. 그것은 해라와 은이가 분명 계급 차이로 인한 다름은 있지만 유사한 지점이 있음을 암시하며 그 유사한 지점은 바로 자본주의와 결탁한 가부장제가 지정한 여성의 자리이다. 기든스 Anthony Giddens는 '점잖은respectable' 여성들의 성적인 방종이 널리 수용된 것은 오직 귀족집단에서 뿐이었다고 말한다. 여성이 자기의 독자적인 성적 쾌락을 추구하기 위해서는 재생산의 요구와 일상적 일로부터의 충분한 해방이 전제되어야 하는데, 이는 오직 특정 시대 특정 장소의 귀족 계층 여성들에게만 가능한 것이었다고 말한다.[14] 해라의 경우는 일상적 일로부터의 충분한 해방이 가능했지만 재생산의 요구에서는 자유롭지 못했으며 자신의 독자적인 성적 쾌락을 추구하지도 못했다. 해라에게 있어서 출산은 자신의 위치를 더욱 확고하게 해 줄 수 있는 수단이었으

---

14) 앤소니 기든스 지음, 배은경 · 황정미 옮김, 『현대사회의 성 사랑 에로티시즘-친밀성의 구조변동』, 새물결, 2003, 77쪽.

며 훈을 통해서만 성적 쾌락을 추구하려 했다. 즉 '독자적인 성적 쾌락'을 추구할 수 있는 권력은 가지지 못했으며 여기서 해라는 훈과 같은 계층이면서도 같은 계급은 아니라는 것을 알 수 있다. 또한 해라는 훈의 외도를 알고 훈의 입술을 깨물고 "개새끼"라는 대사를 내뱉지만 훈으로 인해 영위할 수 있는 여왕의 삶을 포기할 수는 없다. 해라 모母가 할 수 있는 일도 딸이 이혼하지 않도록 딸을 달래는 일 뿐이다. 그렇다면 페미니즘의 시각에서 봤을 때 임상수 감독의 영화 <하녀>의 정치적 무의식은 해라와 은이는 둘 다 하녀일 수밖에 없다고 말하는 것인가? 그렇게 범주화 할 수 있는 단순한 문제는 아니다. 남성 감독 김기덕은 영화 <파란대문>과 <나쁜 남자>에서 계속해서 여대생을 창녀로 만드는 것을 시도하면서 여대생과 창녀는 결국 같은 존재이며 나아가서 모든 여성은 창녀임을 주장하고 싶어 하는 남성판타지적인 무의식을 드러냈지만, 임상수 감독이 세상을 보는 시각은 그보다는 조금 더 정치精緻하다. 김기덕 감독은 "여성들 간의 차이를 모호하게 함으로써 여성들이 누구이고 어떠한 삶을 살고 있는가를 설명"[15]하지 못하는 반면, 임상수 감독은 생물학적 성별에 의한 차이보다는 계급에 의한 사회적 문화적 차이가 더 크다는 것을 인정한다. 하지만 은이만을 지나치게 희생시킴으로써 모든 것을 계급의 문제에 환원시켰다. 게다가 은이의 저항은 저항이 아니라 자해였다. 이런 점들 때문에 50년 전 동명의 영화텍스트보다 오히려 여성주의가 퇴보했다는 인상을 준다.

여성과 남성을 이항 대립으로 설정하고 남성과 동등한 법적 권리를 주장했던 초기 페미니즘 이론들과 달리 이제 페미니즘 학자들은 여성들 간 차이에 주목한다. 즉 여성이라는 범주가 동일한 정체성을 공유하는 개인들의 그룹이라는 전제를 의문시하면서 페미니즘의 중심이 성에서 계급과 인종으로 그 폭을 점차 확산시켜 나가는 것이다.[16] 즉 여성의 권

---

15) 김은실, 『여성의 몸, 몸의 문화정치학』, 도서출판 또 하나의 문화, 2001, 96쪽.

리를 주장하는 것을 넘어서서 모든 중심을 해체하는 것이 현재 페미니즘이 나아가고 있는 방향이다. 페미니즘이 탈식민주의와 연결될 수 있는 것도, 퀴어 이론과 연결될 수 있는 것도 이 때문이다. 그런데 2010년 <하녀>에서는 자본주의가 중심이 되어 자본(부)을 소유한 쪽과 소유하지 못한 쪽의 이분법만이 존재한다. 물론 이러한 이분법에 대해서도 페미니즘의 시각에서 고찰해 볼 여지는 충분하다. 이것은 자본주의와 가부장제가 서로를 공고하게 만드는 것에 대한 문제의식으로 귀결될 수 있다. 이에 대해서 임상수 감독의 <하녀>는 자본주의와 가부장제가 서로를 강화하는 피라미드 구조에서 이중으로 억압받는 하층민 은이가 희생되었다고 해서 세상은 변하지 않는다는 냉혹하고도 무력한 현실 인식만을 보여줄 뿐이다. 즉 오프닝 시퀀스에서 여성들의 모습을 관심 있게 추적했던 카메라의 시선은 거대자본주의 한국사회에서 탈개인화 되고 비인격화되며 자본에 종속된 여성의 모습만을 포착하고 저항도 광기조차도 없다는 전망을 보여주는 것이다. 그 과정에서 여성의 섹슈얼리티도 탈개인화되고 비인격화 된다. 결국 임상수 감독의 <하녀>는 일그러진 사회의 초상을 보여준다. 그래서 블랙코미디가 될 수 있었으며 한 가정 내 이야기였던 김기영 감독의 <하녀>와 다른 길을 갈 수 있었다. 그 냉혹한 시선은 일견 정확하지만 너무 극단적으로 치우친 경향이 있으며 리얼리티가 떨어지는 결과를 가져오기도 했다. 그러나 강제로 낙태를 당하고 아이를 잃은 은이와 그 과정을 지켜보며 자신의 뼛속까지 박힌 하녀근성을 부끄러워했던 병식의 포옹이 아무 것도 아닌 결말로 이어짐으로써, 즉 여성들 간의 연대 그리고 소외된 자들의 연대를 무력화 시키고 훈과 해라에게 치명상을 입히지 못함으로써 임상수 감독의 <하녀>는 블랙코미디의 장르적 특성에 충실할 수 있었다고 생각된다.

---

16) 양해림 · 김선희 · 김철운 · 유성선 공저, 『섹슈얼리티와 철학』, 철학과 현실사, 2009, 115쪽.

5. 소결: 영화의 리메이크가 가지는 의의

지금까지 고찰했듯이 김기영 감독과 임상수 감독의 동명의 영화텍스트 <하녀>는 원작과 리메이크작이기는 하지만 완전히 다른 독자적인 미학을 구축했다. 이를 통해서는 리메이크작을 만든 임상수 감독의 의도가 상대적으로 더 크게 드러난다. 즉 임상수 감독은 원작이 구축한 탁월한 스릴러의 미학을 추구할 생각이 없었고, 때문에 일견 리메이크작 <하녀>는 원작보다 완성도가 떨어지는 것처럼 보이기도 한다. 그러나 애초에 리메이크작을 만들면서 원작과 다른 장르를 향해 갔다면 원작이 성취한 탁월한 스릴러의 미학에 미치지 못한 것을 리메이크의 실패로 보는 것은 무리한 시각이라고 생각된다. 여기서 흔히 각색이라고 언급되는 문학작품의 영화화와는 다른, 영화에서의 리메이크 특성에 대해서도 언급할 수 있다. 즉 문학작품의 영화화는 문자언어로 구축된 원작의 정신을 어떻게 영상이미지로 형상화했는가가 논의의 대상이 될 수 있으나, 이미 영상이미지로 구현된 원작을 리메이크 할 경우에는 매체의 전이가 아닌 장르의 전이 그리고 시대의 변화가 주요 논점이 된다. 매체의 전이를 거치지 않은 영화의 리메이크가 매체의 전이를 거친 소설의 영화화와 공유하는 점이 있다면 그것은 원작의 수용이 후행텍스트의 감독에게 새로운 미학적 창조의 욕망을 불러일으킨다는 것이다. 그러나 역시 매체의 전이를 거친 경우 그 미학적 변주의 폭이 훨씬 더 클 수밖에 없다. 매체의 전이를 거친 변주 역시 원작의 그늘에서 완전히 자유로울 수는 없지만 매체의 전이를 거치지 않은 영화의 리메이크는 더더욱 원작의 그늘에서 자유로울 수 없다. 임상수 감독의 <하녀> 역시 김기영 감독의 <하녀>의 그늘에서 벗어나려고 애쓴 흔적이 보이지만 원작의 그림자가 무척이나 버거웠음도 엿볼 수 있다.

김기영 감독의 <하녀>가 공간 구성과 인물화를 통해 완벽한 스릴러 장르를 구축했다면, 임상수 감독의 <하녀>는 달라진 공간 구성과 인물화의 변화를 통해 블랙코미디를 지향했다. 김기영 감독의 <하녀>가 60년대의 시대적 배경을 그대로 드러내면서도 적극적이고 도발적인 여성 인물화를 이루어냈다면, 임상수 감독의 <하녀>는 극대화 된 자본주의 사회 신新계급에 종속된 인물들을 통해 영화텍스트의 정치적 무의식을 드러냈다. 따라서 양 텍스트 모두에서 당대의 시대적 인식을 읽을 수 있음과 동시에 시대적 인식과의 균열의 틈새를 발견할 수 있다.

페미니즘의 시각에서 본다면 김기영 감독의 <하녀>에서는 근대화와 산업화가 가속화 되던 당시 노동의 현장으로 투입된 여성들, 특히 계급적으로 그리고 성적으로 이중 착취의 대상인 하녀의 섹슈얼리티가 위협적인 힘이 될 수도 있음을 가시화 했으나 전통적인 가부장 사회의 윤리관으로 서둘러 봉합한 흔적이 보인다. 반면 근대를 지나 탈근대로 향하고 성적 개방 역시 극도로 진행된 2010년에 만들어진 <하녀>에서는 거대한 자본주의 하에서 하녀의 섹슈얼리티가 전혀 위협적인 힘이 될 수 없었으며 성 매매 여성의 섹슈얼리티와 유사하게 취급될 뿐이었다. 또한 계급 간 연대도 여성 간 연대도 부재하며 '제 2의 성'은 존재하지 않고 오직 자본에 종속된 인간 군상의 모습만이 보인다. 즉 김기영 감독의 <하녀>가 형상화 한 여성에 대한 인식은 팜므파탈에 대한 양가적 감정과 맥락을 같이 하며, 임상수 감독의 <하녀>에서 드러난 여성에 대한 인식은 자본에 종속된 무력한 개인들이라고 볼 수 있다. 이는 각각 스릴러와 블랙코미디라는 장르적 특성을 만드는 데에도 기여했다. 사회의 부조리함과 비참한 환경 속에서 인간에 대한 불신과 절망 그리고 냉소를 전달해야 하는 블랙코미디의 장르적 특성상 그 안의 인물들에게서 희망적 연대나 파괴적인 힘을 기대할 수는 없다. 회화화 되고 무력한 인물들만이 존재할 수 있을 뿐이다. 따라서 임상수 감독의 <하녀>가 화려한 볼거리에도 불구하고 암울하고 씁쓸한 여운을 남긴 것은 필연적인 귀결이라고 볼 수 있다.

그러나 임상수 감독의 <하녀>는 한국영화에서 대표적인 블랙코미디의 반열에도 오르지 못하고 잊혀져갔다. 그 이유는 우선은 원작의 명성과 아우라가 너무 컸기 때문이라고 생각된다. 원작과 다른 장르를 지향했으나 결국 원작의 반향을 지울 수 있을 만큼 강력하고 새로운 장르적 특성을 살리는 데에는 일정 부분 실패했다고 볼 수 있는데 그것은 임상수 감독의 <하녀>가 블랙코미디의 장르적 특성을 추구하면서도 지나치게 화려한 볼거리를 재현하는 데 치중해서 오히려 스펙터클만이 전경화 된 때문이기도 하다. 대저택의 화려함과 치장한 배우들과 정사신이 부각되어 때때로 계급에 대한 풍자는 뒷전으로 밀린 결과를 가져 왔다. 때문에 원작에 비해 어느 정도는 치열함이 부족하게 느껴지는 것도 사실이다. 그럼에도 불구하고 같은 스토리라인을 가진 두 영화가 장르의 변환을 거치면서 다른 이미지와 다른 담론을 생산해 낼 수 있다는 것을 보여 준 것은 분명 영화의 리메이크가 가지는 의의를 시사한다.

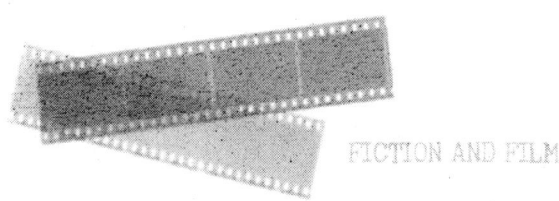

FICTION AND FILM

결 론

결 론

본 저서에서는 소설과 영화의 매체 전이 양상을 수사학적 관점에서 연구했다. 중요한 것은 소설과 영화의 스토리와 담론의 유사점과 차이점을 말하는 것이 아니다. 본 연구에서는 새로운 심미적 지평의 형성원리를 밝히는 것에 중점을 두었다. 이를 위해 소설과 영화의 표현양식의 차이를 보다 분명하게 밝히고, 기존 선행 연구에서 소홀히 한 소설과 영화의 수용방식의 차이를 논했다. 또한 여기서 그치지 않고 표현양식의 차이가 각각의 텍스트의 주제와 미학을 어떻게 구성하는지 그리고 수용자에게 어떻게 다른 심미적 체험을 하게 하는지 분석했으며 이를 통해 심미적 지평의 전환이 이루어지는 기제와 과정과 양상을 밝히고 문화적 담론의 변화 양상을 논했다. 또한 매체의 전이를 경유하는 재창조의 양상과 더불어 매체의 전이를 경유하지 않는 영화의 리메이크의 양상과 의의에 대해서도 고찰했다.

소설과 영화의 매체 전이는 경험세계로부터 환영幻影의 세계를 만들어내는 창조의 본령에 있다. 다만 그 경험세계가 이미 세상과 소통한 허구서사텍스트의 수용과 독해인 것이다. 여기서 소설과 영화의 매체 전이는 복잡한 양상을 띠게 된다. 소설과 영화의 매체 전이는 우선적으로 선행텍스트의 수용자였던 생산자가 새로운 텍스트를 만들어내는 과정이지만 어떤 식으로든 선행텍스트의 흔적을 간직한 채 새로운 심미적 지평의 영역을 확보해야 하는 어려운 작업이기 때문이다. 여기서 한 번 수용자와 소통했던 이야기의 흔적을 가지고 수용자와 다시 소통하기 위해서 미학적 변주 혹은 심미적 거리 설정의 문제가 필연적으로 수반된다. 본 연구에서는 이러한 과정과 양상과 기제를 분석하기 위해 우선 소설과 영화가 가지는 차이점에 주목했다. 매체의 차이는 표현양식과 수용방식의 차이를 만든다. 본 저서의 2장에서 이에 대해 상세히 논의했다. 우선 기존연구에서 천편일률적으로 "각색"이라고 명명되었던 소설과 영화의 매체 간 상호텍스트성에 대해 새로운 시각이 필요함을 논했다. 새로운 텍스트의 창조는 새로운 미학의 창조를 의미한다. 소설의 이야기가 영화의 담론을 통해 새로운 텍스트로 창조될 때 새로운 심미적 지평을 여는 데 있어서 원작과의 주제적 거리 혹은 관계는 그다지 중요하지 않을 수 있다는 것이 본 연구의 전제였다. 본 저서의 3장에서 구체적인 텍스트 분석을 통해 이것을 검증했다.

소설과 영화의 매체 전이 양상은 일방적인 수수관계가 아니다. 소설의 의미의 망과 해석의 망 그리고 미학은 영화에 의해, 영화의 의미의 망과 해석의 망 그리고 미학은 소설에 의해 새롭게 더욱 풍부하게 조명될 수 있는 것이다. 여기서 소설과 영화의 관계는 상호간에 해석의 지평을 넓힐 수 있는 대화적 관계가 된다. 이런 관점에서 본 저서의 3장에서는 소설에서 영화로 매체의 전이가 이루어진 텍스트들을 분석했다. 본 연구에서 분석 대상 텍스트들을 선정한 기준은 우선 원작소설에서의 상이한 서술양상이다. 서술자는 소설텍스트에서 총체적인 담론의 책임자로서 서사전체를 지배한다. 소설에서의 서술자를 담론적 행위자라고 볼 수 있다면 과연 영화에서 이러한 담론적 행위자의 서술행위를 어떻게 영화적 표현양식으로 형상화하는지, 여기서 매체변수가 어떻게 작용하는지 분석하는 것이 소설의 영화화를 연구하는 데 있어서 핵심적인 과제이다. 인간의 사고와 심리를 메타적으로 설명할 수 있는 문자언어의 특성과 서술자가 서사를 통제하는 소설의 장르적 특성을 극명하게 드러내는 소설텍스트들을 선정하여 이러한 서술양상들이 어떤 방식으로 영화언어로 전이되었는지 분석하고 고찰하는 것이 소설과 영화의 매체적인 특성을 더욱 분명하게 드러낼 수 있고 그로 인해 각 텍스트의 주제적 미학적 차이를 만드는 양상과 수용자의 심미적 체험이 달라지는 방식을 보다 분명하게 밝힐 수 있다는 것이 3장에서의 텍스트 선정의 우선적인 이유이다. 이러한 관점에서 본 저서의 3장에서 선택한 텍스트들은 이청준의 단편「벌레이야기」와 이를 영화화 한 이창동 감독의 <밀양>, 이청준의 중편『이어도』와 이를 영화화 한 김기영 감독의 <이어도>, 최윤의 중편『저기 소리 없이 한 점 꽃잎이 지고』와 이를 영화화 한 장선우 감독의 <꽃잎> 그리고 구효서의 장편『낯선 여름』과 이를 영화화 한 홍상수 감독의 <돼지가 우물에 빠진 날>이다. 앞서 언급한 네 편의 소설텍스트들은 모두 다른 서술양상을 보이고 서술자의 개성이 뚜렷하다. 그리고 이러한 서술자의 목소리가 영화에서 해체되어 영화적인 표현양식을 통해 영화미학을 구축하면서 새로운 심미적 지평을 형성할 수 있었다.

먼저「벌레이야기」의 경우, 분석적이고 논평적인 언어를 사용한 자의식적 서술자가 서사전체를 지배한다. 반면 영화 <밀양>에서는 서술자의 서사적 목소리를 소거하고 배우의 연기와 환유적인 이미지를 통해 서사를 구성해 갔다. 이미지는 설명하지도 해석하지도 논평하지도 않는다. 이미지에 의한 수사의 바로 이러한 특성이 영화 <밀양>으로 하여금 원작인「벌레이야기」와 다른 길을 갈 수 있게 하는 잠재력을 제공했음을 알 수 있었다. 결론적으로 영화 <밀양>은 원작에서 서술자의 분석적이고 논평적인 서술로 구축한 주제의식 자체를 거부하지 않았지만 영화적인 방식으로 영화만의 미학을 구축하면서 원작의 구심점인 서술자의 강력한 언어적 힘을 전복시킨 것이다.

자의식적인 서술의 또 다른 측면을 보여 준 이청준의 소설 「이어도」(1974)는 탐색과 추리의 서사구조를 가지고 있으며 설명과 설득의 언어로 신화적인 세계에 대한 믿음과 더불어 허구서사의 존재의의를 역설했다. 반면 김기영 감독의 영화 <이어도>(1977)는 원작인 소설 「이어도」에서 주요 모티프를 가져왔으나 완전하게 다른 분위기의 텍스트로 재창조되었다. 소설 「이어도」의 서사를 지배했던 서술자의 강력한 언술의 힘이 영화에서 해체되어 그로테스크한 미장센을 구성하는 이미지에 의한 상징으로 대체되었고 이를 통해 무속의 주술적 삶이 생생하게 재현되었다, 또한 원작소설에서 남성 인물의 시선과 언술에 의해 묘사되고 설명되었던 여인들이 영화에서는 표현과 전달의 주체로서 전경화 되었다. 이는 원작의 수용자였던 감독의 미학적 선택과 함께 매체의 특성, 즉 표현양식의 차이가 결정적으로 작용한 결과이다. 이에 대한 분석을 통해 소설 「이어도」와 영화 <이어도>가 주제적 미학적 변주를 이루면서 서로 다른 세계관을 구축하고 이것이 수용자의 텍스트 이해와 향유의 지평을 더욱 풍부하게 함을 알 수 있었다. 여기서 소설 「이어도」와 영화 <이어도>는 구심력과 원심력 간의 역학관계를 보이며 매체 간 상호텍스트성을 이루게 된다.

비유적이고 상징적인 시적詩的 언어를 사용한 최윤의 소설 『저기 소리 없이 한 점 꽃잎이 지고』에서는 암시적인 서술양상으로 정보의 직접적인 전달을 지연시켰다. 여기서 암시적 서술이 지시하는 사건이 무엇인지 그리고 인물의 징후의 원인이 무엇인지에 대해서 수용자인 독자는 적극적인 독해와 추리의 과정을 통해 유추하고 해석해야 한다. 여기서 독자의 배경지식과 참여도가 텍스트의 의미를 구축하는 데 결정적인 역할을 한다. 『저기 소리 없이 한 점 꽃잎이 지고』에서 유추할 수 있는 스토리는 80년 5월 광주의 이야기이지만 단 한 번도 직접적으로 서술하지 않음으로 인해서 주제의 확장을 가져왔다. 즉, 역사적 집단적 폭력과 함께 개인의 폭력에 관한 중층적 사유를 가능하게 한 것이다. 여기서 암시적 서술을 통해 중층적 의미를 구성하는 것은 수용자의 몫이다. 반면 영화 <꽃잎>의 장선우 감독은 원작의 충실한 독자로서 원작의 암시적 서술에 대한 독해를 바탕으로 스토리를 구성하여 그것을 영화 속에 모두 담으려 시도했다. 그러나 영화의 매체적인 속성에 의해서 완전히 다른 분위기의 텍스트가 되었으며 그 기저에는 암시적 서술양상 대신 자리한 카메라의 직접적 재현 능력이 있다. 이는 비유적 언어를 사용할 수 없는 카메라의 특성에 기인한다. 결과적으로 영화 <꽃잎>은 기록으로서의 시학을 담보하는데 영상 이미지에 의한 기록은 말 혹은 문자에 의한 기록보다 더 확실하게 각인되는 집단의 기억이 된다. 여기서 관객은 집단적인 목격자가 되지만 목격한 사건에 대한 정서적 반응은 개개인의 심미적 취향과 이데올로기적 성향에 따라 달라질 수 있다. 원작에서의 암시적 서술의 목소리가 사라진 영화에서 교차편집과 흑백화면의 플래시백, 인물의 외모와 행동을 보여주는 카메라의 눈을 통해 구축한 미학은 사실주의 재현의 수사학의 영역에 있다.

회상의 시학과 성찰의 기제를 담보한 고백적 언어의 수사학을 구축한 구효서의 장편 『낯선 여름』에서는 두 사람의 일인칭 서술자들이 시간의 경과를 통해 이중의 초점화와 회상과 고백의 서사를 구성했다. 이를 각색한 동시대의 영화텍스트인 홍상수 감독의 <돼지가 우물에 빠진 날>에서는 시점쇼트를 차단하고 인물의 서술적 목소리를 소거함으로써 카메라의 피사체로 조명된 인물과 수용자와의 거리를 설정했다. 시점쇼트를 사용하지 않고 서술적 목소리가 제거됨으로 인해서 영화 속 인물들은 자기 반영의 장치도 타자와의 관계 속에서 자신과 타자를 바라보고 설명할 장치도 잃게 되었다. 카메라는 그저 훑어가듯이 인물의 움직임과 표정을 따라갈 뿐이다. 여기서 수용자는 빛의 환영幻影에 빠지는 대신 일상 속의 현실의 인물들을 우연히 엿보는 것 같은 경험을 하게 된다. 또한 영화 <돼지가 우물에 빠진 날>에서는 일반적인 시간의 개념을 무화시키고 시간의 공간화를 구성했다. 이러한 파편적인 시간 구성은 시간의 경과를 전제로 한 성찰과 고백의 서사인 원작과 확연하게 대비된다. 때문에 영화에서 구축한 세계와 인물화는 원작에서 구축한 세계와 인물화를 의도적으로 전복시켰다고 볼 수 있다. 그런데 여기서 아이러니컬하게도 원작과는 완전히 달라진 영화텍스트와 원작소설이 만나는 지점이 발견된다. 바로 구조에서의 이탈이다. 영화 <돼지가 우물에 빠진 날>에서는 모든 인물이 관계로부터 그리고 구조로부터 이탈되어 있다. 또한 기존의 시간의 구조로부터도 이탈한다. 다만 다른 것이 있다면 소설에서는 구조로부터의 이탈에 대해 인물-서술자가 성찰하고 깨닫고 고백하는 데 반해서 영화에서는 파편화 된 시간 속에서 어긋나는 인물들을 보여주기만 한다는 것이다. 원작과 의도적으로 다른 미학과 주제를 지향한 영화텍스트에서 결국 원작과 만나는 지점이 발견되는 것이 감독의 의도라기보다는 영화매체의 특성에 의한 우발적인 의미생산의 결과라고 생각된다. 여기서 소설에서 영화로의 매체 전이가 새로운 심미적 지평을 만들 수 있는 하나의 기제를 발견할 수 있다. 작가와 독자가 문자언어를 매개로 직접 만나는 소설과 달리 영화에는 생산자와 수용자 사이에 너무도 많은 매개변수들이 존재한다. 이는 영화에서 총체적 담론의 책임자를 규정하기 어려운 문제와도 연결된다. 여기서 소설에서 영화로의 매체 전이의 결과인 심미적 지평의 전환에 대해 중요한 암시를 얻을 수 있다. 즉, 영화에서의 총체적 서술자는 소설에서 서술자가 가졌던 서사지배력을 확보할 수 없는데 여기서 우발적인 의미가 파생될 수 있으며 새로운 심미적 지평이 형성되기도 하는 것이다.

이와 같은 텍스트 분석을 통해 소설을 영화화 하는 것은 매체의 전이가 필연적으로 수반하는 심미적 지평의 전환을 가져오는 작업임을 알 수 있다. 심미적 지평을 전환하는 과정과 양상과 기제를 밝힌 것이 본 저서에서 수행한 연구이다. 여기서 매체 변수와 소설의 수용자이자 영화의 생산자인 감독의 선택 그리고 사회적 맥락이 중요한 기제로 작동함을 알 수 있는데 가장 중요한 것은 역시 매체이다. 때문에 본 연구에서는 매체미학의 문제에 집중하여 소설과 영화의 표현양식과 수용방식의 차이를 중심으로 텍스트를 분석했다. 이를 통해 얻은 결론은 소설에서 영화로의 매체 전이에 있어서 심미적 지평의 전환을 이루는 기본적인 형성원리는 소설에서 서사를 지배하는 서술자의 서술적 목소리가 영화에서 해체되어 어떤 영화적 방식으로 형상화 되는가에 달려 있다는 것이다. 또한 새로운 심미적 지평을 구축하는 데 있어서 원작에 대한 충실성이나 원작과의 주제적 거리가 기준이 될 수 없음을 증명할 수 있었다. 또한 중요한 것은 서술자의 서사지배력이 약화된 영화에서는 다중채널이라는 매체적인 특성에 의해 전혀 의도하지 않은 결과를 가져온다는 것이다. 즉, 영화에서 서사를 지배하는 총체적 서술자의 존재를 인정한다고 해도 사실상 다양한 기호가 충돌하는 영화의 매체적인 속성으로 인해서 소설에서와 같은 서술자의 서사지배력은 힘을 잃고 해체될 수밖에 없다는 것을 알 수 있었다. 그러나 바로 이점이 소설에서 영화로의 매체 전이를 매력적으로 만드는 기제임도 알 수 있었다. 즉, 새로운 심미적 지평을 형성하는 데 있어서 중요하게 작용하는 기제인 것이다.

한국현대소설과 영화의 매체 전이 양상에 있어서 1980년대까지는 원작소설에 무게중심을 두고 원작소설을 영화로 충실하게 재현하는 것을 추구해왔으나 문화적 담론의 변화에 따라 점점 더 영화만의 미학을 추구하게 되었으며 원작에의 종속에서 빠른 속도로 벗어났다. 여기서 더 나아가서 새로운 매체 전이 양상이 나타나게 되었다. 영화에서 소설로 매체 전이가 이루어진 경우와 소설과 영화가 동시적으로 동반 창작된 경우가 그것이다. 이러한 경우가 아직 많지 않다고 해도 분명 새로운 문화적 담론의 변화를 보여준다. 따라서 본 저서의 4장에서는 문화적 담론의 변화 속에서 매체 전이의 새로운 양상을 보인 텍스트들을 분석했다. 영화에서 소설로 매체 전이가 이루어진 국내에서의 첫 시도인 영화 <외출>과 소설 『외출』의 분석을 통해 다중채널에서 단일채널로의 전이, 즉, 이미지와 사운드를 문자서술로 전이하는 양상을 고찰했다. 영화 <외출>에서는 언어적 서술을 극도로 자제하면서 거울과 창窓을 통한 이중의 화면구성과 클로즈업 쇼트 그리고 외화면의 구성을 통해 회화적 영상미학을 구축했고, 소설 『외출』에서는 영화의 장면 장면을 세밀하게 묘사했을 뿐만 아니라 영화에서 보여주기에 의해 구성한 인물의 내면 심리와 그 배경을 자세하게 설명했다. 여기서 소설과 영화가 담보하는 불확정영역과 그로 인한 수용자의 심미적 체험의 문제가 복합적으로 작용함을 알 수 있었다. 즉, 본 저서의 2장에서 언급한 기호로서의 문자와 영상의 특성과 이를 바탕으로 한 소설에서의 서술양상과 영화에서의 서술양상이 가지는 차이에 의해 불확정성이 결정되며, 특히 소설에서 어떤 서술양상을 선택하느냐에 따라서 그리고 영화에서 어떤 형상화 방식을 추구하느냐에 따라서 불확정성의 영역이 달라짐을 알 수 있었다. 다시 말해서 소설이 영화보다 더 많은 불확정영역을 담보한다는 기존의 논의들의 허점을 분명하게 증명할 수 있었다.

소설 『축제』와 영화 <축제>는 소설텍스트와 영화텍스트가 동시적으로 서로를 조명하며 매체 간 상호텍스트성을 구성한 경우이다. 때문에 두 텍스트를 함께 분석함으로써 소설과 영화의 표현양식의 차이를 보다 분명하게 드러낼 수 있었다. 소설 『축제』는 메타적 서술양상을 통해 사실과 허구의 경계를 무화시킨다. 또한 메타적 서술로 인해 내포작가의 메시지가 분명하게 드러난다. 즉, 사색적이며 사변적인 서술이 가능한 소설텍스트의 한 특성을 분명하게 보여주며 소설의 자기반영 기법을 드러낸다. 여기서 수용자가 의미를 구성하고 재구성하며 심미적 지평을 만드는 정도는 미약하지만 소설과 영화의 창작과정과 의미에 대한 인지적 수용과 더불어 죽음과 삶에 대한 이원적 사유에 함께 하게 된다. 반면 영화 <축제>에서는 소설『축제』와 같은 스토리 라인을 공유하지만 카메라의 중개성을 바탕으로 사건과 인물들이 극화됨으로 인해서 전혀 다른 주제와 미학을 구성했다. 따라서 수용자의 심미적 체험도 전혀 다른 양상을 띠게 되었다. 소설과 영화의 창작과정과 죽음과 삶에 대한 이원적 사유에 대한 설명을 듣고 이해하는 것이 아니라 현재적으로 재현된 인물과 사건을 감각적으로 수용하며 동시에 그 의미를 유추하고 구성하게 된다. 영상은 설명하지 않고 보여준다. 소설텍스트에서 인식과 서술의 주체였던 인물이 영화텍스트에서 카메라의 피사체로서 조명됨으로써 다른 주제와 다른 미학을 구축한 것이다. 여기서 수용자는 메타적 서술의 자기반영 기법을 체험하는 것이 아니라 극적 환영幻影을 체험한다.

소설과 영화의 매체 전이 양상은 문화적 담론의 변화를 읽는 데 있어서도 중요한 준거가 된다. 이에 대해 본 저서의 4장에서 매체의 사회적 환기력, 청자에 대한 영향력 등을 중심으로 논했다. 분명히 현재의 문화적 상황에서 매체의 사회적 환기력이나 청자에 대한 영향력은 양적인 측면에서 소설보다 영화에 더 비중이 실려 있다. 게다가 소설의 사회적 환기력은 상당부분 영화로의 매체 전이에 의해 획득되기도 한다. 그러나 본 연구의 논지는 소설에서 영화로의 매체 전이 혹은 영화에서 소설로의 매체 전이가 소설이 영화에 기대어 사회적 환기력을 얻게 되는 과정으로 보지 않는다. 소설이 영화로 매체 전이를 이루었을 때 발생하는 사회적 환기력은 이미 소설에 내재하고 있기 때문이다. 심미적 지평의 전환에 있어서 심미적 지평의 구심점은 소설텍스트에 있었으며 전복과 이탈 역시 그 구심점을 전제로 가능한 것임을 본 저서의 3장에서 분석했다. 또한 영화로의 매체 전이를 통해 새로운 심미적 지평을 구성하려는 미학적 욕망을 불러일으키는 힘은 소설텍스트 내에 있는 것이다. 또한 소설과 영화의 매체 전이에서 청자에 대한 영향력 역시 소설과 영화가 상호 조명되고 영향을 주고받는 관계 속에서 역동적으로 변화하고 증가한다. 바로 여기에 소설과 영화의 매체 전이가 구성하는 문화적 담론의 힘이 있다. 매체의 전이를 거치지 않는 영화의 리메이크 역시 장르의 변환과 시대적 변화에 따라 다른 주제적 심미적 지평을 가져올 수 있으나 이미 영상이미지와 사운드를 통해 수용자와 소통한 원작의 그늘에서 벗어나기 쉽지 않음도 알 수 있었다.

본 저서에서는 소설과 영화의 매체 전이 양상에 대한 수사학적 관점에서의 연구를 통해 소설과 영화 각각의 미학적 특성을 더욱 확실히 드러낼 수 있었을 뿐만 아니라 매체의 전이를 통한 새로운 텍스트 생산이 어떠한 주제적 미학적 변주를 만들어내는지 그리고 수용자가 어떻게 달라진 심미적 지평 속에서 향유하는지 밝힐 수 있었다. 소설과 영화의 매체 전이는 생산과 수용 양 측면에서 새로운 심미적 지평을 여는 작업이다. 이것은 언어와 이미지가 작동하는 방식의 차이에 근거한다. 즉 언어의 수사학은 추상抽象에서 구상具象으로 향하고 이미지의 수사학은 구상에서 추상으로 향하게 된다. 또한 수많은 소설이 영화화 되는 현상은 문화적 담론의 측면에서 영화의 강한 영향력을 시사하기도 하지만, 어떤 식으로든 원작으로서의 흔적을 지닌 채 새로운 텍스트로 수용자와 만났을 때 문화적 담론을 만드는 힘이 이미 소설에 내재하고 있음도 암시한다. 현재의 문화적 담론은 다양한 장르와 매체의 상호변주가 이루어지는 역동성 안에서 존재한다. 그 중에서 가장 활발하게 교류하는 것은 소설과 영화이다. 소설과 영화는 각각의 미학을 가지고 있는 예술텍스트로서 그 속에 풍부한 인문정신을 담고 있다. 또한 소설과 영화의 상호 교류는 각각의 텍스트의 주제와 미학의 자장을 더욱 풍부하게 한다. 이미지와 내러티브가 상호 교차하며 감각적 수용과 인지적 수용이 뫼비우스의 띠처럼 어우러지는 양상들을 소설과 영화가 상호 조명되고 영향을 주고받는 매체 간 상호텍스트성의 역동적 과정 속에서 더욱 분명하게 알 수 있다. 도상기호와 이미지로 소통하던 시대에서 문자의 시대를 거쳐 다매체가 공존하는 현재의 문화적 담론에서 소설과 영화의 매체 전이는 더욱 다양한 양상으로 전개될 것이며 이는 인간의 사유의 방식과 표현양식을 더 풍부하게 확장시킬 것이다. 이러한 문화적 담론 속에서 소설과 영화에 대한 연구의 새로운 방향을 제시했다는 데 본 연구의 의의가 있다. 즉, 원작소설과 각색영화의 스토리와 담론의 유사성과 차이점을 논하는 것이 아니라 소설에서의 서술자의 목소리가 영화에서 해체되어 다중채널로 전이되는 양상을 분석함으로써 새로운 심미적 지평이 형성되는 과정과 양상과 기제를 밝혔으며, 매체 전이의 새로운 양상들을 분석함으로써 문화적 담론의 변화 양상을 고찰했다. 또한 심미적 지평의 변화 양상과 문화적 담론의 변화 양상이 어떤 방식으로 밀접한 관련을 가지는지를 드러낼 수 있었다. 본 저서의 논의를 바탕으로 더 심화된 많은 연구들이 나오기를 기대한다.

참고문헌

1. 기본자료

구효서, 『낯선 여름』, 일송포켓북, 2005 / 홍상수 감독, <돼지가 우물에
　　빠진 날>, 1996.
김기영 감독, <하녀>, 1960 / 임상수 감독, <하녀>, 2010.
김성동, 『만다라』, 동아출판사, 1995 / 임권택 감독, <만다라>, 1981.
김승옥, 「무진기행」, 동아출판사, 1995 / 김수용 감독, <안개>, 1967.
김지훈 감독, <화려한 휴가>, 2007.
김형경, 『외출』, 문학과지성사, 2005 / 허진호 감독, <외출>, 2005.
박상륭, 『죽음의 한 연구』, 동아출판사, 1995 / 양윤호 감독, <유리>,
　　1996.
오영수, 「갯마을」, 창작과비평사, 2005 / 김수용 감독, <갯마을>, 1964.
이문열, 「우리들의 일그러진 영웅」, 둥지, 1994 / 박종원 감독, <우리들의
　　일그러진 영웅>, 1992.
＿＿＿, 「익명의 섬」, 문학사상사, 1988 / 임권택 감독, <안개마을>,
　　1983.
이범선, 「오발탄」, 창작과비평사, 2005 / 유현목 감독, <오발탄>, 1961.
이청준, 『이어도』, 열림원, 1998 / 김기영 감독, <이어도>, 1977.
＿＿＿, 『서편제』, 열림원, 1998 / 임권택 감독, <서편제>, 1993.
＿＿＿, 『축제』, 열림원, 1996 / 임권택 감독, <축제>, 1996.
＿＿＿, 「선학동 나그네」, 열림원, 1998 / 임권택 감독, <천년학>, 2007.
＿＿＿, 『벌레 이야기』, 열림원, 2002 / 이창동 감독, <밀양>, 2007.
최　윤, 『저기 소리없이 한 점 꽃잎이 지고』, 문학과지성사, 1988 / 장선우
　　감독, <꽃잎>, 1996.
최인호, 『깊고 푸른 밤』, 동아출판사, 1995 / 배창호 감독, <깊고 푸른
　　밤>, 1984.
한승원, 『아제아제바라아제』, 삼성이데아, 1985 / 임권택 감독, <아제아
　　제바라아제>, 1989.
허진호 시나리오, 김해영 글, 『행복』, 노블마인, 2007 / 허진호 감독, <행

복>, 2007.

현진건, 『무영탑』, 동아출판사, 1995 / 신상옥 감독, <무영탑>, 1959.

황석영, 『오래된 정원』, 창작과비평사, 2000 / 임상수 감독, <오래된 정원>, 2007.

세르게이 에이젠슈타인 S. M. Eisenstein 감독, <전함 포템킨*Bronenosets Potemkin*>, 1925.

애니 프루Annie Proulx 『브로크백 마운틴*Brokeback Mountain*』, 1998 / 리안 Lee Ang 감독, <브로크백 마운틴*Brokeback Mountain*>, 2006.

에디스 워튼Edith Wharton, 『순수의 시대*The Age of Innocence*』, 오리진, 1993 / 마틴 스콜세지Martin Scorsese 감독, <순수의 시대>, 1993.

에밀 졸라Emile Zola, 『제르미날*Germinal*』, 친구, 1989 / 끌로드 베리 Claude Beri 감독, <제르미날>, 1993.

오손 웰즈Orson Wells 감독, <시민 케인*Citizen Kane*>, 1941.

움베르토 에코Umberto Eco, 『장미의 이름*The Name of The Rose*』, 열린책들, 1986 / 장 자크 아노Jean-Jacques Annaud 감독, <장미의 이름>, 1986.

이사벨 아옌데Isabell Allende, 『영혼의 집*House of Sprit*』, 민음사, 2003 / 빌 어거스트Bille August 감독, <영혼의 집>, 1993.

이언 매큐언Ian McEwan, 『속죄*Atonement*』, 문학동네, 2003 / 조 라이트Joe Wright 감독, <어톤먼트>, 2007.

제인 오스틴Jane Austen, 『오만과 편견*Pride and Prejudice*』, 민음사, 2003 / 조 라이트Joe Wright 감독, <오만과 편견>, 2006.

코맥 매카시Cormac McCarthy, 『노인을 위한 나라는 없다*No Country For Old Man*』, 사피엔스, 2008 / 에단 코엔Ethan Coen&조엘 코엔Joel Coen, <노인을 위한 나라는 없다>, 2007.

2. 국내논저

고위공, 「문학과 영화: '매체교체'의 양상」, 『미학예술학연구』, 한국미학예술학회, 2005.

권혁웅, 「영화의 문법과 시의 문법」, 『영화 속의 혹은 영화 곁의 문학』, 모아드림, 2003.

김경수, 「한국근대소설과 영화의 교섭양상 연구-근대소설의 형성과 영화체험」, 『서강어문』 15호, 1999.

_____, 권오룡 엮음, 「메타픽션적 영화소설?」, 『이청준 깊이 읽기』, 문학과지성사, 1999.

김남석, 「1960년대 문예영화 시나리오의 각색과정과 영상 미학 연구」, 『민족문화연구』, 고려대학교 민족문화연구소, 2002.

김명석, 「김승옥 소설 <무진기행>과 영화 <안개> 비교 연구」, 『현대소설연구』 23호, 한국현대소설학회.

김명희, 「『어둠의 핵심』과 <지옥의 묵시록>: 희생제의 이론과 개성화의 관점으로」, 『문학과 영상』 가을, 문학과 영상학회, 2002.

김무규, 「뉴미디어와 매체미학」, 『독일언어문학』 29호, 한국독일언어문학회, 2005.

_____, 「영화와 성찰: 서사적 영상에서 성찰적 형상으로」, 『문학과 영상』 가을, 문학과 영상학회, 2005.

_____, 「문학을 바라보는 영화: 문학과 영화의 관계에 대한 한 가지 관점」, 『문학과 영상』 가을, 문학과 영상학회, 2004.

김병익 · 김현 편, 『이청준』, 도서출판 은애, 1979.

김성곤, 『문학과 영화』, 민음사, 1997.

김소영, 「김기영과 쾌락의 영역」, 『판타스틱한국영화 근대성의 유령들』, 씨앗을 뿌리는 사람, 2000.

김영훈, 「영상시대로의 전환: 성격규명과 함의」, 『사회비평』 18호, 나남출판사.

김용수, 『영화에서의 몽타주 이론』, 열화당, 1996.

김용언, 「아름답고 서늘하고 매정한 비극」, 『씨네21』, 753호, 2010.

김은실, 『여성의 몸, 몸의 문화정치학』, 도서출판 또 하나의 문화, 2001.

김정남, 「소설과 미디어 환경에 관한 연구-비문자매체의 소설적 형상화와 기법적 수용의 문제-」, 『현대소설연구』, 한국현대소설학회, 2006.

김중철, 「소설의 영상화 과정에 관한 연구-유흥종의 <불새>와 이문열의 <익명의 섬>을 중심으로-」, 한양대학교 대학원 국어국문학과 박사논문, 1999.

_____, 「소설의 영상화가 갖는 시대반영성-<사랑손님과 어머니>를 중심으로-」, 『현대소설연구』 21호, 한국현대소설학회.

_____, 「소설의 영상화에 따른 대중적 변모에 대하여-<삼포가는 길>
　　　　을 중심으로-」, 『문학과 영상』 가을호, 문학과 영상학회, 2000.

김태관, 「소설의 영화화 과정에 관한 서사학적 요소의 연구-80년대 한국
　　　　영화 분석을 통하여-」, 동국대학교 대학원 연극영화학과 석사논
　　　　문, 1990

김형중, 「문학과 영화1: 소설의 외출」, 『문예중앙』 겨울, 2006.

문학사연구회 지음, 『소설구경 영화읽기』, 청동거울, 1998.

박노출, 「대중의 반응양태로 본 문학과 영화-찰스 디킨스의 『위대한 유산』
　　　　을 중심으로-」, 『문학과 영상』 가을호, 문학과 영상학회, 2000.

박성창, 『수사학』, 문학과지성사, 2000.

박유희, 「1960년대 문예영화에 나타난 매체전환의 구조와 의미-<오발
　　　　탄>과 <사랑방 손님과 어머니>를 중심으로-」, 『현대소설연구』,
　　　　한국현대소설학회, 2006.

_____, 「홍상수 영화의 반어적 구성 연구」, 『문학과 영상』 가을호, 문학
　　　　과 영상학회, 2004.

박정미, 「소설과 영화의 이야기와 담론 비교 연구-소설 『낯선 여름』과
　　　　영화 『돼지가 우물에 빠진 날』을 중심으로-」, 한국교원대학교
　　　　대학원 국어교육전공 석사논문, 2005.

박종홍, 「이문열 소설의 권력, 애정, 예술」, 『현대소설연구』 6호, 현대소
　　　　설학회, 1997.

방재석, 「소설과 영화의 관계양상 연구」, 중앙대학교 대학원 문예창작학
　　　　과 박사논문, 2002.

백문임, 「70년대 문화지형과 김승옥의 각색 작업」, 『현대소설연구』 29,
　　　　한국현대소설학회.

백승국, 『문화기호학과 문화콘텐츠』, 다홀미디어, 2004.

서동훈, 「문화콘텐츠 서사의 모티프 변용 양상 연구-이청준의 <남도사
　　　　람>연작과 임권택의 <서편제>를 중심으로」, 『배달말』 36호,
　　　　배달말학회.

성민엽, 「개인과 자유를 향한 열망」, 『이문열론』, 삼인행, 1991.

송민숙, 『언어와 이미지의 수사학』, 연극과 인간, 2007.

송효섭, 『문화기호학』, 민음사, 1997.

신봉승, 『TV드라마, 시나리오 창작의 길라잡이』, 2000.

신영헌, 「문학적 영화읽기와 문화연구적 영화읽기: 영화 <장미의 이름>

을 중심으로」, 『문학과 영상』 가을호, 문학과 영상학회, 2004.

심경석, 「영화보기/읽기와 영문학 교육-문학과 영상의 밀월을 다시 돌아 봄」, 『영미문학연구』, 영미문학연구회, 2002.

안숙원, 『방법론적 소설읽기』, 새문사, 2010.

양진오, 「섬, 바다, 강 그리고 인간의 운명」, 『이어도』, 열림원, 1998.

양해림, 「매체의 해석학-맥루한의 『미디어의 이해』를 중심으로-」, 『해석학 연구』, 한국해석학회, 2006.

양해림 · 김선희 · 김철운 · 유성선 공저, 『섹슈얼리티와 철학』, 철학과 현실사, 2009.

영화진흥공사 엮음, 『한국영화70년 대표작 200선』, 집문당, 1996.

영화진흥공사기획 엮음, 『한국시나리오선집 제14권』, 집문당, 1999.

우미성, 「하녀들의 성(性): 웬디 케슬만의 희곡 『이 집의 내 자매』와 영화 <시스터 마이 시스터>를 중심으로」, 『문학과 영상』 제11권 2호, 문학과영상학회, 2010.

우찬제, 『텍스트의 수사학』, 서강대학교 출판부, 2005.

윤성은, 「각색 영화 연구의 의의와 방향성에 관한 소고」, 『CINEMA』 Vol.1, 2005.

윤정헌, 「소설과 영화의 거리」, 『배달말』 23호, 배달말 학회, 1998.

윤정헌 외, 『문학과 영화 사이』, 중문, 1998.

이길성, 「이어도 작품론」, 『김기영 컬렉션 해설집』, 한국영상자료원, 2008.

이미경, 「『천변풍경』의 영화적 기법 연구」, 서강대 국문과 석사논문, 1990.

이상면, 「문학과 영화의 몽타쥬-에이젠슈타인의 몽타쥬 이론과 하이쿠의 관계」, 『비교문학』, 한국비교문학회, 2003.

이수현, 「원작 소설과 각색 영화의 비교 연구-이문열 소설의 영화화를 중심으로」, 고려대학교 대학원 국어국문학과 석사논문, 2006.

이승구 외, 『영화용어해설집』, 영화진흥공사, 1990.

이승준, 『이청준 소설 연구-정신분석학적 관점에서』, 한국학술정보, 2005.

이영미, 「소설의 각색 과정에 나타나는 문제 고찰」, 『현대문학이론연구』, 현대문학이론학회, 2006.

이정하 편역, 『몽타주 이론』, 에이젠슈테인 선집, 예건사, 1990.

이재선, 『현대 한국소설사』, 민음사, 1991.

이채원, 「형성소설과 회상의 시학」, 서강대학교 국어국문학과 석사논문, 2002.

_____, 「소설과 영화의 표현 양식 연구: 소설 『저기 소리없이 한 점 꽃잎 이 지고』와 영화 <꽃잎>을 중심으로」, 『문학과 영상』 제8권 2호, 문학과 영상학회, 2007.

_____, 「언어의 수사학과 이미지의 수사학」, 『문학과 영상』, 제9권 1호, 문학과 영상학회, 2008.

_____, 「소설과 영화의 매체 전이 양상에 대한 수사학적 연구」, 서강대학교 국어국문학과 박사논문, 2008.

_____, 「소설과 영화의 매체 간 상호텍스트성 연구-이청준의 「이어도」와 김기영 감독의 영화 <이어도>를 중심으로-」, 『시학과 언어학』 제16호, 시학과 언어학회, 2009.

_____, 「일인칭 서술에서의 회상의 시학과 영화에서의 변이: 소설 『책 읽어주는 남자』와 영화 <더 리더-책 읽어주는 남자>를 중심으로」, 『문학과 영상』 제10권 2호, 문학과 영상학회, 2009.

_____, 「이청준 소설에서의 자의식적 서술과 자기반영성-『축제』(1996)를 중심으로」, 『한국문학이론과 비평』 제47집, 한국문학이론과 비평학회, 2010.

_____, 「스릴러에서 블랙코미디로, 두 <하녀> 비교연구」, 『문학과 영상』 제12권 2호, 문학과 영상학회, 2011.

이향만, 「환상과 현실의 경계-피츠제랄드의 <위대한 개츠비>-」, 『문학과 영상』 봄호, 문학과 영상학회, 2001.

_____, 「소설 각색영화와 비평의 패러다임: 미국소설영상읽기」, 『문학과 영상』 가을호, 문학과 영상학회, 2003.

이형빈, 「고백적 글쓰기의 표현방식 연구」, 서울대학교 석사논문, 1999.

이형식·정연재·김명희 공저, 『문학텍스트에서 영화텍스트로』, 동인, 2004.

임상수 감독 인터뷰, 『씨네21』, 753호, 2010.

임승용, 「소설의 시나리오 각색 연구-「오발탄」을 중심으로」, 연세대학교 대학원 국어국문학과 석사논문, 1997.

임훈아, 「소설의 영화화 과정에 따른 멜로드라마적 요소 연구」, 연세대학교 대학원 국어국문학과 석사논문, 1993.

장윤수, 「소설 『서편제』의 영상적 변용의 패러다임」, 『문학과 영상』 봄호, 문학과 영상학회, 2002.

_____, 「소설과 영화 <축제>의 장르적 소통과정의 연희화」, 『문학과 영상』 봄호, 문학과 영상학회, 2004.

전성기 외, 『텍스트 분석방법으로서의 수사학』, 유로서적, 2004.

조정래, 「소설과 영화의 서사론적 비교연구-이미지와 서술」, 『현대문학의 연구』 22호, 2002.

조현일, 「소설의 영화화에 대한 미학적 고찰-60년대 문예영화 <오발탄>과 <안개>를 중심으로-」, 『현대소설연구』 21호, 한국현대소설학회.

차봉희 편저, 『수용미학』, 문학과지성사, 1985.

천정환, 『근대의 책읽기』, 푸른역사, 2003.

최명숙, 「소설과 영화의 시점 비교 연구」, 충남대학교 대학원 국어국문학과 박사논문, 2001.

허지웅, 「김기영의 마술적 리얼리즘을 회상하다. 김기영 감독 8주기를 맞이하며」, 『필름 2.0』, 2006.2.20.

현길언, 「문제 탐색을 위한 다층적 플롯」, 『이청준論』, 삼인행, 1991.

현영권, 「『축제』의 상호텍스트성에 대한 연구」, 신라대학교 교육대학원 국어교육전공 석사논문 2004.

황영미, 「일인칭 소설의 영화화-<우리들의 일그러진 영웅>을 중심으로-」, 『문학과 영상』 봄호, 문학과 영상학회, 2001.

_____, 「텍스트의 안과 밖:『주홍글자』의 영화 만들기」, 『문학과 영상』 가을호, 문학과 영상학회, 2000.

3. 번역서 및 국외논저

로버트 리처드슨, 이형식 역, 『영화와 문학』, 동문선, 2000.

로버트 C. 홀럽, 최상규 역, 『수용미학의 이론』, 예림기획, 1999.

로즈마리 통, 이소영 옮김, 『페미니즘 사상-종합적 접근-』, 한신문화사, 1995.

롤랑 바르뜨, 김인식 편역, 『이미지와 글쓰기』, 세계사, 1993.

_____, 김희영 역, 『텍스트의 즐거움』, 동문선, 1997.

루이스 자네티, 김진해 역,『영화의 이해』, 현암사, 1999.

마셜 맥루언, 김성기 · 이한우 역,『미디어의 이해』, 민음사, 2002.

메기 험, 심정순 · 염경숙 역,『페미니즘 이론 사전』, 삼신각, 1995.

벨라 발라즈, 이형식 역,『영화의 이론』, 동문선, 2003.

뱅상 피넬, 심은진 역,『몽타주』, 이화여자대학교 출판부, 2008.

수잔 손탁, 이민아 역,『해석에 반대한다』, 이후, 2002.

수잔 스나이더 랜서, 김형민 역,『시점의 시학』, 좋은날, 1998.

스티븐 코헨 · 린다 샤이어스, 임병권 · 이호 역,『이야기하기의 이론; 소
　　　　설과 영화의 문화기호학』, 한나래, 1997.

시모어 채트먼, 한용환 역,『이야기와 담론』, 고려원, 1991.

　　　　　　　, 최상규 역,『원화와 작화』, 예림기획, 1998.

　　　　　　　, 김경수 역,『영화와 소설의 서사구조』, 민음사, 1999.

　　　　　　　, 한용환 강덕화 역,『영화와 소설의 수사학』, 동국대학교
　　　　출판부, 2001.

쉬잔 엠 드 라코트, 이지영 역,『들뢰즈: 철학과 영화』, 열화당, 2004.

쉴로미스 리몬 캐넌, 최상규 역,『소설의 현대시학』, 예림기획, 1999.

아놀드 하우저, 백낙청, 염무웅 역,『문학과 예술의 사회사4 자연주의와
　　　　인상주의 · 영화의 시대』, 창작과비평사, 1999.

안느 위에, 김도훈 역,『시나리오』, 이화여자대학교 출판부, 2006.

앙드레 고드로 · 프랑수아 조스트, 송지연 역,『영화서술학』, 동문선, 2001.

앙드레 바쟁, 박상규 역,『영화란 무엇인가』, 시각과 언어, 2001.

오몽 · 베르가라 · 마리 · 베르네 공저, 강한섭 역,『영화학 어떻게 할 것인
　　　　가』, 열린책들, 1992.

요아힘 패히, 임정택 역,『영화와 문학에 대하여』, 민음사, 1997.

유리 티냐노프 · 보리스 에이헨바움 · 로만 야콥슨 · 유리 로트만 공저, 오
　　　　종우 역,『영화의 형식과 기호』, 열린책들, 1995.

이언 와트, 전철민 역,『소설의 발생』, 열린책들, 1988.

앤소니 기든스, 배은경 · 황정미 옮김,『현대사회의 성 사랑 에로티시즘-
　　　　친밀성의 구조변동』, 새물결, 2003.

앨런 스피겔, 박유희 · 김종수 역,『소설과 카메라의 눈: 영화와 현대소설
　　　　에 나타난 영상의식』, 르네상스, 2005.

엠마뉴엘 시에티, 심은진 역,『쇼트』, 이화여자대학교 출판부, 2006.

웨인 부스, 최상규 역,『소설의 수사학』, 예림기획, 1999.

윌리스 마틴, 김문헌 역, 『소설이론의 역사』, 현대소설사, 1991.

자크 오몽, 김호영 역, 『영화 속의 얼굴』, 마음산책, 2006.

_____, 오정민 역, 『이마주』, 동문선, 2006.

_____, 곽동준 역, 『영화감독들의 영화 이론』, 동문선, 2005.

조엘 마니, 김호영 역, 『시점』, 이화여자대학교 출판부, 2007.

주디스 메인, 강수영 · 류제홍 공역, 『사적소설/ 공적영화』, 시각과 언어, 1994.

질 들뢰즈, 유진상 역, 『운동-이미지』, 시각과 언어, 2002.

_____, 주은우 · 정원 역, 『영화 1』 새길, 1996.

질베르 뒤랑, 진형준 역, 『상상력의 과학과 철학』, 살림, 1994.

제랄드 프랭스, 최상규 역, 『서사학』, 문학과지성사, 1988.

_____, 이기우 · 김용재 역, 『서사론 사전』, 민지사, 1992.

제라르 주네트, 권택영 역, 『서사담론』, 교보문고, 1992.

제라르 주네트 외, 석경징 외 엮음, 『현대 서술 이론의 흐름』, 솔, 1997.

토마스 소벅 · 비비안 C. 소벅 공저, 주창규 외 역, 『영화란 무엇인가』, 기획출판 거름, 1998

테오도르 아도르노, 홍승용 역, 『미학이론』, 문학과지성사, 1984.

프란츠 슈탄첼, 안삼환 역, 『소설 형식의 기본 유형』, 탐구당, 1982.

프랑시스 바느와 · 안 골리오 레테 공저, 주미사 역, 『영화분석입문』, 한나래, 1997.

프랑시스 바느와, 송지연 역, 『영화와 문학의 서술학』, 동문선, 2003.

클라라 베런저, 정일몽 역, 『시나리오 작법』, 영화진흥공사, 1993.

하인리히 F. 플렛, 양태종 역, 『수사학과 텍스트 분석』, 도서출판 동인, 2002.

헹크만 · 로터 엮음, 김진수 역, 『미학사전』, 도서출판 예경, 1998.

Brian McFarlane, *Novel to Film: an introduction to the theory of adaptation*, Oxford :Clarendon, 1996

Bruce F. Kawin, *MINDSCREEN: Bergman, Godard, and First-Person Film*, Princeton University Press, Princeton, New Jersey, 1978.

David Herman, *Narratologies: New Perspectives on Narrative Analysis*, Ohio State University Press, 1999.

Dudley Andrew, *Concepts in Film Theory*, New York: Oxford University Press, 1984.

Eugene E. White, Editor, *Rhetoric in Transition*, The Pensylvania State University Press, University Park and London, 1980.

Fredric Jameson, *Signatures of the Visible*, New York & London: Routledge, 1992.

Graham Allen, *Intertextuality*, Routledge, 2000.

Guglielmo Cavallo and Roger Chartier ed, *A History of Reading in the West*, University of Massachusetts Press: Amherst&Boston, 1997.

Harry E. Shaw, *Narrating Reality: Austen, Scott, Eliot*, Cornell University Press: Ithaca and London, 1999.

Heinrich F. Plett, *Intertextuality*, Walter de Gruyter · Berlin · New York, 1991.

Jakob Lothe, *Narrative in Fiction and Film*, Oxford University Press, 2000.

Jane P. Tompkins, *Reader-Response Criticism*, The Johns Hopkins University Press, 1980.

Lilian R. Furst, *Realism*, Longman, 1992.

M. M. Bakhtin, *Problems of Dostoevsky's Poetics*, edited & translated by Caryl Emerson, University of Minnesota Press, 1984.

_____, *The dialogic imagination: four essays*, edited by Michael Holquist; translated by Caryl Emerson, Michael Holquist. Austin: U of Texas P. 1981.

Matthias Hurst, *Erzählsituationen in Literatur und Film: ein Modell zur vergleichenden Analyse von literarischen Texten und filmischen Adaptionen*, Max Neimeyer, 1996.

Michael Kearns, *Rhetorical Narratology*, University of Nebraska Press, Lincoln and London, 1999.

Michael Klein and Gillian Parker, *The English Novel and the Movies*, Frederick Ungar Publishing Co, New York, 1981.

Mieke Bal, *Narratology: Introduction to the Theory of Narrative*, University of Toronto Press, 1997.

Paul de Man, *The Rhetoric of Romanticism*, Columbia University Press, 1984.

Peter Ehrenhaus, *"Why We Fought: Holocaust Memory in Spielberg's Saving Private Ryan"*, Carl R. Burgchardt, Readings in Rhetorical Criticism, Colorado State University, 2005.

Peter Messent, *New Readings Of The American Novel: Narrative Theory and Its Application*, The University of Alabama Press, Tuscaloosa, 1998.

Robert Stam, *Literature through film: realism, magic, and the art of adaptation*, Malden: Blackwell, 2005.

Robert Stam & Alessandra Raengo ed, *Literature and Film: A Guide to the Theory and Practice of Film Adaptation*, Blackwell, 2005.

Roland Barthes, *Elements of Semiology*, Edited by Mark Gottdiener, Semiotics volume 1, Sage, 2003.

소설과 영화, 매체의 수사학

초판 1쇄 인쇄일	| 2012년 3월 5일
초판 1쇄 발행일	| 2012년 3월 6일

지은이	| 이채원
펴낸이	| 정구형
출판이사	| 김성달
편집이사	| 박지연
책임편집	| 이하나
본문편집	| 정유진 김현경
디자인	| 정문희 장정옥
마케팅	| 정찬용
영업관리	| 김정훈 권준기 정용현 이원숙
인쇄처	| 월드문화사
펴낸곳	| **국학자료원**

등록일 2006 11 02 제2007-12호
서울시 강동구 성내동 447-11 현영빌딩 2층
Tel 442-4623 Fax 442-4625
www.kookhak.co.kr
kookhak2001@hanmail.net

ISBN	| 978-89-279-0164-8 *03680
가격	| 17,000원